AF203321

Seit zehn Jahren sitzt der junge James Stewart wegen des brutalen Mordes an seinem Geliebten, dem Anwalt und Politiker Murdo Maxwell, im Gefängnis – doch eine neue Aussage weckt Zweifel an seiner Schuld. Unterstützer, die von seiner Unschuld überzeugt sind, behängen bei einer Protestaktion die historische Grabstätte seines Namensvetters James Stewart of the Glens mit Bannern. Die Verurteilung des ehemaligen Clanführers durch die britischen Regierungstruppen gilt in den Highlands noch heute als großer Justizirrtum. Geschieht auch dem jungen James Stewart Unrecht?

Rebecca Connolly weiß, dass es den Druck der Öffentlichkeit braucht, um den Fall neu aufzurollen, und beginnt zu recherchieren. Je mehr sie über die Tat herausfindet, desto mehr Leute scheinen in den Fall involviert zu sein: Der Vater des Verurteilten war ein erklärter Gegner von Murdo Maxwells politischer Agenda, die Polizei führt Ermittlungen in den eigenen Reihen durch, und auch eine zwielichtige Gestalt aus Glasgow interessiert sich brennend für ihre Nachforschungen ...

DOUGLAS SKELTON

DAS UNRECHT VON INVERNESS

Ein Fall für
Rebecca Connolly

Kriminalroman

Aus dem Englischen
von Ulrike Seeberger

DUMONT

1

Nahe Ballachulish
in den schottischen Highlands, 1755

Der Soldat im roten Rock zeichnete sich wie ein Blutfleck vor dem mattgrauen Himmel und dem graubraunen Gestrüpp am Berghang ab.

Dieser trostlose Brocken Erde oberhalb des Wassers hatte tatsächlich einen Namen, ein schreckliches Gebräu aus schottischen Lauten, aber er konnte ihn, verdammt noch mal, nicht aussprechen. In seinen Augen war er kaum mehr als ein pockennarbiger Erdhaufen, der Wind und Wetter anzog wie eine Heckenhure ihre pickeligen Freier.

Das Wasser des Sees schien zu schaudern, als eine kalte Brise den Hang hinaufwehte und die einsame Gestalt fand, die dort Posten stand. Der Gefreite Harry Greenway mummelte sich tiefer in seinen Uniformrock und beobachtete die kleine Fähre, die gerade über die Meerenge gerudert wurde. Er wünschte, er wäre in seinem Quartier, mit einem Becher heißen Grog in der einen und einer ofenwarmen Hammelpastete in der anderen Hand. Dieses Wachestehen war eine sinnlose Aufgabe, seine Strafe dafür, dass er sich nicht sorgfältig genug um die Brown Bess gekümmert hatte, seine Muskete, die er nun lose im Arm hielt. Sein Sergeant wäre nicht erfreut, wenn er sehen könnte, wie achtlos er das Gewehr behandelte. Aber hier gab es ja keine Zeugen, außer den verflixten Elementen und dem, den er bewachte. Und den kümmerte nichts mehr, da würde Greenway jede Wette eingehen. Warum die Muskete so makellos sauber sein musste, begriff er einfach nicht. Schließlich waren sie nicht auf dem Schlachtfeld, denn inzwischen waren diese Heiden ja besiegt. Und doch stand er hier, auf diesem gottverlassenen, vom Wind gepeitschten Berg mit Blick auf zwei Seen. Der Gefreite Greenway weigerte sich, diese Gewässer auch nur in Gedanken mit dem schottischen Begriff Loch zu bezeichnen, selbst wenn er das dazu nötige kehlige Krächzen fertiggebracht hätte, das in seinen Ohren so klang, als versuchte jemand, einen Klumpen Schleim hochzuwürgen.

Die aufgehende Sonne hatte den grauen Himmel noch kaum erhellt. Obwohl sein Uniformrock dick war, fürchtete Greenway, er könne tatsächlich Gefahr laufen, sich seine edelsten Teile abzufrieren. Das käme ihm gar nicht gelegen, denn er hegte die Hoffnung, diese schon bald bei der jungen Eilidh zum Einsatz zu bringen. Sie war die Tochter eines Gastwirts in der Nähe der Kaserne und wohlbekannt dafür, dass sie für ein, zwei Pennys den Rock schürzte. Ein keckes kleines Ding, und er rechnete fest damit, mit ihr das Tier mit den zwei Rücken zu machen, ehe die Woche vorüber war.

Er verdrängte das Bild ihrer festen Rundungen aus seinen Gedanken und stampfte auf den harten Boden, um wieder ein wenig Gefühl in die Füße zu bekommen, die wie Eisklötze in seinen eckigen schwarzen Stiefeln steckten, doch auch, um irgendwie gegen die Beule unter seiner Hose anzukämpfen. Im Wasser unten lagen Inseln, als ob sie verankert wären, nichts als schwarze Klumpen. Diejenige, die sie Isle of the Dead, Insel der Toten, nannten, schien dunkler als die anderen zu sein. Auch sie hatte einen Namen in dieser kehligen Sprache, doch Greenway erinnerte sich nur an die korrekte englische Bezeichnung für den Ort, an dem diese Heiden ihre Clan Chiefs bestatteten. So, wie sie da buckelig und finster aus dem Wasser aufragte, erinnerte sie ihn an das, was sich hinter ihm befand. Während der trostlosen Nachtstunden war es ihm leichtgefallen, den Blick nicht darauf zu richten.

Er war auf und ab gegangen, um die ewige, teuflische Kälte abzuwenden, die hier die Norm zu sein schien. Er hatte auch darauf geachtet, das Gesicht stets abzuwenden, falls plötzlich ein verirrter Mondstrahl das Bild erhellen sollte. Allerdings war das nicht sehr wahrscheinlich, denn ein Leichentuch aus Wolken verhüllte jeglichen Schein am Himmel. Jetzt, da der Tag dämmerte, so matt und leblos er auch sein mochte, gab sich Greenway alle Mühe, stets auf das Wasser unten und die Berge dahinter zu blicken. Es bestand keine Notwendigkeit, den Gegenstand seiner Bewachung im Auge zu behalten, denn er – es – würde sicher nirgends mehr hingehen.

Früher einmal war es ein Mann gewesen, doch nun war es keiner mehr. Das Fleisch war verschwunden, von Nebelkrähen und dem wilden schottischen Wetter sauber abgerupft und abgenagt. Jetzt war es nur noch ein Gestell aus verwitterten Knochen, an denen einmal Muskeln und Fleisch und Sehnen festgemacht gewesen waren. Drei Jahre hing es jetzt an diesem Galgen. Mindestens einmal sei es aus seinen Fesseln geschlüpft, hatte ihm ein Corporal mit einer gewissen Genugtuung mitgeteilt. Aber man habe es wieder aufgefädelt und erneut aufgehängt. Als Warnung, hatte der Corporal mit seinem starken West-Country-Akzent gemeint, an diese Schotten, denen vielleicht immer noch ein wenig der Sinn nach Rebellion stand.

Greenway wusste nicht, was der Mann angestellt hatte, um ein solches Schicksal zu verdienen – außer, dass er ein verräterischer Jakobiter war, was wohl ausreichte. Aber es war ihm nicht sonderlich wichtig. Wache bei den Knochen eines Toten zu halten, das war lediglich eine Pflichtübung, eine Erinnerung daran, dass er sich in Zukunft besser um seine Waffe kümmern sollte. Und doch brachte es ihn aus der Ruhe. Seine Mutter zu Hause in Spitalfield hatte ihm den Kopf mit allen möglichen Geschichten von Gespenstern und Rache von jenseits des Grabes angefüllt, und in der trostlosen Hochlandnacht hatte er sich eingebildet, er hätte diesen Knochenmann mit den Gebeinen klappern hören, als er vom Galgen stieg, um das Unrecht zu rächen, was ihm seiner Meinung nach widerfahren war.

Trotz seines dicken Uniformrocks schien die Brise durch Greenway zu wehen, als wäre er gar nicht da, um sich dann um den hölzernen Galgen zu schlingen wie ein alter Freund, der gekommen war, um dem Toten Respekt zu zollen. Die Kette schrammte quietschend am Pfosten, und es klang wie ein Schrei nach Aufmerksamkeit. Der junge Soldat wandte sich um, wollte sich vergewissern, dass seine Schreckgespenster der Nacht nicht Wirklichkeit geworden waren.

Die alte Frau sah er hier zum ersten Mal.

Sie stand am Fuß des Galgens und starrte wie flehentlich hinauf. Er hatte nicht gehört, wie sie den Hang hinaufkam. Aufgeschreckt schwang er die Brown Bess in eine schussbereite Position herum.

»Zurück!«, befahl er und legte so viel Autorität in seine Stimme, wie er aufbringen konnte, obwohl seine Stimme vor Kälte bibberte. Seine Worte kamen schwach und ängstlich hervor und verkümmerten im Hauch der Brise.

Die Alte nahm seine Worte weder zur Kenntnis, noch befolgte sie seinen Befehl. Sie blieb einfach weiter unter dem Skelett stehen und starrte hoch, als hinge dort der gekreuzigte Christus und nicht irgendein dreckiger Rebell, der sich gegen seinen König gestellt hatte. Der junge Gefreite kam ins Grübeln. Hatte nicht auch ihr Heiland sich im Heiligen Land gegen die Obrigkeit gestellt? War er nicht selbst ein Rebell gewesen? Solche Gedanken waren jedoch nur was für die Gelehrten und nicht für einen Wehrpflichtigen, der in den Freudenhäusern Londons aufgewachsen war. Also verbannte er sie aus seinem Kopf. Er trat ein paar Schritte näher zu der Frau hin, bemühte sich nach Kräften, nicht auf das

Knochengestell zu blicken, das sich in der Brise wiegte. Er nahm die Waffe quer vor die Brust, bereit, sie anzuheben, sobald er es für nötig hielt. Schon diese Bewegung stärkte seine Entschlossenheit und verlieh seiner Stimme stählerne Härte.

»Hört ihr mich, Frau? Zurück da!«

Die Frau wandte den Kopf zu ihm, und er sah, wie alt sie war. Ihr Gesicht war von einem zerlumpten Wollschal umrahmt und kreuz und quer von Falten durchzogen, die sich tief in das Fleisch gegraben hatten, das vom Wüten zu vieler Winter wettergegerbt war. Als ihre Augen auf die Muskete fielen, die er wie einen Schild vor die Brust hielt, warf sie ihm ein leises Lächeln zu, kaum mehr als das Aufklaffen eines schwarzen Schlunds. Doch als sie sprach, klang ihre Stimme stark, war so rau und schartig wie ihre Haut.

»Hast wohl Angst, tapferer Soldat?«

»Nein, Mütterchen«, antwortete er sanft, während er die Waffe senkte. Die ständigen Ermahnungen seiner Mutter, allen Frauen Respekt zu zollen, waren tief in seiner Seele verwurzelt. Peggy Greenway hatte in ihrem Leben nicht viel Respekt erfahren, nachdem ihre Mutter sie im Alter von vierzehn Jahren in die Freudenhäuser von Southwark in den Dienst gegeben hatte. »Ihr dürft nur nicht zu nah herantreten«, warnte Greenway die Alte. »Es ist nicht sicher.«

Sie schaute auf den Galgen zurück, und ihr Lächeln wurde traurig. »Seumas würde mir niemals ein Leid antun. Niemals im Leben und niemals im Tod. Wir sind durch Blutsbande verbunden, er und ich.«

Greenway war schon lange genug in diesem elenden Land, um zu wissen, dass Seumas das schottische Wort für James war. Der Mann, der einmal mit diesen Knochen herumgelaufen war, hieß James Stewart und war ein Verräter und Mörder. Dem Soldat war der Mann, der das einmal gewesen war, recht gleichgültig, aber so viel wusste er doch.

»Ihr seid mit ihm verwandt?«

Eine knotige Hand, die Gelenke angeschwollen und verformt, streichelte zärtlich über die ausgebleichten Fußknochen des Gehenkten. »Aye, ich bin verwandt mit ihm, wie viele hier in Appin. Blutsverwandt und verschwägert. Selbst wenn wir das nicht wären, hätten wir ihn geliebt, denn er war ein guter Mann. Ganz anders als die, die ihm dieses Ende bereitet haben – und diejenigen, die ihn hier verrotten ließen.«

Greenway war für derlei Debatten über die Gerechtigkeit der Situation nicht gut gerüstet.

»Trotzdem kann ich nicht zulassen, dass ihr so nah herantretet. Der Galgen ist nicht sicher. Außerdem lautet so mein Befehl: Niemanden nah herantreten lassen an die ...« Er legte eine Pause ein, während er in Gedanken das richtige Wort suchte. »Überreste.«

Das Lachen der Frau traf ihn so scharf wie eine Ohrfeige seiner Mutter. »Ach, wäre deinen Leuten doch nur so sehr am Wohlergehen meines Verwandten gelegen gewesen, als euresgleichen ihn so grausam behandelt haben.«

Greenway konnte es sich nicht verkneifen, darauf zu antworten: »Der Gerechtigkeit wurde Genüge getan.«

Nun wirbelte ihr Kopf mit einer Geschwindigkeit zu ihm herum, wie er sie bei einem so alten Menschen nicht für möglich gehalten hätte. »Gerechtigkeit, sagst du? Gerechtigkeit?« Sie spuckte etwas Dickes, Schleimiges auf den Boden zwischen ihnen beiden. »Das halte ich von eurer englischen Gerechtigkeit.«

Aus ihrem Mund klang das Wort »englisch« so, als wäre es etwas, das sie nicht einmal den Schweinen vorsetzen würde.

»Mütterchen, ich muss euch verwarnen.«

Sie wedelte ihre klauenartige Hand vor ihm hin und her. »Ach was, mein Junge. Ich bin viel zu weit im Leben fortgeschritten, für mich haben deine Worte keine Bedeutung mehr. Welche Strafe könntet ihr denn einer Frau auferlegen, die ihre Meinung sagt? Einer alten Frau, die miterleben musste, wie ihre Söhne und Enkel im Aufstand umgekommen sind? Und deren Tochter sich vor Kummer um ihr Kind verzehrt, das man auf dem Rückzug aus England einfach erfrieren ließ? Einen Jungen von sechzehn Sommern, gestorben an einem Fieber, das er sich bei diesem nutzlosen Feldzug geholt hat, im Kampf für einen Trunkenbold und Verschwender, der sich keinen Deut um dieses Land schert, aus dem er geflohen ist wie ein geprügelter Hund.«

Greenway hatte während des Aufstands von 1745 nicht für seinen König unter Waffen gestanden, wusste jedoch, von wem die alte Frau sprach: von Prinz Charles Edward Stuart. Den man auch *The Young Pretender* nannte, und der unter den schottischen Clans die Revolte angefacht und seine Armee nach Süden geführt hatte, um den Thron an sich zu reißen. Bis Derby waren sie gekommen, ehe sie kehrtmachten und sich in die Heimat zurückzogen. Die bloße zahlenmäßige Überlegenheit der Regierungstruppen, die Gerissenheit Seiner Königlichen Hoheit Prinz William Augustus, des Herzogs von Cumberland, und die angeborene Feigheit von Charles Stuart führten dazu, dass der Aufstand auf dem Moorland bei Inverness ein tödliches Ende fand. Greenway hielt den Mund, denn er spürte, dass Schweigen der klügere Weg war. Seine Augen huschten immer wieder zur Bergkuppe, um sich zu versichern, dass dort keine Autoritätsperson angekommen war und die Worte der Frau mithören konnte – oder mitbekam, dass er die Alte für ihre verräterischen Reden nicht zur Rechenschaft zog.

Der Blick der Frau war zu dem Skelett zurückgekehrt, und erneut streichelte ihre Hand die Fußknochen mit offensichtlicher Zuneigung. »Das, was hier geschehen ist, hatte rein gar nichts mit Gerechtigkeit zu tun«, murmelte sie, halb für sich. »Nicht mit der Gerechtigkeit der Menschen und nicht mit der Gerechtigkeit Gottes. Das hier war Mord.«

Die Pflicht drängte den Gefreiten Greenway dazu, nicht weiter stillzuschweigen.

»Mütterchen, ich muss euch noch einmal verwarnen, ihr dürft wirklich nicht ...«

Wiederum ergriff die unsichtbare kalte Hand des Windes die Knochen und ließ sie klappern. Unwillkürlich machte Greenway einen Schritt zurück, hob im Reflex die Muskete. Die alte Frau bemerkte die Furcht, die in seinem Gesicht aufblitzte, und lächelte erneut.

»Ja, das jagt dir Angst ein, mein Junge«, sagte sie. »Dieses Geräusch. Und das sollte es auch. Denn wenn auch das Fleisch verschwunden ist und nur noch diese nackten Knochen zurückgeblieben sind, lebt doch der Geist weiter. Du bist jung. Du weißt nichts von diesen Angelegenheiten. Aber hör mir gut zu, englischer Soldat, du wirst Ungerechtigkeit erleben und Grausamkeit und Niedertracht von denen über dir. Und dann musst du stillhalten und lauschen, denn dieses Geräusch – das Klappern der Knochen – wird durch die Jahre hinweg widerhallen.«

2

Inverness, Gegenwart

Das Lächeln des Mannes war ärgerlich und im Grunde sehr beunruhigend. Eigentlich war es kaum vorhanden, ein winziges halbherziges Grinsen, doch es spiegelte sich auch in den Augen wider. Schwere Lider; manche würden sie als schläfrig bezeichnen.

Rebecca Connolly war müde. Sie hatte in letzter Zeit nicht gut geschlafen. Das war an sich nichts Neues, aber heute war Samstag, und sie hatte die Woche über einiges zu tun gehabt. Von Rechts wegen hätte sie jetzt gemütlich im Schlafanzug zu Hause hocken und sich darauf freuen sollen, eine Folge von *The Marvelous Mrs. Maisel* nach der anderen anzuschauen, anstatt hier in der Altstadt von Inverness vor dem kleinen Büro der Nachrichtenagentur einem aufgebrachten Mann gegenüberzustehen, der einem Witz zu lauschen schien, den er allein hörte.

Er war plötzlich hinter ihr aufgetaucht, als sie die Tür zum Büro aufschloss. Wahrscheinlich hatte er draußen vor dem Haus gewartet und ihre Ankunft beobachtet, überlegte sie. Tatsächlich hatte sie seine Schritte hinter sich auf der Treppe gehört. Und sobald sie sich oben in der offenen Tür umdrehte, war er erschienen.

»Sind Sie Rebecca Connolly?«, fragte er im Gesprächston, wartete aber die Antwort nicht ab, sondern hielt gleich ein Boulevardblatt von vor zwei Tagen in die Höhe. »Und haben das hier geschrieben?«

Sie beugte sich vor und blickte im trüben Licht des Treppenhauses auf die Zeitungsseite. Eine Wolke von Rasierwasser wehte ihr entgegen wie eine Visitenkarte. Die Story, auf die der Mann mit dem Zeigefinger der anderen Hand tippte, war ein Bericht über eine Gerichtsverhandlung in Inverness, bei der es um eine Ausschreitung im Stadtbezirk Inchferry ging.

»Ja, ich bin Rebecca Connolly«, bestätigte sie ihm. »Aber diese Story habe ich nicht geschrieben.«

»Sie kam aber von Ihrer Agentur, stimmt's?«

»Ja«, erwiderte sie und fragte sich, woher er das wusste.

Er ließ die Hand mit der Zeitung sinken und richtete seinen trägen Blick auf sie. »Ich bin gar nicht erfreut.«

Das überraschte Rebecca nicht. Beschwerden über Gerichtsberichte gingen wöchentlich ein, waren heute bei der Nachrichtenagentur so üblich wie damals, als Rebecca noch beim *Highland Chronicle* gearbeitet hatte. Derlei war sie gewöhnt.

»Worüber, Mr ...?«

»Martin Bailey«, sagte er. »Das ist mein Junge, dessen Namen Sie da genannt haben.«

Rebecca war zwar tatsächlich bei dem Vorfall dabei gewesen als einige Leute während einer aus dem Ruder gelaufenen Demonstration randaliert hatten. Sie hatte zwar die Story nicht geschrieben, doch sie erkannte den Namen als den eines Angeklagten.

»Okay«, sagte sie.

Seine Augen wanderten zum Büro hinter der Türöffnung, als erwartete er, hineingebeten zu werden. Doch hier auf dem Flur, wo die Tür zur Schneiderei gegenüber offen stand, aus der ein Song von Katie Perry herüberschallte, fühlte sie sich wohler. So alltäglich diese Beschwerden auch für sie waren, irgendwas an diesem Mann mit seinem dünnen Gesicht und seinem leisen, monotonen Tonfall gab ihr ein ungutes Gefühl.

»Ich bin gar nicht erfreut«, wiederholte er. »Ich will nicht, dass mein Name in der Zeitung steht.«

»Nun, er ist Ihr Sohn.«

»Der heißt auch Martin Bailey. Und Sie haben auch noch meine Adresse abgedruckt. Ich glaube nicht, dass das in Ordnung ist.«

»Wohnt Ihr Sohn bei Ihnen, Mr Bailey?«

»Ja.«

»Dann haben die Zeitungen und wir in der Agentur jedes Recht, die Adresse zu nennen. Die ist allen öffentlich zugänglich.«

Er starrte sie noch einige Augenblicke an, und das Lächeln lag unverändert auf den Lippen. Ihr dämmerte vage, dass er diese Antwort bereits erwartet hatte. »Mein Anwalt sagt was anderes.«

Auch dieses Argument war alltäglich. Rebecca hatte zu zählen aufgehört, wie oft ihr Leute präsentierten, was ihnen angeblich ein Anwalt erzählt hatte, obwohl der ihnen höchstwahrscheinlich genau das Gleiche gesagt hatte wie Rebecca. Sie bezichtigte Bailey trotzdem nicht der Lüge. Es war immer besser, in solchen Situationen geschäftsmäßig vorzugehen.

»Ich kann nichts dafür, was er Ihnen gesagt hat, Mr Bailey. Tatsache ist, dass wir in einem Bericht über eine Gerichtsverhandlung den Namen und die Adresse des Angeklagten drucken dürfen. Die sind in öffentlichen Akten zugänglich.«

»Die Leute in meiner Nachbarschaft denken, dass ich das bin.«

»Das bezweifle ich, Mr Bailey. Wie alt ist Ihr Sohn?«

»Dreiundzwanzig.«

»Und das wird in der Story erwähnt. Sie sind nicht dreiundzwanzig, oder?«

»Nein.«

»Na bitte. Da werden die Leute kaum glauben, dass Sie es sind.«

Er nickte halbherzig, und wieder hatte sie den Eindruck, dass sie ihm nichts Neues sagte. Er fuhr sich mit der Hand durch das lange Haar, das er zu einer Art Vokuhila nach hinten gerafft hatte.

Es war ein warmer Frühsommertag, und er hatte die Hemdsärmel aufgerollt. Zwischen den dunklen Haaren auf seinem sehnigen Unterarm entdeckte sie ein Tattoo, das verdächtig wie die Zahl 88 aussah. Rebecca wusste, dass die Neonazis diese Zahl als Symbol für den Hitlergruß benutzten, weil H der achte Buchstabe im Alphabet ist. In Anbetracht dessen, worüber er sich im Augenblick beschwerte, hielt sie es für sehr unwahrscheinlich, dass es für dieses Tattoo einen anderen, unschuldigen Grund geben könnte.

Man hatte Baileys Sohn erst einige Monate nach den Ausschreitungen in Inchferry verhaftet. Die hatten damals angefangen, als die Menge nach einer Rede von Finbar Dalgliesh, dem Anführer der Gruppierung *Geist der Gälen*, außer Rand und Band geraten war. Die Gruppe zog natürlich die gälische Bezeichnung *Spioraid nan Gael*, kurz oft SG, vor, aber Rebecca hielt das für eine kulturelle Beleidigung. Denn diese Leute zeichneten sich durch sehr wenig Geist und sehr viel rechtsextremes Geschrei aus, während sie behaupteten, dass die Zukunft ihnen gehörte. An jenem Abend war Rebecca unter die Füße der Menge geraten, nachdem jemand sie zu Boden gestoßen hatte. Es war kein angenehmes Erlebnis gewesen.

Beim Anblick dieses Tattoos überlegte sie, ob der Mann vielleicht SG-Mitglied war, und der Gedanke bescherte ihr ein mulmiges Gefühl im Magen. Vielleicht gehörte er sogar zu New Dawn, dem noch extremeren Ableger der Partei, dessen Existenz im Augenblick sowohl Dalgliesh als auch die SG selbst abstritt. Zum Teufel, dieser Kerl war unter Umständen sogar an dem Abend dabei gewesen war vielleicht der Mistkerl, der sie umgestoßen hatte. Diese Leute waren völlig durchgeknallt.

Ihr Blick fiel über die Schulter des Mannes zur offenen Tür des Schneiderbetriebs. In Gedanken ging sie ein paar der Bewegungen durch, die ihre Selbstverteidigungslehrerin ihr beigebracht hatte. Augen, Nase, Hals und Schritt. Kräftig und schnell zuschlagen.

Er bemerkte ihren Blick, und es zuckte um seine Mundwinkel. Sie verfluchte sich, weil sie ihm damit verraten hatte, dass er sie eingeschüchtert hatte, wenn auch nur ein bisschen.

»Das sind alles Lügen«, erklärte er. »Was die vor Gericht gesagt haben. Da bekommt man nie die Wahrheit zu hören.«

Rebecca wusste sehr wohl, dass Gerichte sich mit dem befassen, was beweisbar ist, doch Lügen kommen ja immer irgendwo her. Und die Wahrheit liegt allzu oft in den Augen – und den Ohren – des Betrachters oder Hörers. Diesen saftigen Knochen würde sie ihm allerdings nicht vorwerfen, noch viel weniger über diese Aussage mit ihm debattieren.

»Tut mir leid, Mr Bailey, aber ich habe einen Termin, also ...«

»Sie waren an dem Abend damals dabei«, sagte er.

Also war er tatsächlich in Inchferry gewesen. Wieder einmal hatte sie den Eindruck, dass er mit ihr seine Spielchen trieb.

»Ja«, erwiderte sie.

»Aye, hab Sie gesehen.« Er kniff die Augen zusammen. »Sie waren damals noch beim *Chronicle*.«

»Das stimmt, aber ...«

»Finbar hat gesagt, Sie sind unser Feind.«

Finbar. Sie redeten einander mit dem Vornamen an. Das hatte an sich noch nicht zu bedeuten, dass er ein Busenfreund des SG-Anführers war. Dalgliesh war der Typ Mann, der mit den Leuten ein Bier trinkt und eine Zigarette raucht und jedem, der ihn vielleicht unterstützen könnte, anbietet, ihn Finbar zu nennen. Aber es bestätigte, dass Bailey SG-Anhänger war. Und sie war jetzt eine Feindin, nicht die Presse im Allgemeinen, sondern sie persönlich. Ein wenig erfreute sie das, allerdings nicht so sehr, dass es ihre Nerven entspannt hätte. Sie hatte Mühe, nach außen hin ruhig zu bleiben.

»Sie sind genau wie all die anderen. All diese Mainstream-Medien. Diese liberale Elite. Sie würden die Wahrheit nicht mal erkennen, wenn sie Sie in den Hintern beißt.« Er verzog die Lippen zu einem hämischen Grinsen, während seine Augen sie langsam von Kopf bis Fuß musterten. »Aber jetzt ändert sich das alles. Sie wären gut beraten, wenn Sie sich daran erinnern.«

Da wären wir also, dachte sie. Er hatte all die rechtsextremen Schlagwörter ausgepackt. Mainstream-Medien. Liberale Elite. Rebecca hatte das Gefühl, als wiederholte er Phrasen, die er bei einer SG-Versammlung gehört hatte, allesamt entweder Halbwahrheiten oder schamlose Lügen und Bestätigung alter Vorurteile. Es war immer stressig, wenn jemand sich über Berichte aus dem Gerichtssaal beschwerte, aber wenn ein SG-Mitglied diese Beschwerde vorbrachte, kam noch ein weiteres Level der Besorgnis hinzu. Irgendetwas an den Worten des Mannes, an der Art, wie er sie hervorstieß, wie er das Wort »Sie« betont hatte, wie er sich herausnahm, sie mit diesen halb geschlossenen, spöttischen Augen beinahe zu durchbohren, ließ ihren Geduldsfaden reißen. *Mach was, das die anderen nicht erwarten*, hatte ihr Vater ihr einmal geraten. *Anstatt zurückzuweichen, geh näher ran. Manche Leute sind nichts als heiße Luft.*

Sie trat einen halben Schritt vor, sicherte ihren Stand, wie die Selbstverteidigungslehrerin es ihr beigebracht hatte, und sagte: »Mr Bailey, das klang gerade in meinen Ohren wie eine Drohung.«

Er regte sich nicht. Sein Lächeln wurde nur noch breiter. »Keine Drohung, Schätzchen. Dieses Land ändert sich, und Leute wie ihr, ihr ändert euch am besten mit, mehr sage ich nicht. Wenn ihr wisst, was gut für euch ist.« Er machte einen Schritt von ihr weg, wandte sich zur Treppe, sah sich noch einmal um. Unverändert lächelnd, als würde in seinem Kopf weiter dieser kleine Witz erzählt, musterte er sie von Kopf bis Fuß, als hätte er gespürt, dass sie angespannt war, zur Flucht oder zum Kampf bereit. »Glauben Sie mir, Rebecca Connolly, die Sache ist noch lange nicht zu Ende.«

Sie versuchte, sich eine schlaue Antwort darauf einfallen zu lassen, doch es kam ihr keine in den Sinn. Stattdessen ließ sie ihn ohne ein weiteres Wort gehen, lauschte auf seine Schritte auf der Treppe und hörte, wie die Tür zur Straße zufiel. Erst dann holte sie tief Luft und stieß sie langsam wieder aus, wütend über das kleine Beben beim Ausatmen. Atme, befahl sie sich. Ein. Aus.

Ihr Telefon piepte. Sie öffnete die SMS und sah ein Bild: Auf einem Banner über einem Denkmal prangten die Worte »JAMES STEWART IST UNSCHULDIG«.

Dann klingelte das Telefon.

»Haben Sie das Foto bekommen?« Tom Muirs Stimme klang zittrig, fern. Rebecca wusste nicht, ob er aus einer Gegend mit schlechtem Empfang anrief oder ob sein Handy so alt war, dass es von Rechts wegen noch eine Wählscheibe hätte haben sollen. Fürs Erste verbannte sie also Martin Bailey aus ihren Gedanken.

»Ja, ich sehe es mir gerade an.«

»Ich weiß nicht, wie lange das da hängen bleiben wird. Irgendein Mistkerl wird es sicher runterreißen. Die gibt's auch bei uns in Keil Chapel, wo James of the Glens begraben liegt, und in Lettermore, wo Colin Campbell ermordet wurde.«

Beides waren Orte, die mit einem Fall von vor beinahe 270 Jahren zu tun hatten. Damals hatte man einen gewissen James Stewart dafür verurteilt, dass er angeblich einen Regierungsbeamten ermordet hatte. Rebecca kannte die Geschichte gut, denn ihr Vater hatte ihr vor langer Zeit davon erzählt.

Doch diese Banner bezogen sich nicht auf irgendeine historische Gestalt. Dieser James Stewart lebte eindeutig in der Gegenwart.

»Okay, Chaz wartet vor der Tür auf mich«, sagte sie. »Wir kommen wahrscheinlich am frühen Nachmittag bei Ihnen an. Ich gehe zuerst noch zu Mrs Stewart.«

»Ich habe für Sie bei Afua den Weg bereitet, so gut ich eben kann«, sagte die Stimme am anderen Ende der Leitung. »Aber ich hoffe doch sehr, dass Sie Ihre Unerschrockenheitspillen genommen haben, meine Liebe.«

»Gleich früh am Morgen, wie jeden Tag«, sagte sie, und ihre Gedanken wanderten wieder zu Martin Bailey und seiner letzten Aussage. Irgendwie wusste sie, dass es mehr als eine Drohung gewesen war.

Es war ein Versprechen.

3

Rebecca schnappte sich ein neues Notizheft und ein paar Stifte, schloss das Büro ab und folgte den Schwaden von Baileys Rasierwasser zur Straße hinunter. Verglichen mit der Kühle des schäbigen Treppenhauses war die Hitze des Tages hier draußen beinahe sengend. Das Schloss der Haustür war nicht ganz richtig eingeschnappt, also zog sie kräftig, bis sie hörte, wie es einrastete. Sie hatte schon länger vorgehabt, Schmieröl zu kaufen, es aber immer wieder vergessen. Sie nahm sich vor, gleich beim nächsten Besuch im Supermarkt welches mitzunehmen.

Chaz Wymark lehnte an der Wand zwischen der Haustür und einem Café, hatte ein Bein angewinkelt und stützte sich mit dem Fuß am Mauerwerk ab, das Gesicht in die Sonne gereckt. Er öffnete ein Auge und blinzelte in ihre Richtung.

»An das Wetter könnte ich mich echt gewöhnen«, sagte er.

»Wir sind in Schottland«, erwiderte sie. »Das hält nicht.«

Er ließ das erhobene Bein sinken und beugte sich nach unten, um seine Kameratasche hochzuhieven, die wie ein geduldiger Hund zu seinen Füßen gewartet hatte. »Großer Gott, verdirb mir ruhig die gute Laune.« Er legte sich den Trageriemen der Tasche über die Schulter. »Was hat dich so lange aufgehalten?«

»Tut mir leid, ich musste erst noch was regeln.«

Die Strahlen der Sonne waren ihr willkommen. Der Winter war lang gewesen, und dieser Frühsommer war eine Wucht. Es waren bereits ein paar Touristen unterwegs, obwohl es gerade erst kurz nach neun war. Eine Gruppe wurde von einem Fremdenführer die

Straße entlang in Richtung Church Street geleitet, vielleicht zur Old High Kirk. Rebecca überlegte, wie diese Leute sich wohl fühlen würden, wenn sie dort, wie es im Vorjahr geschehen war, vom Anblick eines Mannes im roten Uniformrock der Regierungssoldaten von 1746 empfangen würden, dem man die Kehle durchgeschnitten hatte und dessen Leiche über einen flachen Grabstein gebreitet lag. Sie hatte es selbst nicht gesehen, aber sie hatte mit einem Polizisten gesprochen, der vor Ort gewesen war. Schön war der Anblick wohl nicht gewesen, und heute hätte er sicherlich die Besucher so geschockt, dass sie ihre Reiseführer fallen ließen. Sie ließ die Gruppe vorbei, und eine Touristin, eine ältere Frau, lächelte ihr zu.

Rebecca nickte und erwiderte das Lächeln, das ihr jedoch verging, als sie bemerkte, dass Martin Bailey sie von der anderen Straßenseite aus beobachtete.

Sie spürte, wie sich ihre Stirn in Falten zog, und wandte sich rasch ab, damit Bailey das nicht sah.

»Was ist los?«, fragte Chaz, der ihren Gesichtsausdruck wahrnahm.

»Der Typ da drüben.«

Chaz verrenkte den Hals. »Welcher Typ?«

»Schau nicht so offensichtlich hin, Herrgott noch mal«, flüsterte sie.

»Entschuldigung«, sagte Chaz. »Ich wusste ja nicht, dass wir im Agatha-Christie-Modus sind.«

»Hast du ihn gesehen?«

»Hatte keine Gelegenheit, ehe du angedeutet hast, dass meine Agentenfähigkeiten ausbaufähig sind.«

Trotz ihrer Besorgnis musste sie lächeln. »Er ist auf der anderen Straßenseite. Hat vorhin darüber gejammert, dass ein Bericht über das Verfahren seines Sohnes in der Zeitung steht. Das hat mich aufgehalten.«

»Okay«, meinte Chaz. Diesmal blickte er weniger auffällig auf den anderen Gehsteig.

»Er ist auch SG-Anhänger. Glaube ich jedenfalls. Und er hat mir eben so nebenbei gedroht.«

Gar nicht so nebenbei, überlegte sie, als sie sich an seinen letzten Blick erinnerte.

»Wirklich?« Chaz' Stimme verhärtete sich. Nun gab er jeden Vorwand auf, drehte sich um und warf dem Mann einen grimmigen Blick zu. Diesmal tadelte Rebecca ihn nicht. Er war wirklich ein Schatz, doch sie wussten beide, dass er wohl kaum die mittelalterliche Ritternummer abziehen würde. »Oh, das stimmt, ich habe vorhin gesehen, wie er unmittelbar nach dir ins Haus gegangen ist.«

Ohne sich umzudrehen, fragte sie: »Was macht er jetzt?«

»Steht einfach nur da und schaut zu uns hin.« Chaz verzog das Gesicht kein bisschen. »Ich bin mir nicht sicher, ob mein grimmigstes Clint-Eastwood-Starren ihn überhaupt in Sorge versetzt. Was für eine Drohung war das?«

»Ach, das Übliche. Eine Drohung, die eigentlich keine ist. Ihr werdet schon sehen, jetzt ist unsere Zeit gekommen, die Sache ist noch nicht zu Ende, bla, bla, bla. Es ist eher die Art, wie er es gesagt hat, als das, was er gesagt hat. O ja, und ich bin die Feindin.«

Chaz starrte weiter zu Martin Bailey hin. Er war vielleicht kein Clint Eastwood, aber Mumm hatte er. »Wessen Feindin? Seine?«

»Die der SG. Die von Finbar Dalgliesh.«

»Jeder, der ein halbes Hirn sein Eigen nennt, ist deren Feind. Meinst du, er ist gefährlich?«

Ihr nüchterner Verstand sagte ihr, dass der Mann ein Rabauke war, der Leute schikanierte. Und solche Kerle haben nur Erfolg, wenn man sich nicht gegen sie wehrt. Die Chancen standen nicht schlecht, dass sie nie wieder von ihm hören würde.

»Ach, lass schon«, sagte sie. »Komm, wir vergessen den. Der ist nichts.«

Sie gingen die Straße entlang auf den Bahnhof zu. Chaz' Hinken, die Folge eines Autounfalls, bei dem sein Wagen von der Straße abgekommen war, war nun nicht mehr so ausgeprägt. Inzwischen hatte er auch den Stock, den er eine Weile mit sich herumgetragen hatte, aufgegeben. Eigentlich hatte er ihn ohnehin nie wirklich gebraucht. Rebecca schaute noch einmal über die Schulter zurück und sah, dass Bailey sie auf der anderen Straßenseite beschattete. Als er ihnen am Ende der Straße noch immer folgte, beschloss Rebecca, die Sache gleich im Keim zu ersticken.

»Warte hier«, sagte sie zu Chaz und überquerte unverzüglich die Straße, um dem Mann entgegenzutreten. Die Belustigung tanzte noch in seinen Augen, als er sie jetzt ansah, das selbstgefällige kleine Lächeln zuckte ihm weiterhin auf den Lippen.

»Haben wir ein Problem, Mr Bailey?« Sie sprach mit leiser Stimme, sodass die Passanten sie nicht hören konnten.

Zunächst sagte er nichts, sah sie nur mit diesem aufreizenden Grinsen an. »Ich geh nur hier lang, mehr nicht.«

»Ach ja«, erwiderte sie.

»Man wird ja wohl noch die Straße entlanggehen dürfen, oder?«

Sie schnaufte schwer. Sie hatte wirklich keine Antwort darauf. Er beugte sich ein wenig näher zu ihr und sagte leise: »Aber ich melde mich wieder.«

»Ich glaube nicht, dass wir noch etwas miteinander zu bereden haben, Mr Bailey.«

Er tat einen halben Schritt zurück, zuckte mit den Achseln, machte kehrt und ging in die entgegengesetzte Richtung. Rebecca schaute ihm einen Augenblick hinterher, gesellte sich dann wieder zu Chaz.

»Denkst du, der macht Ärger?«, erkundigte er sich.

Sie blickte zurück, doch Bailey war bereits außer Sichtweite. »Ich bin schon früher mit Leuten wie ihm fertiggeworden. Damals bei der Zeitung hat mich einer jeden Tag angerufen – auch wegen einer Reportage aus dem Gericht – und mich mit allen möglichen Schimpfnamen belegt. Aber das hier? Ich weiß nicht. Es fühlt sich irgendwie anders an.«

»Wenn du dir Sorgen machst, solltest du es der Polizei sagen. Vielleicht rufst du mal bei Val Roach an?«

Val Roach war eine Polizistin, die Rebecca bei den Ermittlungen in den Mordfällen vom Friedhof der Old Kirk und vom Culloden Moor kennengelernt hatte. Die ganze Angelegenheit hatte damit geendet, dass Rebecca beinahe eine Pistolenkugel abbekommen hätte. Sie hatte auch dazu geführt, dass Rebecca ihren Job beim *Highland Chronicle* aufgab und nun für die Presseagentur von Elspeth McTaggart arbeitete. Roach hatte sie während dieser Ermittlungen schwer enttäuscht, weil sie einer Verdächtigen erzählt hatte, Rebecca hätte sie verraten, obwohl sie das nicht getan hatte. Sie hatte auch damit gedroht, Rebecca zu verhaften, weil sie Informationen zurückhielt. Das machte ihr die Polizistin nicht gerade sympathisch, und sie hatten seither nicht miteinander geredet.

»Und was soll ich ihr sagen?«, fragte Rebecca. »Dass sich jemand bei mir beschwert, mir einen finsteren Blick zugeworfen hat und sich dann auch noch erdreistet hat, die Straße vor dem Büro entlangzugehen? Nein, wie gesagt, vergiss es. Typen wie der sind den erhöhten Blutdruck nicht wert. Komm schon. Jetzt gehen wir Afua Stewart besuchen.«

»Meinst du, sie wird mit dir reden?«

Rebecca warf ihm einen tadelnden Blick zu. »Hast du je erlebt, dass mir jemand ein Gespräch verwehrt hätte?«

Er ließ sie ein paar Schritte vorausgehen, ehe er antwortete: »Nun ... ja.«

4

Mo Burke hatte im Barney's ihren eigenen Tisch, schließlich gehörte ihr ja die Kneipe. Heutzutage verbrachte sie viel mehr Zeit in der schäbigen kleinen Bar in einer Gasse der Altstadt als in ihrem Zuhause in Inchferry. Hier war es, als hätte man eine Reise zurück in die Zeit gemacht, als in den Pubs nichts als Bier und Schnaps ausgeschenkt wurde und Wein nur was für die feinen Schnösel war. Mo beobachtete, wie die Leute kamen und gingen, während Midge, ihr West Highland Terrier, zu ihren Füßen auf einem großen Kissen lag. Sie liebte den kleinen Hund. Er war alles, was ihr noch geblieben war, zumindest bis man ihren Mann freiließ. Sie hatte zwei Söhne, aber einer war tot und der andere im Gefängnis. Während sie so schaute, trank sie Kaffee und gelegentlich Gin, und sie rauchte. Hier würde es niemand wagen, ihr das Anti-Rauch-Gesetz um die Ohren zu hauen, es sei denn, er hätte es darauf angelegt, selbst etwas viel Schmerzhafteres um die Ohren zu bekommen. Jeder aus ihrem Team, der mit ihr reden wollte, wusste, wo er sie finden konnte, und so strömten die Jungs stetig rein und raus, und jeder hatte das Gefühl, er müsse sich was an der Bar bestellen. Das trug auch zum Gewinn bei. Nicht dass Mo sich allzu sehr darum geschert hätte. Barney's war nur Fassade, eine Möglichkeit, Geld zu waschen, das sie anderswo eingenommen hatte. Im Pub waren meistens nur Stammgäste, doch das bedeutete nicht, dass nicht einer davon den Gesetzeshütern etwas zuflüsterte. Also wurden alle Themen, die irgendwie heikel waren, in dem großen Keller besprochen. Mo Burke hatte sich nicht so lange im Geschäft gehalten, indem sie übermäßig vertrauensselig war.

Martin Bailey war kein Stammgast, aber er wusste, wo Mo zu finden war. Also war sie nicht überrascht, als er die Tür aufdrückte, schnurstracks auf ihren Tisch in der hintersten Ecke zukam, sich ohne Aufforderung hinsetzte, und, wie sie bemerkte, auch ohne unterwegs für einen Drink in die Tasche zu greifen. Wenn er darauf wartete, dass sie ihm einen spendierte, würde er in die Röhre gucken. Sein Rasierwasser schwallte über den Tisch hinweg zu ihr hin und stach ihr in die Nase. Großer Gott, wo fand der das Zeug?, fragte sie sich. Sie hätte ihm zu gern gesagt, die Siebzigerjahre hätten gerade angerufen und wollten den Duft und diese Frisur zurück.

»Hast du bekommen, was ich wollte?«, fragte er mit diesem halben Lächeln in der Visage. Der Schweinehund sah immer so verflixt selbstzufrieden aus, und das kotzte sie total an. Unter dem Tisch hob Midge den Kopf und schnüffelte. Er war ein freundlicher kleiner Hund, der gewöhnlich aufstand und die Leute begrüßte, die mit Mo reden wollten, doch auf Bailey bewegte er sich nicht zu. Mo fand, dass er damit gesunden Hundeverstand bewies. Sie mochte Bailey nicht, genauso wenig die Leute, mit denen er sich rumtrieb, aber sie schluckte ihren Ärger herunter. Sie konnte Bailey gut brauchen.

Sie langte in ihre Manteltasche – im Pub war es ihr immer zu kalt – und zog einen Zettel heraus. Sie schob ihn mit behandschuhten Fingern über den Tisch, und er nahm ihn, faltete ihn auf und sah ihn an.

»Hattest du denn Probleme, das zu kriegen?«, erkundigte er sich.

Sie schüttelte den Kopf. Mo Burke kannte viele Leute. Informationen zu bekommen, war für sie ein Kinderspiel. Wenn er argwöhnte, dass es nicht Mos Handschrift war, zeigte er es jedenfalls nicht. Sie würde ihm niemals irgendwas geben, das sich leicht zu ihr zurückverfolgen ließ.

»Schreib's ab«, sagte sie und schob ihm einen Bleistift hin. »Unten ist Platz. Dann reiß den Streifen ab und gib mir das Original zurück.«

Er schaute zu ihr auf, wieder dieses spöttische Aufblitzen. »Im Ernst?«

»Im Ernst.«

Zunächst hatte es den Anschein, als wollte er darüber diskutieren, doch dann grunzte er ein halbes Lachen, nahm den Bleistift und schrieb Rebecca Connollys Adresse und Telefonnummer ab. Mo würde das Risiko nicht eingehen, dass man ihn mit dem Original in der Tasche erwischte, selbst wenn es nicht ihre eigene Handschrift war. Vorsichtsmaßnahmen. Sicherheitsebenen. Überleben des Schlauesten.

»Ich hab sie vor einer Weile in ihrem Büro besucht«, sagte er, während er sorgfältig den Zettel in der Mitte durchriss und ihr das Original zurückgab. »Einfach verdammter Dusel. Ich hab gerade diese Agentur ausspioniert, da kam sie an. Also habe ich schon mal den Ball ins Rollen gebracht.«

»Du hättest es an Ort und Stelle machen können.«

Er schüttelte den Kopf. »Nein, so arbeite ich nicht. Zu früh. Ich mach das auf meine Weise.«

Sie wusste, was »seine Weise« war. Sie hielt zwar nichts davon, aber es war ihr eigentlich egal. Es gab nicht viel, wovon Mo Burke nichts erfuhr, besonders in Inchferry. Sie war nicht von dort, aber sie lebte dort, seit sie ihren Mann Tony geheiratet hatte, und ihre Familie war untrennbar mit diesem Bezirk verwoben. Zumindest das, was ihr an Familie noch geblieben war.

Bailey hatte in Ferry auch einen Ruf. Er mochte Frauen nicht, ganz besonders Frauen, die ihn seiner Meinung nach schlecht behandelt hatten. Das Geld einer Frau nahm er jedoch gern, wenn es ihm angeboten wurde. Aber er hatte noch andere Gründe, Rebecca Connolly zu jagen. Bailey war bei der SG, und dort mochte man die Reporterin ganz und gar nicht. Obwohl sie kein Fan von Finbar Dalgliesh und seinen Kumpels war, nutzte Mo das nur zu gern zu ihrem Vorteil aus. Das war nämlich der eigentliche Grund für Baileys Hass. Sein Junge war ihm herzlich egal, aber sie hatte ihm dieses Argument eingeflüstert, um ihm mitzuteilen, dass es höchste Zeit wäre, dieser Connolly eine Lektion zu erteilen. Männer waren manchmal so leicht zu manipulieren. Es hatte nicht viel Überredungskünste gebraucht. Rebecca Connolly hatte über die SG geschrieben und hatte es sich zur Angewohnheit gemacht, Finbar immer wieder auf die Nerven zu gehen. Für jemanden wie Bailey war das schlicht untragbar, besonders von einer Frau.

»Sie ist ein unverschämt freches kleines Miststück.«

»Dann tu, was du gesagt hast. Ich will, dass sie für das zahlt, was sie angerichtet hat.«

Sein Grinsen wurde breiter. »Oh, sie wird zahlen, da mach dir mal keine Sorgen. Mit dieser Schlampe haben wir schon lange eine Rechnung offen. Jetzt ist die Zeit reif.«

Mo Burke hielt die Flamme ihres Feuerzeugs an eine weitere Zigarette und dachte an ihre Söhne. An den einen, der im Gefängnis saß, und den anderen, der in einem kühlen Grab lag.

Und für beides war Rebecca Connolly verantwortlich.

5

Die Couch sah teuer aus und fühlte sich auch so an, und der zweifellos hohe Preis wirkte sich merklich auf den Faktor Bequemlichkeit aus. Rebecca hatte das Gefühl, in einer watteweichen Wolke zu versinken. Ob die Besitzerin etwas dagegen hätte, wenn sie sich hier zusammenkuschelte, eine dieser unglaublich weich aussehenden Decken – kein Fünf-Pfund-Sonderangebot von Tesco für diese Lady – um sich breitete und ein bisschen Schlaf nachholte? Sie fragte lieber nicht. Die kühle Feindseligkeit in diesem geschmackvoll eingerichteten Raum war beinahe mit Händen zu greifen.

Die Frau hatte sie mit einem frostigen Nicken und einer knappen Geste begrüßt, die sie zum Eintreten aufforderte. Das war zumindest etwas. Jetzt saß sie ihnen sehr aufrecht auf einem Sessel gegenüber, hatte die langen Beine aneinandergeschmiegt und leicht zur Seite geneigt, die Hände im Schoß gefaltet. Es war ein sehr schöner Ohrensessel, blassgrün mit einer geraden Rückenlehne. Er war antik und hatte wahrscheinlich mehr gekostet als Rebeccas gesamte Sitzgarnitur. Plus Fernseher. Vielleicht sogar plus Teppiche. Der gesamte Raum war der Traum eines Designers von gutem Geschmack und verfeinerter Eleganz.

Afua Stewart war eine wunderschöne Frau. Sie würde auf den Fotos großartig aussehen, die Chaz, so hoffte Rebecca, von ihr machen würde, bevor sie gingen. Die äußere Erscheinung, immer die äußere Erscheinung. Sie musste über sechzig sein, schätzte Rebecca und würde jede Wette eingehen, dass ihr Lächeln noch immer die Männerherzen höher schlagen ließ. Ihr Sohn James war jetzt einunddreißig; zum Zeitpunkt seiner Verurteilung war er einundzwanzig gewesen. Afua Stewart war zehn Jahre lang Model gewesen, ehe sie heiratete und all das hinter sich ließ, um Ehefrau und Mutter zu werden. Ihre Haut war makellos, ihre Wangenknochen ausgeprägt, das Kinn noch fest, das schwarze Haar kurz geschnitten. Ihre Augen waren blassblau und unterstrichen die kühle Verachtung, mit der sie Rebecca und Chaz betrachtete. Hauptsächlich allerdings Rebecca. Vielleicht schaute die Frau immer so. Vielleicht war dieser Blick auch nur für Rebecca reserviert, die Afua früher schon einmal enttäuscht hatte.

Das Haus war groß und lag im Stadtbezirk Crown in einer ruhigen Straße mit Villen, sorgfältig gepflegten Gärten und Hecken und funkelnagelneuen Autos vor der Tür. Auf der Straße draußen war es still, nur ab und zu störte das Bellen eines Hundes die Ruhe des Samstagmorgens. Der Hund war wahrscheinlich im Park am Ende der Straße, vermutete Rebecca, und jagte hinter einem Ball her. Oder hinter einem Stöckchen. Oder er bellte einfach nur, weil ihm gerade danach war.

»Sie scheinen nicht recht bei der Sache zu sein, Ms Connolly«, sagte Afua Stewart in ihrem kultivierten schottischen Tonfall mit einem Hauch von Übersee. Ihre Familie stammte aus der Region Ashanti in Ghana, doch Rebecca wusste, dass Afua selbst in Edinburgh geboren und aufgewachsen war und ihre Model-Laufbahn sie nach London und Paris geführt hatte. Den Sprung zum Supermodel hatte sie nie geschafft, war aber doch recht erfolgreich gewesen.

»Tut mir leid, Mrs Stewart. Mir ist gerade etwas anderes durch den Kopf gegangen. Und bitte nennen Sie mich Rebecca.« Sie mochte es gar nicht, wenn man sie als Ms oder Miss bezeichnete, obwohl sie selbst gewissenhaft darauf achtete, andere mit dem angemessenen Titel anzusprechen.

Die Frau quittierte diese Bitte mit dem leichten Zucken einer Augenbraue. Rebecca konnte daraus nicht ablesen, ob sie verärgert war, ihre kurze Unaufmerksamkeit akzeptiert hatte oder der weniger förmlichen Anrede zustimmte. Sie schlug jedenfalls nicht vor, Rebecca solle sie auch mit Vornamen anreden.

»Ich habe Sie gefragt, warum Sie sich so plötzlich für den Fall meines Sohnes interessieren, wo Sie das doch bisher nie getan haben.«

Und da war es.

»Ich habe mich immer für den Fall interessiert, Mrs Stewart. Seit mir Tom Muir davon erzählt hat.«

Rebecca hatte Tom Muir während der Ausschreitungen in Inchferry kennengelernt, die ihr Prellungen und aufgeschürfte Knie und Handflächen eingebracht hatten – und dem jungen Martin Bailey eine Gefängnisstrafe. Tom Muir hatte ihr die Story an genau dem Tag erzählt, als sie sich entschlossen hatte, den *Highland Chronicle* zu verlassen. Dass sie anschließend gezwungen war, James Stewarts Geschichte so lange unbeachtet zu lassen, behagte dessen Mutter gar nicht. Kampagnen schaffen es nur in die Nachrichten, wenn es etwas Neues zu berichten gibt, und die finanzielle Wirklichkeit verlangte von ihr, dass sie sich mit Arbeiten beschäftigte, die ihr halfen, die Miete zu zahlen. Sie hatte versucht, andere Redakteure für den Fall zu interessieren – bei Zeitungen, Zeitschriften, sogar bei Radio und Fernsehen –, aber die hatten auch nicht angebissen.

Die kühlen mandelförmigen Augen wurden sanfter. »Tom ist ein Fels in der Brandung.«

Das war Tom, unerschütterlich wie ein Fels. Er war Gewerkschaftler, Stadtrat und sozialer Aktivist. Er war ein Mann aus dem Volk, der sich für das Volk einsetzte, und er kämpfte bereits sein ganzes Erwachsenenleben lang gegen Ungerechtigkeit. Er gab selbst zu, dass er nicht immer recht hatte, versuchte aber, kein

Unrecht zu tun. Er glaubte, dass James Stewart unschuldig war, und das war's für ihn. Das reichte aus, um Rebeccas Nachrichtengespür anzuregen, doch sie brauchte mehr als nur blinden Glauben.

»Das Problem war, dass ich bei den Medien kein Interesse dafür wecken konnte. Ich habe Ihnen das ja bereits erklärt«, sagte Rebecca. »Was die Medien betrifft, die halten James für schuldig. Fälle, bei denen es um Justizirrtümer geht, brauchen sehr viel Zeit, und die Medien haben keinen sonderlich großen Appetit auf Dinge, die auf lange Sicht angelegt sind, es sei denn eine Dokumentar-Redaktion beim Fernsehen interessiert sich dafür. Ohne neue Beweise, ohne frische Informationen war die Story für sie schlicht gestorben.«

»Aber das hat sich jetzt geändert.«

Es war eine Aussage, keine Frage.

»Ja«, antwortete Rebecca. »Die Banner, die Tom aufgehängt hat, sind eine Story, reichen zumindest dazu aus, ein anfängliches Interesse zu wecken.«

Rebecca deutete zu Chaz, der neben ihr saß. »Wir fahren heute dort hin, um es uns selbst anzusehen, obwohl natürlich die Möglichkeit besteht, dass die Banner inzwischen entfernt wurden. Tom hat mir aber ein paar Fotos geschickt. Wie gesagt, das sollte langen, um die Sache ein wenig anzuheizen.« Sie legte eine Pause ein. »Aber Tom hat mir erzählt, Sie hätten einen weiteren Durchbruch erzielt. Er hat mir nicht verraten, worum es sich dabei handelt. Er meinte, das stehe ihm nicht zu.«

Rebecca ließ das in der Luft hängen, hoffte, dass ihre Gesprächspartnerin darauf eingehen würde. Doch Afua Stewart änderte lediglich ihre Sitzposition, schwang ihre Beine herum, lehnte sich zurück und legte die Hände auf die Armlehnen des Sessels. Ihre langen Finger liefen zu sorgfältig manikürten Nägeln aus, die in einem weichen Silberton lackiert waren. Jede ihrer Bewegungen war von anmutiger Leichtigkeit und zeugte von ihrer Zeit auf dem Laufsteg. Es mochte über dreißig Jahre her sein, dass sie vor klickenden Kameras auf und ab geschritten war und posiert hatte, aber sie hielt sich auch jetzt noch hervorragend. Sie wartete ab, dass Rebecca weiterreden würde, war offensichtlich nicht dazu aufgelegt, ihr die Sache leicht zu machen. Aber warum sollte sie auch? Sie traute der Presse nicht über den Weg. Zu viele Versprechungen und nicht genug Taten.

Die Banner sollten ausreichen, um etwas loszutreten, aber Rebecca wollte – nein, musste – mehr über die neuen Informationen herausfinden. War es möglich, damit eine neue Ermittlung loszutreten? Würde es ausreichen, um ein Berufungsverfahren zu erwirken oder zumindest die schottische Kommission zur Überprüfung von Strafsachen auf den Plan zu rufen?

Als Rebecca jedoch nun Afua Stewarts ungerührte Miene betrachtete, spürte sie, dass sie diese Informationen hier nicht bekommen würde. Unter den Augen dieser Frau fühlte sie sich wie in einer kalten Nacht am Polarkreis ohne Unterhemd. O ja, Afua Stewart würde unbequem bleiben.

»Mrs Stewart«, sagte Rebecca und beugte sich vor, soweit es ihr auf dem traumhaft weichen Sofa gelang, das sie wie in einer Umarmung umfing. Wenn sie hier das Eis brechen wollte, musste sie den Abstand verringern, ohne der Frau zu nahe zu treten. Sie hätte auch aufstehen können, aber das wäre ein sehr unelegantes Manöver geworden, also entschied sie sich dafür, auf den vordersten Rand der Kissen zu rutschen. »Ich bin hier, um zu helfen, wenn ich kann.«

Ein Aufblitzen, ein wenig Feuer im Permafrost dieser blauen Augen. »Sie sind hier, weil Sie eine Story wittern.«

»Aber damit kann ich Ihnen helfen.«

»Ihnen liegt nichts an meinem James.«

»Ich kenne ihn nicht. Aber mir liegt etwas an Gerechtigkeit.«

Sobald sie die Worte über die Lippen gebracht hatte, war Rebecca klar, wie aufgeblasen und ichbezogen sie klangen. Auch bei Afua Stewart kamen sie nicht sonderlich gut an.

»Gerechtigkeit?« Rebecca spürte, dass die Frau geprustet hätte, wenn es nicht so unziemlich gewesen wäre. Wenn sie eines über Afua Stewart wusste, dann, dass sie stets die Contenance wahrte. Das war nicht nur in ihrer Modelvergangenheit begründet, ihr lag diese gefasste Haltung wohl in der DNA, sie reichte bis weit zu ihren Ashanti-Vorfahren zurück. Stolz. Zäh. Entschlossen. Prusten käme bei ihr niemals infrage. »Wo war denn die Gerechtigkeit, als das Verfahren gegen meinen James vor zehn Jahren durchgepeitscht wurde, mit euch Presseleuten als Helfershelfern? Niemand hat seine Version der Geschichte geglaubt. Er wurde von der Presse schon schuldig gesprochen, ehe die Geschworenen sich überhaupt zur Beratung zurückzogen.«

Rebecca hatte die Presseberichte gelesen, zumindest so viele, wie sie konnte. Man hatte James Stewart des Mordes an Murdo Maxwell für schuldig befunden. Maxwell, ein Rechtsanwalt und Umweltaktivist, hatte die schottische Regierung und die Regierung in Westminster beraten – und konfrontiert. Man hatte ihn erschlagen in seinem Landhaus Kirkbrig House in Appin aufgefunden, da, wo das Land sich ins Loch Linnhe hinein und am Wasser entlang in weitem Bogen nach Oban streckt. Man hatte James Stewart nackt und bewusstlos im Hauptschlafzimmer gefunden, mit Blut an den Händen und den Bettlaken und mit dem schweren Schürhaken, mit dem Maxwell ermordet worden war, neben sich auf dem Boden. Er und der fünfundfünfzigjährige Mann waren ein Liebespaar gewesen. Maxwells Sexualität war keineswegs ein Geheimnis gewesen, denn er hatte sich oft an Kampagnen für Schwulenrechte beteiligt, aber die Boulevardpresse hatte die Enthüllung seiner Affäre mit einem viel jüngeren Mann genüsslich ausgeschlachtet.

»Das ist mir klar«, sagte Rebecca, »und in gewisser Weise ist es auch wahr ...«

»In gewisser Weise? Die haben meinen Jungen gekreuzigt! Er war schwul, außerdem schlief er mit einem älteren Mann, und was wohl noch schlimmer war, er war kein Weißer. Das hat sie an ihrer empfindlichsten Stelle getroffen. Für sie war er schuldig, und das war's.«

Die Frau war verständlicherweise wütend, aber jetzt wurde sie unfair. Ja, gewiss, bestimmte Zeitungen hatten die Nase gerümpft, aber die Qualitätsblätter hatten ausgewogen und ohne Vorverurteilung berichtet. Natürlich brachte kein Bericht alles, was vor Gericht gesagt wurde. Da ging es um den schnellen Treffer, die griffige Schlagzeile, den Titel, der die meisten Clicks bringt, aber man achtete immer noch sorgfältig darauf, die Argumente der Anklage und der Verteidigung ausgewogen darzustellen, auch wenn man nicht über jeden Schluckauf und Rülpser berichtete. Auf James Stewarts Hautfarbe hatte man nirgends direkt Bezug genommen, aber Rebecca musste zugeben, dass sie in einigen Berichten einen gewissen Unterton bemerkt hatte.

»Ich verstehe, was Sie meinen, Mrs Stewart, aber Tom hat Ihnen sicher auch gesagt, dass ich nicht so bin.«

Afuas angespannter Kiefer wurde lockerer, aber nur ein wenig. »Ja, er spricht sehr lobend über Sie. Er glaubt, Sie seien anders als die anderen. Aber was können Sie tun, um uns zu helfen?«

»Wir sind eine kleine Presseagentur, aber meine Chefin, Elspeth McTaggart, hat sehr viele Kontakte.«

»Tom meinte, sie hätte aufgehört und Ihnen das Geschäft überlassen.«

»Sie hat sich ein wenig zurückgezogen, das stimmt, aber sie ist noch immer gut vernetzt. Im Grunde mache ich die Arbeit, und sie streicht den Gewinn ein.« Rebecca lächelte beinahe unmerklich. Das Lächeln wurde nicht erwidert. »Sie schreibt jetzt mit meiner Hilfe ein Buch über die Mordopfer, die man in Culloden und bei der Old High Kirk gefunden hat. Erinnern Sie sich?«

Afuas Miene verriet nicht, ob sie sich erinnerte oder nicht. Der Fall hatte einige Wellen geschlagen, also musste sie davon wissen. »Und deswegen sind Sie hier? Sie wollen wohl noch ein Buch schreiben?«

»Ich will nicht lügen, Mrs Stewart, das ist durchaus möglich. Aber zuerst einmal sollten wir bei der Justiz den Ball ins Rollen bringen. Und dazu brauchen Sie die Medien. Ich stimme Ihnen zu, vor zehn Jahren waren die nicht gerade hilfreich, aber jetzt können sie Ihnen helfen. Die Medien brauchen eine Story, und Sie brauchen jemanden, der Ihnen helfen kann, den Medien diese Story zuzuspielen.«

»Sie zu steuern?«

Rebecca schüttelte den Kopf. »Nein, ich werde die Fakten nicht steuern, Mrs Stewart. Ich werde die Sache nachverfolgen, soweit ich kann, aber ich werde nichts manipulieren und nichts unterdrücken. Um es ganz unverblümt zu sagen: Sollte ich etwas finden, das Ihrem Sohn nicht hilft, so werde ich es nicht ignorieren. Ich will nichts als die Wahrheit, oder das, was der Wahrheit am nächsten kommt.«

»Und Sie glauben, dass Sie die Wahrheit erkennen werden, wenn Sie sie sehen?«

Rebecca legte eine Pause ein und versuchte krampfhaft, sich an Worte zu erinnern, die sie einmal in einem Buch gelesen hatte. »Ich möchte Ihnen etwas über die Wahrheit erzählen, Mrs Stewart. Erinnern Sie sich an den Zauberwürfel?« Die Frau nickte. »Nun, die Wahrheit ist wie dieser Zauberwürfel. Wenn man den zum ersten Mal sieht, scheint alles richtig und in Ordnung zu sein. Alles ergibt einen Sinn, ist am richtigen Platz, alle Farben passen zusammen. Dann kommt jemand und dreht daran, und alles sieht auf einmal nicht mehr so wohlgeordnet aus. Die Farben sind noch da, aber sie sind verschoben. Ein paar weitere Drehungen, und es ist sogar noch schlimmer. Es ist vielleicht noch ein Muster erkennbar, auf eine abstrakte Weise sieht es auch noch gut aus, aber es ist nicht mehr wie zuvor. Wenn man kein Experte ist oder wirklich Mühe darauf verwendet, bekommt man es vielleicht nie wieder so hin wie am Anfang.«

»Was wollen Sie damit sagen?«

»Dass ich vielleicht nur eine oder zwei Seiten der ursprünglichen Version des Würfels hinbekomme. Der Rest könnte völlig chaotisch bleiben.«

»Mit anderen Worten, Sie haben das Gefühl, dass wir niemals die ganze Wahrheit herausfinden werden?«

»Mit anderen Worten, Mrs Stewart, ich bin bereit, den Versuch zu unternehmen.«

Eine gefühlte Ewigkeit saß Afua Stewart schweigend da und starrte Rebecca mit ihren kühlen blauen Augen an. »Dann bemühen Sie sich, das zu tun, Ms Connolly.« Sie war ein wenig aufgetaut, aber nicht so sehr, dass sie Rebecca beim Vornamen nannte. »Mein Sohn sitzt lange genug im Gefängnis.«

6

Ich schreibe dieses Tagebuch auf Anraten einer Betreuerin. Sie glaubt, wenn ich meine Gedanken zu Papier bringe, könnte mir das vielleicht helfen, in dem Chaos in meinem Kopf einen Sinn zu entdecken. Ich hasse es hier. Ich hasse, was mit mir geschehen ist. Ich hasse, wie die Zeit innerhalb dieser Steinmauern vergeht. Ich habe schon früh herausgefunden, dass die Zeit hier drinnen gleichzeitig unwesentlich und wichtig ist. Im Großen und Ganzen gesehen ist der unaufhaltsame Marsch der Stunden hinter diesen Gittern und Mauern abstrakt; seine einzige Auswirkung auf mein Leben ist, dass es mich langsam, Minute für Minute, Stunde für Stunde, Tag für Tag, Woche für Woche, Jahr für unendliches Jahr näher ans Ende meiner Strafe bringt. Im Kleinen ist mein Tag reglementiert, in einen Stundenplan gepresst: wann ich aufstehe, wann ich esse, wann ich arbeite, wo ich arbeite, wann ich spazieren gehe, rede, pisse, scheiße. Alles wird mir diktiert. Ist meiner Kontrolle entzogen.

Zuerst wollte ich mich wehren, so wie ich das draußen getan hätte. Ich wollte um mich schlagen. Ich wollte wüten und schreien und alle und jeden anblaffen.

Aber ich wusste, dass ich das nicht konnte. Es hätte mir nur Einzelhaft eingebracht. Also habe ich mich beherrscht. Jetzt sitze ich hier und lasse das geschriebene Wort ausdrücken, was meine Zunge nicht sagen darf. Vielleicht hilft es ja doch.

Nur meine Schlafstunden sind noch mein eigenes Reich, denn wenn ich allein auf meinem Bett liege und den Geräuschen des Gefängnisses ringsum lausche – irgendwo werden Türen geschlossen, Schritte *auf dem Korridor und auf den Treppen, Männer, die sich zur Ruhe legen und schnarchen und stöhnen und furzen –, erst dann bin ich Herr über meinen Körper, meine Gedanken, mein Schicksal. Ich kann schlafen oder nicht schlafen. Ich habe die Wahl, und niemand kann mich zwingen.*

Seltsamerweise erfüllt mich die nächtliche Sinfonie jetzt mit einem Gefühl der Zugehörigkeit, als steckten wir alle zusammen in dieser Sache. Aber das stimmt nicht, überhaupt nicht. Denn die anderen Männer hier sind schuldig, und ich bin es nicht.

7

Joseph McClymont hasste es, wenn man ihn Wee Joe nannte. Er konnte es nicht leiden, wenn man ihn mit irgendeiner Verkleinerungsform anredete, zog es vor, Joseph genannt zu werden. Natürlich sprach ihn niemand von Angesicht zu Angesicht mit Wee Joe an; nicht einmal die, die ihn hassten. Sie wussten es besser. Er war 1,75 m groß, er war schlank und blass, er trug eine Brille, aber für klein hielt er sich nicht. Allerdings machte es die Sache auch nicht besser, dass sein Vater als Big Rab bekannt war. Sein ganzes Leben lang hatte sein Vater übermächtig über ihm aufgeragt, nicht nur, weil er eine kraftvolle Gestalt war, sondern weil er so viel erreicht hatte. Und wenn ihn die Leute Wee Joe nannten, hatte er das Gefühl, als wollten sie seine eigenen Leistungen schmälern. Schließlich war er es doch gewesen, der so vielen ihrer Unternehmungen eine legitime Fassade verliehen hatte, ihnen das solide Furnier der Ehrenhaftigkeit gegeben hatte, das nur ein ganzes Heer forensischer Buchhalter durchdringen konnte.

So groß war sein Vater heute nicht mehr, wie er da auf seinem Sessel hockte und durch das Fenster in den Garten hinter ihrem großen Haus starrte. Das Alter hatte ihn schrumpfen lassen. Die Muskeln waren geschwunden, die Haut hatte sich gestrafft. Nur der dichte Haarschopf war geblieben, früher dunkel, heute mattgrau. Ein Schlaganfall hatte ihn weiter geschwächt. Er konnte sich zwar im Haus bewegen, aber er war nicht mehr der Mann, der er einmal gewesen war. Seine Augen waren müde und hatten einen gehetzten Ausdruck. In den meisten Nächten suchten ihn Albträume heim, und Joseph hörte ihn Namen von längst verstorbenen Männern rufen.

Das Telefon in Josephs Hand vibrierte, und er schaute auf das Display. Der Anrufer hielt sich sonst streng an die Bürozeiten, also musste das, was immer es sein mochte, wichtig sein, wenn er an einem Samstagmorgen anrief.

»Mr Williams«, sagte er. Sie hielten ihre Kontakte streng geschäftsmäßig, dieser Mann und er: Mr Williams und Mr McClymont, wie es sich zwischen einem Mann und seinem Anwalt gehörte.

»Mir ist etwas zu Ohren gekommen«, sagte der Anwalt, und seine Stimme war so knapp und trocken wie eine Notariatsurkunde. Joseph überlegte, ob Williams wohl seinen blauen Nadelstreifenanzug auch am Wochenende trug. Er hatte ihn nie in anderer Kleidung gesehen, immer mit einem sorgfältig drapierten blauen Einstecktuch in der Brusttasche, das stets so wirkte, als sei es irgendwie zufällig dort gelandet, und doch wie eine perfekte Blüte dort prangte. Die blaue Krawatte war nie gelockert, das weiße Hemd immer atemberaubend strahlend, und die Manschettenknöpfe sorgten für messerscharfe Ärmelkanten. Joseph stellte ihn sich zu Hause vor, immer noch in diesem Anzug mit Krawatte und Hemd. Wo auch immer dieses Zuhause sein mochte; Terence Williams hielt sein Privatleben nämlich streng von seiner Arbeit getrennt. Joseph wusste, dass Mr Williams eine Ehefrau hatte, deren Namen er allerdings nicht kannte, und dass er zwei erwachsene Kinder hatte, aber das war alles.

»Ist diese Leitung sicher?«

»Ja, Mr Williams.« Joseph tauschte alle zwei Wochen seine Mobiltelefone aus, und keines war auf seinen Namen angemeldet. Neue Geräte, neue Nummern, die nur wenige Auserwählte bekamen. Jeder andere, der sich mit ihm in Verbindung setzen wollte, machte das über seine Mittelsleute, manchmal mehr als eine Person, denn wenn es um trennende Abstände ging, so verschaffte einem jede zwischengeschaltete Ebene weitere Sicherheit. Die Legitimität, die er, Mr Williams und andere geschaffen hatten, war immer noch nur ein dünnes Furnier. »Was haben Sie gehört?«

»Dass eine Sache, die wir einmal für längst begraben gehalten haben, nun wieder auferweckt wird«, antwortete der Anwalt. »Die eines alten Freundes.«

»Welches alten Freundes?«

»Murdo Maxwell.«

Joseph schloss die Augen, als er den Namen hörte, als wollte er einen alten Schmerz abwehren. »Was ist mit ihm?«

»Eine Andeutung, ein Flüstern, der bloße Hauch eines Gerüchts.«

Terrence Williams sprach stets so, als sei er drauf und dran, einen Monolog zu halten. Joseph wünschte, er würde endlich zur Sache kommen, wusste aber aus Erfahrung, dass man die Sprachmuster des Anwalts am besten über sich ergehen ließ. Wäre es irgendjemand anders gewesen, er hätte ihn längst angeblafft, er solle endlich voranmachen. Doch er brauchte diesen scharfsinnigen Juristen auf seiner Seite. Williams kannte Techniken, um Geld zu verstecken, die jeden Buchhalter dazu gebracht hätten, seine Rechenmaschine an die Wand zu pfeffern. Außerdem war er in ein riesiges Informationsnetzwerk eingebunden, das ganz Schottland und mehr überspannte und sich schon häufig als äußerst fruchtbar erwiesen hatte. Joseph selbst wusste, dass es sehr schwierig war, manche Dinge bedeckt zu halten. Ein Gedanke, der ihn schon lange verfolgte.

»Murdo Maxwell ist tot, Mr Williams.«

»Tot, aber nicht vergessen, wie wir beide wissen, Mr McClymont.«

Da hatte er recht. Murdo Maxwell war nicht vergessen. Joseph jedenfalls hatte ihn nicht vergessen. »Was haben Sie also gehört?«

»Dass man vielleicht einen neuen Blick auf die Art und Weise werfen wird, wie er gestorben ist.«

»Jemand sitzt dafür im Gefängnis. Dieser junge Liebhaber.«

»James Stewart, wie der Schauspieler von der Kinoleinwand.«

Joseph wusste, wer der Schauspieler war, denn sein Vater war ein Westernfan gewesen und hatte versucht, auch seinem Sohn diese Leidenschaft zu vermitteln. Aber Joseph hatte nie Gefallen daran gefunden. Er hatte nicht viel übrig für Filme, zog Bücher vor. Besonders die Klassiker der Literatur. Für Camus, Sartre und Tolstoi würde er jeden berittenen Helden jederzeit gern aufgeben. Trotzdem war ihm nicht wohl bei dem Gedanken, dass man den Mord an Maxwell noch einmal untersuchen könnte. Denn da gab es einiges, das er lieber nicht noch einmal durchdenken wollte.

Er fragte: »Warum wollen sie diesen Fall noch einmal aufrollen?«

»Das alte Schreckgespenst der Berufungsgerichte: neue Informationen.«

»Was für neue Informationen?«

»Zu meinem Leidwesen sind mir Details darüber noch nicht zugeflogen, aber ich habe gehört, dass irgendwie ein Anwalt namens Stephen Jordan involviert ist.«

»Nie gehört.«

»Dafür gibt es auch keinen Grund. Ich habe Erkundigungen angestellt, diskret, versteht sich. Er ist ein Einmannbetrieb und schuftet sich in Inverness in den eher schäbigeren Niederungen meines Berufs ab.«

Schäbigere Niederungen. Joseph McClymont wusste, dass einige seiner eigenen Leute in der Vergangenheit auch Mandanten solcher Kanzleien gewesen waren, mit unterschiedlichen Ergebnissen, aber so war es ja mit den Gerichten. Manchmal gewinnt man, manchmal verliert man. Joseph selbst hatte noch nie auf der

Anklagebank gesessen, und so wollte er es auch beibehalten. Deswegen hatte er ja Terence Williams unter Vertrag.

»Ich dachte nur, Sie wollten vielleicht wissen, dass das Gespenst des alten Murdo sich wie der Phönix aus der Asche erheben könnte.«

Scheiße, dachte Joseph, als er merkte, wie ihm die Besorgnis durch den Körper flutete, aber er hielt seine Stimme ruhig. »Warum sollte mir das etwas ausmachen, Mr Williams?«

Ein krächzendes Geräusch, das vielleicht ein glucksendes kleines Lachen sein könnte, aber eher so klang, als striche man mit Pergament über einen Stein. »Dafür gibt es gar keinen Grund, Mr McClymont, überhaupt keinen Grund. Ich dachte mir nur, dass Sie es gern wüssten, angesichts Ihrer vergangenen – äh – Verbindung zum Verstorbenen.«

Williams war einer der beiden Männer, die von dieser Verbindung Kenntnis hatten, soweit Joseph wusste. Der andere war sein Vater, auf den er gerade schaute. Er hatte sich nicht bewegt, starrte noch immer auf den Garten hinaus, als könnte er dort die Geister seiner Vergangenheit sehen, die zu ihm zurückstarrten. Joseph folgte seinem Blick, sah aber nur Gras und Bäume und eine Amsel, die auf Futtersuche umherhüpfte. Keine nebelhaften Gestalten, keine anklagenden Gesichter, die ihn hinter dem Schleier hervor anstarrten. Wenn Big Rab Gespenster sah, dann wäre keines davon Murdo Maxwell. Dieser Geist – und die Schande, die noch immer mit ihm verknüpft war – war Joseph allein vorbehalten.

»Danke, Mr Williams, aber die Sache ist für mich von geringem Interesse.«

Seine Stimme blieb harmonisch ausgewogen, zeigte noch immer keinerlei Anzeichen des Unbehagens, das er verspürte, weil die Vergangenheit wieder aufgewühlt wurde. Das hatte er bereits als Kind gelernt. Auf die harte Tour. Halte deine Gefühle stets in Schach. Lass niemanden – nicht einmal Terence Williams – wissen, was du denkst. Nenn es, wie du willst – Gefühl, Leidenschaft, Lust –, er hielt das alles für gefährlich, doch jetzt drohte ihm wieder dieses alte Verlangen, das er für tot gehalten hatte.

Wieder kam das trockene kleine Geräusch durch den Äther gerasselt. Ausgetrocknete Knochen im Wind. »Wie Sie meinen, Mr McClymont. Wenn ich mehr erfahre, möchten Sie, dass ich Sie auf dem Laufenden halte?«

Joseph dachte nach. Er wusste nicht, wie viel der Anwalt wusste oder zu wissen glaubte, aber es würde nicht schaden, wenn er die Ohren offen hielt.

»Sicher, wenn Sie etwas hören, aber unternehmen Sie keine besonderen Anstrengungen, um etwas herauszufinden«, sagte er und hielt seine Stimme luftig leicht. »So sehr interessiert es mich nicht.«

»Wie Sie wünschen, Mr McClymont.« Der Anwalt klang nicht überrascht, andererseits schien ihn nie etwas zu überraschen. Auf eine in der Nähe detonierende Atombombe würde er lediglich mit einer leicht nach oben gezogenen Augenbraue reagieren. Das war einer der Gründe, warum Joseph ihn so nützlich fand. Unerschütterliche Männer waren in der heutigen Zeit der begeistert zur Schau getragenen Emotionen schwer zu finden. Williams beendete das Gespräch ohne Abschiedsworte, wieder etwas, das niemand sonst wagen würde, aber Joseph ließ es ihm durchgehen.

Er stand eine Weile da und starrte auf seinen Vater, fragte sich, ob er das Thema ansprechen sollte, entschied sich aber dagegen. Die Sache mit Maxwell damals hatte ihn nur wütend gemacht, und Joseph wollte all das nicht wieder aufwühlen. Er wusste nicht, ob es den alten Mann aus der Fassung bringen würde, und es war ihm eigentlich auch ziemlich egal, aber er hatte einfach keine Lust, all dem wieder ins Auge zu blicken. Stattdessen ging er auf den Flur und tippte eine Nummer in sein Telefon. Beim zweiten Klingelton nahm jemand ab.

»Ich bin's«, sagte er, was nun wirklich überflüssig war, denn Malky Reid wusste, wer ihn da anrief. Joseph wartete nicht auf eine Antwort. »Pack deine Sachen – du fährst nach Inverness.«

8

Afua Stewart erklärte sich einverstanden, fotografiert zu werden. Sie schlug sogar vor, die Aufnahmen im ehemaligen Zimmer ihres Sohnes zu machen, und bewies damit, dass sie noch genau wusste, welche Wirkung Bilder haben können.

Das Zimmer war ordentlich aufgeräumt, das Bett adrett gemacht und die Laken, der Bettbezug und die Kissenbezüge frisch. Der PC auf dem Schreibtisch beim Fenster war ausgeschaltet. Rebecca dachte darüber nach, wie es wohl hier aussehen würde, wenn in den letzten Jahren ein junger Mann in diesem Zimmer gewohnt hätte. Kleider auf dem Ledersessel in der Ecke, schmutzige Socken auf dem Fußboden, mit Krümeln verkrustete Teller irgendwo abgestellt.

Chaz bat Afua, sich aufs Bett zu setzen und zum Fenster zu schauen, von wo das Licht auf ihr Gesicht strahlte, und sie folgte seinen Anweisungen mit Leichtigkeit und ohne jegliche Verlegenheit. Die meisten Menschen verhalten sich in derlei Situationen vor der Kamera ein wenig unbeholfen, sogar wenn der Fotograf so professionell und liebenswürdig ist wie Chaz, aber Afua war entspannt und natürlich. Sie war das Leben vor der Kameralinse gewöhnt. Rebecca beobachtete alles von der Tür aus, denn dies war nun Chaz' Reich. Doch während er den Fokus einstellte und Objektive auswechselte, stellte sie weitere Fragen zu James. Sie brauchte Hintergrundwissen, auf dem sie aufbauen konnte.

Afuas Worte flossen nicht leicht. Sie stockten, und nicht nur weil sie regelmäßig Pausen einlegte, damit Chaz wieder ein paar

Aufnahmen machen konnte. Zum ersten Mal spürte Rebecca die Trauer einer Mutter. Unten im Wohnzimmer war die Frau gleichzeitig Feuer und Eis gewesen, aber hier, im Zimmer ihres Sohnes, das seit einem Jahrzehnt unbenutzt war, aber makellos rein gehalten wurde, zeigte sich die Last dieser Jahre in ihren Augen. Schatten schienen in ihren dunklen Pupillen aufzuziehen, Erinnerungen und Bedauern verwässerten die Wut, die Rebecca vorhin verspürt hatte.

Afua beschrieb einen intelligenten, sensiblen jungen Mann, der ein Bücherwurm, aber kein einseitiger Streber war, respektvoll, aber nicht kriecherisch, neugierig, aber nicht aufdringlich. Als Heranwachsender war er weder Herdentier noch Einzelgänger gewesen. Er hatte Freunde, verbrachte aber auch Zeit für sich allein. Er wollte Schriftsteller werden, und das war ja ein einsamer Beruf.

»Er ist immer sehr gern am Fluss spazieren gegangen«, sagte Afua und starrte immer noch in das Licht, das durch die Fensterscheibe hereinstrahlte, als könnte sie jenseits davon sehen, wie sich der Ness durch die Stadt schlängelte. »Er ist am Kriegerdenkmal vorbei zur Brücke gegangen, die auf die Inseln führt. Das war sein Lieblingsweg. Ich habe ihn schon als kleinen Jungen mit dorthin genommen, und er hat immer gekichert, wenn die Brücke unter den Füßen der Jogger bebte.« Der Versuch eines Lächelns spielte um ihre Lippen, wurde aber von der Traurigkeit in ihren Augen verjagt. »Ich hab ihn so gern lachen gehört.«

Sie hielt inne, änderte auf Chaz' Wunsch noch einmal die Pose.

»Er liebt die Inseln, liebt die Ruhe, liebt es, dort zwischen den Bäumen spazieren zu gehen. Manchmal erhascht man einen Blick auf einen Seehund oder einen Otter. Ich bin früher mit ihm ans andere Ufer gegangen, und dann sind wir wieder zurückgelaufen. Es war für einen kleinen Kerl ein langer Spaziergang, aber er hat ihn ohne Klagen mitgemacht. So ist mein James. Beklagt sich nie. Akzeptiert einfach, was er nicht ändern kann.«

»Akzeptiert er seine Gefängnisstrafe?«

Afuas Augen huschten zu Rebecca. »Die wird er nie akzeptieren, weil er unschuldig ist.«

Rebecca fragte sich, ob das wirklich stimmte. Vielleicht konnte es nur Afua nicht akzeptieren.

9

Die beiden Jungen saßen lächelnd an dem Holztisch: einer, vielleicht zehn Jahre alt, hielt ein Tablet umklammert, der andere war ein paar Jahre jünger. Ab und zu lachten sie glucksend auf, während sie auf den Bildschirm starrten. Gelegentlich streckte der Jüngere die Hand aus, um seinem Bruder das Gerät abzunehmen – die Familienähnlichkeit war nicht zu leugnen –, aber der Ältere wandte sich jedes Mal ab und wehrte den Angriff mit einem Ellenbogenstoß ab. Die Gnade der frühen Geburt und der Beweis dafür, dass Besitz schon die halbe Miete ist. Die Erwachsenen daneben beobachteten die Kinder, der Vater lächelte und sagte ab und zu etwas zu seinen Söhnen, lehnte sich sogar herüber, um zu sehen, was sie anschauten. Die Frau saß gegenüber, hatte den Zeigefinger ihrer Rechten in den Henkel der Kaffeetasse gehakt, die vor ihr stand. Sie war älter, also vielleicht nicht die Mutter der Kinder, sondern möglicherweise die Großmutter. Trotz des warmen Sonnenscheins trug sie einen Mantel, der wie ein dicker Wintermantel aussah. Rebecca überlegte, dass sie darin schwitzen musste wie eine Politikerin in einer Fabrik für Wahrheitsserum. Die Frau schaute auf die Kinder, schien aber mit den Gedanken woanders zu sein.

Rebecca kam unwillkürlich darüber ins Spekulieren, wo das wohl sein mochte. Der leicht schräg gelegte Kopf der Frau deutete Traurigkeit an, sie hatte ein Seufzen in den Augen und schaute über den Innenhof, ohne irgendetwas wahrzunehmen. Rebecca hatte einen ähnlichen Blick in Afua Stewarts Augen gesehen, doch in deren Fall hatte sie den Grund gekannt. Worüber diese fremde Frau wohl nachdachte?, überlegte Rebecca. Sehnte sie sich an einen anderen Ort? Wünschte sie, ihr Leben wäre anders? Dachte sie über die Vergangenheit nach und fragte sich, wo etwas falsch gelaufen war? Dachte sie an ein Gesicht, von dem sie wünschte, sie könnte es noch ein einziges Mal wiedersehen, an eine Stimme, die sie so verzweifelt noch einmal hören wollte? Dann wurde von einem Augenblick zum anderen all das, was ihre Gedanken verdunkelt hatte, vom Sonnenschein eines Kinderlachens weggeschmolzen. Vielleicht hatte sich Rebecca diese Melancholie auch nur eingebildet.

Als sie sich nun umschaute, wünschte sie, die Schatten, die ihre eigenen Gedanken heimsuchten, könnten sich so leicht verjagen lassen. Doch sie wusste, dass das unmöglich war. Ein Kinderlachen konnte ihre dunklen Gedanken nicht auslöschen; es verstärkte sie nur noch. Und auch das Licht eines Sommertags konnte sie nicht aufhellen. Diese dunklen Gedanken schienen sie in letzter Zeit immer häufiger heimzusuchen, und sie hatte zu kämpfen, um sie in Schach zu halten.

Schmerz. Verlust.

Schuldgefühle.

Sie kamen in kleinen Brocken hereingeschossen wie Pfeile, um sie zu treffen, wenn sie es am wenigsten erwartete. In den Highlands wimmelte es nur so von den Menschen und Taten der Vergangenheit – sie existierten in den Steinen und im Schlamm und in den Bäumen –, aber Rebeccas Geschichte lebte in ihren Gedanken, wie sie aus schmerzlicher Erfahrung wusste. Sie lauerte in der Nacht, in den Schatten ihres Zimmers.

Ihr Vater, der Körper vom Krebs ausgezehrt, in seinem Krankenhausbett. Die Augen hohl, doch plötzlich aufflackernd, als er sich aufrecht hinsetzte, als hätte er etwas Furchterregendes im Zimmer erblickt, das anderen verborgen blieb.

Das leise Weinen ihres Babys. Eines Kindes, das nie einen Atemzug getan hatte, aber doch in der Dunkelheit weiterlebte. Und dessen Weinen nur sie allein hören konnte.

Ein Schuss in einer Regennacht. Ein Mann, von einer Kugel getötet, die für sie bestimmt war. Sein Blut, das sich ins Regenwasser mischte, sein Leben, das die Regentropfen wegwuschen.

Das waren Geräusche und Bilder, die sich in den toten Stunden, wenn die Welt draußen schlief und sie nicht, auf leisen Sohlen in die hintersten Winkel ihrer Gedanken schlichen. Schließlich fand sie doch Ruhe, eine Art Ruhe jedenfalls, aber sie wusste, dass die Schatten nie weit weg waren. Sie gingen neben ihr, selbst wenn die Sonne schien.

Sie kam damit klar, weil sie es musste. Sie wusste, dass diese Erinnerungen ein Teil von ihr waren, weigerte sich aber, sich von ihnen bestimmen zu lassen. Das Leben besteht aus Licht und Schatten, und sie hatte auch ziemlich viel Licht. Sie hatte gute Freunde und liebte ihre Arbeit, obwohl sie dabei oft mit der Trauer anderer in Berührung kam. Ein geliebter Mensch war gestorben. Eine Verwandte war schwer krank. Ein Sohn war für einen Mord ins Gefängnis gekommen, den er vielleicht nicht begangen hatte.

Sie hatten Afua Stewart in ihrer komfortablen, ordentlichen Villa allein zurückgelassen – allein mit ihren Erinnerungen und ihrer Wut. Ehe sie losfuhren, hatte Chaz seine Bilder noch rasch digital bearbeitet und per Email an Rebecca geschickt, während sie ein paar Worte zu den Bannern und dem Fall James Stewart in den Computer hackte und ein paar Zitate aus dem Gespräch mit Afua hinzufügte. Dann schoss sie die Story und die Bilder an ihre Zeitungskunden ab – mobiles Internet war wirklich eine feine Sache. Sie überprüfte die Webseiten der BBC und der Lokalzeitungen. Bisher hatte niemand einen Eintrag zu dieser Geschichte; das war eine gute Nachricht.

Auf der A82 fuhren sie nun südlich aus Inverness heraus, eine Weile ganz nah am Ufer von Loch Ness entlang. Sonnenlicht flirrte zwischen den Bäumen, und winzige Diamanten glitzerten auf den spiegelnden blauen Kräuselwellen des Sees. Rebecca war diese Straßen schon in allen möglichen Wetterbedingungen gefahren, nicht nur an einem hellen Sonnentag wie heute, sondern auch schon zu Zeiten, wenn das Wetter sich um die Berge am gegenüberliegenden Ufer zusammenbraute und sie in dicken Nebel einhüllte. Die Straße hier verlief eng am westlichen Ufer des Sees, und wie immer floss ein stetiger Verkehrsstrom. Es war nicht nur Samstag, sondern auch Sommer, sodass die schmale Straße nur so vor Privatautos, Lieferwagen und Bussen voller Touristen wimmelte, die zur Hauptstadt der Highlands oder von dort wegfuhren.

Trotzdem schaffte Rebecca es, ab und zu einen Blick auf das beinahe glatte Wasser des Sees zu werfen, immer in der Hoffnung, doch noch eine große, geheimnisvolle Monstergestalt durch die Oberfläche brechen zu sehen. Am stimmungsvollsten waren die dunklen Tage, wenn das Wasser grau und undurchsichtig war, vom Nebel geküsst, und man glauben konnte, dass tatsächlich irgendwo in der Tiefe ein Wesen lauerte, das die Zeit vergessen hatte. Sie hatte sich dazu entschieden, die Legende über das Monster im Wasser zu glauben – es war eine Glaubenssache, nahm sie an, was für sie eigentlich ungewöhnlich war, denn ansonsten hatte sie so ihre Schwierigkeiten mit der Religion. Wie üblich tat ihr Nessie nicht den Gefallen, sich zu zeigen – eines Tages, großes Mädchen, eines Tages –, und schon bald schwenkte die Straße vom See und seinen winzigen edelsteingesäumten Wasserarmen fort, um die kurze Strecke über Land bis nach Drumnadrochit und zur Teestube zu führen.

Drinnen setzte sich Chaz an einen Tisch und telefonierte mit seinem Partner Alan, der gerade in Surrey bei seinen Eltern zu Besuch war, um den Geburtstag seines Vaters zu feiern. Chaz hatte es geschafft, dieser Pflichtübung zu entkommen, weil sie gewusst hatten, dass die Fahrt nach Appin anstand. Er war erleichtert, und Alan auch. Nicht weil seine Eltern seine sexuelle Orientierung offen kritisierten, sondern weil der Groll sich eher unterschwellig äußerte, besonders bei Alans Mutter. Sie wollte natürlich ihren Sohn glücklich wissen, und sie freute sich, dass er glücklich war, aber obwohl das nie so zur Sprache kam, hatte Alan immer das Gefühl, dass sie sich doch insgeheim wünschte, er hätte eine nette junge Frau gefunden, mit der er eine Familie gründen würde.

»Ja, wir sind jetzt in Drumnadrochit«, sagte Chaz gerade. »Und dann geht's nach Ballachulish und ...« Er schaute zu Rebecca. »Wohin dann?«

»Kilnacaple«, antwortete sie. »Das ist in Appin.«

»Kilnacaple«, wiederholte er in sein Handy. »Das ist in Appin.« Er lauschte. »Nein, hier laufen sie nicht Ski. Das ist Aspen, und das ist in Colorado, du Sassenach.«

Rebecca lächelte. Chaz war ebenfalls ein Sassenach, in England geboren, aber auf den Western Isles aufgewachsen. Außerdem war sie sich sicher, dass Alan sehr wohl wusste, wo Aspen lag.

»Wer weiß, was wir da finden«, sagte Chaz. »Es sieht wohl so aus, dass uns was an der Gerechtigkeit liegt.«

Rebecca schaute ihn schräg von der Seite an und merkte, dass er die Worte, die sie bei Mrs Stewart verwendet hatte, mit einem Grinsen wiederholte.

»O ja, sehr leidenschaftlich«, sagte er, und obwohl sie das andere Ende des Gesprächs nicht hören konnte, wusste sie, dass Alan diese Aussage begierig aufnehmen würde. Spaß auf ihre Kosten, das war für diese beiden Lebenszweck. »Ich hab echt erwartet, dass sie aufspringt und auf den Tisch haut. Es war wie Tom Cruise in *Eine Frage der Ehre*.« Er legte wieder eine Pause ein. »Benimm dich, du würdest niemals mit Tom Cruise klarkommen. Und du bist so gut wie verheiratet.«

Das war die große Neuigkeit, die Alan seinen Eltern und Brüdern kurz vor der Abreise mitteilen würde. Er und Chaz hatten beschlossen, den Bund fürs Leben zu schließen. »Es ist an der Zeit, dass ich mein schlampiges Verhältnis mit ihm in Ordnung bringe«, hatte Alan mit einem Grinsen gesagt. »All dieser gesetzwidrige Sex ist nicht gut für ihn.« Was, bei aller Freundschaft, dann doch für Rebecca zu viel Information war.

Die Teestube mit Buchladen war in einer umgebauten Scheune untergebracht, die im Dorf gleich neben dem Hotel und einer Ausstellung zum Monster von Loch Ness lag. Inzwischen verbrachte Elspeth McTaggart den größten Teil ihrer Zeit hier bei ihrer Partnerin Julie, seit sie Rebecca den Hauptanteil ihrer Arbeit in der Agentur überlassen hatte. Auf dem Weg nach Appin konnten Rebecca und Chaz nicht durch den Ort fahren, ohne wenigstens kurz vorbeizuschauen – und Elspeth wollte sicherlich auf den neuesten Stand gebracht werden.

Während Chaz und Rebecca darauf warteten, dass sie mit dem Kaffee zurückkam, lauschte Rebecca dem Lachen der Jungen. Chaz beendete sein Telefonat, richtete ihr aus, dass Alan ihr Umarmungen und Küsse schickte, und machte sich daran, seine Objektive und den Sucher der Kamera zu putzen, seine Speicherkarte neu zu formatieren und alle Bilder zu löschen, die er bereits auf seinem PC und in der Cloud gespeichert hatte. Rebecca wusste, dass es der Albtraum eines jeden Profi-Fotografen war, bei einem Job zu merken, dass er nur noch genug Speicherplatz für ein, zwei Aufnahmen hat.

Nun sah sie Elspeths gedrungene Gestalt zurückkommen, dicht gefolgt von einer jungen Frau, die ein Tablett mit einer kantigen silbernen Teekanne, einer höheren Kaffeekanne, drei Henkelbechern und Tellern mit je zwei Speckbrötchen trug. Elspeth hatte gar nicht erst gefragt, ob sie etwas essen wollten – ihre Chefin wusste nur zu gut, dass Frühstück bei Rebecca heute Morgen nicht auf der Liste gestanden hatte. Rebecca hatte eine Mutter weiter südlich in Glasgow, aber hier im Norden hatte Elspeth praktisch diese Rolle übernommen. Sie behauptete immer wieder, Rebecca sei zu dünn. Rebecca teilte diese Meinung nicht, musste aber zugeben, dass sie Hunger hatte und ihr beim Gedanken an Essen das Wasser im Mund zusammenlief.

Elspeth setzte sich den beiden gegenüber, stützte ihren Gehstock zwischen zwei Leisten der Tischplatte ab und wies die Kellnerin an, das Tablett vor ihr abzustellen. Rebecca sah, dass die junge Frau heimlich Chaz musterte, und lächelte vor sich hin. Sie hatte schon viele andere Chaz schöne Augen machen sehen. Blond, markantes Kinn und breite Schultern. Wie ein amerikanischer College Boy. Robert Redford in seinen Zwanzigerjahren.

»Ah, das ist das gute Leben«, seufzte Elspeth, nachdem sie der jungen Kellnerin gedankt hatte, die gegangen war, nicht ohne noch einen letzten Blick auf Chaz zu werfen. »Wunderbares Wetter.«

»Das hält nicht«, erwiderte Rebecca.

Elspeth verzog den Mund und warf Rebecca einen mild tadelnden Blick zu. »Du musst wirklich aufhören, so optimistisch zu sein, Rebecca.«

Einer von den Jungs begann wieder zu lachen. Es war dieses hohe, ohrenbetäubende Kreischen, das man von völlig überdrehten Kindern kennt, und es durchstieß den Abstand zwischen ihnen wie ein Speer. Elspeth warf dem Jungen einen scharfen Blick zu, der durch jede Panzerrüstung gedrungen wäre. Rebecca wusste sehr gut, dass ihre Chefin Kinder nicht leiden konnte, musste aber trotzdem grinsen. Die Jungen war viel zu sehr auf ihren Bildschirm konzentriert, als dass der Blick Wirkung gezeigt hätte. Elspeth seufzte und begann, sich Tee einzuschenken. Rebecca verbarg ihre Belustigung hinter einem Speckbrötchen. Sie biss hinein, schmeckte die pikante braune Soße und war dankbar, dass sie zwei Mütter hatte.

Beim Essen erzählte ihr Elspeth, wie sie mit ihrem Buch vorankam, dessen Abgabe in zwei Monaten bei einem Agenten – einem alten Freund von Elspeth – fällig war. Einer von Schottlands größten unabhängigen Verlagen in Edinburgh hatte Interesse angemeldet, aber dort wollte man erst das vollständige Manuskript sehen, ehe man sich festlegte. Obwohl sie die Einkünfte teilen würden, hatte sich Rebecca damit einverstanden erklärt, dass Elspeth den größten Teil des eigentlichen Schreibens übernehmen würde, da sie nicht sicher war, ob sie die Atmosphäre wiedergeben könnte, von der ein solches Projekt lebte. So hatte Rebecca die Hände frei und konnte sich um die Brotarbeit in der Agentur kümmern. Beim Verfassen verwendbarer Storys fühlte sie sich wohl, doch das Detail und der Tiefgang eines Buchs waren etwas ganz anderes. Allerdings genoss sie es, zu lesen, was Elspeth geschrieben hatte, Vorschläge zu machen und weitere Einzelheiten beizusteuern.

»Also«, sagte Elspeth, sobald sie den neuesten Stand des Buchprojekts geschildert hatte. »Ist Afua Stewart glücklich darüber, dass wir die Story wieder aufnehmen?«

Rebecca hatte gerade ihr zweites Brötchen in Angriff genommen, nickte also nur, während sie kaute und schluckte. »Ich bin mir nicht sicher, ob ›glücklich‹ das richtige Wort ist, aber sie ist bereit, uns bei der Sache mitmachen zu lassen. Ich glaube, Toms Meinung wiegt bei ihr sehr viel. Ich hatte den Eindruck, dass sie sich bereits für uns entschieden hatte, mir aber die Sache so schwer wie möglich machen wollte.«

»Und außerdem«, meldete sich Chaz zu Wort, während er die Hand nach einem Brötchen ausstreckte, »streben wir ja noch nach Recht und Gerechtigkeit. Rebecca Connolly hat ihr Superwoman-Cape umgelegt und ist bereit für die Suche nach der Wahrheit.«

Rebecca boxte ihm auf den Arm. Er jaulte in gespieltem Schmerz.

»Was?«, fragte Elspeth.

Rebecca spürte, dass ihre Wangen feuerrot wurden. »Ich habe etwas ziemlich Blödes zu Afua Stewart gesagt. Über Gerechtigkeit. Seitdem kann unser sarkastischer Freund hier die Klappe nicht halten.«

Elspeth schüttete sich vier Tütchen Zucker in den Tee und rührte mit einem Holzspatel um. Julie versuchte schon eine Weile, sie von der dunklen Seite hin zu einem gesünderen Lebensstil zu locken, doch das stellte sich als harter Kampf heraus. Zugegeben, sie hatte es geschafft, Elspeth dazu zu bringen, dass sie die Zigaretten aufgab – zumindest glaubte sie das –, aber in Sachen Zucker hatte sie keine Chance. Elspeth argumentierte, dass diese Tütchen nicht einmal einem vollen Teelöffel entsprachen.

»Ich hasse diese verdammten Dinger«, sagte sie und rührte enthusiastisch weiter, »aber Julie benutzt keine richtigen Teelöffel mehr, weil die Leute die immer mitgehen lassen. Und Plastik will sie nicht. Es ist verdammt noch mal so, als lebte man mit David Attenborough zusammen.« Elspeth verdrehte die Augen als Kommentar zu den umweltfreundlichen Ansichten ihrer Partnerin. »Sie hat mir neulich abends einen Vortrag über die Unmengen von Mikroplastik in unserem Wasser gehalten.« Sie seufzte. »Es überrascht mich wirklich, dass ich keine Plastiktüten kacke.« Sie ließ den Spatel auf das Tablett fallen. »Jedenfalls, vergiss nicht, dass es eine Story ist, Becks, nur eine Story. Beginn keinen Kreuzzug. Diese Dinge saugen einen rein – wie ein schwarzes Loch, das alles Licht auffrisst. Bleib einfach bei der Story, lass dich nicht davon auffressen.«

Rebecca hatte nicht die Absicht, das zuzulassen. »Hast du damals geglaubt, dass James Stewart schuldig ist?«, fragte sie.

»Damals schon.«

»Jetzt nicht mehr?«

Elspeth zuckte mit den Schultern. »Wer, verdammte Schei...« Sie stockte mitten im Fluch und schaute zu dem Tisch am anderen Ende des Raums, obwohl der zu weit weg war, als dass irgendjemand sie belauschen könnte. Das hielt sie aber nicht davon ab, theatralisch zu seufzen. Die Notwendigkeit, ihre Liebe zu Flüchen zu zügeln, war nur ein weiterer Grund dafür, Kinder zu hassen. »Wer zum Teufel weiß das schon?«

»Sie hat jedenfalls behauptet, ihr Sohn sei von der Presse vorverurteilt worden.«

Elspeth nahm sich ein Brötchen. »Aye, das sagen sie immer, nicht wahr? Manchmal auch mit gutem Grund, das stimmt.«

»Hast du das damals geglaubt?«, fragte Chaz.

Elspeth dachte nach, während sie kaute. »Es schien eine klare Sache zu sein. Murdo Maxwell wurde im Kirkbrig House aufgefunden, nackt, erschlagen, Drogen im Blut, und der junge Stewart schlief oben im Bett, die Waffe auf dem Boden neben sich, auch splitterfasernackt, Blut an den Händen und am Körper, Drogen auch in seinem Blut. Die Türen waren abgeschlossen. Die Anklage hat behauptet, es hätte einen Streit gegeben und der junge Stewart hätte den nächsten stumpfen Gegenstand genommen und drauflos geschlagen.«

»Mit einem Messingschürhaken.«

»Mit einem Messingschürhaken vom offenen Kamin im Hauptschlafzimmer. Es hat Anzeichen von grobem, vielleicht wütendem Sex gegeben – Blutergüsse an Stewarts Hals und Schultern, als hätte man ihn gewaltsam nach unten gezwungen –, und der Ankläger meinte, Maxwell sei anschließend nach unten gegangen, vielleicht um etwas zu trinken oder noch mehr Drogen zu nehmen oder einfach nur, weil er gern nackt im Haus rumstolzierte. Wer weiß?«

»Das ist doch reine Spekulation, oder?«, fragte Chaz.

»Klar, aber das war damals die Theorie. Jedenfalls haben sie geglaubt, dass sich James Stewart die Waffe geschnappt hat, auf Maxwell losgegangen ist und ihm den Schädel eingeschlagen hat.

Es führte eine Blutspur bis in den ersten Stock hinauf, die aussah, als wäre sie von dem Schürhaken getropft. Dann soll Stewart auf dem Bett zusammengesackt sein, wo er bewusstlos liegen blieb, bis Maxwells Schwester ihn fand. Wie ich gesagt habe: ein völlig klarer Fall.«

»Bis jetzt«, sagte Rebecca.

Elspeth hob ihre Henkeltasse an den Mund. »Bis jetzt.« Sie nippte an ihrem Tee. »Vielleicht.«

Chaz fragte: »Du bist nicht überzeugt?«

»Ich muss nicht überzeugt werden. Ich muss einfach nur wissen, ob da eine Story ist, die wir verscherbeln können.«

Rebecca dachte darüber nach. »Ja, da ist eine Story.«

»Mehr als die Banner, hoffe ich. Das ist eine Eintagsfliege. Du brauchst noch was.«

»Da ist noch mehr«, antwortete Rebecca. »Aber dafür werde ich ein bisschen wühlen müssen.«

»Wie viel wühlen?«

»Ich muss Stephen Jordan besuchen.«

Elspeth schürzte die Lippen. »Oh, das klingt nicht gut. Er liebt die Reporter nicht gerade. Besonders die nicht, die mal für den *Highland Chronicle* gearbeitet haben.«

»Als wüsste ich das nicht.« Rebecca hatte noch nie persönlich mit dem Anwalt zu tun gehabt, aber sie wusste, dass er einige der Berichte, die im Laufe der Jahre über seine Mandanten in der Zeitung standen, nicht sonderlich gemocht hatte.

Elspeth beschäftigte sich wieder mit ihrem Speckbrötchen. »Also, wie ist er in die Sache verwickelt?«

»Ich weiß es nicht. Mrs Stewart wollte es mir nicht erzählen. Sie hat nur gesagt, ich müsse mit Stephen Jordan reden.«

Elspeth verdrehte ein wenig die Augen. »Aye, Afua Stewart war immer schon eine pampige Zicke. Ich denke, nur so ist sie damals mit all dem fertiggeworden. Und seither.«

Rebecca hatte das Gefühl, dass man eine starke Persönlichkeit sein musste, um den Stress auszuhalten, wenn der einzige Sohn wegen Mordes angeklagt und verurteilt wird, besonders da der Fall überall so hoch gehängt wurde. Man brauchte eine sogar noch stärkere Persönlichkeit, um in den zehn Jahren seit der Verurteilung des Sohnes einen beständigen, wenn auch größtenteils wenig sichtbaren Krieg zu führen, der seinen Namen reinwaschen sollte.

»Ich glaube, das ist ihre Art, irgendwie dafür zu sorgen, dass ich mich voll engagiere«, meinte Rebecca.

»Ich glaube, das ist ihre Art, eine pampige Zicke zu sein«, entgegnete Elspeth. »Also, mal von Stephen Jordan abgesehen – was ist dein nächster Schritt?«

»Wir fahren nach Kilnacaple und schauen uns dort mal ein bisschen um. Tom ist schon da, wohnt bei seiner Schwester. Er hat heute Morgen diese Fotos gemacht.«

Elspeth lächelte. »Aye, und wahrscheinlich auch die Banner aufgehängt, so wie ich ihn kenne.« Rebecca wusste, dass ihre Chefin eine Schwäche für den ehemaligen Labour-Aktivisten hatte. Sie war nicht in allem einer Meinung mit ihm – nicht alle Bosse waren Schweine, nicht alle Torys waren korrupt, nicht alle Formen des Kapitalismus waren darauf angelegt, die arbeitende Bevölkerung zu unterdrücken –, aber, ob er recht hatte oder nicht, er hatte immer aus vollem Herzen gesprochen und nicht, weil es seiner politischen Laufbahn nutzte.

»Du musst auch mit Gregory Stewart reden.« Elspeths Grinsen wurde eine Spur boshaft. »Mit dem Vater. Inzwischen *Sir* Gregory Stewart.«

»Ich habe Afua nach ihm gefragt, aber sie hat das einfach ignoriert.«

»Ich glaube nicht, dass sie sich in gutem Einvernehmen getrennt haben. Aber er ist ein leutseliger Typ, wenn ihm danach ist. Vielleicht redet er, aber bei diesen Kerlen kommt's nicht drauf an, was sie sagen, sondern was sie nicht sagen und wie sie es nicht sagen.«

Rebecca wusste, dass Gregory Stewarts Familie väterlicherseits einen ganzen Stall voll erfolgreicher Zeitschriften besessen hatte. So hatte er auch Afua in ihrer Modelzeit kennengelernt. Sie haben sich kurz nach der Verurteilung ihres Sohnes scheiden lassen.

Die Kinder am anderen Ende des Raumes kreischten über etwas, das sie auf dem Bildschirm sahen, und Elspeths Kopf fuhr scharf herum. Ihre Körpersprache deutete an, dass sie das Bedürfnis verspürte, Einwände zu erheben. Rebecca beschloss, sie abzulenken. »Also, erzähl mir von Murdo Maxwell.«

Elspeth sagte einen Takt lang nichts, dann einen nächsten und wandte schließlich ihre Aufmerksamkeit wieder Rebecca zu. »Ich dachte, du hättest dich eingelesen?«

Das hatte Rebecca. Sie wusste, dass er in Glasgow Rechtsanwalt gewesen war, dann eine Weile Friedensrichter, sie wusste, dass er politisch aktiv war und oft die schottische Regierung in Rechtsfragen beriet, sie wusste, dass er sich für Bürgerrechte und Schwulenrechte und Tierrechte und Umweltrechte einsetzte. Wenn es galt, ein Recht zu wahren, zu erkämpfen, in Kampagnen zu erstreiten, zu verkünden, zu fordern und schützen, dann war er derjenige, der sich daranmachte. Sie wusste, dass er dem Establishment oft auf die Nerven ging, selbst denen in der Partei, die er unterstützte.

»Hast du ihn je kennengelernt?«, fragte Chaz Elspeth.

»Ein paarmal, bei Pressekonferenzen, Empfängen und so.«

»Mochtest du ihn?«

»Er war ein arroganter Schweinehund. Das musste er wohl sein, um die Position zu erreichen, die er innehatte, um zu machen, was er machte. Ich hatte den Eindruck, dass er mich kein bisschen leiden konnte.«

»Warum nicht?«, fragte Rebecca mit unschuldig aufgerissenen Augen. »Du bist doch ein solcher Sonnenschein!«

Elspeth rümpfte die Nase. »Du mich auch mal, Schätzchen. Nein, bei all seinen angeblichen Anti-Establishment-Prinzipien hat er doch dazugehört, und er konnte es nicht leiden, wenn ganz gewöhnliche Bürger ihre Nase in Angelegenheiten steckten, die eigentlich in die Zuständigkeit von Respektspersonen fielen.«

»Also war er ein ziemlicher Scheinheiliger?«

Elspeth schürzte die Lippen. »Nein, ich denke, er glaubte wirklich an das, was er da vertrat. Aber er war ein Snob. Derlei Dinge sollten nur von den Großen und Mächtigen erwogen werden, nicht von Schlammwesen wie den Leuten von der Presse.«

»Und was ist mit den Dingen, für die er sich eingesetzt hat?«

Elspeth sammelte ihre Gedanken. »Okay – das Übliche: Atomabfall, Umweltzerstörung für wirtschaftlichen Gewinn, Tagebau, der das Land aufreißt. Irgendwann war mal was wegen einem Windpark irgendwo, der irgendwie das Grundwasser einer Ansiedlung in der Nähe verunreinigte. Schwulenrechte natürlich. Er hat aus seiner Sexualität kein Geheimnis gemacht, was ziemlich mutig war, sogar in diesen aufgeklärten Zeiten. Er war auch schwer gegen den Missbrauch von Landbesitz. Hat sich mit ein paar Eigentümern großer Ländereien angelegt. Und er hat sich gegen die Maut auf der Skye Bridge ausgesprochen.«

»War er in irgendwelche Kampagnen involviert?«

»Involviert wäre übertrieben. Er hat Soundbites geliefert, die Themen bei denen erwähnt, die an den Schalthebeln der Macht sitzen, den Kampagnen Ratschläge erteilt, wie sie ihre Sache am besten vorantreiben konnten, so was in der Richtung.«

Chaz fragte: »Also hat er nicht für irgendwen die Fahne vorangetragen?«

»Nein. Er hat mal gesagt, er habe das Gefühl, der Sache am besten zu dienen, indem er separat und unabhängig bleibt. Objektiv, nehme ich mal an.« Elspeth zuckte mit den Achseln, als sei sie nicht überzeugt, doch dann wanderte ihre Aufmerksamkeit wieder zu den Kindern, die inzwischen kreischend um den Tisch herumrannten.

»Meinst du, dass er objektiv war?«, wollte Rebecca wissen.

»Du weißt, dass ich niemandem traue, der sich in die Politik begibt, Becks.« Elspeths Augen schleuderten flammende Blitze auf die Kinder. »Wie Mark Twain beinahe einmal gesagt hätte: Alles, was man Politikern beibringen kann, kann man auch Flöhen beibringen. Aber ich muss zugeben, dass er letztlich und selbst angesichts meines tief verwurzelten Misstrauens irgendwie in Ordnung zu sein schien.«

»Oh, ein hohes Lob«, sagte Chaz grinsend.

Elspeth schaute zu ihm hin und lächelte. Sie hatte eine Schwäche für ihn entwickelt. Wie die meisten Frauen. »Obwohl er ein parteipolitisches Wesen war, hat er mehr als einmal gegen seine eigenen Leute gehandelt, also war da doch so was wie Integrität. Na ja, so viel, wie es in einem System geben kann, in dem Kompromiss die Norm ist.«

»Ohne Kompromisse kommt man nirgends hin«, argumentierte Chaz.

»Ja, aber die erreicht man irgendwann; sie sollten nicht der Ausgangspunkt sein.«

Rebecca wurde klar, dass sie das Gespräch wieder auf das eigentliche Thema zurückführen sollte. »Ich denke, ich unterhalte mich auch mal mit seiner Schwester.«

»Da hast du Glück«, meinte Elspeth. »Sie hat Kirkbrig House geerbt. Soweit ich weiß, wohnt sie noch da.« Sie schaute Rebecca mit dem Anflug eines frechen Lächelns an. »Du kannst sie einfach unangemeldet überfallen. Wär das nicht ein Riesenspaß?«

Unangemeldete Besuche. Unangemeldet bei jemandem vor der Tür auftauchen und versuchen, Zitate oder Informationen zu bekommen. In den wenigen Jahren, die Rebecca im Journalismus arbeitete, hatte sie viele Leute unangemeldet befragt. Gewöhnlich fing das Gespräch mit einer abgedroschenen Frage an: »Wie geht es Ihnen mit dem Tod Ihres Sohns/Ihrer Tochter/Ihres Ehemanns/Ihrer Frau?«. Die Antwort – wenn man ihr nicht die Tür vor der Nase zuschlug – war vorhersehbar. Sie machte das nicht besonders gern, aber sie wusste, dass es sein musste. Manchmal. Und gelegentlich kam dabei ein größeres Thema zur Sprache.

»Und dann ist da noch jemand, mit dem du ein Schwätzchen halten solltest«, sagte Elspeth mit einem verschmitzten Funkeln in den Augen. Rebecca hatte das vorher schon mal gesehen. Jetzt kommt was ganz Gemeines, dachte sie. »Da fängt der Spaß erst wirklich an«, meinte Elspeth, die sich nun wirklich amüsierte, kreischende Kinder hin oder her. »Einer von Murdos besten Kumpeln ist jemand, den du schon kennst.«

»Wer?«

»Du machst dir ins Hemd, wenn ich es dir sage, denn er kommt einem als allerbester Freund eines schwulen rechthaberischen Bürgerrechts-Aktivisten nicht unbedingt als erster in den Sinn.«

»Sagst du es mir jetzt oder muss ich deinen Stock nehmen und es aus dir rausprügeln?«

Elspeth genoss den Augenblick, ehe ihr Grinsen noch breiter wurde und sie antwortete: »Murdo Maxwells bester Freund, von den Universitätstagen bis zu seinem Tod – sie waren sogar Partner in der Kanzlei in Glasgow –, war niemand anderer als dein alter Busenfreund Finbar Dalgliesh.«

Es herrschte Schweigen, während Elspeth diese Nachricht wirken ließ. Das Lächeln zuckte ihr immer noch um die Lippen und Augen. Die Jungen tobten weiter im Sitzbereich, rannten zwischen den Tischen herum und schrien einander zu, stießen beinahe mit der Kellnerin zusammen, die Elspeth das Tablett gebracht hatte. Ihr Vater rief ihnen zu, sie sollten vorsichtiger sein.

All das registrierte Rebecca, und doch war es, als geschähe es sehr weit weg. Sie konnte nur an den Mann denken, dessen Namen Elspeth genannt hatte. Er spukte ihr schon seit ihrer Begegnung mit Martin Bailey durch den Kopf.

Die Welt ist klein. Aber, wie ein Weiser einmal gesagt hatte: so klein auch wieder nicht, dass man sie gern anstreichen würde.

Finbar Dalgliesh.

Scheiße.

10

Man kommt nicht umhin, sich Gedanken über das Wesen der Zeit zu machen, wenn man hier drin ist. Sie verrinnt, aber langsam wie ein träger Fluss. Es geht nicht um einen Tag nach dem anderen, eine Stunde nach der anderen oder eine Minute nach der anderen. Es geht um eine Sekunde nach der anderen. Man lässt jede kommen und gehen, ohne zu sehr darüber nachzudenken. Denn wenn man darüber grübelte, wie langsam die Zeit verrinnt, würde man verrückt werden. Also lässt man jede Sekunde vorbeiticken, zu einer Minute werden, zu einer Stunde anwachsen, sich zu einem Tag ausdehnen.

Und mit jedem Ticken der Uhr erinnere ich mich daran, was mit mir geschehen ist. Es war vielleicht meine Vergangenheit, aber es ist auch meine Gegenwart und meine Zukunft.

Vergessen kann ich nicht, aber kann ich vergeben? Man hat mir Unrecht angetan. Ich bin verletzt worden. Wird die Zeit alle Wunden heilen?

Ich kenne die Antwort darauf. Nein, das wird sie nicht. Die Wunde wird vernarben. Es wird eine Schicht Fleisch darüber wachsen, aber sie wird bleiben. Es wird immer brennen. Für alle Zeit.

Und mit der Zeit werde ich meine Rache bekommen. Dieses Wissen hält mich am Leben.

11

Das Denkmal war schlicht. Es war im Jahr 1911 errichtet worden, doch es besaß nichts von der penetranten Überdeutlichkeit anderer viktorianischer Denkmäler. Auf einem schmucklosen grauen Stein thronte ein knorriger Brocken weißen Granits. Inmitten von Bäumen und Büschen, die vor sommerlicher Verheißung nur so strotzten, wirkte das Denkmal wie ein fettes umgekehrtes Ausrufezeichen, das auf ein großes Unrecht hinwies. Sie waren am Cnap a'Chaolais, dem kleinen Hügel bei der Meerenge, und konnten hier nicht vorbeifahren, ohne zumindest Respekt zu zollen.

Von Drumnadrochit aus waren sie trotz des stetigen Verkehrs gut vorangekommen, aber inzwischen war es schon nach ein Uhr, und Rebecca wollte zügig weiter nach Kilnacaple, um sich dort mit Tom zu treffen. Vor der Abfahrt hatte sie Elspeth noch versprechen müssen, sie über die Fortschritte auf dem Laufenden zu halten. Als würde sie das nicht ohnehin tun – Elspeth war ihre Chefin, doch sie ließ Rebecca die Dinge auf ihre eigene Weise erledigen. Diesen gegenseitigen Respekt hatte Rebecca nicht erfahren, als sie noch bei der Zeitung arbeitete. Dort betrachtete man Angestellte eher als Kanonenfutter, das man opfern kann, wann immer ein finanzieller Engpass die Gewinne der Aktionäre zu schmälern drohte. Sie und ihre Arbeit waren für die Zeitung kaum wichtiger als die technischen Geräte auf den Schreibtischen und die Stifte und Notizbücher, die zunehmend schäbiger wurden. Die Storys, die sie fand, recherchierte und schrieb, dienten nur noch dazu, weiße Flecken auf der Zeitungsseite zu füllen oder online Klicks zu erzeugen. Bei den multinationalen Eignern schien der Gedanke verloren gegangen zu sein, dass eine Wochenzeitung für die Demokratie vor Ort ein lebenswichtiges Element ist, dass ihre Funktion nicht nur das Erzielen von Gewinnen ist, sondern dass sie auch die Mächtigen zur Rechenschaft zieht und denen eine Stimme gibt, die keine Stimme haben, außer alle paar Jahre an der Wahlurne. Rebecca war ehrlich genug, um zu begreifen, wie hauchdünn die Trennlinie zwischen Journalismus mit gesellschaftlicher Relevanz und wirtschaftlichen Erwägungen ist. Denn ohne eine gesunde Bilanz ist das Erstere oft nicht möglich. Sie hatte jedoch das Gefühl, dass Platzfüllen und Klick-Generieren inzwischen die Norm waren, während die Zeit für tiefer gehende Recherchen für Storys beinahe auf null geschrumpft war. Deswegen hatte sie ihren festen Job und das geregelte Einkommen verlassen und sich mit Elspeth zusammengetan, die sie als gleichwertige Partnerin betrachtete und nicht nur als »Kostenstelle Personal«.

Die Arbeit war nicht leicht, und sie musste viel Zeit investieren, um eine neue Story rechtzeitig an ihre Kunden weiterleiten zu können. Da half es natürlich, dass sie kein nennenswertes Privatleben hatte. Sie ging mit Chaz und Alan zum Abendessen. Gelegentlich hatte sie ein Rendezvous, aber es gab keinen besonderen Menschen in ihrem Leben.

Sie hatten dem Hotel gegenüber am Straßenrand geparkt und stiegen nun über die Treppen den Hügel hinauf. Die Banner hingen noch da, waren über das Metallgeländer drapiert, die das Denkmal umgaben. Chaz machte ein paar Aufnahmen, und Rebecca blieb bei der Informationstafel stehen, überflog die Worte und las dann die Plakette am Denkmal selbst.

1911 errichtet zur Erinnerung an James Stewart of Acharn.
An dieser Stelle am 8. November 1752 hingerichtet
für ein Verbrechen, dessen er nicht schuldig war.

Als sie das las, kam ihr die Geschichte wieder in den Sinn, wie immer erzählt von der Stimme ihres Vaters.

Sie hatte damals an genau dieser Stelle gestanden, als sie kaum ein Teenager war, und er hatte ihr von dem Fall erzählt. Kalte Wut hatte in seinen Worten gelegen, und sein Gesicht, das sonst so gern lächelte und lachte, war wie eingefroren, aber als sie auf den Granitfinger starrten, der zum Himmel zeigte, waren seine Augen weich geworden, beinahe schon flüssig. Sie hatte seine Trauer über das hier begangene Unrecht gespürt, und sie spürte sie von Neuem als die Sonne die raue Oberfläche des Steins mit Licht sprenkelte und die Vögel ihre frohen Lieder sangen. Die Hinrichtung von James of the Glens mochte vor 270 Jahren stattgefunden haben, doch John Connolly hasste alle Ungerechtigkeit. Nicht nur, weil er Polizist war. Es war etwas tief in seinem Inneren, etwas, das sie zu seinen Lebzeiten nie verstanden hatte, von dem sie inzwischen aber wusste, dass es auf ein altes Familiengeheimnis zurückging. Ein düsteres Geheimnis, das ihn dazu gezwungen hatte, seinen Geburtsort zu verlassen, nie mehr dorthin zurückzukehren und sich nur wortkarg darüber zu äußern, ganz gleich, wie sehr seine junge Tochter nachbohrte.

Während Chaz um das Denkmal herumging, hört sie die Stimme ihres Vaters, als stünde er neben ihr. Aber er stand nicht dort. Und er würde nie wieder dort stehen. Nicht in dieser Welt.

Wenn die Geschichte der Highlands ein Lied wäre, so wäre es ein Klagelied. Ein Gesang der Kümmernis, des Verlustes, der Trauer. Du hörst das Lied in Culloden und Glencoe und in den verlassenen Dörfern, die man geräumt hat, um Platz für Schafe zu schaffen. Du hörst es auf den Schlachtfeldern, die einen Namen tragen, und auf den namenlosen. Und wenn du aufmerksam lauschst, hörst du es im Wind ...

Das hatte er ihr oft geraten: *Hör einfach hin.* Manchmal hatte er es ungeduldig gesagt, wenn er oder Rebeccas Mutter sie mit einem Argument überzeugen wollte. *Hör einfach zu, Becks.* Bei ihren vielen Ausflügen in die Highlands oder an die Küste hatte er ihr immer geraten, ganz still zu stehen und ihre Sinne auf die Geräusche ringsum zu konzentrieren. Das machte sie auch jetzt wieder. Sie schloss die Augen. Seine Stimme, die Erinnerung daran, war verstummt. Sie filterte das Rauschen des Verkehrs auf der Straße und der Brücke heraus, fokussierte ihr Gehör auf das leise Flüstern der Brise, die durch die Zweige wehte.

Und sie hätte schwören können, dass sie es hörte.

Ein Klagelied, das vom Gras zu ihren Füßen aufstieg und sich mit einem Refrain in den Blättern vereinte. Ein Wehklagen um die Toten. Und sie meinte noch etwas anderes zu hören, das dem sanften Wind, der vom Wasser zu diesem Hügel heraufwehte, einen Rhythmus hinzufügte.

Etwas klapperte.

Sie schlug die Augen auf und sah, dass Chaz sie anstarrte.

»Du holst wohl ein kleines Nickerchen nach, wie?«, fragte er. »Schläfst im Stehen wie ein Pferd?«

»Meinst du, dass ich es nötig habe?«

Er zuckte mit den Achseln und knipste ein Bild von ihr, während sie am Geländer stand, das um das Denkmal verlief. »Du siehst müde aus, Becks.«

Sie schüttelte den Kopf, um klarer denken zu können. »Es war ein schweres Jahr.«

Er brauchte sie nicht zu fragen, was sie damit meinte. Trotzdem starrte er sie noch ein Weile an und fragte dann: »Was hast du gerade gemacht?«

Sie warf ihm ein leicht verlegenes Lächeln zu. »Du würdest mich auslachen, wenn ich es dir erzählte.«

»Versuch's einfach mal.«

»Nö, dann denkst du, ich hab sie nicht mehr alle.«

»Das denke ich jetzt schon, Becks. Ich kann mir nicht vorstellen, dass eine neue Geschichte noch was dran ändern könnte.«

Sie erzählte ihm, was ihr Vater über das Lied gesagt hatte, das der Atem des Windes mit sich trug. Chaz hörte sich das ganz ernst an und schloss selbst die Augen, um zu lauschen. Sie beobachtete ihn dabei, wagte kaum zu atmen, falls ihn das daran hindern könnte, das Lied zu erleben. Attraktiv sah er aus im gesprenkelten Sonnenlicht, das Haar ein wenig zerzaust, als sei die Brise versucht, ihn zu streicheln – wie zum Teufel konnte er so lange Wimpern haben? Als sie ihn kennengelernt hatte, hatte sie vermutet, er flirte mit ihr, aber schon bald war ihr klar geworden, dass dem nicht so war. Sein Herz gehörte Alan – dem bissigen, komischen, unerhörten, großzügigen Alan, der diese Liebe mit einer solchen Leidenschaft erwiderte, dass Rebecca die Hitze oft selbst spürte. Chaz war ihr damals so jung vorgekommen, so unschuldig, doch gelegentlich sah sie nun in seinen Augen dunkle Schatten. Seit damals waren erst zwei Jahre vergangen, doch inzwischen war so viel geschehen. Rebecca fragte sich, wie anders alles heute wäre, hätte sie nicht das Verbot ihres Chefredakteurs ignoriert und wäre nicht auf Chaz' Insel gereist, um eine Story zu recherchieren. Damals wäre Chaz wäre beinahe bei einem Autounfall ums Leben gekommen, als ihn Schlägertypen von der Straße gedrängt hatten.

Chaz schlug die Augen auf. »Sorry, ich höre nichts als den Wind und den Straßenverkehr.« Er deutete mit dem Kopf auf die Straße und die Fahrzeuge, die über die Brücke fuhren. »Vielleicht braucht man dazu keltisches Blut oder Wikingerblut.«

Möglicherweise half ihr das Inselblut in ihren Adern dabei, sich in dieses Lied einzuhören, es sich zumindest einzubilden. Chaz war zwar auf den Western Isles groß geworden wo sein Vater als Allgemeinarzt arbeitete, aber er war gebürtiger Londoner.

Er las die Informationstafel. »Also, dann erzähl mir mal von James of the Glens.«

Sie holte tief Luft und richtete ihre Aufmerksamkeit auf ihn. »Es steht alles da«, sagte sie. »Und du kennst die Geschichte ohnehin. Ich weiß das.« Schottische Geschichte faszinierte Chaz, und so war es selbstverständlich, dass er von diesem Fall wusste.

»Nur in groben Zügen«, sagte er. »Erzähl mir, was dein Vater dir berichtet hat.«

Außer ihrer Mutter in Glasgow war Chaz einer der wenigen Menschen, mit dem sie über ihren Vater sprach. Also rief sie sich in Erinnerung, was ihr Dad ihr über den hohen Preis erzählt hatte, den die Highlands nach der vernichtenden Niederlage von Culloden gezahlt hatten, über die oft gewaltsame Befriedung des Landes, über das Verbot beinahe aller Dinge, die das Volk und seine Kultur einzigartig gemacht hatten, über die anhaltende Unterstützung für James Stuart, den König jenseits des Wassers. Viele Highlander zahlten zweimal Pacht – einmal an den britischen Verwalter und einmal an die Jakobiten.

Sie erklärte Chaz, was es mit dem Tod von Colin Campbell of Glenure auf sich hatte, den die Regierung nach der Schlacht von Culloden als Verwalter der Ländereien von Ardsheal in Appin und Locheil jenseits des Wassers in Lochaber eingesetzt hatte. Man hatte ihn im Wald von Lettermore niedergeschossen, gleich hinter der Landzunge. Seumas a'Ghlinne – James of the Glens – wurde des Mordes an ihm bezichtigt und auf meineidige Zeugenaussagen hin bei einem Femegericht von Geschworenen verurteilt, die fast ausschließlich zum Clan der Campbells gehörten.

Auch Allan Breck Stewart, nicht die romantische Gestalt aus Robert Louis Stevensons *Entführt*, sondern ein Prahler und Taugenichts, der nicht an die über alles erhabene Ehrenhaftigkeit von James Stewart heranreichte, der ihn großgezogen hatte, wurde des Mordes an Colin Campbell verdächtigt. Doch er wurde nie festgenommen oder vor Gericht gestellt.

Dann folgte die Hinrichtung auf diesem kleinen Hügel, wo sie jetzt standen. Damals war dies nur eine spärlich von Heidekraut und Gras bewachsene Anhöhe mit Blick auf die Meerenge. Die

Brücke wurde erst zweihundert Jahre später gebaut. Es war ein windiger Novembertag gewesen, die Wolken dunkel und drohend, sodass die Mittagszeit schon wie die Abenddämmerung wirkte. Der Wind stürzte sich auf die Männer und Frauen, die sich auf diesem den Elementen ausgesetzten Hügel zusammengefunden hatten. Es war, als versuchte er, sie mitsamt dem Galgen hochzuheben und ins Wasser hinunter zu schleudern. Der Regen schnitt den Menschen in Gesicht und Hände, als man James Stewart zum Strang führte, wo man ihm erlaubte, noch ein letztes Mal zu sprechen, ehe das schreckliche Unrecht verübt wurde. Seine Stimme unter dem Galgen war ruhig und klar. Er prangerte diejenigen an, die ihn beschuldigt hatten, und beteuerte seine Unschuld. Er wünschte, Gott möge jenen vergeben, die Meineide geschworen hatten, und erklärte, er sei ein ehrenhafter Mann.

»War der wahre Täter also Allan Breck Stewart?«, fragte Chaz.

»Wer weiß? Vielleicht war er zumindest beteiligt«, antwortete Rebecca. »James wurde allerdings nicht wegen der tödlichen Schüsse verurteilt. Er hatte nämlich ein Alibi, und die Gesetzeshüter waren fest davon überzeugt, dass Allan Breck Stewart der Täter gewesen war. James befand man dafür schuldig, ein Teil des Verbrechens gewesen zu sein – ›airt and pairt‹. Das soll heißen: Er habe zwar nicht auf den Abzug gedrückt, sei aber mutmaßlich Teil einer Verschwörung gewesen und habe möglicherweise dieses Verbrechen angeordnet.«

»Hältst du das für wahrscheinlich?«

»Wer kann das heute schon sagen? Vielleicht ein Historiker, der den Fall von Anfang bis Ende gründlich erforscht hat. Ich aber ganz sicher nicht. Ich kann nur sagen, dass das Gerichtsverfahren eine Farce war. Wie Dad gesagt hat, gab es da mehr Finten als bei jedem Fechtkampf.«

Chaz stützte eines seiner langen Beine auf dem niedrigen Geländer ab und las die Inschrift auf dem Gedenkstein.

»James hat den 35. Psalm rezitiert«, sagte Rebecca, und sie hörte die Stimme eines Highlanders, stark, fest und furchtlos, wie sie die Worte auf Gälisch sprach. Sie kannte einige davon auf Englisch:

Herr, führe meine Sache gegen meine Widersacher,
bekämpfe, die mich bekämpfen ...
Sie sollen werden wie Spreu vor dem Winde ...
Ihr Weg soll finster und schlüpfrig werden ...

»Danach nannte man diesen Psalm hier den Psalm von James of the Glens«, sagte Rebecca. »Und dann wurde er gehenkt. Es war nicht der rasche, leichte Tod späterer Hinrichtungen; es war ein schmerzhafter, lang hingezogener Tod, eine langsame Strangulierung, die schwer mitanzusehen war, selbst in jenen Tagen, als der Tod oft hart und brutal war. Man ließ den Leichnam fünf Stunden am Strang hängen, ehe man ihn dort in Ketten aufhängte. Und dort verblieb er drei Jahre, den Elementen und hungrigen wilden Tieren ausgesetzt.«

»Sie haben ein Exempel an ihm statuiert«, sagte Chaz leise.

Rebecca zitierte einen Satz, den sie sich eingeprägt hatte. Ein Beamter hatte ihn in der damaligen Zeit geprägt, und sie hatte ihn erst in der Nacht zuvor gelesen, als sie sich noch einmal über den Fall kundig machte, um sich die Einzelheiten in Erinnerung zu rufen: »Nichts könnte für die zukünftige gute Beherrschung dieser abgelegenen Gebiete Schottlands zuträglicher sein als die exemplarische Bestrafung eines so notorischen Kriminellen.« Bürokraten haben wirklich ein Händchen dafür, selbst Grausamkeit noch alltäglich erscheinen zu lassen, dachte sie.

»Freunde und Verwandte haben versucht, sich um die sterblichen Überreste zu kümmern, so gut sie konnten. Sie kamen und säuberten das Gesicht des Toten, vertrieben die Vögel, die daran herumpickten. Doch selbst das hörte irgendwann auf. Das Fleisch fiel ab, die Kleider verrotteten, bis nur noch die Gebeine übrig waren. Und selbst die fielen irgendwann auseinander, doch die Behörden ordneten an, dass sie neu zusammengesetzt und wieder aufgehängt werden sollten, um schonungslos an das Schicksal zu erinnern, das jedem Schotten drohte, der immer noch den Wunsch verspürte, sich gegen das Gesetz des Königs aufzulehnen.«

Rebecca hielt inne, lauschte dem Wind. Diesmal gesellten sich keine schmerzensreichen Stimmen hinzu, es war lediglich der Klang der Brise im Gras und in den Zweigen.

»Schließlich haben sie einem Verwandten erlaubt, die Gebeine abzunehmen und auf dem Gelände der Keil Chapel zu beerdigen, ein Stücke die Straße hinunter in Duror«, sagte sie. »Er wurde neben der Leiche seiner Frau Margaret zur letzten Ruhe gebettet. Man sagt, jemand habe den Galgenpfosten aus der Erde gerissen und dort unten ins Wasser geworfen. Ein Fluch solle auf jedem liegen, der ihn berührte.«

»Einen Fluch, so was mag ich immer.« Chaz lachte.

»Ich bin mir allerdings nicht sicher, ob irgendwer je dergleichen erlitten hat. Schließlich hat man ihn als Zaunpfahl benutzt, glaube ich, und niemand hat von irgendwelchen üblen Folgen berichtet. Man sagt, dass der Clan der Stewart den wahren Schuldigen kennt, ihn aber niemals preisgeben wird. Vielleicht war es Allan Breck. Es gibt noch eine andere Theorie, die besagt, dass es eine Verschwörung junger Kerle aus Appin und Lochaber war, eine Art Wettstreit darüber, wer der beste Schütze war. Es hätten zwei Schützen sein können.«

»Ah, so wie bei der Ermordung Kennedys und dem grasbewachsenen Hügel in Dallas?«

Rebecca lächelte. »So ähnlich. Es könnte auch eine Familienangelegenheit gewesen sein. Colin Campbells Neffe hatte ein begehrliches Auge auf dessen Job und Erbe geworfen ...«

Chaz schnaufte tief durch die Nase, atmete dann aus. Er wandte sich erneut zu ihr. »Und was ist mit unserem James Stewart?«

Rebecca bedachte ihre Antwort gründlich. »Das muss sich erst noch zeigen. Einer Geschichte von Romantik und Verrat Glauben zu schenken, die sich vor zweieinhalb Jahrhunderten ereignet hat, ist die eine Sache, aber es ist ganz etwas anderes, heutzutage blind an die Unschuld eines Menschen zu glauben. Da habe ich erst noch einiges zu tun. Ich darf mir die Sicht nicht von etwas trüben lassen, das vor Hunderten von Jahren geschehen ist.«

Chaz nickte knapp, warf noch einen letzten Blick auf das Denkmal und hievte sich seine Kameratasche auf die Schulter. »Sind wir hier fertig?«

Rebecca sah sich noch einmal in dem Hain um. Sie nickte und wollte Chaz zu den Stufen folgen. Doch im selben Augenblick hätte sie schwören können, ganz schwach wieder dieses Rasseln zu hören. Sie blieb stehen und ließ den Blick über die Bäume und Büsche schweifen, um die Quelle des Geräusches zu finden, sah jedoch nichts. Sie wusste nicht, was dahintersteckte, hatte aber schon früher einmal Zäune gesehen, an denen alte CDs hingen, wahrscheinlich um Schädlinge abzuschrecken, vermutete sie. Vielleicht war es so etwas. Das Geräusch hörte nicht auf, nicht einmal, als sie vom Denkmal fortging, und die Stimmen auf dem Wind ertönten im Hintergrund, kaum mehr als ein schwaches Echo, als teilte das Land eine Erinnerung mit ihr.

12

Die Toten hören nicht zu, ganz gleich, was Spiritualisten die Leute glauben machen wollen. Deswegen kam Joseph McClymont immer auf diese Anhöhe, von der man auf die Kathedrale von Glasgow und das Krankenhaus Royal Infirmary herabblickte, wenn er etwas zu sagen hatte, das niemand mit anhören sollte, vor allem nicht sein Vater, der trotz seines immer gebrechlicher werdenden Körpers noch das Gehör einer Fledermaus hatte.

Die Stadt der Toten nannten sie diesen Ort. The Necropolis. Man kann auf vielerlei Art sterben und dies auf vielerlei Weise beschreiben, und dieses riesige Labyrinth von einem Monument für all diejenigen, die den Weg allen Fleisches gegangen waren, dieses Tal der Tränen verlassen hatten, in die Ewigkeit eingegangen waren, den Löffel abgegeben hatten, war ein Testament für alle diese Arten. Die Viktorianer liebten es, ihre Toten zu ehren, und sie taten es im großen Stil. Für Joseph McClymont war man, wenn man tot war, einfach nur tot. Daran konnte auch das eleganteste Grabmal nichts ändern. Mit den Jahren hatte er sehr gute Bekanntschaft mit dem Sensenmann geschlossen. Als Kind war er gezwungen gewesen, der Endgültigkeit des Todes ins Auge zu schauen, als er seine Mutter und seine kleine Schwester sterben sah. Er wäre beinahe mit ihnen gegangen, doch er hatte bei seinem Vater bleiben wollen. Also stieg seine Mutter nur mit seiner Schwester ins Auto. Die Explosion warf ihn und Rab von den Füßen, katapultierte den Range Rover in einem Feuerball hoch in die Luft.

So etwas vergaß man nicht so leicht.

Er stand am höchsten Punkt des Hügels vor der hohen dorischen Säule, die von einer Statue von John Knox gekrönt war. Der feurige alte Prediger lag gar nicht hier begraben, doch man gedachte seiner trotzdem. Von seinem Standpunkt aus beherrschte der gute alte John so gut wie alles, was er überblickte. Joseph fühlte sich genauso, als er in östliche Richtung über die Stadt schaute. Er hatte das Imperium, das sein Vater aufgebaut hatte, weit ausgedehnt. Es umfasste inzwischen sowohl kriminelle als auch legale Unternehmen, nicht nur in Glasgow, sondern auch weit über die Stadt hinaus. Das East End war jedoch die Domäne seiner Familie geblieben. Von hier aus konnte er die tiefe Straßenschlucht der Duke Street blicken, und wenn er genau hingeschaut hätte, so hätte er vielleicht die genaue Stelle gefunden, wo vor all den Jahren der Range Rover explodiert war. Er schaute jedoch nicht hin. Dieses Erlebnis war zwar schwer zu vergessen, doch er ließ sich davon nicht aufhalten. Er hatte Geschäfte zu erledigen.

Er überprüfte kurz, ob sich seine beiden Männer in ausreichender Entfernung aufhielten, ehe er die schon auf seinem Handy eingetippte Nummer wählte. Er wollte, dass ihn niemand reden hörte.

»Was willst du?«

Der Mann war sehr kurz angebunden. Normalerweise hätte Joseph sich einen solchen Tonfall verboten, aber das war kein gewöhnlicher Mann. Joseph war reich, aber dieser Kerl hatte ein Vermögen jenseits aller Vorstellungen. Wenn Joseph eines respektierte, dann war das Geld. Eigentlich war Geld das Einzige, was er respektierte.

»Du kannst mir glauben, ich würde dich nicht anrufen, wenn ich nicht müsste«, sagte Joseph. Der Kontostand und die Position dieses Mannes mochten ihn beeindrucken, deswegen musste er trotzdem nicht übermäßig höflich sein.

»Ich hab dir schon vor Jahren gesagt, dass ich nie wieder mit dir reden will.«

»Ich weiß.«

»Wir haben einen Handel abgeschlossen. Und was mich betrifft, war es das.«

»Ich weiß, aber wir müssen reden.«

»Wieso?«

»Murdo Maxwell.«

»Uralte Geschichte.«

»Sie haben die Ermittlungen über seinen Tod wieder aufgenommen.« Am anderen Ende der Leitung wurde es still, sodass Joseph sich fragte, ob der andere aufgelegt hatte. »Bist du noch da?«

»Wer genau ermittelt da?«

»Im Augenblick nur die Presse.«

»Woher weißt du das?«

»Hast du heute noch keine Nachrichten gelesen?«

»Das Einzige, was ich lese, sind Geschäftsberichte.«

»Im Internet steht, man hätte Banner aufgehängt, die behaupten, es sei ein Justizirrtum gewesen.«

Wieder herrschte einen Augenblick lang Schweigen. Dann sagte der Mann: »Und das ist alles? Banner?«

»Nein, man hat mir zugetragen, es gäbe mehr. Da ist ein Anwalt oben in Inverness, Jordan heißt er. Kennst du den?«

»Wieso, zum Teufel, sollte ich irgendeinen billigen kleinen Winkeladvokaten kennen?«

»Jedenfalls scheint er etwas in der Hand zu haben.«

»Was zum Beispiel?«

»Ich weiß es nicht.«

»Du weißt es nicht?«

»Nein.«

»Warum, zum Teufel, belästigst du mich dann, Wee Joe?«

Joseph zuckte zusammen, als er diesen Spitznamen hörte. Er wusste, dass der Mann ihn ganz bewusst verwendet hatte. »Ich habe jemanden hochgeschickt, der mal schaut, was er rausfinden kann.«

»Du hast jemanden in Inverness, der da rumschnüffelt? Und wie viel weiß dieser Jemand, der da rumschnüffelt, über unsere Abmachung?«

»Nur das, was jeder auf der Straße auch weiß. Er soll nur rauskriegen, was dieser Anwalt weiß. Und ich will rauskriegen, ob da was auf mich zurückfällt.«

»Auf uns, meinst du wohl?«

»Nein«, antwortete Joseph. »Ehrlich gesagt bist du mir scheißegal. Was damals geschehen ist, war bedauerlich, aber es ist zu weit gegangen.«

»Und es wäre noch weiter gegangen, wenn Big Rab die Sache nicht in die Hand genommen hätte. Du hast Scheiße gebaut, als du mich angepisst hast, mein Söhnchen, und da musste Daddy die Sache wieder ausbügeln. Du hast Scheiße gebaut, und es sind Leute gestorben. Was du meinem Sohn angetan ...«

Darauf wollte Joseph nicht eingehen, also unterbrach er ihn. »Die Sache ist doch wohl die: Wenn dieser Anwalt die Sache wirklich weiterverfolgt, trifft es uns alle. Wir müssen auf dem Quivive sein.«

»Auf dem Quivive? Na, das sind mal die Vorteile einer Universitätsbildung. Als Nächstes zitierst du mir noch Griechisch und Latein.«

»Wenn, dann würdest du es gewiss verstehen.«

Ein kurzes Lachen quittierte diese Bemerkung, kaum mehr als ein kleines Räuspern. »Ja, das würde ich. Also, wo wir gerade von deinem Dad reden, weiß er, dass du mit mir sprichst?«

»Nein. Meinem Dad geht es nicht gut. Er braucht das nicht zu wissen.«

»Er wäre bestimmt nicht froh darüber, wenn das alles wieder hochkommt, oder? Schließlich musste er dich schon beim letzten Mal raushauen.«

Joseph war dieses Gespräch satt. »Schau mal, ich habe dich aus reiner Höflichkeit vorgewarnt. Das würde mein Dad so wollen.«

»Wenn er davon wüsste.«

»Ja, wenn er davon wüsste.« Joseph spürte, dass sein Geduldsfaden kurz vor dem Reißen war.

Wäre es vor zehn Jahren nach ihm gegangen, so hätte man das Problem mit diesem Mann aus der Welt geschafft, aber Big Rab war dagegen gewesen. Der ist zu groß, als dass man ihn umlegen könnte, hatte er gesagt. Es gibt andere Methoden, mit Leuten wie ihm umzugehen. Joseph erinnerte sich daran, wie ihn sein Vater über seine John-Lennon-Brille hinweg angesehen hatte. Und sowieso, hatte er noch hinzugefügt, warst ja du im Unrecht. Big Rab hatte sich für ihn geschämt. Joseph hatte sich selbst für sich geschämt. Es hatte viel Grund zum Schämen gegeben. Mit der Zeit war das Gefühl schwächer geworden. Aber es war wie ein verblasster blauer Fleck, der nicht verschwinden wollte. Beim geringsten Druck kam der Schmerz zurück.

Sein Vater hatte die Sache in die Hand genommen und alles wieder geradegebogen, was Joseph wirklich angekotzt hatte. Es hatte eine Zeit gegeben, da hatte Big Rab höchstpersönlich abgedrückt, aber mit dem Alter war er milder, vernünftiger geworden. Er wollte lieber verhandeln als Vergeltung suchen. Es hatte schon genug Unstimmigkeiten gegeben. Es war Blut vergossen worden. Joseph wusste nur zu gut, dass Gewalt Aufmerksamkeit erregte, doch in diesem Fall, bei diesem speziellen Mann, hätte er diese Regel nur zu gern gebrochen.

Und eines Tages würde er vielleicht genau das tun.

»Was zwischen uns geschehen ist, liegt in der Vergangenheit. Da waren sich alle einig.« Er hatte große Mühe, seine Stimme unter Kontrolle zu halten. »Wir haben alle Fehler gemacht und letztendlich alle verloren. Wenn ich etwas höre, von dem ich glaube, du müsstest es wissen, melde ich mich.«

Er unterbrach die Verbindung, ehe der andere Mann etwas sagen konnte, was ihn noch wütender machen würde.

13

Rebecca starrte auf das schwere, zweiflügelige Tor und trommelte mit den Fingern auf das Lenkrad. Chaz wartete, zur Abwechslung einmal wortlos, wofür sie dankbar war. Er arbeitete schon lange genug mit ihr zusammen, um zu wissen, dass ihr so etwas nicht leichtfiel. Manche Reporter hatten keinerlei Probleme mit unangemeldeten Besuchen, doch Rebecca hatte schon immer Schwierigkeiten damit, obwohl sie es genauso geschickt über diverse Schwellen schaffte wie die Besten ihrer Zunft. Verglichen mit James of the Glens, der auf einem sturmumtosten Hügel dem sicheren Tod ins Antlitz gesehen hatte, war das hier rein gar nichts, doch trotzdem musste sie sich dafür stählen. Es war nicht wie ein Besuch bei irgendjemandem in Inverness, wo man zur Haustür geht und an der Briefkastenklappe rappelt. Sie hatte bereits beschlossen, nicht bis zum Haus hochzufahren – das erschien ihr wie eine schlimmere Verletzung der Privatsphäre, als wenn man sich zu Fuß näherte. Sie würde also dieses Tor aufmachen müssen, das bewusst so gestaltet war, dass es Menschen einschüchterte, und diesen Zweck hervorragend erfüllte. Und danach müsste sie die lange kiesgestreute Einfahrt hinaufgehen, die sie zwischen den Holzlatten hindurch sehen konnte.

Sie hatte keine Vorstellung davon, wie weit dieser Gang sein würde, denn vom Auto aus konnte sie Kirkbrig House nicht sehen. Zwischen ihnen und dem Haus befand sich eine hohe Hecke, deren Äste weit über die Mauer hinausragten, als versuchte sie verzweifelt, der Gefangenschaft zu entkommen. Sie hatte das Auto an einem leicht erhöhten Platz neben der A828 geparkt, und die Zufahrt zum Tor war von dieser Straße abgezweigt, ehe sie in einer Kurve nach oben führte. Hinter ihnen schimmerte Loch Linnhe blau in der Nachmittagssonne, und am westlichen Ufer lagen die Berge von Ardgour. Sie war noch nie in Ardgour gewesen. In Ardnamurchan schon, und sie überlegte, ob die Berge, die sie weiter hinten ausmachen konnte, zu diesem Gebiet gehörten. Plötzlich überkam sie das Bedürfnis, in einem kleinen Boot das klare, ruhige Wasser des Fjords zu überqueren und ein sonniges Plätzchen zu suchen, wo sie sich hinlegen und den Tag vorbeiziehen lassen konnte. Sie wollte nicht einer Frau gegenübertreten, die vor zehn Jahren in genau diesem Haus, in dem sie nun lebte, den misshandelten Körper ihres zu Tode geprügelten Bruders gefunden hatte. Aber sie musste es tun. Sie musste die Sache unbedingt hinter sich bringen.

Sie hatten sich gegen einen Zwischenhalt in Lettermore entschieden, wo Colin Campbell getötet worden war, oder bei der Ruine der Kapelle, wo man die Gebeine von James of the Glens beerdigt hatte. Stattdessen fuhren sie ein paar Meilen weiter. Zunächst hatten sie die Absicht gehabt, auf direktem Weg in das Dörfchen Kilnacaple zu fahren, wo Tom auf sie wartete. Doch unterwegs hatte Rebecca entschieden, sie würde Murdo Maxwells Schwester besser gleich in Angriff nehmen. Wieder eine Lektion ihres Vaters: *Wenn du eine unangenehme Arbeit zu tun hast, bring sie hinter dich, so schnell du kannst. Die ungute Vorahnung ist oft schlimmer als die Ausführung der Aufgabe.*

»Bist du sicher, dass du das tun willst?«, fragte Chaz, der nicht länger schweigen konnte.

»Ja«, antwortete sie. »Aber ich mache es allein.«

Sie wusste, dass er das verstehen würde. Er hatte Rebecca schon vorher bei solchen Einsätzen begleitet, und ihm war klar, dass es so besser wäre. Eine Person, die unangemeldet auftaucht, um alte

Wunden aufzureißen, war schlimm genug. Zwei Fremde, insbesondere wenn einer eine Kamera dabeihatte, könnten die Sache völlig vereiteln. Wenn sie Chaz brauchte, würde sie ihn dazurufen.

Sie holte tief Luft und machte die Wagentür auf. Die Wärme des Sonnenscheins war nach der klimatisierten Kühle des Autos ein Schock. Sie stand einen Augenblick da und sog die frische Luft ein. Sie meinte, einen Hauch Geißblatt wahrzunehmen, konnte aber keines sehen. Es war eine der wenigen Pflanzen, die sie erkennen konnte. Ihre Mutter hatte es in ihrem Garten in Milngavie angepflanzt.

»Wenn jemand kommt, fahre ich den Wagen weg«, sagte Chaz, und Rebecca quittierte das mit einem Winken, ehe sie den Riegel wegschob und das Tor aufdrückte. Der Geißblattduft wurde stärker, und sie sah, dass sich eine Pflanze um die Holzpergola rankte, die an die hohe Hecke anschloss. Darunter stand eine Bank. Sie genoss das köstliche Aroma, ließ sich für einen Augenblick in den Garten ihrer Mutter zu Hause in Glasgow entführen. Ihre Eltern hatten das Geißblatt gemeinsam gepflanzt, und der Duft beschwor Erinnerungen an Lachen und Essen am wackeligen Picknicktisch mit angebauten Bänken herauf, den ihr Vater nicht gerade fachmännisch zusammengebaut hatte. Die Sitzbank verschob sich zur Seite, sobald sich jemand daraufsetzte, und die ganze Konstruktion schien stets kurz vor dem Zusammenkrachen zu stehen. Aber sie tat es nie. Jahrelang stand sie da und verwitterte, die grüne Farbe blätterte ab und gab das nackte Holz darunter frei. Bis schließlich die Elemente siegten und ein stürmischer Wind den Picknicktisch in seine Bestandteile zerlegte.

Das war in dem Winter, in dem ihr Vater starb.

Sie ging an der Pergola vorbei, verdrängte den Schmerz des Heimwehs und die Stiche der Trauer aus ihren Gedanken. Sie hatte eine Aufgabe zu erledigen. Die sollte sie am besten hinter sich bringen.

Die Einfahrt führte in einem Bogen zwischen zwei makellosen Rasenflächen hindurch, die mit Bäumen und Büschen bestanden waren. Jetzt konnte Rebecca das Haus sehen: grauer Standstein, zwei Stockwerke, vier Fenster in jeder Etage, weitere Fenster am Giebel. Es war ein großes Haus, mit dem protzigen Design, das die Viktorianer so liebten – ein gedrungenes Türmchen mit einer Wetterfahne, Gitter um eine flache Plattform am Rand des Dachs. Das Haus war offensichtlich hervorragend gepflegt: Die Fensterbänke sahen aus, als wären sie frisch gestrichen, die Dachrinnen schienen noch original zu sein, wirkten aber recht robust, das dunkle Schieferdach war wasserdicht, soweit sie sehen konnte. Der Garten war gut gepflegt und ausgedehnt, erstreckte sich jenseits des Hauses und dahinter bis zu einem Wald, der bis zu einem grasbewachsenen Hang unterhalb eines Berggrats verlief. Wer immer hier lebte, hatte Geld und nichts dagegen, es auszugeben. Rebeccas Füße knirschten laut auf der trockenen Oberfläche der Einfahrt, und sie sah sich nach Lebenszeichen um, erblickte jedoch niemanden. Zu spät fragte sie sich, ob Mona Maxwell, die Schwester des Toten, wohl einen Hund hatte. Und wenn ja, ob er wohl auf dem Gelände frei herumlief? Und wenn ja, ob er wohl bissig war?

Rechts vom Haus verlief eine teils von Bäumen verdeckte alte Bogenbrücke, die gerade breit genug war, dass zwei Personen sie nebeneinander überqueren konnten. Rebecca konnte den Bach nicht sehen, über den sie führte. Durch eine Lücke im Unterholz erblickte sie jedoch, wie er vom Waldrand unten am Hang in Richtung der Straße floss. Jenseits der Brücke war inmitten von Bäumen das Dreieck eines Kirchturms auszumachen.

Die Haustür ging auf, ehe Rebecca sie erreicht hatte, und eine Frau trat in den kleinen gewölbten Vorbau und warf ihr einen strengen Blick zu. Rebecca nahm an, dass dies Mona Maxwell war. Ihre eckige Gestalt unter der weißen Bluse war eher schlank als dünn zu nennen, die mit einer grauen Hose bekleideten Beine waren lang, das graue Haar kurz geschnitten, und die braunen Augen starrten Rebecca unverwandt an. Groß und aufrecht stand sie da und strahlte eine kühle Nüchternheit aus, die Rebecca nach ihren bisherigen Erfahrungen ahnen ließ, dass sie es schwer haben würde, hier irgendetwas zu erreichen.

»Kann ich Ihnen helfen?«, fragte die Frau.

»Ms Maxwell?«, erwiderte Rebecca. Ihrer Stimme fehlte es an Selbstvertrauen, aber nicht etwa, weil sie bezweifelte, dass sie die Frau richtig identifiziert hatte, sondern weil sie hier vor diesem beeindruckenden viktorianischen Haus stand und unter dem Blick einer Frau in sich zusammensackte, die sie anschaute, als sei sie der Meinung, der Tod durch den Strang sei für einige Leute noch zu gut.

»*Miss* Maxwell«, korrigierte die Frau. »Und wer sind Sie?«

»Ich heiße Rebecca Connolly, Ms ... Miss Maxwell.« Sie legte eine Pause ein, warum, wusste sie selbst nicht, doch das winzige Zögern führte dazu, dass Mona Maxwell den Mund mit schlecht verhohlener Ungeduld zusammenpresste. Rebecca fuhr rasch fort. »Ich bin von der Highland News Agency.«

Der Mund wurde noch fester zusammengepresst. Die Frau wartete.

Rebeccas Erfahrung hatte sich bestätigt. »Es tut mir leid, dass ich Sie störe ...«

Mona Maxwells Worte kamen wie Peitschenschläge. »Bitte machen Sie voran, Mädchen.«

Ja, hier war sie ganz entschieden nicht auf der Erfolgsspur. Aber nun war sie einmal so weit gekommen, jetzt konnte sie genauso gut die Gelegenheit ergreifen. »Ich wollte mit Ihnen über Ihren Bruder reden.«

Keine Reaktion. Wenn sie den Mund noch fester zusammenpresst, zermalmt sie ihre Zähne zu Staub, vermutete Rebecca.

»Es hat neue Entwicklungen gegeben.« Rebecca verspürte die Notwendigkeit, einfach weiterzureden. »In diesem Fall.« Sie legte erneut eine Pause ein. »Im Fall Ihres Bruders.«

Ein leichtes Aufblähen der Nasenflügel war die einzige Antwort. Der Blick wankte nicht, die aufrechte Haltung wurde nicht lockerer.

»Ich wüsste gern, ob ich mit Ihnen vielleicht darüber reden könnte. Es kann durchaus noch weitere Nachrichten in der Presse dazu geben, und da dachte ich, es wäre nur fair ...«

»Was für Entwicklungen?«

Rebecca zögerte wieder. Diese Frau war wirklich einschüchternd wie eine alte Schulrektorin, die den Rohrstock schnell bei der Hand hatte. Sie wusste, dass Mona Maxwell Lehrerin gewesen war, und sie hätte ihr Diplom darauf verwettet, dass sie die körperliche Bestrafung von Schülern befürwortete, und wenn nur als Leibesübung.

»Sprechen Sie endlich, Mädchen! Raus damit«, blaffte Mona Maxwell. Sie brauchte überhaupt keinen Rohrstock, sie hatte ihre Stimme, die Rebecca traf wie ein Fehdehandschuh.

»An verschiedenen Orten, die mit James of the Glens zu tun haben, wurden Banner aufgehängt. Wie Sie wissen ...«

»Ja, ja.« Nun war sie wirklich verärgert. »Er hatte den gleichen Namen wie James Stewart, den man verurteilt hat, weil er meinen Bruder ermordet hat. Also, Banner. Was noch?«

»Weitere Informationen sind ans Licht gekommen, die vielleicht Zweifel an der Verurteilung des heutigen James aufkommen lassen könnten.«

Stille trat ein. Mona Maxwells Blick wankte kein bisschen. Ihr Mund war noch immer ein Keil der Missbilligung zwischen Nase und Kinn, ihre Körpersprache die einer Frau, die sich wünscht, sie hätte ein Gewehr zur Hand, mit dem sie Eindringlinge verjagen könnte. Rebecca war mehr denn je davon überzeugt, dass man ihr gleich unmissverständlich zu verstehen geben würde, sie solle gehen.

»Nun«, sagte die Frau und holte tief Luft. »War aber auch höchste Zeit, verdammt noch mal.«

14

Ich habe heute Morgen in meiner Zelle einen Schmetterling beobachtet. Ich weiß nicht, wie er hier reingekommen ist, aber da war er auf einmal, flatterte an der Wand bei dem kleinen Fenster herum, von der grauen Morgendämmerung angezogen, vermute ich mal. Er war weiß, der Körper schwarz, und die zarten Flügel schienen fieberhaft zu schlagen, während er unstet gegen die weiß getünchte Ziegelmauer und auf das Viereck aus Licht zuflog.

Ich habe mich gefragt, ob er Furcht verspürt, weil er hier drinnen in der Falle sitzt. Ich habe mich gefragt, ob er in seinem zarten kleinen Körper verstanden hat, warum er diese Barriere nicht durchdringen und die aufgehende Sonne und die freie Luft nicht erreichen kann.

Ich habe mich hier drinnen zunächst sehr schwergetan. Es hat einige Zeit gedauert, bis ich meine Philosophie entwickelt hatte. Aber damals war ich wütend. Wenn man für etwas angeklagt und verurteilt wird, was man nicht getan hat, macht einen das wütend. Es lässt einen die ganze Welt hassen. Das fängt beim ganzen Justizsystem an – den Richtern, Zeugen, Anwälten, besonders den Anwälten –, und dann verzehrt dich der Hass und erstreckt sich auf alle, mit denen du in Kontakt kommst. Aber dieser Hass hat mich am Leben gehalten, sonst hätte ich vielleicht mit allem Schluss gemacht.

Ja, es ist schwer gewesen. Ich bin jung. Ich sehe gut aus. Ich bin schwul. Wenn man das alles zusammenzählt, kommt als Ergebnis ein schwieriges Leben raus. Ja, hier gibt es andere Insassen, die schwul sind, und andere, die das nur während ihres Aufenthalts hier sind, aber insgesamt funktioniert die Einschüchterung hier auf wesentlich subtilere

Weise, da lässt man nicht einfach die Seife fallen und wartet, dass du dich vornüberbeugst. Ich habe von ein paar Gefängnisangestellten und Insassen angewiderte Blicke eingesteckt. Die dachten, mich könnte man leicht piesacken. Und eine Zeit lang musste ich das auch über mich ergehen lassen.

Ich habe auch dazugelernt, als aus den Wochen Monate und aus den Monaten Jahre wurden. Jetzt bin ich ein erfahrener Gefangener, ein alter Knastbruder. Ich kenne die Tricks und Kniffe. Ich weiß, wem ich aus dem Weg gehen und mit wem ich mich treffen sollte. Ich mache einen Bogen um Drogen und Schulden und Glücksspiele. Ich weise alle sexuellen Annäherungsversuche zurück. Ich weiß, welche von den Aufsehern anständig sind und welche von einem System brutalisiert wurden, das immer noch oft genug Strafe über Rehabilitation stellt. Die Angst bleibt aber, und manchmal bin ich wie dieser Schmetterling, sehne mich danach, durch das Glas zu brechen und das Licht zu erreichen. Die Angst flattert in mir, ist wie ein Jucken an einer Stelle, die ich nicht erreichen kann.

Ich habe Insassen kommen und gehen sehen. Manche wurden entlassen. Andere haben sich umgebracht, weil sie das Eingesperrtsein nicht mehr ertragen haben, weil die Dämonen in ihren Köpfen schließlich doch die Oberhand gewonnen haben. Denn sie kommen zu Besuch, diese Dämonen – nicht bei allen, aber ich habe sie gehört. Ich habe sie gehört, aber ich habe sie ignoriert, und schon bald sind sie zu jemand anderem im Flügel gezogen, haben den gepiesackt, bis sie aufhörten, aufgaben, sich ausgeklinkt haben, sich ausgeschaltet haben.

Der Schmetterling ist entkommen, als die Aufseher die Zellentür aufgemacht haben. Ich habe gesehen, wie er ihnen ausgewichen und im Zickzack durch den Korridor geflogen ist. Ein paar von den anderen Jungs haben das auch gesehen und ihn beobachtet. Gesichter, die eher mit grimmigen Mienen und Flüchen und Schlägen vertraut waren, wurden plötzlich ganz weich beim Anblick eines fliegenden Insekts, das durch die Korridore und Treppenhäuser huschte, dessen weiße Flügel *im Licht gespenstisch leuchteten. Schließlich ist der Schmetterling er-schöpft gelandet, und einer von den Wärtern hat ihn mit einem Glas gefangen und weggetragen. Ich hoffe, er hat ihn freigelassen. Ich hoffe, dass er jetzt da draußen ist, irgendwo, schwebt, fliegt, flattert.*

Frei.

Es kommt mir seltsam vor, zu denken, dass er längst tot sein wird, wenn ich frei bin. Ein Schmetterling lebt im Mittel einen Monat, habe ich mal gelesen. Ein paar Wochen für mich sind für ihn sein ganzes Le-ben. Jeder Flügelschlag ist wie das Ticken einer Uhr, die ihn näher an die Ewigkeit bringt. Jedes Leben hat seinen eigenen Rhythmus.

Ich habe mich in den Rhythmus des Gefängnisses eingefügt. Die Angst, der Hass, die Wut nagen noch immer an mir, aber das ist inzwi-schen kaum mehr als ein weißes Rauschen.

15

Die äußere Hülle von Kirkbrig House stammte aus einer Zeit, als Männer noch zum Gruß den Hut lüpften und Frauen wenig mehr als Besitztümer waren. Das Innere des Hauses jedoch war elegant und modern, und das Wohnzimmer, in das Mona Maxwell Rebecca führte, hatte hohe Decken und nutzte das Licht, das durch die großen Fenster hereinströmte, hervorragend aus. Die Hartholzböden waren gebeizt und spiegelglatt gebohnert, und eine Reihe von Orientteppichen in gedämpften Farben boten genug Gehflächen ohne Rutschgefahr.

Rebecca saß auf einer cremeweißen Couch mit Blick auf das Fenster, durch das sie den Vorgarten und das Tor am Ende der Zufahrt sehen konnte. Der Weg bis zur Haustür war ihr wie ein sehr langer Spaziergang vorgekommen, doch nun, da Mona sie – erstaunlicherweise – willkommen geheißen hatte, schien es nicht mehr so weit zu sein. Sie überlegte, ob sie erwähnen sollte, dass ein Freund jenseits des Tores wartete, wollte aber ihr Glück nicht überstrapazieren. Chaz würde es im Auto gut gehen. Sie hatte das Fenster einen Spalt aufgelassen.

Mona Maxwell nahm auf einem Ohrensessel neben dem offenen Kamin Platz, dessen Feuergitter kalt und tot hinter einem Paravent mit chinesischen Schriftzeichen verborgen war. Hier hatte anscheinend jemand ein Faible für China. Rebeccas Blick fiel auf die schwere eiserne Kamingarnitur auf einem Drehständer, und sie fragte sich, ob der Messingschürhaken, der da hing, wohl derselbe war, mit dem man Jahre zuvor Murdo Maxwell umgebracht hatte. Doch sicherlich nicht?

»Sie haben ein wunderschönes Zuhause«, sagte Rebecca.

»Danke.« Die Frau quittierte das Kompliment mit einem Nicken, blickte sich dann um, als sähe sie alles zum ersten Mal. »Mein Bruder hat es vollständig renoviert, nachdem er es gekauft hatte. Das muss jetzt fünfundzwanzig Jahre her sein, vielleicht sogar länger. Es war ziemlich heruntergekommen, also hat er es für einen Apfel und ein Ei bekommen. Er brauchte etwas fernab der Stadt, wo er hingehen und saubere Luft atmen konnte, hat er gesagt.« Sie hielt inne, und ein kleines Lächeln milderte die Strenge ihres Gesichts, wenn auch nicht sehr. »Er hat hart daran gearbeitet, oder vielmehr haben die Männer, die er dafür angeheuert hat, hart daran gearbeitet, aber er hat dafür gesorgt, dass er genau das bekam, was er wollte. Das Haus hatte Nassfäule und Hausschwamm, die elektrischen Leitungen mussten neu verlegt werden, es brauchte neue Böden und ein neues Dach. Man hatte es im Laufe der Jahre in einen jämmerlichen Zustand verkommen lassen.«

»Viktorianisch, nicht wahr?«

»Ja, gebaut wurde es von einem Edinburgher Textilhändler, der sein Vermögen mit dem Fernosthandel gescheffelt hatte.«

»Sind deswegen so viele orientalische Gegenstände hier?«

»Nein, das sind alles meine. Ich mag die chinesische Kunst und Kultur. Ich spreche Mandarin. Ich habe viele Jahre in Schanghai Englisch unterrichtet.« Sie setzte sich im Sessel zurück und legte die Fingerspitzen aneinander. »Also, Miss Connolly, was sind diese anderen Informationen, von denen Sie gesprochen haben?«

Rebecca wusste, dass sie hier sehr dünnes Eis betrat. Die Frau schien ihr gewogen zu sein, doch wenn sie herausbekam, wie wenig Rebecca eigentlich wusste, konnte sich diese Einstellung rasch ändern. Ihre Menschenkenntnis teilte ihr jedoch mit, dass Mona Ehrlichkeit und direkte Worte zu schätzen wusste. »Ich will es Ihnen ganz offen sagen. Ich weiß nur, dass ein Anwalt in Inverness etwas über Ihren ...« Sie unterbrach sich und brachte dann vorsichtig hervor: »Über das, was Ihrem Bruder zugestoßen ist.«

»Sie meinen den Mord an meinem Bruder?« Rebecca hatte recht gehabt. Mona Maxwell mochte direkte Worte. »Sie können das ruhig sagen, wissen Sie. Ich weiß, was geschehen ist. Ich habe ihn gefunden. Was genau weiß also dieser Anwalt?«

Jetzt kommt's. »Ich weiß es nicht – noch nicht. Ich habe erst heute früh von dieser Entwicklung erfahren. Ich muss noch mit dem fraglichen Anwalt reden.«

»Warum sind Sie dann hier?«

»Ich wollte Sie warnen, dass es vielleicht erneut Interesse an dem, äh, Fall Ihres Bruders geben könnte.«

»An seiner Ermordung.«

»Seiner Ermordung. Die Banner, die James Stewarts Unschuld beteuern, werden die Dinge ins Rollen bringen. Seine Mutter habe ich bereits interviewt.«

»Verstehe.«

»Ich habe die Story schon geschrieben, und sie sollte morgen in mindestens einer der Sonntagszeitungen erscheinen. Online steht sie bereits. Weitere Berichte folgen, sobald ich mehr darüber herausgefunden habe. Aber in Anbetracht der neuen Informationen ...«

»Was immer die sind.«

»Ja, was immer die sind. Wie gesagt, ich werde das am Montag herausfinden.« Hoffentlich, dachte Rebecca. »Jedenfalls ist es mit den Bannern und den neuen Informationen höchst wahrscheinlich, dass eine Art Kampagne losgetreten wird, und ich dachte, Sie sollten das wissen.«

»Verstehe.« Mona musterte sie eine Weile. Rebecca hatte den Eindruck, dass sie auf dem Prüfstand war. »Sie wollten aber auch mit mir über jenen Tag reden. Und den Tatort sehen. Hab ich recht?«

Sie war keine Närrin. Wieder einmal entschied Rebecca, dass hier Ehrlichkeit angesagt war, und erwiderte: »Ja.«

Ein zufriedenes Nicken. »Dann kommen Sie mit«, sagte Mona. »Ich mache mit Ihnen den Rundgang.«

Sie führte Rebecca in den breiten Eingangsflur zurück. »Ich war über Nacht fort gewesen, hatte in Inverness bei einem Freund übernachtet ...«

Sie erinnerte sich an den Gesang der Vögel, der die stille Morgenluft durchschnitten hatte. Sie erinnerte sich an den Traktor, der keuchte wie hustende Patienten in einem Wartezimmer. Sie erinnerte sich an das Röhren des Motorrads, das auf der Straße jenseits der Kieseinfahrt und der Rasenflächen und der sorgfältig gestutzten hohen Hecke vorbeidonnerte.

Doch vor allem erinnerte sie sich an die tiefe Stille im Haus.

Draußen sang, hustete, röhrte die Welt. Drinnen war es still. Normalerweise gäbe es hier Geräusche, denn ihr Bruder hasste Stille, fand sie vielleicht sogar schädlich, und folglich setzte er ihr das Geplapper des Fernsehers, die Meinungen der Wortprogramme im Radio, die Sanftheit von Musik entgegen, doch meistens füllte er sie mit der Echokammer seiner eigenen Stimme, die er ungewöhnlich gern selbst hörte. Schon immer, sogar als Kind. Er redete dauernd, lachte oft, er lächelte gern und dozierte noch lieber, denn eine Meinung zu haben und sie der Welt nicht mitzuteilen, erschien ihm Verschwendung. Doch an diesem Morgen plärrte kein Fernseher. Es war keine sonore Stimme im Radio zu hören. Keine beruhigende Musik. Nur eine tiefe Stille, die jede Ecke zu durchdringen, jedes Stuckgesims zu erreichen, jeden Schrank zu erforschen schien. Sie hing schwer auf der breiten Treppe und klebte am Hartholz der Fußböden.

Jetzt, als sie in der offenen Tür zögerte, der Yale-Schlüssel noch im Schloss steckte, das Tageslicht sich in den unzähligen Farben des Buntglasfensters über der Treppe brach und Regenbogen-pfützen aus Blau und Orange und Grün und Rot erzeugte, wusste sie, dass etwas in dieser Stille lauerte. Etwas war tief in den Falten dieser Stille verborgen. Etwas Schreckliches.

Das tiefe Rot, das sie am Fuß der Treppe sah, war nicht vom Sonnenlicht gemalt, das durch das Fenster strömte. Das gefilterte Licht war natürlich, willkommen, warm. Die Streifen auf dem Holz waren etwas Fremdes. Sie hätten nicht dort sein sollen. Es sah aus wie Soße, als hätte jemand auf dem Weg zwischen der Küche im hinteren Teil des Hauses und der Treppe gekleckert. Streifen und Flecken, die den glänzenden Boden durchschnitten oder betupften und sich in den cremeweißen Treppenläufer saugten.

Aber es war keine Soße; das wusste sie.

Sie schürzte die Lippen, trat vollends in die Eingangshalle, ließ die Tür hinter sich offen. Sie war keine überspannte Person, doch die Stille brachte sie allmählich aus der Fassung. Sie blieb am Fuß der Treppe stehen, legte den Kopf schief, um auf irgendein Geräusch aus dem oberen Stockwerk zu lauschen, hörte jedoch nichts. Sie stellte einen Fuß auf die unterste Stufe, überlegte es sich anders, zog ihn zurück und wandte sich zur Küchentür am Ende des Korridors. Es war ein altes Haus, und dieser Korridor war schmal, nur wenig Licht drang in die Schatten. Doch sie konnte die Spur leicht ausmachen, hielt sich an die gegenüberliegende Wand, um nicht hineinzutreten.

Noch immer sangen die Vögel, noch immer keuchte der Traktor.

Sie spürte, wie das Unbehagen sich in ihr aufbaute. Sie wusste, was sie gleich finden würde, doch sie hatte trotzdem das Gefühl, sie müsste die schwere Holztür erreichen und selbst nachsehen. Der Gang von der Eingangshalle zur Tür war lang, doch an diesem Morgen erschien er ihr endlos, als sie sich Schritt für Schritt darauf zubewegte, mit der Schulter an den sorgfältig gestrichenen

Wänden entlangstreifte und gegen den Rahmen eines Gemäldes stieß, eines Bildes von Landseer, das ihr Bruder gar nicht gemocht hatte. Doch es war ein Geschenk eines ehemaligen Liebhabers gewesen, und Murdo war sentimental. So war er. Wortreich, rechthaberisch, aber großzügig und oft warmherzig. Allerdings nicht perfekt. Nein, überhaupt nicht perfekt.

Sie erreichte die leicht offen stehende Tür. Endlich. Sie legte die gespreizte Hand an das Holz. Sanft. Sie drückte dagegen. Langsam.

Die Tür öffnete sich mühelos.

Licht flutete vom Küchenfenster herein. Sie nahm geistesabwesend die Kulisse draußen wahr, den Garten mit seinen alten Bäumen, den steingepflasterten Weg, der sich um Büsche herum zu einem Teich mit einer kleinen Holzbrücke schlängelte, wie auf dem blau-weißen Porzellan mit Willow-Muster. Auf dem Grat oberhalb des Hauses der alte Traktor. Jess von der Farm, der damit einen Anhänger zog. Dann richtete sich ihre Aufmerksamkeit auf den Boden. Und auf das, was am Boden lag.

Die Natursteinfliesen hatten ein dunkles Rotbraun, genau wie die Flüssigkeit – inzwischen verfestigt, klebrig –, die in einer Lache den Kopf ihres Bruders umgab. Er war nackt und lag mit dem Gesicht nach unten da, den Kopf leicht zur Seite gedreht, die leeren Augen geöffnet, als starrte er zu ihr zurück. Schwarzrotes Blut machte sein Haar steif und verkrustete die Falten zwischen Mund und Nase und seine Ohren. Sie konnte sehen, wo das Fleisch aufklaffte und der Schädel zertrümmert und sein Gehirn hervorgequollen war.

Während sie auf die Leiche starrte, wand sich die Stille im Haus um sie herum.

Auf dem Grat tuckerte der Traktor aus ihrem Gesichtsfeld. Im Garten sangen noch immer die Vögel.

16

Rebecca hörte zu, während die Frau mit starker, klarer Stimme sprach. Es hätte eine Geschichte sein können, die ihr jemand erzählt hatte und die sie einfach nur wiedergab, wenn Rebecca nicht den Schmerz in ihren Augen gesehen hätte, als sie den Fleck auf dem Boden der Eingangshalle betrachtete, wo sie das Blut zuerst bemerkt hatte. Mona Maxwell war stark, doch niemand ist so stark. Rebecca wusste das aus eigener Erfahrung. Man kann Schmerz und Trauer wegsperren, aber sie sickern immer wieder durch die Augen heraus, manchmal als Tränen, aber öfter noch als ein Blick in weite Ferne, ein Verschleiern der Pupillen, als sähen die Augen etwas anderes als das, was vor ihnen war. Sie hatte das bei Afua Stewart wahrgenommen, und gerade sah sie es auch bei Mona Maxwell. Die Gedanken gehen auf eine Zeitreise: Während Monas Körper im Hier und Jetzt war, hatten ihre Gedanken einen Zeitsprung von zehn Jahren in die Vergangenheit gemacht, und sie durchlebte jenen Morgen noch einmal.

Plötzlich brach ihre Stimme ab, als wären die Worte einfach versiegt. Sie standen da in der Stille der luftigen Eingangshalle, während die Sonnenstrahlen durch das Buntglasfenster hereinfielen, das die Wand über der Treppe beherrschte, das Licht brach und in ein psychedelisches Kaleidoskop aus Farben und Formen auf dem dunklen Holzboden verwandelte.

Rebecca hatte das Gefühl, etwas sagen zu müssen. »Und die Haustür war abgeschlossen, sagten Sie?«

Mona nickte.

Rebecca schaute an ihr vorüber zur Tür. Zwei Schlösser, ein Yale- und ein Bartschloss, dazu zwei Riegel, einer oben, einer unten an der Tür.

Rebecca fragte: »Kein Schlüssel im Schloss?«

»Es war nur zugezogen, das Yale-Schloss.«

»War das immer so?«

»Nein. Das Bartschloss war nicht abgeschlossen, der Schlüssel lag noch auf dem Tisch neben der Tür. Murdo hätte es für die Nacht abgeschlossen und den Schlüssel herausgenommen, damit ich am nächsten Morgen ins Haus kam.«

»Was hat das Ihrer Meinung nach zu bedeuten?«

»Ich weiß es wirklich nicht. Wir haben hier in der Gegend nicht viele Einbruchsdelikte. Vielleicht hatte er es einfach vergessen.«

Rebecca bemerkte, dass sie den Ausdruck »Einbruchsdelikte« verwendet hatte und nicht »Einbrüche«. Die Vorteile, wenn man einen schottischen Anwalt zum Bruder hat.

»Hatte er die Angewohnheit, das zu vergessen?«

Monas Blick war wieder ruhig; die Nebel hatten sich verzogen. »Nein, eigentlich nicht, mein Bruder hatte wirklich nicht die Angewohnheit, Dinge zu vergessen. Deswegen war er ja so ein herausragender Anwalt.«

»Also könnte es sein, dass jemand hier reingekommen ist und die Tür hinter sich zugezogen hat, als er ging?«

»Ja.«

»Aber Sie haben niemanden gesehen?«

»Nein. Aber Murdo war auch schon einige Stunden tot, als ich eintraf.«

Rebecca öffnete die Haustür und sah sich die Schlösser an. Sie hatte keine Ahnung, warum sie das machte. »Sind das dieselben Schlösser?«

»Nein, ich habe sie austauschen lassen. Später natürlich. Es schien mir in Anbetracht der Umstände klüger zu sein. Man weiß ja nie. Aber die alten habe ich hier noch irgendwo.«

Rebecca machte die Tür wieder zu und ging zurück in die Eingangshalle. Sie musterte die breite Treppe. Das Geländer bestand aus dem gleichen dunklen Holz wie der Boden und war ebenfalls auf Hochglanz poliert. »Das ist eine eindrucksvolle Treppe. Ist die noch original?«

»Ja, aber restauriert, genau wie das Fenster. Eine Treppe sollte den Besuchern den Reichtum und die Stellung des Besitzers symbolisieren. Diese hier schreit förmlich ›neureich‹. Eigentlich das ganze Haus mit seinem Türmchen und der verzierten Fassade, das sind alles Beispiele dafür, dass man hier zeigen wollte, wie vermögend man war. Anscheinend sah sich der erste Besitzer gern als der Gutsherr. Nach allem, was ich so höre, hat er sich bei den Leuten im Ort nicht gerade beliebt gemacht.« Sie bewegte sich plötzlich nach rechts. »Die Küche ist hier.«

Mona führte Rebecca durch einen schmalen Flur – Rebeccas Mutter hätte ihn wohl »Lobby« genannt –, der neben und unter der Treppe verlief. Sie drückte die Tür am anderen Ende auf und deutete auf eine Stelle am Boden neben einem langen Küchentresen.

»Da hat Murdo gelegen, mit dem Gesicht nach unten, ringsum Blut. Er war nackt.«

Rebecca starrte auf die rotbraunen Kacheln, als läge die Leiche noch da. Sie sah sich in der geräumigen Küche um. Sie war hell und blitzsauber. Alles, was sie bisher gesehen hatte, war makellos. Sie fragte sich, ob Mona das alles selbst sauber machte oder ob sie eine Putzfrau hatte. Rebecca dachte an ihre eigene Wohnung in Inverness. Sie hatte seit Tagen nicht staubgesaugt, geschweige denn staubgewischt. Sie schwor sich, alles gründlich zu putzen, sobald sie wieder zu Hause war. Im tiefsten Inneren wusste sie, dass sie diesen Schwur brechen würde.

Da wurde sie sich eines Geräusches bewusst. Ein Klappern, ganz ähnlich dem, das sie beim Denkmal gehört hatte. Schwach, aber eindeutig da.

»Murdo hat die Küche natürlich komplett umbauen lassen«, sagte Mona. »Zwei alte Speisekammern wurden entfernt, der Boden neu gefliest, die Decke abgehängt.« Sie ging ein wenig über die Stelle hinaus, wo sie die Leiche gefunden hatte, und wieder trat dieser weiche Ausdruck auf ihr Gesicht. Sie streckte eine Hand aus und strich zärtlich über die hölzerne Arbeitsplatte des Küchentresens. »Er hat diese Küche so sehr geliebt.«

Rebecca durchquerte den Raum und linste durch das Fenster über der Spüle auf eine Reihe von Außengebäuden und einen Garten hinter dem Haus, der genauso ausgedehnt war wie der, den sie vom Tor aus durchquert hatte. Er erstreckte sich bis zu einer weiteren hohen Hecke, hinter der man den grün bewachsenen Berggrat sehen konnte. Ein großer Vogel, vielleicht ein Greifvogel, schwebte vor dem blauen Himmel, bewegte kaum die Flügel, war wenig mehr als ein dunkler Streifen tödlicher Präzision, der auf Beute lauerte.

Während sie auf den Garten hinausschaute, beobachtete sie, wie eine Brise die Zweige der Bäume streifte. An einem der Äste hing ein großes hölzernes Windspiel. Es schwang hin und her, und die Stäbe klapperten aneinander wie trockene Gebeine.

Als Rebecca zu Mona zurücksah, die noch immer auf die Stelle am Boden starrte, verspürte sie Gewissensbisse. Wie immer, wenn sie Menschen zwang, eine schreckliche Erfahrung erneut zu durchleben.

»Miss Maxwell …«, hob sie an.

»Mona, bitte«, sagte die Frau und hob die Augen. Das Lächeln hing auf ihrem Gesicht, als hätte sie es in einem der luftdichten Behälter auf dem Küchentresen gefunden und zur Probe aufgesetzt. »Sie sind in meinem Zuhause, und wir sprechen über den schlimmsten Tag meines Lebens. Ich glaube, dann können Sie mich auch mit dem Vornamen anreden.«

»Danke«, erwiderte Rebecca. »Mona, darf ich fragen, warum Sie hier weiterhin wohnen?«

Die Frage verwunderte die andere Frau einen Augenblick lang. »Warum nicht? Das hier war das Zuhause meines Bruders. Er hat es mehr oder weniger gebaut. Ich habe nach meiner Rückkehr aus China hier bei ihm gelebt. In jedem Zimmer ist ein Stück von ihm geblieben, in jeder Tür, jedem noch so kleinen Umbau. Warum sollte ich all das verlassen?«

»Wegen der Erinnerungen? Was hier geschehen ist, war doch außergewöhnlich schrecklich, die Art und Weise, wie Ihr Bruder ...« Rebecca zögerte.

»Ermordet wurde?«, schaltete sich Mona ein. »Sie glauben vielleicht, dass ich mich vor Gespenstern fürchte? Ich bin keine abergläubische Frau, Miss Connolly.«

»Rebecca.«

»Rebecca. Ich sehe keine Gespenster. Was geschehen ist, ist geschehen, und die Vergangenheit existiert in der Gegenwart nicht mehr.«

»Außer in Erinnerungen.«

»Erinnerungen können einem nur etwas anhaben, wenn man es ihnen gestattet. Wie alles andere – Gefühle, Geld, Lust – muss man sie unter Kontrolle halten. Es nutzt nichts, immer in die Vergangenheit zurückzublicken, Rebecca. Wenn Sie einen biblischen Präzedenzfall wollen, sehen Sie sich nur Lots Frau an. Es gibt keine Gespenster, keine Geister, keine Besucher aus dem Jenseits. Die Geister, die es gibt, sind allein in unseren Gedanken. Wir spuken nur selbst in unseren Köpfen.«

Ja, das tun wir, dachte Rebecca, während sie zu der massiven Hintertür neben dem breiten Fenster ging. Im Schloss steckte ein schwerer Schlüssel, und wie die vordere Haustür war auch diese hintere mit zwei schweren, schwarzen Eisenriegeln gesichert. »War die Tür hier abgeschlossen?«

Mona nickte. »Und verriegelt. Es standen auch keine Fenster offen, ehe Sie danach fragen.«

Eine weitere Tür führte nach links. Rebecca überlegte kurz in Gedanken und kam zu dem Ergebnis, dass sie wohl in einen Raum unter der Treppe führte. »Wohin geht diese Tür?«

»In ein kleines Zimmer, das damals wohl die Unterkunft für das Hausmädchen war. Heute ist es nur ein Lagerraum. Ich bewahre den Staubsauger und andere Haushaltsdinge dort auf. Allen möglichen Krempel, ehrlich gesagt, die alten Originalschlösser der Vordertür liegen dort auch, glaube ich. Ich neige leider zum Hamstern. Der Raum hat ein kleines Fenster, das nach hinten geht, aber keinen Zugang von außen.«

»Und die Tür lässt sich abschließen?«

»Ja.«

»Und sie war an jenem Tag abgeschlossen?«

»Ja, und der Schlüssel steckte innen.«

Also konnte sich niemand dort versteckt haben. Rebecca sah sich noch einmal in der geräumigen Küche um. Sie wusste nicht, was das bringen sollte, aber zumindest bekam sie so ein Gefühl für den Ort des Verbrechens. Den Ort des Verbrechens, dachte sie. Diesen Ausdruck hatte sie von ihrem Vater übernommen, lange bevor sie Journalistin wurde. Die Arbeitsflächen und Schränke sahen so aus, als seien sie kürzlich eingebaut und nie benutzt worden. Alles hier funkelte buchstäblich im Sonnenlicht.

Monas Stimme riss Rebecca aus ihren Gedanken. »Sie wollen auch das Schlafzimmer meines Bruders sehen, nehme ich an.«

«Macht es Ihnen nichts aus?«

»Deswegen sind Sie doch hier, nicht wahr?«

Ihre Worte waren knapp, reine Tatsachenfeststellungen, und sie wartete Rebeccas Antwort nicht ab. Sie wandte sich abrupt um und ging wieder über den Flur zurück. Ja sicher, es war einer der Gründe gewesen, warum Rebecca sich gezwungen hatte, in dieses Haus zu kommen, doch diese nüchterne Aussage schmerzte trotzdem.

Mona schwieg, während sie Rebecca die herrliche Treppe hinaufführte, die zweimal nach rechts umbog, ehe man die Galerie erreichte. Sie verlief über die gesamte Länge des Hauses, über die Eingangshalle, das Wohnzimmer, in dem sie gesessen hatten, und den anderen Raum rechts von der Haustür, was auch immer dessen Funktion sein mochte. Von hier aus sah das Buntglasfenster noch eindrucksvoller aus. Das Licht fiel schräg nach unten, als hingen die Farben über der Treppe.

Mona öffnete die erste von zwei Türen.

»Hier hat man James gefunden«, sagte sie und ließ Rebecca den Vortritt. Es war ein riesiges Schlafzimmer mit dem heute allgegenwärtigen cremeweißen Teppich und zwei Erkerfenstern zur Einfahrt hin. Unter einem der Fenster stand ein Schreibtisch aus schwerem schwarzem Holz, ein lederbezogener Bürostuhl war ordentlich darunter eingestellt. Die Schreibtischplatte war leer. Linker Hand dominierte ein reich verzierter Kamin die Wand, der Feuerrost war schwarz, aber nicht verdeckt wie beim Kamin im Erdgeschoss. Ein identisches Kaminbesteck wie unten im Wohnzimmer stand auf dem gekachelten Kaminboden. Rebecca fragte sich, ob wohl hier ein Schürhaken fehlte, überprüfte das jedoch nicht.

Zwei Kleiderschränke mit Spiegeltüren nahmen die Wände zu beiden Seiten des Kamins ein. Ein Ohrensessel war in eine Ecke gequetscht. Mitten im Zimmer stand ein riesiges Himmelbett, das vielleicht aus Mahagoni und eine Antiquität war, aber wie alles andere in diesem Haus wie neu glänzte. Es hatte einen Betthimmel mit Gittermuster, und die Vorhänge waren aus schwerem rotem Samt.

»Dieses Zimmer ist seit Murdos Tod kaum je berührt worden, außer natürlich zum Saubermachen.« Jetzt war Monas Stimme leise, und an die Stelle des nüchternen Tonfalls war etwas anderes getreten. Schmerz vielleicht. Verlust. Traurigkeit. Das verstand Rebecca.

Irgendetwas daran, dass sie sich in dem Zimmer befand, wo ihr Bruder geschlafen hatte, schien Mona mehr mitzunehmen als die Eingangshalle oder sogar die Küche. Vielleicht weil dies wirklich sein ganz persönlicher Raum war. Vielleicht waren die Gespenster, die durch ihre Gedanken spuken mochten, hier stärker.

»Als ich Murdo unten gefunden hatte, habe ich sofort die Polizei angerufen, bin dann hier heraufgekommen und habe James gefunden, der noch schlief. Oder vielmehr unter Drogen stand.«

Rebecca erinnerte sich daran, dass Elspeth erwähnt hatte, man habe beim Mordopfer und bei James Stewart Spuren von Drogen gefunden.

»Miss Maxwell ...«, hob sie an. »Mona.« Sie unterbrach sich. Scheiße, dachte sie, diese Frage würde nicht leicht werden. »Hat Ihr Bruder öfter Drogen genommen?«

Mona starrte sie eine gefühlte Ewigkeit lang an, und Rebecca überlegte schon, ob dies die Frage war, die das Fass zum Überlaufen gebracht hatte. Doch es waren erst ein, zwei Sekunden verstrichen, als die Frau tief Luft holte. »Mein Bruder war ein Mann von starken Überzeugungen und noch stärkeren Leidenschaften. Er hat sich in allem, was er tat, hervorgetan – im Studium, im Beruf, in seiner politischen Laufbahn. Der einzige Bereich, in dem er nie Erfolg hatte, war sein Gefühlsleben. Das war stets in Verwirrung, oft hochdramatisch, und das hat ihn traurig gemacht. Er suchte seinen Trost in Rauschmitteln. Er war nicht süchtig. Weder der Alkohol noch die Betäubungsmittel hatten ihn im Griff, aber er hat beides zu sich genommen.«

Mona wandte sich zur Tür. Rebecca sah sich ein letztes Mal um, ehe sie ihr folgte. Im Flur draußen achtete Mona sorgfältig, sehr sorgfältig darauf, dass die Tür fest geschlossen war. Dann ein letztes, federleichtes Streichen über das Holz der Tür, ähnlich der Geste in der Küche, was bei ihr schon einem Zerreißen der Gewänder gleichkam.

Ein kleines bisschen von ihm ist in jeder Tür ... So hatte sie es vorhin ausgedrückt.

Als sie wieder die Treppe hinuntergingen, fragte Rebecca: »Mona, darf ich fragen, warum Sie vorhin gesagt haben, es sei höchste Zeit, dass man den Fall neu bedenkt?«

Mona blieb stehen, drehte sich zu ihr um, eine Hand am Treppengeländer, während sie kurz nachdachte. »Weil ich nie davon überzeugt war, dass James Stewart meinen Bruder umgebracht hat.«

»Warum nicht?«

»Er war ein viel zu sanfter Junge. Und ganz gleich, was die Zeitungen geschrieben haben oder was die Anklage ohne ein Fitzelchen von einem echten Beweis behauptet hat, er und Murdo haben einander sehr geliebt. Ich bin sicher, das schockiert Sie nicht, Miss Connolly.«

»Rebecca.«

»Rebecca, ja natürlich.« Ein dankbares Handwedeln. »Ihre Generation ist da offener, akzeptiert es eher, aber damals herrschte in der Presse ein gewisser frömmlerischer Ton, was derlei Angelegenheiten anbetrifft. Aber ich glaube wirklich, dass Murdo endlich das gefunden hatte, was er schon immer gesucht hatte.«

»Aber James war doch blutbeschmiert, als man ihn fand. In eben diesem Zimmer, in eben diesem Bett, und der Schürhaken lag neben ihm auf dem Boden.«

»Ich weiß«, sagte Mona. »Aber ich glaube es trotzdem nicht. James hätte Murdo niemals etwas angetan, nicht einmal nach einem Streit, von dem ich auch nicht sicher bin, dass es ihn überhaupt gegeben hat. Sie waren in jener Nacht allein, sonst war niemand hier. Wie kann da die Kronanwaltschaft behaupten, sie hätten sich gestritten?«

»James hatte rings um den Hals Blutergüsse, als hätten sie miteinander gekämpft.«

Mona ging weiter die Treppe hinunter und wischte diesen Gedanken mit einer Bewegung ihrer freien Hand fort. »Das hat nichts zu bedeuten. Sie haben schon von erotischer Asphyxie gehört, nehme ich an? Wenn Ihr Partner während des Paarungsaktes die Sauerstoffzufuhr zu Ihrem Gehirn einschränkt, um die sexuelle Erregung zu steigern.« Ihr Ton war nüchtern und sachlich. Sie hätte genauso gut ihren Studenten das Partizip Präsens erläutern können, anstatt die möglichen sexuellen Vorlieben ihres Bruders zu diskutieren.

»Und glauben Sie, dass das wirklich geschehen ist?«

»Es ist mindestens so plausibel wie die Annahme der Anklage. James' Verteidigung hat es ja auch vorgebracht, aber offensichtlich waren die Geschworenen nicht der gleichen Meinung.«

»Das Blut und die Fingerabdrücke sprachen gegen ihn.«

»Ja.«

»Aber Sie sind trotzdem anderer Meinung?«

»Ja.«

Sie hatten inzwischen den Fuß der Treppe erreicht. »Also, wenn nicht James Stewart«, sagte Rebecca, »wer dann?«

Mona drehte sich um, und das durch das Treppenfenster strömende Licht malte ihr Gesicht mit seinen bunten Farben an. »Ich habe keine Ahnung.«

»Es gab niemanden, der Ihrem Bruder etwas Böses wünschte?«

Mona gestattete sich ein kurzes, scharfes Lachen. »Rebecca, mein Bruder hatte nicht nur mit der Justiz zu tun, sondern auch mit der Politik. Es gab unzählige Menschen, die ihm etwas Böses wünschten. Die Welt ist ein ungeheuer polarisierter Ort geworden, heutzutage ist das sicherlich noch viel schlimmer, aber auch damals schlugen die Gefühlswogen schon hoch.«

»Hatte er Drohungen erhalten?«

Sie zögerte. »Keine eigentlichen Drohungen.«

»Was dann?«

Mona sagte einen Augenblick lang nichts, und Rebecca hatte das Gefühl, als debattiere sie mit sich, ob sie weiterreden sollte oder nicht. »Ein paar Wochen vor seinem Tod hat mir Murdo erzählt, dass er glaubte, überwacht zu werden.«

»In welcher Form?«

»Er glaubte, dass man ihm folgte. Er hatte das Gefühl, dass man irgendwie seine Telefonate abfing.«

»Sie meinen abhörte?«

»Ja.«

»Und wer hat das getan?«

Sie holte tief Luft. Ein Schauder schien über ihr prismenbuntes Gesicht zu fliegen. »Er sagte, der Sicherheitsdienst.«

17

Das Schild an der Abzweigung von der A282 informierte sie darüber, dass der Village Inn komfortable Zimmer, erstklassige Meeresfrüchte, Bistromahlzeiten, Kaffee am Morgen und Nachmittagstee anbot. Die Seitenstraße brachte Rebecca und Chaz bergab zum Ufer von Loch Linnhe, wo zwei Halbinseln sich wie ein Daumen und ein Zeigefinger ins Meer erstreckten, um das Wasser wie in einer Pinzettenbewegung zu umfassen.

Das winzige Dorf Kilnacaple schmiegte sich in die Mitte dazwischen, eine Reihe strahlend weißer Cottages und der zweistöckige Village Inn, dazu noch ein paar einzeln stehende Häuschen am Berghang in Richtung Straße. Es war einmal ein Fischerdorf gewesen, doch diese Zeiten waren längst vorbei, und jetzt war es ein Zwischenstopp für Sommersegler, die der kleine, aber geschützte Hafen herlockte, der sich vom feinen Sandstrand hinaus ins Meer erstreckte. Das Gasthaus und sein guter Ruf für Meeresfrüchte waren eine Attraktion für die Jachtszene, und das Schild an der Abzweigung lockte die Autofahrer von der höher liegenden Straße hierher.

Rebecca stellte das Auto auf dem kleinen Parkplatz gegenüber vom Gasthaus ab und blieb einen Augenblick da stehen, um die Aussicht zu bewundern. Alles schien reglos, die Landschaft hing wie ein Aquarell vor ihr. Die Bucht von Kilnacaple war recht groß, und das blaue Wasser, das nicht einmal von der Ahnung einer Brise getrübt wurde, war hier und da mit Seevögeln getupft, die auf der Oberfläche dümpelten. Rebecca kannte die Küste gut genug, um zu wissen, dass es hier nicht immer so ruhig sein würde, denn Stürme konnten vom Atlantik her den Meeresarm hinauftoben und diese ruhigen Gewässer zu einer brodelnden Masse aufpeitschen. Daher auch der Wunsch nach einem sicheren Hafen. Der kleine steinerne Damm schien wie ein Finger auf das ferne weiße Strahlen vor den dunklen Gipfeln von Mull zu deuten, auf den Leuchtturm am fernen Ende der Insel Lismore, die wie ein langer Streifen grüner Farbe auf dem Wasser schwebte. Zwei Jachten waren an der Steinmole festgemacht, während eine Handvoll anderer Boote auf dem ruhigen Wasser lagen und auf den kleinen Wellen tanzten. Ein Anblick, den man nur genießen konnte. Rebecca wurde der Herrlichkeit ihres Heimatlandes nie müde, besonders da, wo Wasser auf Land traf, denn es bot so viel Wunderbares. Und Gefährliches.

Sie schloss die Augen und ließ sich von den Sonnenstrahlen sanft das Gesicht streicheln und von den Geräuschen die Seele beruhigen: vom leisen Plätschern des Wassers, das auf den Bogen des Ufers zulief und die Boote hin und her schaukelte, vom Zwitschern der Vögel in den Bäumen entlang der Straße, die kurz vor dem Dorf endete. Irgendwo in weiter Ferne hörte sie das gedämpfte Grollen eines Quads, ein fremdes Geräusch und doch irgendwie Teil dieser Welt. Hier herrschte Frieden, und den brauchte sie, und wenn es nur für einen kurzen Augenblick war.

Die Story wurde zusehends komplizierter. Der mögliche Justizirrtum war schon eine harte Nuss, doch sie hatte es auch noch mit einer Mutter zu tun, die nur widerwillig zuließ, dass Rebecca den Fall verfolgte, zudem mit der geheimnisvollen Mitwirkung eines Anwalts, der bisher noch nichts mit dem Fall zu tun gehabt hatte. Dann die Erkenntnis, dass Finbar Dalgliesh das Mordopfer gekannt hatte, und zu allem Überfluss nun auch noch die Andeutung, dass der Geheimdienst Murdo Maxwell bespitzelt haben könnte. Und außerdem war da natürlich Martin Bailey, der mit wachsendem Abstand von Inverness immer mehr aus ihren Gedanken gefiltert worden war, nun aber wieder hineinsickerte.

Sie zwang sich ein, wie sie hoffte, strahlendes Grinsen auf die Lippen, als sie sah, dass Tom Muir vom Gasthaus aus auf sie zukam. Sie wusste nicht genau, wie alt er war, aber wie gewöhnlich wirkte er weitaus jünger, trotz seines kahl rasierten inzwischen braun gebrannten Schädels. Tom hielt sich fit, wie er schon bei ihrer ersten Begegnung unter Beweis gestellt hatte, als er einen viel jüngeren Mann zu Boden gestreckt hatte, der Muskelpakete hatte, wo andere ein Hirn hatten.

»Ich dachte, ihr zwei kommt nie hier an«, sagte Tom, als er sie erreicht hatte. »Mary hat das verflixte Teewasser schon vor Stunden aufgesetzt.«

Mary war seit dem Tod ihres Mannes vor einem Jahr die alleinige Besitzerin des Gasthauses. Tom hatte ein paar Monate hier verbracht, um es für den Verkauf vorzubereiten, aber der Markt war gerade sehr träge.

»Wir haben einen Zwischenstopp in Ballachulish eingelegt«, sagte Chaz, während er sich die Kameratasche auf die Schulter hievte.

»Und ich habe mit Mona Maxwell geredet«, fügte Rebecca hinzu.

Tom zog eine Augenbraue in die Höhe. »Verdammt! Du springst gleich mit beiden Beinen rein, was?«

»Ist immer am besten«, erwiderte sie, als sie über die Straße zur Eingangstür des Gasthauses gingen.

»Und hat sie mit dir geredet?«

»Ja, überraschenderweise. Sie hat mir sogar gestattet, Chaz für ein paar Aufnahmen ins Haus zu rufen. Sie hat anscheinend nie geglaubt, dass James Stewart schuldig ist.«

Tom hielt ihnen die Tür auf. »Und das hat sie dir erzählt? Einfach so? Wie Tommy Cooper.«

»Einfach so«, antwortete Rebecca und trat an Tom vorbei in den vergleichsweise düsteren Empfangsbereich des Gasthauses.

»Wer ist Tommy Cooper?«, fragte Chaz mit Unschuldsmiene.

Tom warf ihm einen vorwurfsvollen Blick zu, als er sie in Richtung Bar dirigierte. »Er stammt aus einem Zeitalter, als Comedians noch komisch sein konnten, ohne zu fluchen oder über Körperfunktionen zu reden.«

»Ach, komm schon«, sagte Chaz und fuhr mit leiser Stimme fort: »Es geht doch nichts über einen guten Furzwitz.«

Rebecca lächelte. Sie kannte Tommy Cooper nur, weil ihre Eltern in den Satellitenprogrammen die Wiederholungen seiner alten Shows angesehen hatten. Als Kind hatte sie ihn komisch gefunden, aber sie war sich nicht sicher, ob das heute immer noch so wäre. Sie war inzwischen sehr viel weltgewandter: Sie trank Wein und alles – manchmal kostete der sogar mehr als fünf Pfund. Und Chaz hatte recht: Es ging nichts über einen guten Furzwitz.

Die Bar war klein, die Decke niedrig mit dunklen Balken, die mit gerahmten Bildern vom Meer und Fischerbooten verziert waren. Das Flaschenregal war gut sortiert mit einer Auswahl verschiedener Single Malt Whiskys und verschnittener Whiskys, während auf den Fachböden weiter unten andere Spirituosen standen, darunter eine Reihe hervorragender Gins. Rebecca war froh, dass sie Marys Angebot eines Gastzimmers angenommen hatte, denn sie hatte das Gefühl, dringend einen Drink zu brauchen. Ein Gin Tonic wäre höchst willkommen.

An der Theke saßen zwei Männer, wahrscheinlich vom Ort, während eine Gruppe von vier Leuten, deren Sonnenbräune bestimmt nicht aus der Tube stammte und deren sorgfältig schicke Freizeitkleidung von einem äußerst gesunden Kontostand sprach, einen Tisch in einem Alkoven am anderen Ende des schmalen Raums mit Beschlag belegt hatte. Die Männer waren um die vierzig, gut frisiert und fit, attraktiv wie Rasierwassermodels, während die

Frauen von gepflegt unbestimmbarem Alter waren, blond und tennismager und mit einem Lächeln direkt von einem Zahnarztposter. Rebecca vermutete, dass dies die Besitzer einer oder beider Jachten waren, die bei der Mole vor Anker lagen. Tom überließ Rebecca und Chaz die Wahl des Sitzplatzes, und sie entschieden sich für einen Tisch neben einem kleinen Erkerfenster, aus dem sie das Meer sehen konnten.

Rebecca starrte aus dem Fenster. Es war wirklich wunderschön hier. Chaz hatte beim Denkmal angemerkt, sie sehe müde aus, und er hatte recht. Sie hatte seit über einem Jahr keinen Urlaub gemacht, und der letzte war auch nur eine kurze Reise nach Hause zu ihrer Mutter in Glasgow gewesen. Ihr kam der Gedanke, es so zu arrangieren, dass sie noch einmal über Nacht im Village Inn bleiben würden. Schließlich konnte sie ohnehin nicht mehr viel tun, bevor sie am Montag mit dem Anwalt gesprochen hatte.

Tom kam mit einem breiten Tablett mit Kaffee und einem Schokoladenkuchen. Der Gin konnte warten, beschloss Rebecca – Koffein und eine gute Dosis Zucker würden auch schon reichen. Toms Schwester Mary, eine kleine, rundliche, fröhliche Frau, folgte ihm auf den Fersen. Sie trug einen Teller herein, auf dem Sandwiches aufgetürmt waren. Wieder bemerkte Rebecca, wie viel Hunger sie hatte. So war es bei ihr immer: Wenn sie sich voll auf den Job konzentrierte, verspürte sie erst Hunger, wenn man ihr tatsächlich Essen vorsetzte. Die Speckbrötchen in Elspeths Haus schienen so lange her zu sein.

»Ich dachte, ihr wollt vielleicht was essen. Eure Zimmer zeige ich euch später«, sagte Mary mit einem Lächeln, als sie Rebecca den Teller mit den verschieden belegten und ordentlich zu Dreiecken geschnittenen Broten hinstellte. »Wir haben schon gedacht, ihr hättet euch verfahren.«

»Nein, wir haben nur unterwegs ein paarmal haltgemacht«, erwiderte Rebecca, die Augen starr auf den Teller gerichtet, während ihr Magen die Köstlichkeiten aufmerksam registrierte. »Isst sonst niemand was davon?«

Chaz langte über den Tisch und legte die erbeuteten Sandwiches auf eine vorsorglich ausgebreitete Serviette. »Träum weiter, Becks.«

Mary und Tom setzten sich ebenfalls an den Tisch, und Mary begann, Kaffee einzuschenken. »Tom hat mir erzählt, du hättest Mona Maxwell besucht.«

»Ja, ich habe mich entschieden, gleich hinzugehen. Es ist nur fair, dass sie Bescheid weiß.«

Mary reichte ihr eine Tasse. »Sie ist komisch, diese Mona.«

»Sie schien mir sehr, äh, steif und spröde zu sein.«

»O ja, wenn sie noch steifer wäre, würde sie beim geringsten Windstoß durchbrechen.«

»Aber was für ein Haus! Warst du schon mal da drinnen?«

»Nein, Liebes, war ich nie. Ich und mein Harry ...« Sie schaute direkt zu Chaz. »Das ist mein verstorbener Mann.«

»Mein Beileid«, sagte Chaz automatisch.

Mary quittierte das, indem sie den Kopf ein wenig schräg legte, und fuhr fort: »Jedenfalls bin ich mit meinem Harry ab und zu dorthin spaziert, als es noch leer stand, und wir sind über die alte Brücke zur neuen Kirche gegangen.«

»Zur neuen Kirche?«, erkundigte sich Chaz. »Wir sind vorhin daran vorbeigefahren, und die schien mir recht alt zu sein.«

»Nein, mein Junge, die ist nur etwa zweihundert Jahre alt.«

Rebecca lächelte. Die neue Kirche. Nur in den Highlands würde man etwas, das bereits zwei Jahrhunderte dastand, als neu bezeichnen.

Chaz fragte: »Es gibt also noch eine ältere Kirche?«

»Aye, unten am Strand, jenseits vom Dorf. Jetzt ist es nur noch eine Ruine – kein Dach, allen Witterungen ausgesetzt, und der kleine Friedhof ist nur noch Unkraut. So hat das Dorf seinen Namen bekommen. Kilnacaple bedeutet ›die Kirche der Pferde‹. Man sagt, dass die Clanangehörigen, die Pferde hatten, auf dem Weg zur Messe am Strand entlang geritten sind und die Tiere draußen angebunden haben. Manchmal, wenn es zu viele waren, kam der Priester einfach nach draußen und hat dort gepredigt. Die Pferde waren also Teil der Gemeinde, wenn man so will. Das hörte alles mit der Reformation auf. Man ließ die kleine Kirche verfallen, und schließlich wurde die neue da oben bei der Straße gebaut.«

»Und der Kaufmann, der Kirkbrig House gebaut hat, hat auch die Brücke gebaut?«

»Aye. Es gab gar keine Brücke an dieser Stelle, ehe er kam und beschloss, das Haus Kirkbrig zu nennen. Das klingt zwar sehr nach Lowlands, aber er war ja auch aus Edinburgh. In der Zeit, als Harry und ich da hingegangen sind, war das Haus schon mit Brettern vernagelt, und man hatte es für unsicher erklärt. Das hat natürlich die Jugendlichen nicht davon abgehalten, mit ihren Drinks und was sonst noch dort hinzugehen.« Sie riss die Augen bei den Worten »was sonst noch« weit auf, eindeutig ein Code für Drogen. Es war ein Problem, sogar hier. »Damals war das Haus so trübselig, wie man es sich nur vorstellen kann«, fuhr Mary fort. »Das war natürlich, bevor Murdo Maxwell es gekauft hat. Ein echter Trümmerhaufen war das, aber ich habe mir sagen lassen, dass er wahre Wunder vollbracht hat.«

»Es ist wirklich was Besonderes«, meinte Rebecca. »Und Murdo Maxwell, kanntest du den?«

»Er ist manchmal hier zum Abendessen hergekommen, mit dem jeweiligen jungen Mann, mit dem er gerade zusammen war.« Rebecca konnte in Marys Tonfall keinerlei Werturteil entdecken. Sie kannte Mary nicht gut, aber sie hielt sie für eine gelassene Frau, die genauso offen und fair war wie ihr Bruder.

Chaz fragte: »Er hat also mehr als einen Liebhaber hierher mitgebracht?«

»Aye, er hatte eine ganze Reihe davon, einen nach dem anderen. Immer derselbe Typ, wenn ihr wisst, was ich meine.«

»Was für ein Typ?«

»Jung, hübsch, die meisten sahen aus wie Models oder irgendwelche Leute aus dem Fernsehen. Ich weiß nicht, was die an Murdo gefunden haben, denn der war nicht gerade ein Adonis. Ich erinnere mich an einen jungen Burschen, der war aus Glasgow, ist hier mal an einem Samstagabend allein hergekommen. Ich glaube, Murdo war irgendwo anders. Jedenfalls hat sich dieser junge Kerl hier betrunken, und er war ein streitlustiger Betrunkener. Mein Harry musste ihn schließlich rauswerfen ...«

Sie war am Empfang und sortierte Quittungen, erinnerte sie sich, als erhobene Stimmen zu ihr durchdrangen. Harry sprach gerade in der Küche mit dem Koch die Speisekarte für den nächsten Tag durch, und sie kamen beide gleichzeitig aus verschiedenen Richtungen in die Bar. Der junge Mann stand mitten im Raum, hielt einen Barhocker in den Händen und fuchtelte damit in Richtung der Gibson-Brüder, zweier Männer von der Farm oberhalb von Kirkbrig House. Ihre Wangen waren gerötet und ihre Augen blutrünstig. Sie waren jähzornig und hatten schon ab und an samstagsabends Ärger gemacht, wenn sie zu viel Bier und Whisky intus hatten und Dampf ablassen mussten. An so manchem Sonntag wachten sie in einer Polizeizelle in Oban auf. Aber der Tag damals war ein Donnerstag, und es war Ablammzeit, und Mary wusste, dass die beiden an einem Werktagabend nicht trinken würden, nicht übermäßig jedenfalls, denn der alte Jess würde sie zur Schnecke machen, wenn sie spät nach Hause torkelten oder gar nicht heimkamen. Sie waren bereits in den Vierzigern, doch ihr Vater war zäher als sie beide zusammen, und selbst wenn er sie heutzutage nicht mehr verprügeln konnte, hatte er doch eine so spitze Zunge, dass dagegen manches Messer stumpfer war. Aber Mary kannte die beiden, und worum es auch immer ging, sie hatte keinen Zweifel, wer diesen Streit angefangen hatte.

Die anderen Gäste beobachteten die Szene, manche schockiert, manche ängstlich, andere genossen es wie eine Show, die man zu ihrer Belustigung aufführte. Niemand machte Anstalten, sich einzumischen, außer Marys Mann, der mit erhobenen, gespreizten Händen zur anderen Seite der Bar ging. Ein Signal des Friedens.

»Also gut, Jungs«, sagte Harry. »Jetzt regt euch mal ab, ja?«

»Pass auf, Harry«, warnte Connie, die Barfrau.

Sie war in den Dreißigern und zapfte mit äußerst geschickter Hand die Pints, aber sie war auch eine überaus anständige Frau und wurde von den Stammgästen sehr bewundert. Na ja, von den männlichen Stammgästen zumindest. Die Frauen neigten dazu, ihr platinblondes Haar und ihre Rundungen zu betrachten, als wäre sie eine Sirene, die nur darauf wartete, ihnen ihre Männer zu stehlen. In Wahrheit war sie ihrem Ehemann treu ergeben, der seit einem Unfall bei der Arbeit auf den Ölplattformen gelähmt war. Beide Gibson-Jungs, das wusste Mary mit Sicherheit, bildeten sich ein, Connie hätte ein Auge auf sie geworfen. Das erklärte ihre Anwesenheit hier an einem Abend, an dem sie eigentlich zu Hause im Bett liegen sollten.

Doch bei diesem Streit ging es nicht um Connie, nicht wenn dieser Junge mit im Spiel war. Das wusste Mary.

Harry trat einen Schritt vor. »Okay, Evan.«

Mary hatte vergeblich versucht, sich an den Namen des Jungen zu erinnern. Typisch Harry, er war immer gut mit Namen, ihr Harry. Jetzt schob er sich zwischen den jungen Mann und die Gibson-Jungs. Die beiden waren massige Kerle, groß und wettergegerbt. Der Junge war schmal und weich und hatte sein Leben lang keinen Tag hart körperlich gearbeitet, vermutete sie.

Harrys Stimme blieb leicht und ruhig. Nie aufgeregt werden, hatte er ihr immer gesagt. Wenn eine Situation brenzlig ist, bringt deine Aufregung die Sache nur noch mehr zum Kochen. »Jetzt stellen wir einfach mal den Hocker wieder hin, ja?«

»Klar, den platzier ich schon wo hin.« Mary erinnerte sich, dass der junge Mann gewöhnlich leise gesprochen hatte, wenn er mit Murdo Maxwell zum Abendessen hier war. Doch nun war sein Tonfall rau, kehlig und hatte, obwohl er betrunken nuschelte, eine Messerschärfe, die sie bei ihm nie für möglich gehalten hätte. Das lange Haar fiel ihm ins Gesicht, als er den Kopf senkte und an Harry vorüber die Gibsons mit finsteren Blicken bedachte. Mary wusste, dass ihr Mann im Laufe der Jahre mit vielen aufsässigen Gästen fertiggeworden war, aber irgendwas an diesem Jungen löste in ihr ein ungutes Gefühl aus, schon immer. Er hatte etwas völlig Verstörtes, in der Art, wie er dastand, wie er redete und wie er jetzt mit dem Hocker herumfuchtelte.

Er hatte so was schon mal gemacht. Da war sie sich sicher.

»Harry«, sagte sie und versuchte, der bloßen Aussprache seines Namens einen warnenden Unterton zu geben, doch er nickte ihr nur zu. Evan wandte sich ihr halb zu, als er ihre Stimme wahrnahm, musterte sie von Kopf bis Fuß, kam zu dem Ergebnis, dass sie keine Bedrohung darstellte, und wirbelte erneut herum. Mary trat vorsichtig zur Seite. Sie hoffte, dass er, sobald er begriff, dass der Weg nach draußen frei war, den Ausgang auch benutzen würde.

»Ich glaube, du gehst jetzt besser, mein Junge«, sagte Harry und nickte ihr erneut zu, nachdem er begriffen hatte, warum sie sich bewegt hatte. Sie kannten einander so gut.

»Ich hab nichts gemacht.« Evan schwankte, und der Stuhl in seiner Hand schwankte mit.

»Das ist mir egal«, antwortete Harry. »Ich glaube, du solltest gehen, ehe das hier schlimmer wird.«

Evan lächelte. Es war kein nettes Lächeln. »Warum? Der Spaß fängt doch gerade erst an.«

»Der Spaß ist zu Ende.«

Wieder dieses Lächeln. Schmallippig und ohne jede Spur von Humor. »Erst, wenn ich es sage.«

Harry seufzte und warf über die Schulter einen Blick auf die Brüder Gibson, die beide kampfbereit dastanden, ihre dicken Wurstfinger zu riesigen Fleischbrocken geballt. Wenn die mit diesen Pranken auf den jungen Mann losgingen, würde es Blut auf dem Teppich geben.

»Worum geht es hier eigentlich?«, fragte Harry.

»Nichts«, antwortete Brian, der Älteste.

»Wir haben uns mit Connie unterhalten, mehr nicht«, fügte sein Bruder hinzu.

Evans bellendes Lachen schallte durch den Raum. »Du bist einfach nicht bei ihr gelandet, und das habe ich dir gesagt.«

»Er hat gesagt, sie hätten bei einem Schaf mehr Glück, wenn sie es freundlich ansprechen«, merkte Connie mit einem kleinen Lächeln in der Stimme und in den Augen an. Die Gibsons tauschten Blicke aus und traten unruhig von einem Bein aufs andere. Connie fand das lustig, und das gefiel ihnen gar nicht.

»Ja, aber ich bin mir nicht mehr sicher, ob ich da recht hatte«, spottete Evan hämisch. »Auch ein Schaf hat seinen Stolz.«

Harry drehte sich nun vollends zu den Brüdern um. »Und das war's? Ihr seid wegen einem verdammten Schafswitz beleidigt? Macht ihr Scherze? Herrgott noch mal da hat Connie doch schon viel Schlimmeres zu euch gesagt!«

»Aye«, sagte Brian, »aber von solchen wie dem lassen wir uns das nicht gefallen.«

»Und da haben wir's«, rief Evan und richtete sich mit erhobener Stimme an die ganze Bar. »Solche wie ich. Ein Perversling, so hast du mich doch genannt, oder, Großer?« Er tat das mit einem Achselzucken ab. »Das ist nichts. So hat man mich im Laufe der Jahre schon öfter genannt, und noch viel Schlimmeres. Und dann hast du gefragt, was ich schon über Frauen weiß.« Sein Lächeln war schmal und bitter. »Mehr als du, würde ich wetten. Ihr zwei seid wahrscheinlich noch Jungfrauen.«

Brian Gibson wollte sich auf ihn stürzen, doch Harry hielt ihn mühelos mit der Schulter zurück. Die Brüder kannten und respektierten Harry, alle respektierten ihn. Und sie wussten auch, dass ihr Vater davon erfahren würde, wenn sie sich hier danebenbenahmen.

Harry wandte sich wieder Evan zu und zwang sich, in versöhnlichem Ton mit ihm zu reden. »Mach nicht alles noch schlimmer, mein Junge. Sieht aus, als hätten hier beide Seiten Fehler gemacht. Mr Maxwell würde das nicht wollen, oder? Lass dir von mir raten, mein Junge – geh einfach – noch ist nichts Schlimmes passiert.«

Evan schien bei der Erwähnung von Murdos Namen zusammenzuzucken. »Wisst ihr, was das Problem mit Typen wie euch ist?« Er stieß den Hocker in Richtung der Brüder. »Ihr glaubt, dass Leute wie ich nichts sind. Nur weil ich schwul bin, heißt das nicht, dass ich hilflos bin.«

Er starrte die Brüder an, die zornig schnaubten. Harry stand mit dem Rücken zu ihnen, versperrte ihnen den Weg, die Arme wie eine Schranke ausgebreitet. Ihr Mann hatte sein ganzes Arbeitsleben lang mit Betrunkenen zu tun gehabt. Er wusste, dass es nicht die Gibsons waren, auf die er ein Auge haben musste. Später erzählte er ihr, dass er in den Augen des jungen Mannes etwas Wildes, Unberechenbares gesehen hatte. Er mochte zart und sanft sein, aber Evan war gefährlich.

»Und ich bin nicht dein Junge, Alter. Du bist nicht mein Vater«, fügte Evan an Harry gewandt hinzu.

Dann stellte er den Hocker hin, wandte sich abrupt ab, ging nach draußen und ließ Schweigen und Wut hinter sich zurück. Die Stille wurde einen Augenblick lang nicht unterbrochen, dann hörte Mary einige Leute aufatmen und mit gedämpfter Stimme bereden,

was da eben geschehen war, als plötzlich etwas gegen das Erkerfenster krachte und draußen klappernd auf dem Beton landete.
Man konnte Evans Stimme hören, rau vor Trotz, wie er etwas Un-
verständliches brüllte. Mary beugte sich zum Fenster heraus, und
sie sah, wie er im verlöschenden Sommerlicht davontorkelte, auf
die Bergstraße zu, die ihn zurück zum Kirkbrig House bringen
würde.

18

»Er hatte einen der großen Sonnenschirme gegen das Fenster geschleudert«, erzählte Mary kopfschüttelnd. »Er hat wahrscheinlich auch versucht, einen der Tische zu werfen, aber die sind massiv und wirklich schwer. Jedenfalls hat er dem Fenster nichts anhaben können. Der Sonnenschirm war allerdings nie wieder ganz wie vorher. Murdo kam am nächsten Tag – wir vermuteten, dass Evan ihm davon berichtet hatte – und hat mit Geld rumgewedelt, um alles auszubügeln. Er ist sogar zum alten Jess auf die Farm gegangen, hat mit den Brüdern geredet, sich entschuldigt.«

Rebecca fragte: »Und was ist mit Evan passiert?«

»Wir haben ihn danach nie wieder gesehen – aber so, wie der drauf war? Es würde mich nicht überraschen, wenn der weiter in Schwierigkeiten geraten wäre. Aber es war nie wieder von ihm die Rede.«

Tom meldete sich zu Wort. »Maxwell hatte ein Riesenglück, dass das hier passiert ist – wenn der Junge so was in Oban oder Inverness oder Glasgow abgezogen hätte, wäre er vielleicht eingebuchtet worden, und das wäre in den Zeitungen gelandet. Und was hätte der gute alte Murdo dann gemacht?«

»Maxwell hat doch kein Geheimnis daraus gemacht, dass er schwul war«, wandte Rebecca ein.

»Nein, aber solche Dinge würden in den Boulevardzeitungen nicht gut aussehen, oder? Liebhaber von politischem Oberaktivisten wegen Schlägerei verhaftet. Oder schlimmer.«

»Wie war er so, Murdo Maxwell?«, fragte Chaz.

»Er schien in Ordnung zu sein«, fuhr Mary fort. »Manchmal ein bisschen zu redselig, aber er war ja Anwalt. Habt ihr schon mal einen Brief von einem Anwalt gesehen? Manchmal glaube ich, die werden pro Wort bezahlt. Bei manchen Rechnungen, die ich bekomme, sieht es ganz so aus.«

Chaz fragte: »Tom, hast du irgendwann mal bei einer seiner Kampagnen mit ihm zusammengearbeitet?«

»Aye, ein-, zweimal – nichts Großes. Illegales Fischen von Jakobsmuscheln mit Schleppnetzen in Loch Carron. Wir haben beide gegen Null-Stunden-Verträge für Zeitarbeiter gekämpft, solche Dinge.«

»Und was hast du von ihm gehalten?«

»Dasselbe wie Mary. Er war ein Redner.« Er lächelte. »Sagt jetzt nichts. Ich weiß, so sind Leute wie ich eben. Aber manchmal hat er nur geredet. Trotzdem konnte Murdo die Aufmerksamkeit auf sich lenken wie kein Zweiter.«

Rebecca meinte: »Das hatte er dann mit Finbar Dalgliesh gemeinsam.«

Tom runzelte die Stirn. Er hatte für Finbar Dalgliesh und seine Gefolgsleute nichts übrig. »Was hat der denn damit zu tun?«

»Es sieht so aus, als wären sie auf der Uni Freunde gewesen und später in Glasgow Geschäftspartner.« Sie bemerkte, dass das für Tom neu war. »Das wusstest du nicht?«

»Nein, ich wusste, dass er Anwalt war, ehe er in die Politik gegangen ist, aber das war's auch schon. Und Finbar ist ja erst vor ein paar Jahren ins Rampenlicht getreten.« Er legte den Kopf leicht schief und lächelte. »Na so was, der gute alte Finbar, was? Jetzt wird's richtig interessant.«

O ja, dachte Rebecca.

»Was ist mit James Stewart?«, fragte Chaz. »Ist er mal mit Murdo Maxwell hier gewesen?«

»Aye!«, antwortete Mary. »Ein gut aussehender Bursche war

das. Aber ruhig, sehr ruhig. Na ja, Murdo hat für sie beide genug geredet.«

Chaz erkundigte sich: »Und was hat man im Dorf über den Mord gedacht?«

Während Mary antwortete, streckte Rebecca die Hand noch einmal nach den Sandwiches aus. »Die Leute waren natürlich schockiert. Wir haben hier auch Kriminalität, aber nichts Derartiges, nicht in der neueren Zeit. Natürlich ist das historisch eine ganz andere Sache.«

»Du meinst den Appin-Mord?«

»Aye, aber so ist es in den Highlands, meine Liebe. Man kann keinen Schritt tun, ohne über irgendein altes Schlachtfeld oder die eine oder andere Gräueltat zu stolpern.«

»Einer der Grundpfeiler der Tourismusindustrie«, meinte Tom.

»Was ist denn hier in der Gegend passiert?«

»Ach, die Clans haben dauernd wegen irgendwas einen mächtigen Wirbel gemacht«, erklärte Mary. »Ein Affront, eine Beleidigung, Viehdiebstahl, ein Streit um Land – gelegentlich eine Entführung und Erpressung von Lösegeld, so was in der Art. Und ehe man sich's versah, wurde das brennende Kreuz durch die Clachans getragen, und die Männer zogen die Claymores aus dem Reetdach ihrer schwarzen Häuser und machten sich auf in den Kampf. So was ist zum Beispiel da geschehen, wo heute Kirkbrig House steht.«

»Da war eine Schlacht?«

»Na ja, Schlacht wäre wohl übertrieben, aber dort fand ein Kampf zwischen den MacDougalls und den Stewarts statt. Das war vor Hunderten von Jahren. Es ging darum, wem das Land und die Burg unten gehörten. Die habt ihr wahrscheinlich auf der Fahrt hierher gesehen.«

Hatten sie. Die Festung stand auf einer Landspitze, die in den Meeresarm hinausragte und bei Flut zu einer Insel wurde. Heute lehnten sich die Ruinen der Mauern an die Landschaft wie müde alte Soldaten.

»Und wer hat gewonnen?«

»Die Stewarts nahmen den Sieg für sich in Anspruch, aber nur, weil sie einen letzten überlebenden Mann mehr hatten. Jedenfalls erzählt man, das Gemetzel sei so groß gewesen, dass der Boden vom Blut ganz glitschig war. Deswegen nannte man das Gelände Roan Fala, das Feld des Bluts. Andere kennen es als Achadh a'Mhallachd, das Feld des Fluchs.«

»Warum?«

»Die Mutter von vier Brüdern, die an jenem Tag ums Leben kamen, hat das Land mit einem Fluch belegt: Jede Ernte solle verwelken, jedes Vieh, das dort graste, solle krank werden und sterben. Soweit ich weiß, hat hier nie jemand irgendwas angepflanzt, und es wurde auch kein Vieh hier geweidet. Als man nach einem Bauplatz für die neue Kirche gesucht hat, hat man dieses Flurstück ausgelassen, in den Highlands stirbt der Aberglaube nur langsam. Als dann der Kaufmann aus Edinburgh kam, um hier zu bauen, hat er das Land für einen Apfel und ein Ei bekommen. Er hat sich nicht zu sehr um die alte Highland-Geschichte geschert, denn er war ja ein knallharter Geschäftsmann aus der großen Stadt.«

Rebecca war nicht abergläubisch, aber sie hatte in der Vergangenheit Dinge erlebt, die sie sich nicht erklären konnte – Visionen von ihrem verstorbenen Vater, das Baby, das nie geatmet hatte, aber doch nachts weinte. Jetzt diese Geschichte von einem uralten Fluch.

Sie fragte: »Ist irgendwas passiert, nachdem er das Haus gebaut hatte?«

Mary nippte an ihrem Kaffee und schaute ihren Bruder über den Tassenrand hinweg an. Rebecca hatte den Eindruck, dass sie es um des Effektes willen machte. »Aye«, sagte sie schließlich. »Er ist gestorben. Es gab Leute, die sagten, das läge an dem Fluch, der sich gegen ihn wendete, weil er sein Haus auf diesem Land gebaut hatte, und was noch schlimmer war, weil er ihm den Lowlands-Namen Kirkbrig House gegeben hatte.« Sie nahm noch ein Schlückchen Kaffee. »Na ja, aber wenn es der Fluch war, dann hat er sich verdammt viel Zeit gelassen. Er ist nämlich erst vierzig Jahre später gestorben, in seinem Bett und eines natürlichen Todes.«

Marys Blick wanderte zur Bar, und der Humor, der in ihren Augen gelegen hatte, verblasste, als sie sich auf einen unsichtbaren Punkt konzentrierte. War da ihr Harry und lächelte sie an, genau wie Rebecca unzählige Male ihren Vater hatte lächeln sehen?

»Aber der Tod selbst ist ja auch ein Fluch, nicht wahr?«, sagte Mary leise.

19

Finde etwas, worauf du dich freuen kannst.

Das hat schon ganz früh einer von den Aufsehern zu mir gesagt. *Finde etwas, irgendetwas, das der Zeit einen Fokus gibt.* Versuche, nicht über das Leben draußen nachzudenken; konzentriere dich auf das, was hier und jetzt geschieht. Finde in der Kantine ein Essen, das du gern magst, und freu dich darauf, dass man es dir vielleicht bald wieder einmal auftischen wird. Ich habe nie viel für Schund im Fernsehen übrig gehabt, aber ich habe schon bald gemerkt, dass so was hilft, die Eintönigkeit zu durchbrechen.

Also habe ich mich für alles angemeldet, was die Sekunden, Minuten, Stunden, Tage erträglicher machte. Arbeit. Unterricht. Besuche von Außenstehenden. Alles, was eine Ablenkung bot. Alles, was den Strom der Zeit ein bisschen schneller fließen ließ.

Sogar bei einem Fußballspiel zuzuschauen wurde zu einem Ereignis.

Ich habe Fußball nie gemocht, und ich mag ihn noch immer nicht, doch wenn ein Spiel ansteht, entweder zwischen den Insassen oder gegen das Gefängnispersonal, dann geselle ich mich zu den Männern und schreie Typen, die ich nicht einmal kenne, ermunternde Sachen zu. Wir können natürlich nicht alles schreien, was uns einfällt, da gibt es Grenzen, denn schließlich sind wir in einem Gefängnis, und es sind immer Aufseher da, die ein strenges Auge auf uns halten, falls jemand ein Loch im Zaun entdeckt und das Weite sucht. Fluchen ist nicht erlaubt, genauso wenig wie Drohungen gegen den Schiedsrichter oder die gegnerische Mannschaft. Denn hier sind ja Jungs dabei, die durchaus in der Lage wären, diese Drohungen wahr zu machen.

Es macht mir nicht einmal etwas aus, im Regen nach draußen zu gehen. Die Fußballspiele sind rar genug, da lasse ich mich nicht vom Regen davon abhalten, diese wenigen kostbaren Augenblicke im Freien und an der frischen Luft zu genießen. Das ist alles, was ich habe. Aber ich mag besonders die Tage, wenn der Himmel blau und die Luft klar ist – oder zumindest so klar, wie es geht, wenn man bedenkt, dass das Gefängnis an einer viel befahrenen Straße liegt. Diese knackig kalten Tage, wenn einem der Frost ins Gesicht beißt und die Ohren klingeln lässt. Die Art von Tag, der mich an die Zeit erinnert, als ich ein Junge war und zu Hause wohnte und spazieren ging denn in meiner Erinnerung an meine Teenagerzeit bin ich immer allein. Oben bei der Burg oder unten am Kanal. Diese Tage und diese Spaziergänge habe ich geliebt, wenn die Vögel in den Bäumen sangen und das Wasser neben mir plätscherte. Andere Leute existierten gar nicht; da waren nur ich und die frische, klare Luft und das Wasser, das sich immerfort bewegte, genau wie die Zeit. Ich erinnere mich, dass ich damals gedacht habe, so wollte ich mein Leben leben. Wie das Wasser. Immer in Bewegung, nie reglos. Bewegung war Leben, Stillstand war der Tod.

Und am Tag eines Fußballspiels, an einem dieser wunderbar bissig klaren Tage, spülte der Strom der Zeit Gordie zu mir.

20

Rebecca lag in ihrem Zimmer im Gasthaus und lauschte auf die schwachen, ruhevollen Geräusche vor dem Fenster. Wenn in Inverness die Nacht alle Geräusche des Tages dämpfte, konnte sie in ihrer Wohnung trotzdem noch das Brummen der Fahrzeuge auf der recht weit entfernten A9 hören. Hier bewegte eine sanfte Brise die Büsche, die rings um den Hof standen, und wenn sie richtig hinhörte, streichelte das Wasser in der Bucht den Strand und küsste die Steine der kleinen Mole. Es war Vollmond, und die Strahlen schienen durchs Fenster herein und überzogen das Bett, auf dem sie lag, mit weichem Silber.

Rebecca hatte das hervorragende Abendessen – Steak-Pastete, Käsekartoffeln und Ofengemüse – heruntergeschlungen, als hätte sie seit einer Woche nichts gegessen. Danach hatten sie zusammen draußen gesessen und geredet und gelacht. Tom zündete sich eine Zigarre an, was ihr nichts ausmachte, da der Rauch die Mücken fernhielt. Er erzählte Geschichten vom Leben in den Bergwerken von Ayrshire, über den Bergarbeiterstreik von 1984, darüber, wie er nach seiner Heimkehr nach Inverness Abgeordneter im Bezirksrat wurde. Manches war ernst, manches ehrenrührig, das meiste komisch. Tom war der geborene Geschichtenerzähler, und er unterhielt sie prächtig.

Sie redeten bewusst nicht über den Fall Maxwell: Mary hatte alles gesagt. Tom wusste nur, was Mary ihm erzählt hatte, was er damals gelesen und dann von Afua Stewart erfahren hatte, nachdem er beschlossen hatte, ihr zu helfen. Rebecca hatte ihn einmal gefragt, warum er sich eingeschaltet hatte, und er hatte nur gesagt, er habe das eben tun müssen. Das war's. Mehr musste nicht gesagt werden. Tom Muir hatte sein Leben lang für die Gerechtigkeit gekämpft, als Gewerkschaftler und als Bezirksrat. Er stand für all die auf, die nicht für sich selbst aufstehen konnten. Er musste jetzt über siebzig sein, überlegte sie, und er zeigte keinerlei Anzeichen, langsamer treten zu wollen.

Er glaubte, dass hier Unrecht geschehen war, und das reichte ihm. Einen weiteren Grund brauchte er nicht. Rebecca konnte ihr eigenes Engagement beschönigen, wie sie wollte: dass sie geschehenes Übel wiedergutmachen wollte, dass Afua Stewarts offensichtlicher Schmerz über das Schicksal ihres Sohnes sie gerührt hatte oder dass – die getreue Ausrede aller Journalisten – die Öffentlichkeit ein Recht hatte, davon zu erfahren. Doch tief im Herzen wusste sie, dass sie Geld verdienen musste und den brennenden Wunsch verspürte, die Story als Erste zu bringen. Tom Muir hatte keine solchen Motive. Er war nicht auf Ruhm aus.

»Es geht nicht um mich«, hatte er gesagt. »Es geht um diesen Jungen im Gefängnis und seine arme Mutter.«

Tom weigerte sich auch, Rebecca zu erzählen, welche neuen Informationen ans Licht gekommen waren, obwohl sie ihn nach dem Abendessen erneut danach gefragt hatte. Im Westen ging gerade die Sonne unter, doch ihr Geist war noch geblieben und vergoldete mit seinem Schein das Wasser des Meeresarms. Zwei Austernfischer flitzten über ihre Köpfe hinweg, ihr Ruf ein Stakkato von Pfeiftönen, wie von einem atemlosen Fußballschiedsrichter.

»Ich kann es dir nicht sagen, meine Liebe. Und das weißt du auch«, sagte Tom kopfschüttelnd. »So will Afua es haben. Sie hat das Gefühl, dass du sie damals im Stich gelassen hast.«

»Aber ich habe nicht …«, setzte sie an und unterbrach sich gleich, als er eine Hand hob.

»Ich weiß, ich weiß. Du konntest einfach nichts machen. Ich weiß, dass du versucht hast, Interesse für die Story zu wecken. Doch Afua sieht es anders. Sie denkt, dass du einfach abgehauen bist, genau wie jeder andere Reporter im Laufe all der Jahre. Du darfst nicht vergessen, dass die Presse ihren Jungen nicht gerade gut behandelt hat. Sie traut euch einfach nicht.«

»Was hätten sie denn anderes denken sollen, Tom?«, argumentierte sie. »Man hat James Stewart buchstäblich mit blutbefleckten Händen gefunden.«

»Aye, das stimmt. Aber du musst auch zugeben, dass die Berichterstattung hundsmiserabel war.«

»Nicht in allen Zeitungen. Aber die Leute suchen sich gern die Berichte aus, die zu ihrer vorgefassten Meinung über Journalismus passen. Es ist so, als würde man sagen, dass man überhaupt keine Dosenbohnen mag, nur weil die Soße bei einer Marke einem nicht schmeckt.«

Er lächelte. »Vielleicht schon, aber ich muss mich Afuas Wünschen fügen.«

»Sie will mich erst auf Herz und Nieren prüfen.«

»Genau. Sie wird dir nichts auf dem Silbertablett servieren, und ich finde das nicht schlecht. Klar, sie könnte dir verraten, was Stephen Jordan zu sagen hat, aber ist es nicht besser, wenn du selbst mit ihm redest, dir deine eigene Meinung bildest?«

»Wenn ich vorher weiß, was er zu sagen hat, wird mich das nicht davon abhalten.«

»Afua braucht einfach einen Beweis für dein Engagement, mehr nicht, Rebecca. Sprich mit dem Mann, hör dir an, was er zu sagen hat. Da steckt eine Story drin, das kannst du mir glauben.«

Sie knurrte. »Wenn er mir überhaupt was erzählt.«

Wieder lächelte Tom, während er einen Fischreiher beobachtete, der über das Wasser glitt. Er wirkte prähistorisch und riesengroß, wie er die weiten geschwungenen Flügel zum Bremsen ausbreitete, als er zur Landung ansetzte. »Rebecca, wenn jemand ihn zum Reden bringt, dann du. Das weiß ich. Aber das muss Afua selbst sehen.«

»Das ist also ein Test?«

»Natürlich«, antwortete er, überrascht, dass sie überhaupt fragen musste. »Das ganze verdammte Leben ist ein Test, weißt du das immer noch nicht?«

Jetzt, als sie im Bett lag und das quecksilberne Quadrat des Fensters langsam, ganz langsam über die Bettdecke wandern sah, dachte sie darüber nach, was sie bisher wusste: Murdo Maxwell wurde in seinem Zuhause tot aufgefunden, sein Liebhaber schlafend und blutbesudelt im Obergeschoss, die Tatwaffe neben dem Bett. Die Leiche wurde von seiner Schwester Mona gefunden. Die vordere Haustür war nicht abgeschlossen, also könnte sie jemand beim Verlassen des Hauses nur zugezogen haben. Maxwell schloss für gewöhnlich auch das Bartschloss ab. Wenn also jemand anderer für die Tat verantwortlich war, wie war die Person dann ins Haus gekommen? Hatte sie einen Schlüssel gehabt? Hatte Maxwell vergessen, das Bartschloss zu verschließen? Hatte der Täter irgendwie das Yale-Schloss aufbekommen? War es überhaupt möglich, ein solches Schloss mit einer Kreditkarte zu öffnen? Sie vermutete stark, dass das nicht ging. Schlüsseldienste benutzen eine Art Resopalkarte, das wusste sie von einer Story aus ihrer Zeit beim *Highland Chronicle*. Diese Karten waren länger und nicht so spröde wie eine normale Kreditkarte, ließen sich also viel leichter um den Türrahmen biegen, ohne zu brechen. Wenn die dritte Person also kein Profieinbrecher war und ein Schloss knacken konnte – was auch nicht so leicht war, wie es in den Filmen immer aussah –, musste ihn jemand ins Haus gelassen haben. Wen hätte Murdo also reingelassen?

Und dann war da noch seine Vermutung, dass man ihn beschattete und seine Kommunikation überwachte. Worum ging es da?

War es der Geheimdienst, wie er es seiner Schwester gegenüber behauptet hatte? Das gab dem Ganzen gleich einen völlig neuen Anstrich. Aber wieso sollte man ihn überwachen?

»Falls er wusste, dass sie ihn beschatten, wollten sie wahrscheinlich entweder, dass er es merkte, oder er bildete es sich nur ein«, hatte Tom auf ihre Frage geantwortet. »Diese Typen sind sehr, sehr gut. Der MI5, die berüchtigte Box 500, die hatten über ein Jahrhundert Zeit, die Überwachung zu perfektionieren. Damals, 1984, waren sie während des Streiks alle ständig um uns rum, die Agenten und die Polizei – Maggie Thatchers Privatarmee haben wir sie genannt. Unsere Telefone wurden verwanzt, aber meistens haben wir das rausbekommen, weil es inoffiziell war. Da hörte man ein Klicken in der Leitung, manchmal wurden Gespräche abrupt unterbrochen und dergleichen. Aber das ist vierzig Jahre her, und obwohl sie technische Möglichkeiten hatten, von denen wir nicht wussten, die wir uns nicht einmal hätten vorstellen konnten, war das alles nicht annähernd so komplex wie das Zeug, das ihnen heute zur Verfügung steht. Selbst vor zehn Jahren hätte Maxwell es niemals bemerkt, wenn ihn Geheimagenten beschattet hätten. Nein, meine Liebe, wenn er den Verdacht hegte, dass sie hinter ihm her waren, hat er sich das entweder eingebildet, oder sie wollten es ihn wissen lassen.«

Trotzdem musste Rebecca herausfinden, mit wem oder was Murdo Maxwell zum Zeitpunkt seines Todes zu tun hatte. Nach allem, was Mona ihr berichtet hatte, schien es keine sonderlich heiklen Themen gegeben zu haben. Doch andererseits, wenn er wirklich in eine Sache involviert gewesen wäre, die den Geheimdienst aufhorchen ließ, so hätte er wohl kaum darüber gesprochen, vermutlich nicht einmal mit seiner Schwester.

Es lief alles darauf hinaus, dass Rebecca wenig mehr wusste als das, was schon allgemein bekannt war, und nicht genug, um eine neue Story zu lancieren. Die Banner waren bestenfalls eine kleine

Vorschau. Mona Maxwell hatte beschlossen, abzuwarten, was Stephen Jordan zu erzählen hatte, ehe sie ihre Aussage zu den Akten geben wollte, dass James Stewart ihrer Meinung nach unschuldig war. Was immer der Anwalt Rebecca erzählen würde – falls er ihr überhaupt etwas erzählte –, es könnte der Funke sein, der das Interesse der Medien wieder richtig entfachen würde.

Doch das würde bis Montag warten müssen. Sie hatte sich zwar dagegen entschieden, eine weitere Nacht hierzubleiben, doch sie und Chaz wollten den größten Teil des Sonntags hier verbringen und sich ein wenig entspannen. Chaz hatte recht, sie brauchte eine Pause. Es war zwar nur eine kurze, aber das müsste vorerst reichen.

Sie drehte sich auf die Seite. Es war ein langer Tag gewesen. Sie hoffte, sie würde schlafen können. Sie hoffte, ihre Gedanken und die ruhelosen Gespenster, die darin herumspukten, würden ihr erlauben, wegzudämmern. Sie schloss die Augen und ließ sich von den beruhigenden Klängen der Natur draußen in den Schlaf wiegen.

Die Nacht verging, während die Mondstrahlen weiterkrochen, und Rebecca schlief tief und fest. In dieser Nacht sprach ihr Vater nicht mit ihr, und das Baby weinte nicht in der Dunkelheit, und es war auch kein Schuss im Regen zu hören. Zum ersten Mal seit vielen Monaten suchte Rebecca Connolly sich nicht selbst heim.

21

Malky Reid hätte gedacht, dass Pubs wie dieser ausgestorben waren, genau wie Internetverbindungen über Telefonmodem, VHS-Videokassetten und anständige Popmusik. Klar, in Glasgow gab es noch Spelunken wie diese, aber in Inverness hätte er das nicht erwartet. Er hatte gedacht, dass in allen Pubs dieser Gegend Akkordeon-Musik aus dem Lautsprecher schallte und kostenloses Shortbread zu jedem kleinen Whisky gereicht wurde. Aber hier im Barney's mitten in der Stadt hatte er das Gefühl, eine Zeitreise gemacht zu haben. Der Pub war klein, und er war schäbig, und er lag in einer Gasse, die so schmal war, dass zwei Leute gerade eben nebeneinander hindurchpassten, wenn sie nicht zu viele Kartoffeln gegessen hatten. Er würde jede Wette eingehen, dass die Typen, die die Bierfässer anlieferten, die Tage verfluchten, an denen sie hierherkommen mussten.

Es war nicht viel los, aber es war ja auch Sonntag und kurz vor Mittag. Der Spielautomat, der in einer Ecke blinkte, war das einzige Lebenszeichen an diesem Ort. Selbst der Fernseher über der Bar war dunkel. Der Barmann wirkte so gelangweilt, dass er vielleicht sogar in Erwägung ziehen würde, die Biergläser zu spülen.

Genau wie der Pub war die Frau, die Malky gegenübersaß, eine Erinnerung an vergangene Zeiten. Sie war blond, und sie sah gut aus, obwohl ihre Gesichtszüge messerscharf waren. Aber in ihren Augen lag eine Traurigkeit, die Malky rührte, obwohl er ein hartgesottener Kerl aus Glasgow war. Dieser Frau war Herzschmerz nicht fremd, und das alles konnte man von diesen Augen ablesen, als sie ihn durch den Rauch anblinzelte, der von der glimmenden Kippe aufstieg, die zwischen ihren Fingern klemmte. Das Rauchverbot in Kneipen hatte für Mo Burke anscheinend nichts zu bedeuten.

»Warum bist du also hier, Malky?«, fragte sie, tippte mit dem goldenen Feuerzeug in der anderen Hand auf den Tisch und ließ es dann zwischen den Fingern kreisen.

»Weil mich jemand hergeschickt hat«, erwiderte er.

»Wee Joe?«

»Mr McClymont, ja.« Malky hatte es sich angewöhnt, seinen Arbeitgeber niemals öffentlich als Wee Joe zu bezeichnen, denn das hätte schmerzliche Folgen haben können. Privat war das eine andere Sache.

Mo Burke schaute auf das Exemplar der Boulevard-Zeitung, das auf der verschrammten Tischplatte lag. »Und es geht um diese Story?«

»Aye.«

Sie überflog die wenigen Absätze Text noch einmal, musterte dann das Foto von dem Denkmal und dem Banner. »Wieso interessiert er sich dafür?«

Malky hob beide Hände. »Mir steht nicht zu, nach seinen Gründen zu fragen.«

Sie nahm den Filter zwischen die Lippen, inhalierte ein paar karzinogene Inhaltsstoffe und paffte dann welche in seine Richtung. »Und wieso meinst du, ich könnte dir da helfen?«

»Ich habe überlegt, ob du vielleicht was darüber weißt«, antwortete er und widerstand der Versuchung, den Rauch wegzuwedeln. Er verspürte den glühenden Eifer des bekehrten Rauchers, sagte aber nichts. Das hier war ihr Territorium, und es wäre schlechter Stil, übers Rauchen zu meckern. Trotzdem wünschte er, er hätte sich an den Nachbartisch gesetzt.

In Wahrheit hatte er keine Ahnung, was zum Teufel er hier im

Norden machte. Wee Joe hatte sich nicht weiter über die Gründe dafür ausgelassen, warum er etwas über einen zehn Jahre zurückliegenden Mord herausfinden wollte, selbst wenn das Opfer Murdo Maxwell war. Malky erinnerte sich gut an den Typ: Maxwell hatte ihn zwanzig Jahre zuvor verteidigt, als er wegen Körperverletzung angeklagt war. Damals war Malky geradewegs aus der Sozialsiedlung gekommen, ein aufstrebender Rowdy. Murdo hatte ihn da rausgehauen.

»Woher zum Teufel sollte ich was über einen uralten Mord wissen?«, sagte Mo, und der Rauch quoll ihr aus dem Mund wie Dampf aus einem kochenden Topf. »Und auch noch am Arsch der Welt, in Appin? Nie da gewesen.«

Das verstand Malky, er hatte selbst auf einer Landkarte nachschauen müssen, wo das war. Er war im Laufe der Jahre ein paarmal in Inverness gewesen, das letzte Mal, um einen wackeligen Frieden mit genau dieser Frau zu verhandeln. Bis dahin hatten die Burkes jeden Annäherungsversuch des Clans McClymont abgeschmettert. Doch nach dem Tod eines Sohnes und der Gefängnisstrafe für den anderen hatte Mo Burke irgendwie den Mumm verloren. Gott weiß, was passieren würde, sobald ihr Mann wieder aus dem Gefängnis freikam. Doch das war ein Problem für später.

»Ich kenne dich, Mo. Hier geschieht doch nichts, ohne dass du davon Wind bekommst. Wenn also irgendjemand was über diese Sache gemurmelt hätte, wäre es dir zu Ohren gekommen«, sagte er. Sie war zwar in Glasgow geboren, lebte aber bereits seit Jahren hier, und ihre Familie hatte überall ihre Finger drin.

»Ich weiß einen Scheiß über diese Sache, Malky«, antwortete sie und schob die Zeitung mit einem Finger von sich.

»Könntest du mir dann einen Gefallen tun? Sag's deinen Leuten weiter. Für den unwahrscheinlichen Fall, dass die was mitkriegen.«

Ein kurzes Zucken ihres Kopfes teilte ihm mit, dass sie seiner Bitte nachkommen würde. Sie hatten im Laufe der Jahre ihre Meinungsverschiedenheiten gehabt, und die hatten sich für einige als wirklich blutig und schmerzlich herausgestellt, aber das lag in der Vergangenheit, jedenfalls im Moment. Er wusste, dass er sich auf ihr Wort verlassen konnte. Mo Burke war da zuverlässig.

Er fragte: »Und diese Reporterin, was weißt du über die?«

Wieder huschte ein rascher Blick auf die Seite. »Da steht kein Name bei der Story.«

Malky, du Idiot, dachte er. Sobald er die Story am Morgen gesehen hatte, hatte er einen Kontaktmann in der Nachrichtenredaktion angerufen, der früher mal ein paar Geschichten lanciert hatte, die Wee Joe gerade dringend brauchte. Der hatte erfahren, dass die Story von einer Nachrichtenagentur hier in Inverness stammte. »Richtig, tut mir leid, Mo. Das ist jemand hier in der Stadt, eine Rebecca Connolly.«

Als sie diesen Namen hörte, ruckte Mos Kopf so schnell nach oben, dass Malky sich sicher war, er hätte die Knochen in ihrem Hals knacken gehört. Das Feuerzeug in ihrer Hand wirbelte nicht mehr. Sie verengte die Augen, verzog den Mund zu einer schmalen Linie. »Aye, die kenn ich.«

»Wie ist die so? Macht die mit, redet die mit mir?«

»Die macht nichts als Ärger, dieses Miststück. Eine verdammte Pest ist die.«

Die Heftigkeit ihres Tons verblüffte ihn. Malky Reid hatte es in seinem Leben schon mit so manchem hartgesottenen Gauner zu tun gehabt. Was immer diese Rebecca Connolly getan hatte, sie hatte sich in Mo Burke eine schlimme Feindin gemacht. »Ich werde trotzdem mal kurz mit ihr reden müssen«, sagte er.

»Wie du meinst, Malky, aber die benutzt dich für das, was sie braucht. Und dann lässt sich dich sterbend auf der Straße liegen.«

22

Als ihr Chef anrief, hatte es sich Detective Chief Inspector Val Roach gerade auf dem Sofa bequem gemacht und genoss ihren Sonntagmorgen mit einem Roman von Hillary Mantel. Sibelius' 2. Sinfonie erklang aus ihrem iPod. Sie mochte die dunkle, kühle skandinavische Romantik dieser Musik. Ihr Kaffee, der dritte bis jetzt, stammte aus Äthiopien und war auch dunkel, aber aromatisch und heiß. Diese drei Dinge machten für sie einen perfekten Sonntagmorgen aus: gute Lektüre, gute Musik und – überlebenswichtig – guter Kaffee. Sie war zufrieden.

Sie blätterte eine Seite um, stellte fest, dass sie das Ende eines Kapitels erreicht hatte, und legte das Buch neben sich aufs Sofa. Sie nippte an ihrem Kaffee, genoss den aromatisch fruchtigen Geschmack, lehnte den Kopf zurück und lauschte dem Crescendo der Musik. Draußen schien die Sonne auf ihren kleinen Garten, und sie konnte die Vögel singen und zwitschern hören, die um die Futterhäuschen mit Samen und Nüssen herumflatterten. Ja, alles in diesem Garten sah gerade ganz rosig aus. Allerdings gab es keine Rosen, und als sie gerade überlegte, ob sie vielleicht welche pflanzen sollte, klingelte das Telefon.

Sie blickte auf die Nummer des Anrufers und hätte vielleicht gar nicht abgenommen, wenn es irgendjemand anderer als Superintendent Harry McIntyre gewesen wäre. Es war zwar Sonntag, aber ihr Chef glaubte, dass ranghohe Polizisten immer im Dienst waren.

»Boss«, sagte sie, als sie das Telefon am Ohr hatte.

»Val, tut mir leid, dass ich Sie am Sonntag störe.« Es klang kein bisschen so, als täte ihm das leid.

»Ist in Ordnung.« Es war keineswegs in Ordnung.

»Ich fahre gleich morgen früh in Richtung Gartcosh zu einem Management-Meeting.«

»Ja, Sir«, antwortete sie und fragte sich, warum er ihr das erzählte. Sie spürte, dass jetzt noch was folgen würde.

»Also habe ich mir gedacht, ich sage es Ihnen jetzt. Haben Sie heute Morgen schon die Zeitungen angeschaut?«

Sie warf einen schuldbewussten Blick auf die großformatige Zeitung, die noch ordentlich gefaltet auf dem Tisch lag. Sie sollte wirklich auf dem Laufenden bleiben, aber, ehrlich gesagt, sie war die Lügen, Verdrehungen und Ausflüchte satt. Davon bekam sie schon mehr als genug von der fröhlichen Truppe der Übeltäter in Inverness serviert.

»Noch nicht, Sir«, antwortete sie.

»Gut«, sagte er, und sie konnte nicht ausmachen, ob er enttäuscht oder zufrieden war. »Da steht eine Story drin, die wir im Auge behalten sollten. Erinnern Sie sich noch an den Mordfall Murdo Maxwell?«

Sie durchforschte ihr Gedächtnis, brachte den Fall aber nur in sehr groben Zügen zusammen: »Anwalt, irgendwo im Westen ermordet, stimmt's? Muss – wie lange – einige Jahre her sein.«

»Zehn. Es war vor meiner Zeit hier, aber seit ein paar Tagen raunt man, es würde vielleicht wieder zum Thema werden. Er war mit diesem jungen Mann zusammen in seinem Landhaus in Appin. Der hat ihn totprügelt und sitzt jetzt im Gefängnis. Es war ein klarer Fall.«

»Wenn das stimmt, Sir, wer hat dann das Gefühl, er würde wieder zum Thema?«

»Leute, die mich sonntags anrufen und mich anweisen, ich solle die Sache von jemandem überprüfen lassen.«

Roach hasste es, wenn diese Leute den Telefonhörer in die Hand nahmen. Solche Sachen landeten gewöhnlich auf ihrem Schreibtisch. Wie zum Beispiel jetzt. Sie zog die Zeitung zu sich hin, schlug sie auf und begann, die Seiten durchzublättern. »Was ist also passiert, um diesen Anruf auszulösen, Sir?«

»Es sind Banner aufgetaucht, und zwar an historischen Stätten, die etwas mit der Hinrichtung eines James Stewart vor über zweihundert Jahren zu tun haben. Ein politischer Fall und Justizirrtum.«

Roach konnte in ihrer Zeitung nichts finden und hatte auch keine Ahnung, wer dieser James Stewart war. »Und was hat das mit dem Fall Maxwell zu tun, Sir?«

»Der junge Mann, den man wegen des Mordes verurteilt hat, hieß auch James Stewart.«

Der Groschen fiel. »Ah ...«

»Seine Mutter versucht seit Jahren erfolglos, das Urteil anzufechten. Sie ist eine sehr beharrliche Frau, Val, lebt hier in Inverness.«

»Und der Vater?«

»Sir Gregory Stewart, ein ziemlich großes Tier. Sündhaft reich und hervorragend vernetzt. Sie sind geschieden, und er hat sich aus allen Kampagnen, die seine Ex organisiert hat, herausgehalten. Nicht dass es da übermäßig viel gegeben hätte. Wie gesagt, es war ein klarer Fall, und obwohl die Presse im Laufe der Jahre immer wieder mal ein bisschen Interesse gezeigt hat, ist nichts Konkretes dabei herausgekommen.«

»Worum geht es also, Sir? Banner an historischen Stätten erregen vielleicht ein, zwei Tage Aufsehen, doch dann ziehen die Medien weiter.«

»Es könnte noch eine weitere Komplikation geben.«

Ja, natürlich, dachte sie. »Was für eine weitere Komplikation, Sir?«

»Kennen Sie Stephen Jordan?«

»Den Anwalt?«

»Ja.«

»Ich bin ihm ein paarmal begegnet. Im Allgemeinen bereitet man sich besser auf eine Abreibung vor, wenn man ihm im Gericht gegenübertritt.«

»Ja«, sagte McIntyre staubtrocken. Jordan neigte dazu, Polizeibeamten vor Gericht eine verbale Tracht Prügel zu verpassen. Sogar während der feierlichen Verhandlungen des High Court, bei denen es einem bloßen Anwalt nicht gestattet ist, das Wort zu ergreifen, mussten Polizisten oft feststellen, dass sie von einem vor Gericht plädierenden Rechtsbeistand, den Jordan für seinen Mandanten beauftragt hatte, wesentlich strenger befragt wurden. Roach wusste, dass McIntyre ein fairer Mann war, der sich dafür einsetzte, dass Gerechtigkeit praktiziert wurde, und zwar für alle sichtbar. Doch viele von den Rowdys, die Jordan verteidigte, waren so schuldig wie Judas, und der Divisionschef nahm Angriffe auf seine Leute persönlich. »Man munkelt, dass Mr Jordan Informationen über den Mord hat, die damals nicht erhältlich waren.«

»Was für Informationen?«

»Ich weiß es nicht«, antwortete er. »Noch nicht.«

Roach wusste, dass sie bei diesem »noch nicht« eine Rolle spielen würde. »Und diese Informationen sind noch nicht an die Öffentlichkeit gelangt?«

»Nein.«

»Woher wissen wir dann davon?«

»Die Leute reden, das wissen Sie, Val. Sogar bei Police Scotland. Und ganz bestimmt in den gefährlicheren Straßen unserer schönen Stadt. Die Informationen sind vielleicht nicht öffentlich bekannt, aber die Tatsache, dass es sie gibt, ist es.«

»Und Sie und Ihr geheimnisvoller Anrufer wollen, dass ich den Inhalt herausfinde?«

»Diskret, Val, wenn Sie können. Ich hege allerdings den Verdacht, dass die Neuigkeiten schon bald an die Öffentlichkeit gelangen. Wir waren beide nicht hier, als der Fall aktuell war, also sind wir in einer idealen Position, um die Sache objektiv zu beurteilen.«

»Ich glaube nicht, dass Jordan das auch so sehen wird, Sir.«

»Nein, aber es ist entweder das, oder wir ziehen einen Außenstehenden hinzu, was ohnehin passieren wird, sobald es auch nur die Andeutung einer Verfehlung unsererseits gibt. Aber im Augenblick bin ich lieber vorgewarnt und wappne mich so gut, wie es nur geht.«

»Verstehe, Sir.«

»Gut. Dann schauen Sie sich mal um, Val. Leise, still und heimlich. Der leitende Ermittler in diesem Fall ist vor ein paar Jahren gestorben, aber es gibt noch ein paar Beamte, die daran gearbeitet haben. Wie gesagt, es schien alles völlig eindeutig, aber ...«

Er ließ den Satz unvollendet in der Luft hängen.

»Sir, glauben Sie, dass etwas an der ersten Ermittlung faul war?«

»Ich weiß es nicht, Val. Aber jemand weiter oben in der Hackordnung möchte, dass wir uns die Sache noch einmal ansehen. Wie gesagt, es schien alles völlig klar zu sein – der Junge wurde am Ort des Verbrechens gefunden, hatte Spuren vom Blut des Opfers am Körper, die Tatwaffe neben sich liegen. Aber derlei Dinge können sich manchmal recht widerlich entwickeln, besonders wenn jemand wie Stephen Jordan mit im Spiel ist. Er hat nichts für die Polizei übrig.«

»Wer hat das schon, Sir?«

»Meine Frau mag mich eigentlich recht gern.«

Glückspilz, dachte Roach.

23

Rebecca begann den Morgen mit einem leckeren Frühstück, setzte sich anschließend mit einem Kaffee auf den Hof und schaute über die Bucht hinweg auf die Insel Lismore. Sie hatte gut geschlafen, sie hatte gut gegessen, und sie fühlte sich besser als seit Langem So sollte das Leben sein. An diese Art Frieden könnte sie sich gewöhnen. Wenn eine einzige ruhige Nacht eine solche Wirkung hatte, brauchte sie vielleicht tatsächlich einen längeren Urlaub.

Chaz und Tom waren unten an der Steinmole. Chaz fotografierte wie immer. Er konnte wirklich nicht anders. Mary machte sich im Gasthaus zu schaffen. Es war zwar nicht allzu viel los, aber es gab immer etwas zu tun. Genauso ging es Rebecca, und sie hatte leichte Gewissensbisse, wenn sie an die Arbeit dachte, die sich auf ihrem Schreibtisch stapelte. Ihre Nachrichtenagentur verursachte den Aktionären von Reuters und PA Media nicht gerade schlaflose Nächte, aber sie zahlte sich aus. Es waren Berichte über Gerichtsverfahren zu schreiben, Quellenangaben für Storys zu checken, die sie an die Zeitungen, Zeitschriften, sogar an Rundfunk und Fernsehen verkaufen konnten. Aber hier in diesem ruhigen kleinen Dorf, in dieser Bucht, die sich zum blauen Wasser des Meeresarms ausweitete, wenn sie hier saß und den beharrlichen Rufen der Austernfischer lauschte, die über sie hinwegflogen, und auf das Flüstern der Wellen auf dem Sand, schien alles in weiter Ferne zu sein.

Sie öffnete die Kontaktliste auf ihrem Handy und drückte auf Elspeths Nummer. »Hi, ich dachte, ich melde mich mal.«

»Gut«, sagte Elspeth. »Ich bin froh über diese Ablenkung. Julie liegt mir gewaltig in den Ohren, weil sie mich beim Rauchen erwischt hat. Als wäre ich wieder in der Schule und ein Lehrer hätte mich gerade hinter dem Fahrradschuppen ertappt.«

Rebecca lächelte. »Ihr liegt nur dein Wohl am Herzen.«

»Aye, aye«, tat Elspeth das ab. »What's the Story, Morning Glory?«

»Oasis? Ich bin beeindruckt, Elspeth.«

»He, ich bin voll in Sync mit den Kids, du kennst mich doch.« Rebecca bezweifelte, dass ein Zitat aus einem Song, der ein Vierteljahrhundert alt war, wirklich beweisen konnte, dass man voll in Sync mit den Kids war, doch sie ließ ihrer Chefin die Illusion. Stattdessen erzählte sie ihr von dem Gespräch mit Mona Maxwell und von Marys Geschichte über Evan, den wütenden jungen Mann.

»Mona Maxwell hat sich also als eine leichte Aufgabe herausgestellt«, sagte Elspeth. »Na ja, du hast immer noch Gregory Stewart und den guten alten Finbar vor der Brust.«

»Herzlichen Dank für die Erinnerung«, erwiderte Rebecca.

Noch heute würde sie versuchen, Sir Gregory Stewart und Dalgliesh telefonisch zu erreichen, schwor sie sich. Sie erwartete nicht, dass sie zu ihnen vordringen würde, aber zumindest hätte sie damit den Ball ins Rollen gebracht.

»Hör mal, kannst du kurz im Büro vorbeigehen, wenn du wieder in der Stadt bist?«, fragte Elspeth. »Da ist ein Notizbuch, ich glaube, es ist in der zweiten Schublade des Aktenschranks. Ich habe ein paar Gedanken darin aufgeschrieben und vergessen, es mitzunehmen.«

»Ist das für den Culloden-Fall?«

»Ja.«

Der Culloden-Fall.

Zwei Morde.

Nein, drei.

Er starb, den Kopf in ihrem Schoß geborgen ...

Und ein vierter Tod, die Mörderin, die in das kalte Wasser des Beauly Firth hinausgeschwommen und nie zurückgekommen war.

So viel Tod.

Sie schloss die Augen vor den Erinnerungen. Heute war ein viel zu schöner Tag, um an solche Dinge zu denken, und sie hatte anderes zu erledigen. Das war die Methode, mit der sie gelernt hatte, mit all dem fertigzuwerden, was ihr das Leben vor die Füße warf. In die Vergangenheit verbannen, an die Gegenwart denken und in die Zukunft schauen. Leicht war es nicht, aber es gelang ihr, damit die Finsternis in Schach zu halten – mehr oder weniger.

Ihr Telefon gab ihr mit einem Piepton zu verstehen, dass sie eine Nachricht bekommen hatte. Sie bat Elspeth, kurz zu warten, und blickte auf ihr Handy. Eine unterdrückte Nummer. Sie öffnete die Nachricht und blickte auf das Foto einer Ratte. Sie runzelte die Stirn. Warum schickte ihr jemand ein Bild von einer Ratte? Vielleicht irrtümlich?

Dann kam eine weitere Nachricht, und es war, als hätte sich plötzlich die Sonne verfinstert.

Es stand nur ein Wort da, scheinbar harmlos, ohne irgendeinen Zusammenhang, aber Rebecca verspürte ein Grummeln in ihrem Bauch, dass es nicht so unschuldig war, wie man annehmen könnte.

Bald.

Sie runzelte die Stirn und starrte auf das Display. Jemand könnte eine falsche Nummer eingetippt haben. Doch Rebecca beschlich das Gefühl, dass dem nicht so war. Die Nachricht war von Bailey. Offensichtlich war der widerliche Scheißkerl zu einem Problem geworden.

Sie hörte, wie Elspeth fragte, ob sie noch am Apparat war.

»Tut mir leid«, antwortete sie. »Ich hab gerade eine Nachricht bekommen, die ein bisschen beunruhigend ist.«

»Von wem?«

»Ich bin mir nicht ganz sicher. Hattest du je mit einem Typ namens Martin Bailey zu tun?«

Wenn irgendjemand etwas über ihn wusste, war es Elspeth. Als ehemalige Chefredakteurin des *Highland Chronicle* und nun Chefin einer Agentur war sie bereits sämtlichen Schurken in Inverness begegnet.

»Aye, über den weiß ich Bescheid. Ein Drecksack. Was steht in der Nachricht?«

»Nur ein Wort. Bald. Und ein Foto von einer Ratte.«

»Bist du sicher, dass die Nachricht von ihm kommt?«

»Nein.«

»Wieso glaubst du es?«

»Man hat seinen Sohn wegen der Randale in Ferry eingesperrt. Wir haben den Gerichtsbericht geliefert.«

»Und der liebe Herr Papa ist maximal unerfreut, würde ich wetten.«

»Genau.«

»Droht mit gerichtlichen Schritten, es sei falsch berichtet worden, sein Junge sei unschuldig, bla, bla, bla.«

»Alles zutreffend. Und er hat mich bedroht.«

Wieder herrschte kurz Schweigen. »Er hat dich persönlich bedroht?«

»Na ja, nicht offen, es war eher durch die Blume.«

»Aye, das ist seine Methode«, sinnierte Elspeth. »Und du glaubst, dass vielleicht du diese Ratte sein sollst und er bald was unternehmen wird, ja?«

»Ja, es ist mir durch den Kopf gegangen.« Rebecca lachte, doch selbst sie hörte das nervöse Beben in ihrer Stimme. »Ist er ein Aufschneider?«

Elspeth atmete scharf auf. »Nein, Becks, das ist er nicht. Er ist ein durch und durch mieser Scheißkerl. Er ist mal mit einer jungen Frau aus Nairn zusammen gewesen, das war ein nettes Ding, weiß nicht, was sie an ihm gefunden hat. Jedenfalls hat sie beschlossen, mit ihm Schluss zu machen, und das hat er gar nicht gut aufgenommen. Ich nehme an, sein männlicher Stolz war schwer angeschlagen oder so was. Er hat sie wochenlang gequält. Hat mit ihr gespielt wie die Katze mit der Maus.«

»Auf welche Weise?«

»Mit Kleinigkeiten. Hat angerufen, aber kein Wort gesagt. Sie hat ihn gesehen, wie er sich in ihrer Gegend rumtrieb, sie beobachtet hat. Er hatte einen Wohnungsschlüssel behalten und ist in ihre Wohnung gegangen, wenn sie nicht dort war, und hat Gegenstände woanders hingeräumt. Es war wie ein Spiel oder eine Machtdemonstration oder so; ich bin keine Psychologin. Sie hat mit ihm geredet, hat ihm gesagt, er solle das sein lassen, aber das schien ihm einen Kick zu verschaffen. Ihm gefiel der Gedanke, dass er ihr Angst einjagte, und das hat ihn angespornt.«

»Hat sie es bei der Polizei angezeigt?«

»Ja, und die hat das ernst genommen. Sie haben ihn sich vorgeknöpft, aber man konnte nichts zu ihm zurückverfolgen. Die Frau ist schließlich im Krankenhaus gelandet, als jemand sie überfallen und furchtbar verprügelt hat.«

»Wurde er angeklagt?«

»Keine Beweise, keine Zeugen. Er hatte sogar ein Alibi. Er ist ein intelligenter Mistkerl.« Sie legte eine Pause ein, ehe sie ihre Worte korrigierte: »Nein, vielleicht nicht intelligent. Aber gerissen. Schlau.«

Rebecca spürte wieder dieses Kribbeln im Bauch. »Ich glaube nicht, dass er sich über den Bericht so aufregt. Ich vermute, es liegt daran, dass er SG-Mitglied ist. Ich werde offensichtlich als Feindin bezeichnet.«

»Na, das ist wie ein Orden. Ich würde all das der Polizei melden – die sollen ihm mal die Meinung sagen.«

»Das hat seiner Ex auch nichts genutzt, oder?«

»Nein«, gestand ihr Elspeth zögerlich zu.

»Was soll ich dann tun? Er kann leugnen, dass er gestern irgendwas gesagt hat – und eigentlich war an seinen Worten nichts Konkretes, ich hatte nur so ein Gefühl. Ich wette, die Nachricht kommt von einem Prepaid-Handy, das man nicht mit ihm in Verbindung bringen kann. Und wenn die Polizei überhaupt mit ihm redet, wird er seinen Spaß dran haben, dass er mir Angst eingejagt hat. Die Befriedigung gönne ich ihm nicht, Elspeth. Das ist schon mal passiert, erinnerst du dich? Damals bei der Zeitung? Der Typ, der mir ständig SMS geschickt und angerufen hat, nachdem ich seinen Namen in einer Story genannt hatte. Da ist auch nichts passiert.«

Sie hörte, wie ihre Chefin Rauch ausstieß. »Du könntest recht haben, Becks. Wenn du nicht reagierst, wird ihm die Sache vielleicht langweilig. Aber ich rate dir trotzdem: Sei auf der Hut.«

Am späten Nachmittag machten sie sich auf den Rückweg nach Inverness. Sie hätten noch ein paar Stunden länger bleiben können, doch Rebecca wollte noch in Keil Chapel vorbeifahren, wo man James of the Glens schließlich zur letzten Ruhe gebettet hatte. Von dem uralten grauen Steingebäude war nur noch eine Ruine übrig, das Dach war fort, das Innere war überwuchert, und Grabsteine ragten dort im Gras auf, wo früher Menschen gebetet hatten. Weitere, noch weitaus ältere Steine brachen draußen durch das Gras, das Unkraut und das Moos. Rebecca versuchte, einige Inschriften zu lesen, aber alle waren so verwittert, dass die Buchstaben nur noch schattenhafte Geister im Gestein waren.

Chaz wanderte zwischen den Gräbern umher und knipste Fotos, während sie vor einer kleinen Plakette an der Kapellenmauer stehen blieb. Es war eine schlichte Erinnerung an James, ganz ohne poetische Verse, ohne einen Eindruck von der Geschichte, von der Tragödie, von dem Mann.

> *Hier liegen die Überreste von*
> *James Stewart*
> *»Seumas a'Glinnhe«*
> *Gestorben am 8. November 1752*

Sie legte die Hand an die Mauer der Kapelle, schloss die Augen und versuchte, sich durch die Jahrhunderte zu dem Tag hinzufühlen, an dem seine Verwandten seine Gebeine von Ballachulish auf diesen uralten Kirchhof gebracht hatten. Selbst damals war er schon verlassen gewesen, aber es wurden noch Leute vom Ort hier beerdigt. Und James war von hier, denn er hatte mit seiner Familie einen Hof in Glen Duror bewirtschaftet.

Sicherlich hatten sie an jenem Tag getrauert, hatten ihm die letzte Ehre erwiesen. Aber es hatte bestimmt auch Wut gegeben. Ihr Verwandter war verurteilt worden und einem Justizmord zum Opfer gefallen, weil das System korrupt war, weil für einen Angriff auf den Staat jemand hängen musste. *Pour encourager les autres*, hatte Voltaire einmal geschrieben. Um die anderen zu ermutigen. Er hatte sich damit auf einen britischen Admiral bezogen, der versäumt hatte, ein belagertes Fort zu befreien; man richtete ihn hin, um die anderen dazu zu ermutigen, ihre Pflicht zu tun. James of the Glens musste sterben, um die Jakobiter zu warnen, welche schrecklichen Folgen es haben würde, wenn sie sich erneut gegen die Regierung erhoben, als hätte die blutige Reaktion nach der Schlacht von Culloden als Alarmzeichen noch nicht ausgereicht. Rebecca war sicher, dass es den Gerichten damals recht gleichgültig war, ob sie den richtigen Mann erwischt hatten oder nicht. James war Jakobiter gewesen, und das reichte. Die Tatsache, dass man ihn respektierte, machte ihn nur zu einem noch besseren Kandidaten.

Ein Gefühl des Unrechts sickerte von dem Stein in ihren Körper. James of the Glens war unschuldig gewesen, da hegte sie keinen Zweifel. Könnte sein moderner Namensvetter auch unschuldig sein? Vielleicht hatte er Murdo Maxwell nicht umgebracht. Es gab zwar kein politisches Motiv, keinen Hinweis auf Amtsvergehen, doch war es vielleicht trotzdem ein Justizirrtum? Rebecca wusste, dass sie so nicht denken sollte. Alle Beweise liefen darauf hinaus, dass James Stewart seinen Geliebten umgebracht hatte. Doch sie spürte auch etwas in ihrem Blut, das gegen das geschehene Unrecht aufschrie.

Diesmal würde sie an der Story dranbleiben. Sollte das Interesse abebben, würde sie irgendeinen Weg finden, um es am Leben zu halten. Sie bereute, dass sie früher wirtschaftlichen Erwägungen erlaubt hatte, sie zum Rückzug von einer Story zu bringen. Das würde ihr nicht mehr passieren. Es würde andere Storys geben, die die Miete bezahlten.

Als sie Chaz in Inverness absetzte, war die Sonne bereits untergegangen, nur noch ein schwacher goldener Schein war am Himmel. Die Wohnung, die er mit Alan teilte, war nicht weit von ihrer eigenen in der Miller Road entfernt, doch sie wollte ihn nicht noch mit in die Innenstadt zerren, während sie im Büro nach Elspeths Notizbuch suchte.

»Wann kommt Alan zurück?«, fragte sie, als Chaz seine Kameratasche vom Rücksitz wuchtete.

»Morgen«, antwortete er.

»Hat er gesagt, wie es mit seiner Familie gelaufen ist?«

»Er bringt ihnen die Neuigkeit heute Abend bei. Er meinte, so müsse er nur eine Nacht lang das eisige Schweigen und die seltsamen Blicke seiner Brüder ertragen.«

»Aber sie wissen doch schon, dass er schwul ist.«

»Ja, aber wissen und akzeptieren, das ist nicht dasselbe, und dann heiratet er tatsächlich einen anderen Mann. Das verlangt eine ganz andere Ebene des Akzeptierens, meint er.«

»Selbst heute noch?«

Chaz schaute sie an. »Selbst heute noch, Becks. Nicht jeder kommt damit klar.«

»Er glaubt also nicht, dass seine Familie es akzeptieren wird?«

»Ehrlich gesagt ist es ihm egal. Das ist alles BC.«

Das sagte Alan oft über seine Kindheit und Jugend. BC. Before Chaz. Vor Chaz. Sein früheres Leben. Er hielt Kontakt mit seiner Familie, auf seine Art mochte er sie auch, doch er bezog ihre Ansichten zu seinem Lebensstil nicht mehr in seine Erwägungen ein. Der aktuelle Besuch war zu gleichen Teilen Tradition und Höflichkeit. Er fuhr zu der Geburtstagsfeier seines Vaters, weil man das eben machte; wenn er die Familie über seine baldige Heirat mit Chaz unterrichtete, war das lediglich eine Mitteilung, keine Bitte um ihren Segen.

»Na ja«, sagte Rebecca, »vielleicht überraschen sie ihn doch.«

»Es sind schon seltsamere Dinge passiert«, meinte Chaz und machte die Autotür zu. Er beugte sich durch das offene Beifahrerfenster herein. »Du hast ganz schön Sonne abbekommen.«

Sie klappte die Sonnenblende herunter, um sich im Spiegel zu betrachten. Ihre Wangen und Nase sahen recht gerötet aus, aber im rosigen Schein der untergehenden Sonne konnte sie nicht ausmachen, wie schlimm es war. Trotzdem würde sie, sobald sie zu Hause war, ordentlich Feuchtigkeitscreme auftragen.

»Du siehst jetzt schon besser aus«, sagte Chaz. »Also nimm meinen guten Rat an – mach mal richtig Urlaub, Becks.«

Er hatte recht. Ein einziger Tag in Kilnacaple war zwar bei Weitem kein Urlaub, aber sie hatte den Nutzen bereits gespürt. Sie hatte gut geschlafen, zum ersten Mal seit Langem. Sie hatte gespürt, dass alles verblasste, was ständig an ihr nagte – Angst, Stress,

Trauer, Schuldgefühle –, wenn auch nur in den wenigen Stunden, die sie dort verbrachte. Sie hatte eine Freundin, die eine Bar in einem spanischen Küstenort geerbt hatte. Vielleicht könnte sie ein, zwei Wochen dort verbringen. Ein bisschen Sonne tanken. Obwohl das Wetter hier im Augenblick herrlich war, wusste sie, wie launisch die schottischen Jahreszeiten sein konnten. Es würde nicht andauern.

Sie beschloss, sich einen richtigen Urlaub zu genehmigen, sobald sie konnte. Doch das, was sie sich in Keil Chapel geschworen hatte, würde weiter bestehen. Sie würde an dieser Geschichte dranbleiben, komme, was da wolle.

Sie fuhr ins Stadtzentrum und fand wie durch ein Wunder einen Parkplatz am Station Square. Es wurde schon dunkel, die Straßen waren ruhig. Sie mochte es, wenn die Stadt so war: geschlossene Geschäfte, nur ein fernes Brausen von Verkehr auf anderen Straßen oder Musik, die aus einem Pub herbeiwehte. Die Stadt war nicht gänzlich leer gefegt, es spazierten noch Leute herum, aber oft war alles viel träger als bei Tag. Weniger zielgerichtet. Paare schlenderten Hand in Hand oder Arm in Arm. Menschengruppen hielten auf Pubs zu oder verließen sie, oft unterbrachen ihre erhobenen Stimmen die friedliche Stille. Wenn später die Bars ihre Tore schlossen, würde sich der Geräuschpegel erhöhen, doch im Augenblick war alles relativ ruhig, und Rebeccas Schritte klangen wie Trommelschläge, als sie auf den Eingang des Hauses zuging, in dem sich über einem Café ihr Büro befand.

Die Tür war angelehnt. Da hatte jemand nicht darauf geachtet, dass das Schloss richtig einschnappte. Das hatte es schon früher mal gegeben – sie selbst hatte das auch schon versäumt. Zum wiederholten Male nahm sie sich vor, einmal mit dem Ölkännchen zu probieren, ob Schmieren helfen würde. Im Eingangsflur war es dunkel. Sie drückte auf den Lichtschalter, aber nichts passierte. Verdammt, die verflixte Glühbirne war schon wieder kaputt.

Sie wühlte in der Tasche nach ihrem Handy, suchte die App mit der Taschenlampe und richtete den hellen Lichtstrahl vor sich auf die Treppe. Ihre Beine fühlten sich müde an, als ihre Schritte durch das Treppenhaus hallten. Der Aufenthalt in Appin war zwar die reine Entspannung gewesen, aber mit der Rückfahrt war es doch ein langer Tag geworden, und sie wollte nur noch nach Hause und endlich ins Bett. Aber sie hatte Elspeth versprochen, nach dem Notizbuch zu schauen, zwang sich also, die Treppe hochzusteigen, die der Schein der Taschenlampe vor ihr in bleiches Licht tauchte.

Als sie auf dem Weg in den ersten Stock die erste Treppenkehre erreicht hatte, meinte sie von weiter oben ein Geräusch zu hören. Leise, als schabte jemand mit einem Schuh über den Steinboden. Sie hielt inne. Lauschte. Hörte nichts weiter. Das Gebäude hatte drei Stockwerke, vielleicht machte noch jemand Überstunden. Aber an einem Sonntag? Sie überlegte, ob sie rufen sollte, verwarf diesen Gedanken jedoch. Wahrscheinlich war es nichts. Dann bemerkte sie, dass das Licht auch im ersten Stock nicht brannte.

Sie zögerte. Normalerweise konnte man sich auf diese Glühbirne verlassen, wenn schon nicht auf die am Eingang. Von da, wo sie stand, konnte sie die Tür zur Schneiderei sehen, jedoch nicht die der Agentur, die noch von der Wand des Treppenhauses verdeckt war. Sie lauschte erneut, war sich nicht sicher, worauf eigentlich, aber sie hörte ohnehin nichts außer ihrem eigenen Atem und dem Pochen ihres Herzens.

Unwillkürlich musste sie an Martin Bailey denken, der immer mehr an ihrem Bewusstsein genagt hatte, je näher sie Inverness kamen. Sämtliche Nerven in ihrem Körper rieten ihr, die Treppe wieder hinunterzugehen, nach draußen, ins Freie, weg von dem finsteren Treppenhaus. Sie schrien ihr zu, sie solle weggehen, sich bewegen, jetzt sofort, doch ihre Beine weigerten sich, darauf zu hören. Der Teil ihres Gehirns, den sie von ihrem Vater geerbt hatte, argumentierte gegen diese Nerven. Nein, sagte er. Lass dich von deiner Fantasie nicht zum Opfer machen.

Sie zwang sich, die Treppe weiter hinaufzusteigen.

Nachdenken, Rebecca. Wann wurde diese Glühbirne das letzte Mal ersetzt?

Sie wusste es nicht. Sie selbst hatte sie jedenfalls nie ausgewechselt, die im Erdgeschoss hingegen schon.

Ist es dann nicht vorstellbar, dass sie einfach durchgebrannt ist?

Ja. Glühbirnen brennen manchmal durch. Geben einfach den Geist auf.

Inzwischen auf halbem Weg nach oben, leicht an die Wand gelehnt, die Beine träge, das Telefon vor sich gestreckt wie einen Schild, näherte sie sich dem Treppenabsatz. Auf der zweitobersten Stufe blieb sie stehen, schwang den Strahl der Taschenlampe zur Tür der Schneiderei. Sie war geschlossen. Rebecca machte den nächsten Schritt, bog um die Treppenhauswand, richtete den Lichtkegel auf die Tür der Agentur, trat auf den Treppenabsatz.

Etwas knirschte unter ihrem Schuh.

Sie hielt inne, lenkte das Licht auf den Boden, sah eine Unzahl glitzernder Scherben überall auf dem Stein verteilt und wusste sofort, was das war. Die Glühbirne hatte nicht einfach so den Geist aufgegeben. Jemand hatte ihr den Garaus gemacht.

Wieder riss sie das Telefon nach oben, wirbelte das Licht hinter sich, ließ es dann über den engen Raum des Treppenabsatzes wischen, über die Tür zur Agentur blitzen, über die Wände, sogar die Decke. Ihre Ohren lauschten angestrengt auf das Geräusch von Füßen, die auf sie zurannten, entweder von oben oder von unten, aber da war nichts. Sie lehnte sich an die Tür der Schneiderei, atmete bebend, redete sich beruhigend zu, zwang ihre Lungen und ihr Herz in einen gleichmäßigen Rhythmus.

Irgendwas stimmte hier überhaupt nicht.

Sie hatte etwas gesehen, als sie in ihrer Panik das Telefon hin und her geschwenkt hatte. Etwas, das da nicht hätte sein dürfen.

Erneut hob sie die Hand und ließ den Lichtstrahl auf den Treppenabsatz fallen ...

24

Mit der Angst ist es eine seltsame Sache.

Sie macht aus uns allen Feiglinge. Ich erinnere mich, einmal irgendwo gelesen zu haben, dass es keine wirklich mutigen Menschen gibt, nur solche, die ihre Furcht überwunden haben. Viele Menschen verbringen ihr ganzes Leben mit irgendeiner Angst. Angst vor Unterdrückung, Angst vor Enthüllung, Höhenangst, Angst vor Insekten, vor Bazillen, vor dem Fliegen, vor engen Räumen. Wie zum Beispiel Gefängniszellen. Angst ist überall, sogar allgegenwärtig, und doch überwinden viele sie. Sie weigern sich, ihr Leben von der Angst regieren zu lassen.

Jetzt weiß ich Bescheid über Angst. Ich habe sie nicht wirklich verstanden, bis ich hierherkam, in dieses Gefängnis. Draußen wurde ich beschützt, wenn auch vielleicht nicht geliebt. Der Name meines Vaters allein reichte aus, um mich von allen Sorgen dieser Art zu isolieren, obwohl meine Sexualität ihn in Verlegenheit brachte. Als ich hierherkam, fand ich heraus, was Angst ist, obwohl ich nicht übermäßig von Männern belästigt wurde, die ihr Denken vom Testosteron steuern ließen, war doch der Gedanke daran – und die Angst davor – ständig gegenwärtig. Ja, ich habe gelernt, wem ich aus dem Weg gehen soll und wie ich die Fallen im Leben hinter Gittern vermeiden kann, aber trotzdem war immer noch etwas in der Luft wie ein giftiges Gas. Es war die Angst, dass ich, ganz gleich, wie vorsichtig ich war, trotzdem noch mit einer Bemerkung, mit einem Blick oder einfach durchs Atmen jemanden so verärgern könnte, dass er gewalttätig werden würde. Ich musste mich schon in der Vergangenheit gegen Idioten verteidigen, und ich habe gelernt, dass es die beste Politik ist, als Erster zuzuschlagen, *und zwar fest zuzuschlagen und dann abzuhauen. Aber das war hier drinnen keine Option – wohin zum Teufel sollte ich fliehen? Obwohl mir zum Glück größere Konfrontationen erspart blieben – von einigen wenigen Augenblicken abgrundtiefen Horrors abgesehen – und ich normal leben konnte, jedenfalls so normal, wie es geht, da ich ja hier drinnen sitze, wusste ich, dass mein unsichtbarer Feind, die Angst, immer in meinen Gedanken lauerte.*

Er verließ mich erst, als ich Gordie kennenlernte.

Bei diesem Fußballspiel traten die Gefangenen gegen die Gefängnisangestellten an. Ich kann solche Dinge nicht gut einschätzen, aber es war ein sehr langweiliges Spiel. Die Angestellten waren auf der Siegerstraße, was ehrlich gesagt niemanden groß überraschte, und die Gefangenen hatten mehr oder weniger aufgegeben. Selbst ich hätte es besser machen können. Ich stand an der Seite, versuchte, mich warm zu halten. Es war kalt, aber nicht die klirrende Kälte, die ich liebe, sondern die trübe, feuchte Kälte, die mit grauem Himmel einhergeht. Trotzdem, ich war draußen, und das war die Hauptsache. Dieser Typ kam zu mir und stand eine Weile neben mir. Ich warf ihm einen raschen Blick zu. Ich hatte ihn vorher noch nie gesehen. Er war nicht groß, aber kräftig gebaut, ein Typ, der seine Muskeln trainierte, aber nicht auf narzisstische Art, wie die meisten dieser Kerle. Ich hatte sofort den Eindruck, dass er sich nicht im Spiegel bewundern oder seine Knarre küssen würde. Er hatte eine irgendwie ruhige Körperlichkeit, er wusste, wozu er fähig war, und musste das nicht ständig unter Beweis stellen. Er stand ein, zwei Minuten da und schaute sich das Spiel an, sagte nichts. Mich beschlich das Gefühl, dass er sich nicht zufällig an meiner Seite eingefunden hatte. Er hatte sich absichtlich dort hingestellt. Ich glaubte, dass ich vielleicht gleich Probleme kriegen könnte, aber er sagte nichts, schaute mich minutenlang nicht einmal an. Er beobachtete nur das Spiel. Ich überlegte, ob ich weggehen sollte, doch wenn er aus irgendeinem Grund die Absicht hatte, mich einzuschüchtern, würde ich ihm diese Genugtuung nicht geben. Niemals klein beigeben. Einer der wenigen guten Ratschläge, die ich von meinem Vater bekommen habe.

Ich erinnere mich noch daran, dass ich über die Worte meines Vaters nachdachte, die er mir mitgeteilt hatte, unmittelbar gefolgt von der Aussage, wie enttäuscht er von mir war, als der Typ sagte: »Dein Vater schickt mich.«

Das überraschte mich, in Anbetracht der Verachtung, die mein Vater für mich zu verspüren schien.

Er sagte, sein Name wäre Gordie. Er sagte, von nun an würde er mich beschützen.

Ich sagte ihm, dass ich keinen Babysitter brauche, und er lächelte nur und sagte: »Nun, mein Sohn, jetzt hast du einen, ob du willst oder nicht.«

Es stellte sich heraus, dass er für Körperverletzung eine Gefängnisstrafe bekommen hatte. Als jemand meinem Vater erzählte, dass man ihn hierherschicken wollte, ließ er Gordie über einen seiner Kontaktleute fragen, ob er ein Auge auf mich haben könnte. Ehrlich gesagt, ich war irgendwie gerührt, denn das war das erste Mal, dass mein Vater seit meiner Kindheit etwas Nettes für mich getan hat. Es war reines Glück, dass der Typ in dieses Gefängnis und in diesen Flügel gebracht wurde. Mein Glück, denn obwohl ich ihn erst misstrauisch beäugte, merkte ich doch, dass die Tatsache, dass ich Gordie kannte, meine Ängste beruhigte.

Wir teilten uns keine Zelle, doch die Leute bekamen schon bald mit, dass Gordie über mich wachte. Viele Typen hier drin kannten ihn, und sobald sich das herumgesprochen hatte, machten die wenigen, die irgendwelche Sachen zu mir sagten oder mich anglotzten, bald einen Rückzieher. Anscheinend war Gordie niemand, mit dem sie sich anlegen wollten.

Also wurde die Angst weniger.

Die Wut war aber noch immer da.

25

»Ich habe die Ermittlungen nicht geleitet«, sagte Bill Sawyer. »Ich war nur ein kleiner Detective Sergeant, der an dem Fall mitgearbeitet hat.«

»Ich weiß.« Val Roach nickte. »Aber der leitende Beamte ist tot.«

»Ted Wise. Er war ein guter Polizist.«

Roach hatte den besagten DCI nicht gekannt, war aber geneigt, Sawyers Einschätzung zu glauben. »Sie waren damals dabei«, sagte sie, »und haben bei der Ermittlung mitgewirkt. Ich wollte mir nur mal Ihre Sichtweise anhören.«

Sie befanden sich im gemütlichen Wohnzimmer von Sawyers Bungalow in Holm, unweit einer Straße, die zu einer ehemaligen Wollweberei für Karostoffe führte, die man inzwischen in ein Einkaufszentrum umgewandelt hatte. Durch das Fenster schaute Val Roach auf ausgedehnte Grasflächen. Obwohl sie es nicht sehen konnte, wusste sie, dass jenseits davon der Fluss und der Kanal lagen, die hier Seite an Seite verliefen, ehe sie sich voneinander trennten, um Platz für den größten Teil der Stadt zu machen. Sie konnte eine abgerundete, von Bäumen bestandene Bergkuppe ausmachen. Allerdings kannte sie den Namen des Bergs nicht, selbst wenn er einen haben sollte.

Sawyer schaute sie an, gab sich nicht die Mühe, sein Misstrauen zu verbergen. »Warum ich?«

Seine Reaktion verwunderte sie. »Warum nicht Sie?«

»Es muss doch auch andere Beamte geben, die noch leben und Ihnen darüber berichten können.«

»Da bin ich mir sicher.«

»Warum dann ich?«

Roach verstand sein Misstrauen. Kein Polizist sieht es gern, wenn ein alter Fall wieder aufgenommen wird. Es legt die Vermutung nah, dass die Polizei während der Ermittlungen nachlässig war, und es lässt sie befürchten, dass man sie, falls Fehler gefunden werden, zum Sündenbock machen wird.

»Sie sind pensioniert, Bill«, sagte sie. »Sie werden mir nicht erzählen, was ich hören will, nur um Ihren Job nicht zu verlieren.«

»Alles, was ich weiß, steht in den Akten zu diesem Fall«.« Er schaute sie von der Seite an. »Glauben Sie, da gibt es etwas, das die Chefs nicht hören wollen?«

»Ich habe keine Ahnung. Ich habe heute Morgen die Akten kurz überflogen.« Sie war sehr früh am Tag in ihr Büro in Inshes gegangen, damit sie genug Zeit hatte, um die Akte einzusehen. »Es scheint mir alles koscher zu sein. Glauben Sie denn, dass es da etwas gibt, was die Chefs nicht hören wollen?«

Er schüttelte den Kopf. »Es war der klarste Fall, an dem ich je mitgearbeitet habe. Der Typ wurde in seiner Küche tot aufgefunden, der Täter lag im Obergeschoss, die Tatwaffe neben ihm, darauf waren überall seine Fingerabdrücke.«

»Aber er hat nie gestanden.«

»Das hat nichts zu bedeuten. Er hat auf ›nicht schuldig‹ plädiert, aber das machen sie alle. Er war es, schlicht und einfach.«

»Und was, wenn er es nicht war?«

Er lachte. »Ach kommen Sie schon, machen Sie mal halblang.«

»Gab es keine anderen Verdächtigen?«

»Nein.«

»Niemanden, der Maxwell was Böses wollte?«

»Das ist eine ganz andere Frage, aber von denen haben wir keinen als möglichen Verdächtigen eingestuft. Ich hab es Ihnen schon gesagt: Dieser Stewart wurde am Tatort gefunden, hatte die Tatwaffe praktisch noch in der Hand.«

»Aber an einer Hand war nicht viel Blut, und gar keines an seinem Körper. Das hätte man doch bei einem so brutalen Angriff erwartet. Es waren Blutspuren und Spritzer überall in der Küche, aber kaum etwas an Stewart selbst.«

Sawyer tat das mit einem Achselzucken ab. »Wir sind zu dem Schluss gekommen, dass er sich gewaschen haben musste. Wir haben Blutspuren in der Spüle gefunden.«

»Warum waren dann noch welche an seiner Hand?«

»Er hatte wohl die Tatwaffe noch einmal angefasst.«

»Nichts an einem Handtuch?«

»Die Handtücher waren frisch. Unbenutzt.«

Roach sagte nichts, das war auch nicht nötig.

»Schauen Sie«, meinte Sawyer und beugte sich vor. »Wir hatten den Jungen, die Leiche und die Mordwaffe. Niemand sonst war im Haus. Die Tür war zu. Vielleicht hat er seine Hände an was anderem abgewischt und das dann entsorgt, vielleicht an einem Papierhandtuch, das er verbrannt hat. Wir haben nichts gefunden. Was sonst sollten wir denn da vermuten?«

Roach dachte nach. Das wäre immerhin eine Möglichkeit, und manchmal war die offensichtlichste Lösung auch die richtige. Aber sie war hier, um Fragen zu stellen.

»Aber es gab andere Leute, die Maxwell was Böses wollten?«

»Keinen Schaden an Leib und Leben. Doch er hatte viele Leute ganz schön verärgert.«

»Wieso?«

»Zunächst einmal hatte er unten in Glasgow als Strafverteidiger gearbeitet. Leute freibekommen, die niemals hätten freikommen sollen. Da wären also zuallererst einmal der Staatsanwalt und die Staatsanwaltschaft. Und er war der Anwalt von Andrew Guthrie.«

»Andrew Guthrie?«

»Man nannte ihn auch den ›irren Bomber‹. Ein rechtsextremer Verrückter, der in Glasgow und Edinburgh Bomben gelegt hat. Angeblich ein Gründungsmitglied von New Dawn.«

New Dawn. Roach hatte bereits einmal am Rande mit dieser Gruppierung zu tun gehabt. Sie glaubte noch immer nicht so recht, dass es New Dawn als Gruppe überhaupt gab, hielt es vielmehr für einen feuchten Traum von rechten Spinnern, die knapp davor standen, sich weiße Laken und spitze Hauben überzuwerfen.

Sie fragte: »Ich dachte, das seien Finbar Dalglieshs Kampfhunde?«

»Aye, das sind sie heute – aber das war davor, in den Anfängen, bevor Dalgliesh SG gegründet und begonnen hatte, die SNP zu ärgern. Er war übrigens Maxwells Partner.«

»Partner? Ich wusste nicht, dass Dalgliesh schwul ist.«

»Nein, Geschäftspartner.« Er verdrehte die Augen. »Großer Gott, ich wünschte, wir könnten schlicht Freundin oder Freund sagen. Ich glaube nicht, dass Dalgliesh ein Abo der *Pink Times* hat. Na ja, zumindest nicht, soweit ich weiß. Nein, sie hatten gemeinsam eine Kanzlei, unten in Glasgow. Ehe Maxwell ganz öko und politisch wurde und den ganzen Scheiß.«

»Teilte Maxwell Dalglieshs Ansichten?«

Sawyer schüttelte den Kopf. »Maxwell war politisch eher Mainstream, trotzdem hat er einen Haufen Leute genervt, und zwar im großen Stil. Er hat sich immer gern für eine gute Sache eingesetzt, unser Murdo. Je medienwirksamer, desto besser. Jedenfalls für ihn.«

»Sie glauben nicht, dass er aufrichtig war?«

»Ich weiß es nicht, hab den Mann eigentlich nie richtig kennengelernt. Aber ich halte alle Politiker für Windhunde. Gehört einfach dazu. Und dieser ganze Öko-Kram, das sind alles Spinner, wenn Sie mich fragen. Jedenfalls hat Maxwell Guthrie verteidigt und noch ein paar andere wie ihn, hat sich damit einen gewissen Ruf geschaffen. Manche haben gemeint, er wäre mit diesen Typen auf zu freundschaftlichem Fuß gestanden.«

»Aber Sie glauben eigentlich nicht, dass er ein Mitglied von SG war?«

»Ganz ehrlich? Nein. Maxwell war so einiges, aber ich glaube nicht, dass er etwas mit New Dawn und SG zu tun haben wollte, obwohl Dalgliesh sein Kumpel war. Er hat diese Typen verteidigt, weil er der Meinung war, dass jeder das Recht auf eine Verteidigung hat« – erneut verdrehte Sawyer die Augen – »aber die sind alle komplett meschugge, diese Typen. Nennen sich Nationalisten, aber sie sind einfach nur Rassisten, mehr nicht.«

»Abgesehen von Politikern, wen hat Maxwell sonst noch schwer genervt?«

»Wen nicht? Die Regierung in London. Stadträte vor Ort, landauf, landab. Landbesitzer. Die Aristokratie. Geschäftsleute. Jeden, den er ärgern wollte.«

»Na ja, er war ein Umweltaktivist.«

»Er war ein Unruhestifter. Wollte nichts als seine Visage im Fernsehen zeigen.«

Sie unterdrückte ein Lächeln. Sawyer war altmodisch, tat jeden ab, der den Status quo infrage stellte. Er war, soweit sie wusste, ein guter Polizist gewesen, auch wenn man ihr berichtet hatte, dass er die Regeln hin und wieder großzügig ausgelegt hatte, wenn er das für nötig hielt. An seiner Karriere haftete nur ein Makel – ein Verdacht wegen eines zweifelhaften Geständnisses –, aber das war alles Schnee von gestern.

Sie dachte einen Augenblick nach, ehe sie weiterfragte: »Wen hat er denn gerade geärgert, als er gestorben ist?«

»Wen hat er gerade nicht geärgert, das käme der Wahrheit näher. Da war ein amerikanischer Millionär, der in der Nähe eines Naturschutzgebiets eine Ferienanlage bauen wollte. Die Vermutung, dass die britische Regierung Nuklearabfall irgendwo in Galloway lagern wollte. Pläne, bei Glasgow eine neue Autobahn zu bauen, die eine Schneise durch ein Waldgebiet schlagen würde. Braunkohletagebau, Windparks, Flugwildjäger, die Greifvögel gefährden, kommerzielle Fischerei, die die Fischbestände plündert – was Ihnen auch nur einfällt, er war dagegen. Solange dadurch sein Name in die Zeitungen kam.«

»Und Sie haben das damals alles untersucht?«

»Aye, wir haben unsere Arbeit gemacht. Aber, wie gesagt, wir hatten unseren Täter. So wie wir es sahen, war ein Streit zwischen Liebenden aus dem Ruder gelaufen, und unser Chef hat das auch so gesehen.«

Sie hatte die Notizen zum Fall gelesen und musste ihm zustimmen. Sie konnte sich nicht vorstellen, wie sich daraus heute noch negative Konsequenzen ergeben sollten. Aber man hatte ihr eine Aufgabe übertragen, und die würde sie erledigen.

»Hat er irgendwen vor Ort besonders genervt?«

Sawyer zögerte. »Wie gründlich haben Sie die Akte gelesen?«

»Überflogen«, erwiderte sie wahrheitsgemäß.

Er musterte sie, wägte wohl ab, ob sie aufrichtig war. »Also versuchen Sie nicht, mich irgendwie reinzulegen?«

»Warum zum Teufel sollte ich das tun? Ich fische hier selbst im Trüben, bin nicht auf Großwildjagd. Warum machen Sie sich Sorgen?«

»Weil ich dem Chef nach dem Mord etwas erzählt habe und nicht will, dass irgendwas davon auf ihn zurückfällt, wenn irgendwelcher Mist damit verbunden ist. Ted Wise war ein anständiger Mann und ein verdammt guter Polizist. Damals meinte er, die Begebenheit sei nicht von Belang. Wir hatten den Jungen geschnappt, und das war's. Er hat mich gebeten, einen Bericht zu schreiben, und wir haben die Sache nachverfolgt, sind aber zu dem Ergebnis gekommen, dass diese Streiterei von Maxwell nicht wichtig war. Ich sage Ihnen das jetzt: Ich war damals dieser Meinung, und ich vertrete sie noch immer.«

»Mit wem hat er gestritten?«

»Mit Sir Gregory Stewart, dem Vater des Jungen ...«

Sawyer hatte nie viel für förmliche Anlässe übrig gehabt, doch sein Chef hatte ihn gebeten, die Polizei bei dieser Veranstaltung zu vertreten. Sie war zugunsten irgendeiner Wohltätigkeitsorganisation. Er hatte vergessen, welche genau das war, aber das tat nichts zur Sache, denn er wollte ohnehin nicht tief in die eigene Tasche greifen. Der städtische Empfang fand im Town House statt, einem Gebäude im schottischen Baroniestil an der High Street. Die Damen und Herren im feinen Zwirn tummelten sich in der Main Hall, wo kunstvolle Kristallüster von der Decke und Banner an den Wänden hingen. Kellner in weißen Hemden trugen Tabletts mit Drinks und schlängelten sich zwischen den verschiedenen Menschengruppen hindurch, die sich in dem großen Raum unterhielten und miteinander lachten. Sawyer hatte sich zufällig zu einer Gruppe um den Bürgermeister gesellt, die unterhalb der dunklen Holzplattform der Musikantengalerie und unmittelbar vor der Ehrentafel für die Gefallenen zweier Weltkriege zusammenstand. Der Bürgermeister sprach von Renovierungsplänen für das Gebäude, vermutete, es würde Millionen kosten, aber die Sache wert sein. Er meinte, die gegenwärtigen Wandfarben müssten dabei wieder durch ihr ursprüngliches Rot ersetzt werden. Sawyer fand den Raum okay, so wie er war, doch er war ja auch kein Innenarchitekt. Er war Polizist und fühlte sich inmitten der Hautevolee von Inverness völlig fehl am Platz. Er hatte ein, zwei Abgeordnete des schottischen Parlaments, einen Abgeordneten aus Westminster, Stadträte und Geschäftsleute erkannt. Er hatte sogar einen englischen Schauspieler erspäht, den er in *The Bill* und *Taggart* gesehen hatte und der in dieser Woche im Eden Court

Theatre mit einer Tourneetruppe in *Revanche* auftrat. Sawyers Frau hatte ihn am Abend zuvor dort hingeschleppt, und der Typ war alles andere als ein Michael Caine.

Jemand stieß ihn am Ellbogen an, sodass ein Teil seines Drinks auf seine Schuhe spritzte. Er wandte sich um, wollte dem Mann ein paar wohlgesetzte Worte verpassen, doch der Übeltäter entfernte sich bereits von ihm, allerdings auf recht schwankenden Beinen. Der kostenlose Wein war an einigem schuld. Sawyer hatte nur an dem Glas in seiner Hand genippt und versucht, nicht das Gesicht zu verziehen – er war eher ein Malt-Whisky-Mann. Doch er hatte gesehen, wie einige dieser Reichen und Schamlosen den Wein herunterkippten, als sei das hier Pflicht. Nichts taten Leute mit viel Geld lieber, als es nicht selbst auszugeben.

Der Mann kam Sawyer irgendwie bekannt vor, aber er war sich nicht sicher, woher. Er sah ein bisschen so aus wie der Schauspieler, der einmal in *ER* mitgewirkt hatte. Den konnte Sawyer nicht sonderlich gut leiden, besonders da seine Frau jedes Mal in höchste Verzückung geriet, wenn der Typ auf dem Bildschirm erschien. Na gut, das war vielleicht ein bisschen übertrieben, aber er hatte das Gefühl, wenn er nicht im Zimmer gewesen wäre, hätte sie den Fernseher geküsst. Clooney war der Mann allerdings nicht, aber Sawyer war sich sicher, dass er ihn schon einmal irgendwo gesehen hatte. Bei der Arbeit begegnete er ja vielen Menschen – zugegeben natürlich nicht so vielen, die an Veranstaltungen wie dieser hier teilnehmen würden –, aber den hier konnte er irgendwie nicht einordnen. Verhaftet hatte er ihn noch nicht, so viel war klar. Während er darüber nachdachte, hörte er mit halbem Ohr zu, wie der Bürgermeister über Ziegelverbund und Holzarbeiten und Kunstwerke redete, beobachtete derweil weiter den Mann, der auf drei andere Leute am gegenüberliegenden Ende des Raums zuhielt. Sawyer erkannte in ihnen einen Abgeordneten des schottischen Parlaments und einen Stadtrat, die beide der gleichen Partei angehörten; der Dritte war ihm bestens bekannt, doch nur, weil er ständig im Fernsehen über irgendein Problem schwadronierte. Wie üblich hatte Murdo Maxwell den Löwenanteil am Gespräch, wedelte mit der Hand herum, in der er ein Weinglas hielt. Sawyer bemerkte, dass er das in sorgfältig unbekümmerter Manier tat, als wollte er beweisen, dass er dabei nichts verschüttete, obwohl es ihm eigentlich völlig egal war. Er deutete mit seinen Gesten auf das Buntglasfenster in einem Alkoven hinter sich, und Sawyer konnte seine Stimme quer durch den Raum hören, wenn auch nicht die genauen Worte ausmachen.

Der Mann, der Sawyer angerempelt hatte, war eindeutig betrunken. Das war leicht daran zu erkennen, wie er neben diesem Trio zum Stehen kam, beinahe unmerklich schwankend, mit zum Ausgleich ungewöhnlich geradem Rücken und gespreizten Beinen. Irgendwas an der Art, wie er schnurstracks auf die drei zugetorkelt war, hatte in Sawyers Polizistenhirn eine Alarmglocke läuten lassen. Er verließ die Gruppe um den Bürgermeister – niemand bemerkte, dass er ging, was nur bewies, wie wichtig er war – und näherte sich vorsichtig, sodass er besser beobachten konnte, was da vor sich ging. Er hielt Abstand, ging im Bogen um die versammelten Würdenträger herum, schnappte hier ein paar Gesprächsfetzen, da ein wenig Gelächter auf, wandte aber die Augen nie von dem Mann, der keine Anstalten machte, zu sprechen oder Maxwells Redefluss zu unterbrechen. Als Sawyer einen Punkt erreicht hatte, von dem aus er das Gesicht des Mannes sehen konnte, wusste er, dass es bald Ärger geben würde. Das erkannte er an der Miene, an den Augen, am straff gespannten Mund, an der Art, wie er Maxwell konzentriert im Blick behielt.

Endlich schien Maxwell den Neuankömmling in ihrer kleinen Gruppe zu bemerken und warf ihm ein schnelles Lächeln zu. Sawyer hatte ihm dieses Lächeln, wenn er es auf dem Bildschirm sah, nie ganz abgekauft. Seiner Meinung nach konnte dieser Schweinehund sein Eigeninteresse nie ganz verbergen, das immerzu in seinen Augen leuchtete. Was Sawyer betraf, so waren diese Gutmenschen alle gleich. Es ging ihnen nur darum, sich selbst als allen anderen überlegen darzustellen. Wenn man ihn fragte, so hielt Maxwell stets Ausschau nach etwas, was ihm persönlich nutzen konnte. Andererseits kannte Sawyer sich selbst gut genug und wusste, dass er vielleicht ein wenig voreingenommen war, weil er Maxwells Partei nicht unterstützte. Es lief schlicht und einfach darauf hinaus, dass er den Mann nicht leiden konnte – und ihm war klar, dass der Neuankömmling genauso dachte.

»Sir Gregory«, sagte Maxwell. »Wie schön, Sie hier zu sehen.«

Jetzt erkannte Sawyer ihn auch. Sir Gregory Stewart hatte jede Menge Geld und jede Menge Einfluss. Man hatte ihn kürzlich im Zusammenhang mit einem Windparkprojekt im Fernsehen gezeigt. Er war ein hohes Tier, was bedeutete, dass Sawyer vorsichtig vorgehen musste.

»Auf ein Wort, Maxwell«, sagte der Mann leicht nuschelig und nahm dem offensichtlichen Widerwillen, der sich auf seiner Miene widerspiegelte, ein wenig die Schärfe. Seine Augen blickten verschwommen, aber um seine Nase zuckte ein höhnisches Grinsen.

Maxwell schaltete das Lächeln ab und runzelte leicht die Stirn. »Das klingt ernst. Was kann an einem solchen Abend wie heute so ernst sein?«

Wieder wedelte er mit dem Glas. Die Art, wie Sir Gregory darauf blickte, legte die Vermutung nah, dass er drauf und dran war, es Maxwell aus der Hand zu schlagen. Bisher war das Gespräch höflich verlaufen, doch Sawyer hielt sich bereit, falls die Sache unangenehm werden sollte.

»Nicht hier«, sagte Sir Gregory und schaute auf den Parlamentsabgeordneten und den Stadtrat.

»Sie brauchen etwas zu trinken«, sagte Maxwell und hob die

freie Hand, um die Aufmerksamkeit eines der Kellner zu erregen, die mit Tabletts voller Champagner im Raum umhergingen.

»Ich möchte nichts zu trinken«, beharrte Sir Gregory. »Ich möchte, dass Sie mit mir mitkommen, damit wir reden können.«

Maxwell schien nicht geneigt, irgendwo hinzugehen. Vielleicht ahnte er, dass ihm mehr als nur Worte bevorstanden, und fühlte sich unter Menschen wohler. Das Lächeln kehrte auf sein Gesicht zurück. »Unsinn, mein Freund.«

»Ich bin nicht Ihr Freund, Maxwell.«

Maxwells Lächeln verrutschte ein wenig, und er blickte zu seinen Begleitern, die von dieser Szene peinlich berührt zu sein schienen. Der Parlamentsabgeordnete schaute weg, der Stadtrat auf den Fußboden. Sir Gregory scherte sich offensichtlich einen Dreck darum.

»Ich denke, Sie sollten vielleicht einen Schritt zur Seite treten, Sir Gregory«, sagte Maxwell, und seine Stimme klang härter als zuvor.

»Ich denke, Sie sollten vielleicht Ihre verdammten Pfoten von meinem Sohn lassen«, erwiderte Sir Gregory. »Sie ...« Er unterbrach sich plötzlich. Sawyer hatte das Gefühl, dass er nicht vorgehabt hatte, so laut zu sprechen, vielleicht auch nicht so barsch, aber jetzt war es ihm nun einmal herausgerutscht. Zwischen Glas und Lippe gibt's so manche Klippe, hatte Sawyers Oma immer gesagt. Sir Gregory hatte mehr als ein Glas intus, und seine Lippen machten daher wohl, was sie wollten. Seine erhobene Stimme hatte Aufmerksamkeit erregt, und ringsum waren die Gespräche verstummt, Augen wandten sich ihnen zu, und alle Speichelleckerei war kurz auf Eis gelegt.

Maxwells Augen huschten zu den Gesichtern, die ihnen zugewandt waren. »Dies ist weder der rechte Zeitpunkt noch der rechte Ort, Sir Gregory.«

»Oh doch, Scheiße noch mal!«

Für Sawyer war die Zeit zum Eingreifen gekommen. Er machte ein paar Schritte, um sich zwischen die beiden zu schieben. »Okay, Sir Gregory. Ich glaube, Sie brauchen jetzt vielleicht ein bisschen frische Luft.«

Die Augen des Mannes schwenkten von Maxwell auf Sawyer. »Wer zum Teufel sind Sie?«

»Detective Sergeant William Sawyer.«

Sir Gregory musterte ihn von Kopf bis Fuß, als hielte er Ausschau nach sichtbaren Beweisen für diese Aussage. Handschellen, einen Schlagstock, vielleicht Plattfüße. »Ein Polizeibeamter.«

»Korrekt, Sir.«

Der Mann schaute zu Maxwell zurück. »Sie brauchen jetzt schon Polizeischutz, was? Kann nicht behaupten, dass mich das überrascht. Sie könnten sogar Mutter Teresa auf die Palme bringen.«

»Kommen Sie schon, Sir. Bringen Sie sich nicht selbst in Verlegenheit.«

»Ich bin nicht in Verlegenheit. Dieser Schweinehund hier sollte in Verlegenheit sein. Sich schämen.«

»Es gibt nichts, weswegen ich mich schämen müsste«, sagte Maxwell, und Sawyer wünschte, das wäre wirklich so. Sir Gregory bewegte sich ein wenig zur Seite, um besser an Sawyer vorbeisehen zu können, vielleicht auch, weil er den sicheren Stand verloren hatte. Jedenfalls wollte Sawyer kein Risiko eingehen. Er streckte den Arm aus, um dem Mann Halt zu geben, doch Sir Gregory wischte seine Hand weg.

»Es gibt nichts, weswegen Sie sich schämen müssten? Nichts?« Er breitete die Arme aus, taumelte noch ein wenig, als er seine Stimme noch lauter erschallen ließ, um die gesamte Menge anzusprechen. »Haben Sie das gehört? Es gibt nichts, weswegen er sich schämen müsste!«

Er wankte erneut, und Sawyer packte ihn beim Arm, doch Sir

Gregory zog ihn sofort wütend weg. »Ich lasse mich von Ihnen nicht rumschubsen, schönen Dank auch!«

»Sir, ich glaube, Sie sollten jetzt gehen.«

»Nein, nicht ehe ich gesagt habe, was ich diesem ... diesem ... Mann zu sagen habe.«

»Wie Mr Maxwell bereits gesagt hat, ist dies weder der rechte Zeitpunkt noch der rechte Ort.«

»Oh, da bin ich anderer Meinung. Dies ist genau der richtige Zeitpunkt und ganz bestimmt der richtige Ort.« Er brachte die Wörter nur schwer heraus und fügte dabei ein paar Konsonanten mehr hinzu, als nötig gewesen wären.

»Es ist in Ordnung, Detective Sergeant ... Sawyer, das stimmt doch?« Maxwell hatte Sawyer eine Hand auf die Schulter gelegt. »Ich glaube, wir sollten Sir Gregory erlauben, seine Meinung zu sagen. Aber nicht hier, an einem so öffentlichen Ort. Ich glaube, das, was er mir zu sagen hat, sollte besser in einer etwas abgeschiedeneren Umgebung geäußert werden.«

Er würdigte Sir Gregory keines weiteren Blickes und schritt zielstrebig auf die Tür zu. Sir Gregory machte kehrt, kam ins Taumeln, folgte ihm aber nach. Sawyer hatte das Gefühl, er sollte besser hinter den beiden hergehen, falls sie einen Schiedsrichter oder einen Aufpasser brauchten. Es würde nicht angehen, dass ein wohlbekannter Mann wie Murdo Maxwell mit einem Ritter des Königreiches auf dem Teppich des Town House herumrollte, nachdem er gerade mit den Reichen und Schönen Champagner gesüffelt hatte. Obwohl Sawyer eigentlich keinen der Anwesenden besonders schön gefunden hatte.

Seine Polizistenspürnase juckte jedenfalls. Er wollte wissen, worum es hier ging.

Maxwell ging ihnen voraus in einen weiteren großen Raum. Dort standen in Hufeisenform aufgestellte Tische und Stühle unter weiteren kunstvollen Leuchtern und Buntglasfenstern. Dies war der Sitzungssaal des Stadtrats, und im Gegensatz zur Main Hall, die sie gerade verlassen hatten, war Sawyer noch nie hier gewesen. Die Stadtverwaltung hatte moderne Büros in der Glenurquhart Road, doch die Ausschusssitzungen wurden noch immer hier abgehalten, wo die Umgebung ihnen einen Hauch von pompöser Wichtigkeit verlieh. Ganz zu schweigen von der Wichtigtuerei.

Maxwell fuhr herum, sobald Sawyer die Tür hinter sich geschlossen hatte. »Wir brauchen Sie hier nicht, Detective Sergeant.«

»Ich glaube schon, Sir«, erwiderte Sawyer und verschränkte die Arme vor der Brust, um anzudeuten, dass er sich nicht von der Stelle rühren würde. Maxwell starrte ihn eine Sekunde lang an, bis er begriff, dass er nicht gehen würde, und wandte sich dann Sir Gregory zu. Das Lächeln war von seinem Gesicht verschwunden – hier gab es ja kein Publikum, das er damit beeindrucken konnte, wie cool er war –, und seine Stimme war scharf und unnachgiebig. »Was zum Teufel sollte das eben?«

»Ich hab's Ihnen gesagt – lassen Sie die Finger von meinem Sohn.«

»Das geht Sie gar nichts an.«

»Er ist mein Sohn.«

»Und er ist erwachsen. Er kann selbst entscheiden, mit wem er sich anfreundet. Er braucht keine Anweisungen von einem Vater, der ihm bereits seit Jahren nur wenig Wärme geschenkt hat.«

Das saß offensichtlich. Sawyer hatte keine Ahnung, worum es ging, aber er bemerkte, dass Sir Gregory zusammenzuckte, als Maxwells Worte ihn trafen.

»Sie haben ihn verführt, Maxwell. Sie haben ihn von allem weggelockt, was ...« Er unterbrach sich plötzlich, als hätte sogar sein vom Alkohol umnebeltes Hirn begriffen, dass er drauf und dran war, etwas zu sagen, was heutzutage völlig unakzeptabel war.

Maxwell ergriff jedoch die Gelegenheit. »Von was genau habe ich ihn weggelockt?«

Sir Gregory schluckte, und seine Kiefermuskeln spannten sich an. »Nichts«, antwortete er.

»Nein, bitte – sprechen Sie den Satz zu Ende«, sagte Maxwell, und seine Stimme triefte nur so vor Ironie. »Klären Sie uns auf. Lassen Sie hören, was der große Sir Gregory zu sagen hat. Von genau was habe ich ihn weggelockt?«

Bisher hatte der Alkohol Sir Gregory Mut eingeflößt und war sein Schutzpanzer gewesen, doch nun ebbte der Pegel ab, und er stand völlig schutzlos da. Verletzlich sogar. Doch die Wut schwelte noch. Sawyer konnte sie knapp unter der Oberfläche brodeln sehen.

»Sie wollen es uns nicht mitteilen?«, fragte Maxwell. »Jammerschade.«

Und dann streckte er die Hand aus und tätschelte dem anderen Mann die Schulter. Es war nur eine flüchtige Berührung, doch sogar Sawyer spürte, dass diese Bewegung so herablassend war, dass es ebenso gut auch eine Ohrfeige hätte sein können. Und sie hatte einen Stachel: Ich habe gewonnen, teilte sie mit. Ich habe die Oberhand. Du hast nichts, bist nichts.

Wieder schäumte Sir Gregorys Wut über. »Von allem, was NORMAL ist!«

Die Worte schienen aus ihm herauszuplatzen, ehe ihm auch nur klar wurde, dass er sie sagte. Sie krachten durch den Raum wie eine Ohrfeige, und anschließend schwieg er ein paar Takte. Nun wusste Sawyer, worum es ging. Maxwells Homosexualität war kein Geheimnis, denn er hatte viele Schwulenkampagnen angeführt. Sawyer hatte gehört, dass sein offen schwuler Lebensstil und seine Tendenz, Leute aus egal welchem Grund zu brüskieren, ihm schon viele Feinde gemacht und dafür gesorgt hatten, dass er wohl nie ein öffentliches Amt bekleiden würde. Sawyer hatte viele Vorurteile – gegen Rowdys, gegen Politiker, gegen Reality-TV –, doch er bildete sich einiges darauf ein, dass er sexuelle

Vorlieben akzeptierte. Wenn es nach ihm ging, sollten sich die Leute doch ihre Kicks holen, wo und wie sie wollten, solange sie dabei Kinder und Tiere unbehelligt ließen. Anscheinend hatte Maxwell seine sexuellen Vorlieben mit Gregory Stewarts Sohn ausgelebt, und das wiederum hatte ihm einen neuen Feind verschafft. Sawyer wusste ein bisschen was über den betrunkenen Mann, der da vor ihm taumelte und sich alle Mühe gab, seine wutverzerrte Miene beizubehalten, aber nun feststellen musste, dass ihm die Trunkenheit die Gesichtszüge entgleisen ließ. Er war reich, hatte die verschiedensten Geschäftsinteressen, und man munkelte, dass einige davon nicht ganz einwandfrei waren. Diesen Gerüchten zufolge hatte er auch Freunde, die man lieber nicht zu einer Gartenparty einlud. Und andere Freunde, die auf der gesellschaftlichen Leiter so weit oben standen, dass man schon Hans heißen und Zauberbohnen besitzen müsste, um in ihre Nähe zu kommen.

Sir Gregory mochte Probleme damit haben, aufrecht zu stehen und seine Gesichtszüge nicht entgleisen zu lassen, doch seine Zunge verspritzte noch ihr Gift: »Sie haben ihn von allem weggelockt, was normal ist. Sie haben einen anständigen jungen Mann in ihr Leben gelockt, und das ist ein Leben der ...«

»Perversion?«, schlug Maxwell vor, noch immer lächelnd, doch nun eher hämisch.

»Ja, PERVERSION.«

»Soso«, sagte Maxwell, schnurrte beinahe, wie die Katze, die nicht nur die Sahne erwischt hat, sondern gleich die ganze Kuh. »Da hätten wir es also.«

»Er war völlig normal, bis er Sie kennengelernt hat.«

»Da ist es wieder, dieses Wort: normal. Tatsache ist doch, dass Sie ihn ignoriert haben, dass Sie sich geweigert haben, seine Sexualität zu akzeptieren, weil so etwas nicht in Ihr Leben passte – und noch immer nicht passt.«

Sir Gregory schnaufte schwer. Wieder spürte Sawyer, dass Maxwell einen Volltreffer gelandet hatte und Sir Gregory sich nun nicht weiter in diesen Sumpf ziehen lassen wollte. »Ich sage nur, dass Sie die Finger von ihm lassen sollen.«

»Das ist seine Entscheidung. Und die sollten Sie respektieren. Ehrlich gesagt, Sie haben ein bisschen zu lange damit gewartet, sich um sein Wohlbefinden zu sorgen. Sie waren ja wohl kaum der Vater des Jahrhunderts, oder?«

»Was soll das denn heißen?«

»Das haben wir doch alles schon besprochen. Und im Übrigen bin ich mir nicht sicher, dass es hier nur um James geht, habe ich recht?«

»Worum denn sonst?«

Maxwell legte eine kleine Pause ein, eine dramatische Anwaltspause, vermutete Sawyer. »Um den Windpark in Craigdearg.«

Sir Gregorys Miene tat diese Vermutung bereits ab, ehe er zu sprechen begann: »Seien Sie nicht albern.«

»Wenn der Antrag abgelehnt wird, könnten Sie eine Menge Geld verlieren. Sie haben viel Zeit und Mühe in das Projekt gesteckt.«

»Ich hab's Ihnen schon gesagt. Es hat nichts damit zu tun.«

»Verzeihen Sie mir, wenn ich Ihnen das nicht abnehme. Bei Leuten wie Ihnen geht's immer ums Geld.«

Die beiden Männer starrten einander ein paar Augenblicke lang an. Sawyer spürte, dass der Wortwechsel zwar hitzig war, aber keine unmittelbare körperliche Gewalt drohte. Wüste Beschimpfungen, weiter würde diese Gentlemen nicht gehen. Die Zeiten waren vorbei, in denen man jemandem den Fehdehandschuh ins Gesicht schlug und sich im Morgengrauen auf dem Rasen vor den Burgmauern traf.

»Ich denke, das geht nun schon lange genug, meine Herren«, sagte Sawyer. »Es hat einen offenen und ehrlichen Meinungsaustausch gegeben, aber vielleicht sollten Sie jetzt gehen, Sir Gregory. Ich lasse Ihnen ein Taxi rufen.«

»Ich warne Sie.« Sir Gregory schien nicht einmal zur Kenntnis zu nehmen, dass Sawyer überhaupt etwas gesagt hatte. »Halten Sie sich von James fern.«

»Und wenn ich das nicht tue?«

Ein weiterer langer Blick von Sir Gregory zu Sawyer, dann wieder zu Maxwell. Er war noch immer betrunken, doch er würde sich hüten, eine Drohung auszusprechen, besonders nicht in Anwesenheit eines Polizeibeamten. Er machte kehrt und verließ den Raum ohne ein weiteres Wort.

26

Rebecca vermisste das ehemalige Gerichtsgebäude von Inverness. Das alte rote Ziegelsteinschloss war nur zehn Minuten zu Fuß vom Büro der Agentur in der Old Town entfernt gewesen, und nun musste sie mit dem Auto zum Longman-Gewerbegebiet fahren, wo das neue ›Justizzentrum‹ lag, wie es sich jetzt nannte. Doch die gute Anbindung des alten Standorts war nicht der einzige Grund, warum sie das Gebäude vermisste. Es blickte wie ein strenger, aber unparteiischer Wächter über die gesamte Stadt. Mächtig und eindrucksvoll strahlte es bedeutende Wichtigkeit aus. Der Gerichtssaal selbst war in dunklem Holz gehalten, und seine geschwungenen Reihen vermittelten eine theaterhafte Würde. Das neue Gerichtsgebäude neben dem Polizeirevier in der Burnett Road beim Hafen hatte die Ausstrahlung eines Einkaufszentrums: nichts als Glas und Säulen. Das passte wohl, überlegte Rebecca, denn es war so angelegt, dass alles unter einem Dach zu finden war, was irgendwie mit den Justizbehörden zu tun hatte. Selbst der Gerichtssaal, in dem sie saß, sah mit seinem hellen Holz und den gepolsterten Sitzplätzen aus, als wäre er ein Ausstellungsraum von Ikea. Ob es wohl hier genauso schwer wäre, wieder rauszufinden? Alles war hell und sauber und vielleicht weniger bedrohlich als im alten Gebäude, aber ihrer Ansicht nach fehlte es ein wenig an der Bedeutsamkeit.

An diesem Montagmorgen war im Gericht nicht viel los. Es waren zumeist Fälle, in denen Leute, die am Wochenende über die Stränge geschlagen und vielleicht ein paar Nächte in den Polizeizellen verbracht hatten, dem Ermittlungsrichter vorgeführt und dann entweder entlassen oder bis zu ihrem Gerichtsverfahren in Untersuchungshaft genommen wurden. Rebecca hatte bereits in Erfahrung gebracht, dass es nicht viel geben würde, was für sie von Interesse war, und eigentlich gar nicht vorgehabt, heute herzukommen. Dann hatte sie jedoch überlegt, dass sie hier vielleicht Stephen Jordan erwischen könnte. Sie hätte auch in seiner Kanzlei an der Castle Wynde vorbeigehen können, um einen Termin auszumachen, aber angesichts seiner Antipathie gegenüber der Presse wäre es für ihn viel zu einfach gewesen, ihr den zu verweigern oder später wieder abzusagen. Nein, es wäre besser, ihn hier im Gericht abzupassen. Er konnte natürlich immer noch so tun, als hätte er sie nicht gesehen, aber einen Versuch war es immerhin wert.

Sie hatte erneut probiert, Finbar Dalgliesh und Sir Gregory zu erreichen. Am Tag zuvor hatten die Telefone am anderen Ende nur geklingelt – nicht sonderlich überraschend, denn es war Sonntag gewesen. Heute Morgen hatte sie jedoch Glück gehabt. Bei Dalgliesh hatte ein Mann mit einem breiten Glasgower Akzent den Anruf entgegengenommen, was keine Überraschung war, denn das SG-Büro befand sich dort. Der Mann erklärte, Finbar – redeten eigentlich alle in der SG den Typ mit Vornamen an? – sei nicht da, er werde aber eine Nachricht übermitteln. Als sie ihm erklärte, wer sie war, wurde seine Stimme zurückhaltender. Sie war schließlich eine Vertreterin der verhassten liberalen Mainstream-Medien und vielleicht nur darauf aus, ihm oder seinem Messias irgendwas anzuhängen. Sie hinterließ die Festnetznummer der Agentur, denn der Gedanke, dass jeder in der SG sie rund um die Uhr erreichen konnte, war ihr gar nicht recht. Sie konnte die Nachrichten auf dem Anrufbeantworter auch per Handy abfragen, wenn sie wollte.

Bei der Nummer von Sir Gregory ging eine Frau an den Apparat, die so vornehm näselte, dass es Rebecca grauste. Die Frau war höflich, aber distanziert. Rebecca nannte ihren Namen und meinte, deutlichen Widerwillen herauszuhören, als die Frau ihr erklärte, Sir Gregory sei beschäftigt, aber sie könne eine Nachricht entgegennehmen. Diesmal gab Rebecca die Mobilnummer des Geschäftshandys heraus.

Sie hörte mit halbem Ohr auf die Liste von Gesetzesverstößen, die dem Amtsrichter in knappem, emotionslosem, sogar gelangweiltem Tonfall vorgetragen wurden. Es war irgendwie gedämpft, doch trotzdem wie Theater. Dies waren die kleinen Vergehen, die kleinen Leben, die kleinen Tragödien, denen Feuer und Schwefel der schlagzeilenträchtigen Melodramen völlig fehlten. Hier ging es um Trunkenheit in der Öffentlichkeit, Raufereien, Kleindiebstahl, häusliche Gewalt, und alles wurde von Anwälten, Gerichtsangestellten, Polizeibeamten und Amtsrichtern vorgeführt, die die Darsteller auf dieser Bühne kaum anschauten. Der Höhepunkt dieser Aufführungen würde ohnehin erst in vielen Monaten erreicht werden. Die Angeklagten spielten wenig mehr als Nebenrollen in einer endlosen Saga, und Justitia, die Dame mit den verbundenen Augen, führte Regie. Die Stars dieses Stücks redeten mehr über die Angeklagten als mit ihnen. Die Beschuldigten standen nur da und trugen nichts weiter zum Voranschreiten der Handlung bei, Statisten in ihrer eigenen Lebensgeschichte. Aber Rebecca war bewusst, dass sie alle Menschen waren. Junge, alte, mittelalte Menschen. Alle Geschlechter waren vertreten, alle Religionen, alle Ethnien, alle sexuellen Vorlieben. Die Gesichter konnten ruhig, verängstigt, ehrfürchtig, sogar gelangweilt sein. Aber es waren alles Menschen mit einem Leben, mit Lieben und Ehrgeiz, die hier im Scheinwerferlicht gelandet waren, weil sie dumm oder betrunken oder verzweifelt oder schlicht bösartig waren.

Der Mann, der gerade mit hängendem Kopf auf der Anklagebank saß, war am Samstagabend auf der Church Street in eine Prügelei verwickelt gewesen. Eine Frau, die in Rebeccas Nähe auf den Besucherbänken saß, weinte leise, doch niemand achtete auf sie. Auch sie war nur eine Statistin, ein Gesicht im Hintergrund.

Stephen Jordan sprach seinen Monolog zugunsten seines Mandanten klar und knapp. Seine Stimme war die richtige Mischung aus tief und ein wenig rau, gerade genug, um interessant zu wirken, und er fesselte die Aufmerksamkeit seiner Zuhörer, wie er da an einem Tisch stand, seinen Notizblock als Gedächtnishilfe in der Hand. Er gab eine elegante, hochaufgeschossene Figur ab in seinem blauen Anzug mit Weste, dem adretten weißen Hemd und der dunkelblauen Krawatte, mit dem sorgfältig geschnittenen dunklen Haar. Sein Gesicht war nicht überwältigend attraktiv, aber bemerkenswert, und die wohl früher einmal gebrochene Nase schien seinen ansonsten ebenmäßigen Zügen ein gewisses Etwas zu verleihen. Er zumindest schaute ab und zu auf seinen Mandanten, einen beinahe kahlköpfigen Mann um die sechzig, dessen hochrotes Gesicht ahnen ließ, dass er vielleicht in guter Gesellschaft ein paar Sherrys zu viel zu trinken pflegte. Der Mann, der von der leicht erhöhten Richterbank herunterschaute, hatte den Gesichtsausdruck eines Menschen, der schon alles gehört und alles gesehen hat und diese Szene einfach nur so schnell wie möglich zu Ende bringen möchte. Dafür sorgte er, indem er befand, der Angeklagte solle bis zur Hauptverhandlung in Untersuchungshaft bleiben. Wieder ein Gesicht mehr in der gewaltigen Massenszene des Strafvollzugs.

Die Frau schluchzte noch immer, als der Mann nach unten in die Zellen abgeführt wurde. Rebecca hörte, dass sie etwas sagte, während sie ihn im System verschwinden sah, vielleicht den Namen des Mannes.

Normalerweise hätte sie das fasziniert, doch heute war sie fest entschlossen, ihre volle Aufmerksamkeit auf den Grund ihrer Anwesenheit zu konzentrieren. Sie hatte wieder unruhig geschlafen. Jegliche Erholung, die ihr die eine Nacht ungestörter Ruhe in Kilnacaple beschert hatte, war dahin. Denn nun wusste sie, was das Foto der Ratte in der SMS zu bedeuten gehabt hatte. Wahrscheinlich war es aus dem Internet heruntergeladen worden, es war wohl kaum dieselbe Ratte, die gestern an der Türklinke ihres Büros gehangen hatte.

Die harten Schatten, die der Lichtstrahl ihres Handys erzeugt hatte, hatten den Anblick der Ratte nur noch widerlicher gemacht, wie sie da baumelte, die kleinen Augen weit aufgerissen, aber ausdruckslos, den Mund aufgesperrt und die winzigen Zähne weiß strahlend im grellen Licht. Rebecca hatte eine Handvoll Papiertücher aus der Tasche gezogen, ehe sie den Draht von der Türklinke löste. Die Galle stieg ihr in den Hals, als sie die Leiche vorsichtig am ausgestreckten Arm nach unten und durch die Hintertür des Gebäudes zu den Mülltonnen trug. Sie ließ die Ratte in die nächste Tonne fallen, während ein Schauder ihr durch den Körper lief.

Das musste Bailey gewesen sein. Er machte genau das, was er schon seiner Ex-Freundin angetan hatte: Irritieren. Quälen.

Aber beweisen konnte sie es nicht.

Jordan raffte seine Papiere zusammen. Er hatte vier Mandanten nacheinander vertreten, und es sah aus, als wäre er für heute im Gericht fertig. Rebecca schob sich an den Bankreihen vorbei, die Augen auf den Anwalt gerichtet. Er redete ein paar Worte mit einem Gerichtsschreiber, und dann verließ er den Saal, Rebecca wenige Meter hinter ihm.

Jordan nickte dem Mitarbeiter des Gerichts, der in dem verglasten Empfangsbereich saß, einen Gruß zu und trat durch die Drehtür in den Sonnenschein. Draußen nahm die Welt ihren fröhlichen Lauf. Der Verkehr floss auf der vierspurigen Longman Road vorüber. Eine Frau stand an der Ampel und wartete auf Grün. Sie führte einen karierten Einkaufstrolley an der Hand, als wäre er ein Kleinkind. Ein Minibus stand an der Tankstelle gegenüber an einer Zapfsäule, und der Fahrer lehnte an der Seite seines Wagens, während er mit einer Hand den Zapfhahn hielt. Dahinter war eine Reihe niedriger Gebäude zu sehen: kleine Geschäfte, größere Unternehmen – lokale, überregionale, blühende, angeschlagene. Drinnen im Gericht konnte man leicht zu der Überzeugung kommen, dass das Theater der Justiz eine Welt für sich war. Die Tage der Entscheidungen über Leben und Tod, als Richter mit schwarzen Baretten Urteile und schlimme Strafen verkündeten, waren längst vorüber. Doch das, was in diesen holzgetäfelten Räumen mit ihrem hellen Licht und den Fernsehbildschirmen und Routinevorgängen geschah, konnte sich auch heute noch viele Jahre lang auf das Leben der Angeklagten, der Zeugen und der Opfer auswirken. Pkws und Lastwagen und Busse stießen Schadstoffe aus. Menschen kauften Benzin oder Lebensmittel ein. Sie gingen zur Arbeit in die Büros und Werkstätten, die sich um diese Insel der juristischen Streitgespräche und Präzedenzfälle ausdehnten. Die Welt draußen drehte sich weiter, doch in den Zellen stand sie still, manchmal jahrelang.

»Mr Jordan«, rief Rebecca, um ihn aufzuhalten, ehe er die kurze Treppe zur Straße erreichte. Er blieb stehen, sagte aber nichts, als er zu ihr zurückblickte. Doch sie meinte, sie hätte ein kurzes Aufblitzen von Erkennen bemerkt. Sie schätzte ihn auf Anfang dreißig, doch seine braunen Augen wirkten ein wenig älter, und als sie näher kam, sah sie graue Fäden in seinem dunklen Haar. Der Anzug mit Weste war nicht protzig, eher praktisch, aber nicht langweilig, und er saß gut. Jordan sah aus, als hielte er sich fit.

»Ich bin Rebecca Connolly«, sagte sie, als über den gepflasterten Vorhof des Gerichts auf ihn zuging. Hinter Jordan piepte die Ampel, und die Frau machte sich daran, die Straße zu überqueren, während die Räder ihres Einkaufstrolleys über den Asphalt schrammten. Irgendwo kreischten Möwen.

»Ich weiß, wer Sie sind«, erwiderte er weder barsch noch besonders freundlich. Es war eine schlichte Feststellung. »Sie sind beim *Chronicle*.«

»Nicht mehr«, sagte sie, und er zog daraufhin eine Augenbraue in die Höhe. »Ich bin jetzt bei der Highland News Agency.«

Aus irgendeinem Grund schien ihn das zu belustigen. »Ah, bei der allseits gefürchteten Ms McTaggart.«

Rebecca war derlei Reaktionen bezüglich ihrer Chefin gewöhnt. Der Anwalt hatte sicherlich schon die Freuden einer Begegnung mit Elspeth genossen, genau wie beinahe jeder Polizeibeamte, Stadtrat, schottische Parlamentarier, Westminster-Abgeordnete und Müllmann in den gesamten Highlands.

»Ich habe mich mit Afua Stewart unterhalten.«

Er sagte nichts.

»Über ihren Sohn«, fuhr sie fort.

Er sagte noch immer nichts.

»James Stewart«, fügte sie hinzu, ohne eigentlich zu wissen, warum. Irgendetwas an seinem Schweigen und Abwarten irritierte sie. Sie hatte ihn oft bei Gericht gesehen, und er hatte dieses Talent unzählige Male bei Richtern zum Einsatz gebracht, was nicht unbedingt immer von Vorteil war. Er hatte damit auch schon Polizeibeamte gereizt, die Zeugenaussagen machten, und je nach Erfahrung, Ausbildung, Kompetenz oder schlicht der Länge ihres Geduldsfadens hatte er sie so gründlich auf die Palme gebracht, dass sie Dinge sagten, die sie lieber nicht gesagt hätten. Das hieß nicht notwendigerweise, dass sie mit diesen Worten Verfehlungen ihrerseits eingestanden, aber Jordan besaß das Geschick, ihre Worte so zu deuten, dass sie dem Richter und den Geschworenen, wenn es welche gab, zu verstehen gaben, die Polizeibeamten hätten unter Umständen seinem Mandanten schlecht mitgespielt und dieser verdiene es daher, dass sie berechtigte Zweifel an seiner Schuld hegten.

Er hatte noch immer nicht auf ihre Worte reagiert, also redete sie weiter, versuchte, ihre Ungeduld im Zaum zu halten. Sie war müde und gestresst, würde aber nicht in die gleiche Falle tappen wie diese Polizisten.

»Mrs Stewart hat mir berichtet, Sie hätten Informationen, die dem Fall ihres Sohnes förderlich sein könnten?« Sie wollte es eigentlich nicht wie eine Frage klingen lassen, mehr wie eine Tatsachenfeststellung, aber dieser Tonfall hatte sich in letzter Zeit bei ihr eingeschlichen. Sie hatte eigentlich geglaubt, diese Angewohnheit abgelegt zu haben, aber immer wenn sie nervös war, tauchte sie wieder auf.

Nerven sind eine gute Sache, redete sie sich ein. Sie sorgen dafür, dass du wachsam bleibst – und wachsam musste sie sein. Immer weiterreden, Becks. »Ich werde versuchen, die Aufmerksamkeit der Öffentlichkeit auf den Fall zu lenken«, sagte sie. »Und da dachte ich mir, wir könnten uns unterhalten, Sie und ich.«

Seine Augen richteten sich auf etwas hinter ihr. Sie widerstand der Versuchung, auch dorthin zu schauen. Sie musste sich weiter auf ihn konzentrieren. Sein Blick ruhte nur sehr kurz darauf, ehe er zu ihr zurückwanderte. Er spitzte die Lippen, dachte nach und nickte ihr kurz zu.

»Nicht hier«, sagte er. Er schaute auf die Uhr. »Ich habe in einer Stunde eine Besprechung in meiner Kanzlei. Kommen Sie in einer Viertelstunde dort hin. Dann reden wir.«

Ohne ihre Antwort abzuwarten, machte er kehrt und ging die wenigen Stufen zur Longman Road hinauf. Rebecca sah ihm nach, wie er mit großen Schritten auf das Stadtzentrum zuhielt, die Aktentasche unter den Arm geklemmt. Wenn sie gewusst hätte, dass er zu Fuß hier war, hätte sie ihm anbieten können, ihn mitzunehmen. Sie hätten im Auto reden können.

Sie wandte sich zum Gerichtsgebäude um und sah Val Roach, die im Schatten einer der Säulen stand und sie beobachtete.

27

Früher war das Haus voller Lärm gewesen. Die Jungs hatten sie geärgert oder miteinander gestritten oder einfach gelacht. Musik lief, der Fernseher plärrte. Mo und ihr Mann stritten oder liebten sich. Jetzt aber nicht mehr. Jetzt war kein Laut zu hören, nicht bei den Burkes. Die Luft hier war still und reglos. Tony saß hinter Gittern. Die Jungs waren auch weg, einer tot, der andere im Kittchen, beide dank Rebecca Connolly. Mo war allein, und das Haus war still. Sogar der kleine Midge bellte nicht mehr so viel wie früher.

Mo saß auf ihrem Sessel, eine glimmende Zigarette zwischen den Fingern, und das einzige Geräusch im Raum war das leise Surren der alten elektrischen Uhr auf dem Kaminsims. Sie sollte das verdammte Ding rausschmeißen und eine richtige Uhr kaufen. Eine Uhr, die tickte. Wenn die Zeit schon vergehen musste, sollte man das wenigstens angemessen markieren, nicht mit irgendeinem elektronischen Summen, das man nur bemerkte, weil sonst niemand im Haus war.

Sie saß auf ihrem Sessel, sehnte sich danach, Echos der Vergangenheit zu erhaschen, hörte jedoch nichts. Der Rauch schwebte von ihrer Zigarette in die Höhe, schlängelte sich in der Luft, ehe er verging. Midge lag in seinem Körbchen neben der Heizung, den Kopf zwischen den Pfoten, die Augen starr auf sie gerichtet, und wartete darauf, dass sie sich regte. Sie warf ihm ein kleines Lächeln zu. Das Hündchen hatte sie in den letzten paar Monaten bei Verstand gehalten. Sie hob die Filterzigarette an die Lippen, sog den beißenden Rauch ein, lehnte den Kopf an den Sessel und blies eine Wolke zur Decke.

Martin Bailey war ein Fehler gewesen. Sie hätte wissen müssen, dass er rumtrödeln würde. Er würde das auf seine Art machen, hatte er ihr versichert. Sie hatte gewollt, dass diese Connolly einen Teil ihres Schmerzes zu spüren bekam, doch Bailey musste gleich eine ganze Theatershow abziehen. Typisch Mann, dachte sie, immer aus einer Mücke einen Elefanten machen. Sie hatte geglaubt, er wäre hinreichend motiviert, diesen Job rasch zu erledigen, natürlich erst, nachdem sie ihm das eingeflüstert hatte. Aber nein, er musste ja die Sinatra-»My-Way«-Nummer abziehen und alles auf seine Weise tun.

Sie drückte die Kippe in dem Aschenbecher aus, der auf der Sessellehne stand. Vielleicht würde Bailey es schließlich noch fertigbringen, doch allmählich bekam sie ihre Zweifel daran. Sie wusste nicht, was genau er da tat, aber es war offensichtlich, dass er rumeierte, und das konnte Mo auf den Tod nicht leiden. Rein, Job erledigen, raus: Das war ihre Arbeitsmoral. Sie brauchte einen Plan B.

Während sie hier in der Stille ihres Hauses saß, in dem die Zeit lautlos verrann, während die Erinnerungen zu längst verklungenen Songs durch die Räume tanzten, fiel ihr Malky Reid ein.

28

Jordans Kanzlei war klein, ein Makler hätte sie wohl kompakt genannt, aber ganz gleich, wie man es formulierte, man fühlte sich hier recht eingeengt. Jordans einzige Angestellte, eine rothaarige Frau in den Vierzigern mit makelloser Frisur, warf ihr einen jener kühlen und sachlichen Blicke zu, der einen erwachsenen Mann mit einem Augenaufschlag niederstrecken könnte. Rebecca überlegte, ob sie den von einer sehr strengen Oma geerbt hatte. Dieses mühelos wütende Funkeln hätte Rebecca gut für die Typen brauchen können, mit denen sie es häufig zu tun bekam. Martin Bailey spukte ihr da als besonders widerliches Phantom im Kopf herum. Vielleicht sollte sie Stunden bei dieser Empfangsdame nehmen, überlegte sie.

Beim Gedanken an Bailey regte sich eine Frage. War Jordan vielleicht der Anwalt, den er am Samstag vor ihrem Büro erwähnt hatte? Sie versuchte, sich an den Namen des Verteidigers zu erinnern, der seinen Sohn vertreten hatte, doch er fiel ihr nicht ein.

»Mr Jordan hat Sie mir gegenüber nicht erwähnt«, sagte die Empfangsdame und brachte Rebeccas abschweifende Gedanken wieder zurück in die Gegenwart.

»Ist er vom Gericht zurück?«

»Ja, aber, wie schon gesagt, er hat nicht erwähnt, dass er Sie erwartet.«

Rebecca hatte sich beeilt und beim Supermarkt in der Nähe der Castle Wynd geparkt. Jordan musste also beinahe geflogen sein. Er wirkte fit, aber wer hätte gedacht, dass er ein Superheld ist.

»Nun, vielleicht hat er es vergessen. Wir haben die Verabredung erst vor ein paar Minuten getroffen und ...«

»Mr Jordan hat nicht die Angewohnheit, Dinge zu vergessen.«

Rebecca warf der Frau ihr süßestes Lächeln zu, das hoffte sie jedenfalls. »Da bin ich mir sicher. Aber wenn Sie ihm vielleicht einfach sagen könnten, dass ich hier bin?«

Die Frau wägte diesen Vorschlag ab, doch ihre Hand mit den sorgfältig polierten Nägeln wanderte keinen Zentimeter näher zum Telefon.

»Er hat in Kürze eine Besprechung mit einem Mandanten.«

»Ich weiß. In ...«, Rebecca schaute auf die Uhr an der Wand »... fünfunddreißig Minuten, also pressiert es ein wenig.«

Die Hand regte sich noch immer nicht.

»Schauen Sie«, sagte Rebecca und musste sich große Mühe geben, um das Lächeln auf ihrem Gesicht und die Geduld zu bewahren. »Ich schlage Ihnen einen Deal vor: Sie telefonieren oder läuten oder rufen oder schicken Rauchzeichen, was immer Sie auch machen, um Ihrem Chef Bescheid zu geben, dass Besuch für ihn gekommen ist. Und wenn er dann sagt, dass er mich nicht sehen will, gehe ich und verdunkle Ihre Schwelle nie mehr. Wie wär's?«

Ein Seufzen, und endlich lag die Hand auf dem Telefon. »Wie war doch gleich der Name?«

»Rebecca Connolly.«

»Und worum ging es?«

»Mr Jordan weiß Bescheid.«

»Und Sie sind keine Mandantin?«

Rebecca würde jede Wette eingehen, dass diese Frau jeden einzelnen Mandanten kannte, den Jordan hatte. »Nein, ich bin beruflich hier.«

»Und bei welchem Unternehmen arbeiten Sie?«

»Bei der Highland News Agency.«

Eine winzige Bewegung der Augenbraue. Ein Beben der Nasenflügel. Ein Zucken der Lippen. Offensichtlich teilte diese Dame das Misstrauen ihres Chefs gegenüber den hart arbeitenden Mitgliedern der loyalen Presse Ihrer Majestät. Nach dem Argwohn des Typen in Dalglieshs Büro und dem hochnäsigen Tonfall der Frau, die Sir Gregory Stewarts Anrufe entgegennahm, entwickelte Rebecca allmählich Komplexe. Trotzdem nahm die Empfangsdame den Hörer zur Hand und drückte mit einem Finger, auf den eine Maniküristin irgendwo im Land sicher sehr stolz war, auf einen Knopf. Rebecca hörte ein Summen, das gar nicht weit weg ertönte, und begriff, dass hier moderne Technologie für die Kommunikation eigentlich nicht notwendig war; wahrscheinlich hätten zwei Blechdosen und ein Stück Schnur auch gereicht.

»Hier ist eine gewisse Rebecca ...« Die Stimme der Rezeptionistin verstummte, und sie schaute Rebecca fragend an.

»Connolly«, ergänzte Rebecca, noch lächelnd, aber mit Zähneknirschen. Sie war zu dem Ergebnis gekommen, dass die Frau das absichtlich tat, um sich mit diesem Abschaum von Journalistin, der sie in ihren Augen war, einen Spaß zu erlauben.

»Eine gewisse Rebecca Connolly für Sie.« Sie lauschte, nickte, als könnte Jordan das hören. Vielleicht spürte er den Luftzug. Sie legte auf und deutete mit einem zarten Finger auf die Tür links von ihrem Fenster. »Da hinein, den Flur entlang und dann nach links.« Die Tür öffnete sich wie von Zauberhand. Die Rezeptionistin musste, während Rebecca noch gebannt auf deren ausgestreckten Finger starrte, das Schloss durch irgendeinen Trick geöffnet haben.

»Vielen Dank«, sagte Rebecca, der noch der gute Ratschlag ihrer Mutter in den Ohren erklang: Bleib immer höflich, bis die Zeit kommt, nicht mehr höflich zu sein. Nichts ärgert die Leute mehr, als wenn man nett und zuvorkommend bleibt, während sie es nicht sind.

Der Flur war kaum mehr als ein etwas in die Länge gezogener Eingangsbereich. Nach drei Schritten musste Rebecca schon links abbiegen und stand vor der offenen Tür zu Jordans Büro, das eher ein Schrank mit Größenwahn als ein Zimmer war. Jordan saß hinter einem Schreibtisch, flankiert von Aktenschränken zu beiden Seiten seines Stuhls, über dessen Lehne er seine Anzugjacke drapiert hatte. In einer Ablage auf dem Schreibtisch türmten sich Aktenhefter, weitere häuften sich auf dem Boden. Es gab nur noch ein einziges weiteres Möbelstück, einen unbequem aussehenden Stuhl, der Jordan gegenüberstand und zu dem er sie nun herüberwinkte.

»Ihre Rezeptionistin ist eine eindrucksvolle erste Verteidigungslinie«, sagte Rebecca, während sie sich setzte.

Der Hauch eines Lächelns. »Ja, Elaine ist was Besonderes. Sie ist eher Sekretärin, Büroleiterin und Aufpasserin als Rezeptionistin. Manchmal jagt sie sogar mir Angst ein.«

»Ich bin sicher, sie ist von großem Nutzen.«

»Nicht mit Gold aufzuwiegen. Ohne sie könnte ich diese Kanzlei nicht führen.« Er schaute betont auf die Uhr. »Nun, Ms Connolly, wir haben nicht viel Zeit.«

»Richtig«, erwiderte sie, dachte aber, dass sie mehr Zeit gehabt hätten, wenn die Torwächterin nicht gewesen wäre. »Und nennen Sie mich Rebecca, bitte. Wie gesagt, ich arbeite mit Afua Stewart an ...«

»Ja, ich habe mit ihr gesprochen.«

»Gut. Sie hat mir erzählt, Sie hätten neue Informationen zum Fall ihres Sohnes.«

»Ja.« Er legte eine Pause ein. »Aber zuerst muss ich wissen, was Sie mit diesen Informationen vorhaben.«

Sie war über die Frage erstaunt. »Was ich damit vorhabe? Eine Story schreiben.«

»Und das wird ihm nutzen, ja?«

»Es wird jedenfalls nicht schaden.«

»Aber wird es Mr Stewart aus dem Gefängnis freibekommen? Ich glaube nicht.«

»Nein, das kann ich nicht versprechen, aber ich glaube, dass es ein Gespräch in Gang bringen kann.«

»Ein Gespräch.«

»Ja, Fragen werden gestellt. Zweifel kommen auf. Je nachdem, was Sie mir zu sagen haben, natürlich.« Jetzt war es an ihr, eine Pause einzulegen. »Das heißt, wenn es überhaupt eine Meldung wert ist.«

Sie konnte einfach nicht widerstehen. Manchmal reicht Höflichkeit nicht aus.

Er starrte sie an. Blickte auf die Uhr. Dann sagte er: »Sie waren mal mit Simon Hughes zusammen.«

Ah, sie hätte wissen müssen, dass das aufs Tapet kommen würde. Die Welt der Juristen war genau wie die der Medien: klein. Natürlich musste er ihren Ex kennen, der Anwalt in Nairn war.

»Ja«, antwortete sie mit leichten Schuldgefühlen. Simon war ein wenig anhänglich gewesen, aber sie hatte ihn auch schlecht behandelt. Nach ihrer Fehlgeburt hatte sie das Gefühl gehabt, die Beziehung nicht fortführen zu können. Sie gab ihm keine Schuld an dem, was geschehen war, und er hatte es nicht verdient, so von ihr abgefertigt zu werden. Doch alles, was sie je für ihn empfunden hatte, war mit ihrem gemeinsamen Kind gestorben.

»Ist er ein Freund von Ihnen?«, erkundigte sie sich.

»Nein, wir sind uns ein paarmal begegnet, mehr nicht. Ich erinnere mich daran, Sie mal bei einer Veranstaltung der Anwaltskammer gesehen zu haben.«

Er kannte sie also nicht nur aus dem Gerichtssaal. Sie schwieg, war sich nicht sicher, was sie sagen sollte. Er schaute erneut auf die Uhr, gab keinen weiteren Kommentar ab.

»Die Zeit vergeht, Mr Jordan«, sagte sie.

Er antwortete nicht. Sie merkte, dass er überlegte, ob er ihr überhaupt etwas sagen sollte, versuchte es also mit einem sanften Anstoß: »Sie haben gesagt, dass Sie mit Mrs Stewart gesprochen haben.«

»Ja.«

»Dann wissen Sie, dass sie mir die Information zukommen lassen möchte.« Während sie noch sprach, kam Rebecca der besorgniserregende Gedanke, dass Afua Stewart möglicherweise nichts dergleichen gesagt hatte.

Wieder ein Blick auf die Armbanduhr. Das wurde langsam ärgerlich. Verdammt noch mal, wenn er es ihr einfach sagen würde, dann könnte sie hier weg.

»Ich nehme keine Anweisungen von Mrs Stewart entgegen«, sagte er.

Sie beschloss, zum Angriff überzugehen. »Schauen Sie, Mr Jordan, wenn Sie es mir nicht sagen wollen, warum haben Sie mich dann hierhergebeten? Sie hätten meine Bitte gleich beim Gerichtsgebäude ablehnen können.«

Sie ließ das in der Luft hängen. Wenn er beleidigt oder wütend war, zeigte er es nicht, aber sie hatte ihn bei Gericht gesehen. Er war eiskalt. Ruhig, distanziert, bei der Befragung von Zeugen eher mit dem Stilett als mit dem Säbel bewaffnet. Und er hatte recht: Er war weder der Anwalt von Afua Stewart noch der ihres Sohnes. Was immer er Afua erzählt hatte, er hatte seine Gründe. Sie konnte ihn nicht zwingen, zu reden, jedenfalls nicht mit ihr.

Endlich riss ihr Geduldsfaden, und sie stand auf. Sie war zu müde für derlei Spielchen. Dieser Mistkerl verschwendete absichtlich ihre Zeit, vielleicht zur Strafe dafür, dass sie Berichte über seine Mandanten geschrieben hatte. »Wie Sie wollen«, sagte sie, die Finger bereits auf der Türklinke. »Ich habe gemacht, was Mrs Stewart wollte. Ich habe Sie gefragt, aber wenn Sie mir nichts sagen wollen, gehe ich einfach zu ihr zurück und …«

»Ich nehme an, Sie haben noch nie etwas von einem Mann namens Roger Dodge gehört?«

Seine Stimme war leise, und sie drehte sich zu ihm um. »Nein, wer ist das?«

Jordan kippte seinen Bürostuhl nach hinten, bis er an der weißen Wand hinter ihm lehnte. »Er ist ein Mandant von mir, oder vielmehr war er ein Mandant von mir, wenn auch nur kurz. Roger Dodge, den alle Welt nur als Dodger kennt.«

»Und jetzt ist er kein Mandant mehr?«

Jordan starrte kurz zur Decke. »Nein«, sagte er. »Jetzt ist er tot.«

Es war ein regnerischer Herbsttag, als Roger Dodge das Büro betrat. Er sagte Elaine, er müsse mit einem Anwalt sprechen, und Mr Jordan sei ihm von einigen geschäftlichen Bekannten wärmstens empfohlen worden. Elaine machte, was Elaine am besten machte, und versuchte, ihn dazu zu bringen, einen Termin später in der Woche zu vereinbaren. Doch der Mann war ruhig und beharrlich. Wenn er Mr Jordan nicht jetzt gleich sehen könnte, würde er woandershin gehen, schlicht und ergreifend. Elaine wusste, dass ihr Chef keine Termine hatte, also klingelte sie durch und fragte ihn, ob er Zeit für Laufkundschaft hätte.

Dodge war ein massiger Mann, der Jordans Büro ausfüllte wie ein schweres Möbelstück. Wenn er beschließen sollte, sich nicht zu bewegen, würde es drei starke Männer mit Gewichthebergürteln und einem Flaschenzug brauchen, um ihn wieder hier wegzubekommen. Groß, wie er war, wirkte Roger Dodge doch geknickt, als er auf den Stuhl sackte. Seine eingedrückte Nase war von blauen und roten Adern durchzogen wie eine Straßenkarte, seine Wangen waren leicht eingefallen, was eine Narbe auf der linken Seite betonte. Sein Haar war vorn schütter, aber im Nacken lang und strähnig, eine Art ausgezehrte Vokuhila-Frisur. Die Knöchel seiner Hand, die zweifellos irgendwann einmal anderen Leuten Prellungen beigebracht hatten, waren nun von Arthritis entstellt, und er massierte sie unablässig, während er sprach, als wollte er den Schmerz wegreiben. Seine Augen waren hohl, und jegliches Licht, jegliche Hoffnung, die vielleicht einmal in ihnen gelegen hatten, waren von Jahren voller schlechter Entscheidungen, schlimmem Pech und noch schlimmerem Schnaps weggewaschen worden. Seine Kleidung war von anständiger Qualität, aber doch unverkennbar abgenutzt.

»Wie kann ich Ihnen behilflich sein, Mr Dodge?«, fragte Jordan. Trotz Elaines bohrenden Fragen hatte sich der Mann resolut geweigert, sein Anliegen zu nennen.

»Nennen Sie mich Dodger, alle anderen tun das auch.«

Jordan ignorierte die Aufforderung. Für ihn würde er Mr Dodge bleiben.

»Ich brauche einen Rat, Mr Jordan, jawohl.« Der Tonfall des Mannes hatte die harten Kanten der Glasgower Straßen, wo er geboren war, aber es lag auch ein raues Krächzen darin, als würde der Beton langsam bröckelig. »Ich zahl dafür, ehrlich. Keine Sorge.«

Er griff in seine Manteltasche und zog eine Handvoll zerknitterte Banknoten hervor, die er auf den Tisch legte.

»Hier sind hundert Piepen. Reicht das für eine Beratung oder nicht?«

Jordan ließ das Geld da liegen, wo es war. Es war mehr als genug, aber er bezweifelte, dass er es nehmen würde. »Mr Dodge, sind Sie in Schwierigkeiten?«

Dodgers kurzes Lachen klang, als schüttelte man Kieselsteine in einer Flasche. »Immer, Mr Jordan. Aber vielleicht nicht so, wie Sie glauben.«

»Warum brauchen Sie dann meine Hilfe?«, fragte Jordan.

Dodger holte schnaufend Luft, aber sein Atem schien an irgendetwas in seinem Hals festzuhängen, und man hörte es eine Weile rasseln. »Keine Anzeige gegen mich oder so, nichts, Mr Jordan. Bin sauber geblieben im letzten Jahr oder so, hab versucht, mich aus allem rauszuhalten, wenn Sie wissen, was ich meine. War nicht immer so, das können Sie sich wahrscheinlich denken.«

Jordan hörte zu, ohne den Mann zu unterbrechen. Dodger umriss seine Vergangenheit als angeheuerter Schläger und Kleinkrimineller, der Leute um ihre Besitztümer erleichterte. Es war eine Geschichte von Gewalt, Diebstahl und Betrug, die Geschichte eines Mannes aus einer anständigen Familie, der vom rechten Weg abgekommen war, ob zufällig oder mit Absicht oder aus schlichter Bösartigkeit. Jordan urteilte nicht, das war nicht seine Aufgabe. Er hatte schon viel Ähnliches gehört, in jeder kleineren oder größeren Stadt und in jedem Dorf gab es Tausende solcher Geschichten. Also hörte er zu und verarbeitete das Gesagte, und obwohl er das Gespräch hätte schneller vorandrängen sollen, wartete er darauf, dass der Mann zum Zweck seines Besuchs kam. Bisher hatte er nichts gehört, wozu sein Rat notwendig gewesen wäre. Damals schon, zum Zeitpunkt, als Dodger die verschiedenen Missetaten begangen hatte, die er nun vage umriss, aber jetzt nicht mehr. Obwohl er es nicht ausdrücklich sagte, hatte Jordan das Gefühl, als hätte der Mann für einige seiner Straftaten mit dem Verlust seiner Freiheit gebüßt. Für einige, nicht alle.

»Also, dann bin ich hier gelandet, in Inverness, vor neun, zehn Jahren«, sagte der Mann und kam ins Stocken. Bisher hatte er seine Geschichte recht flüssig vorgetragen, obwohl er einige Einzelheiten übergangen hatte, ob zum Selbstschutz oder aus Scham, das konnte Jordan nicht ausmachen. Aber was er nun zu erzählen hatte, erwies sich als nicht so einfach. Jordan sah, dass echter Schmerz die Schatten in den Augen des Mannes vertiefte. Und noch etwas anderes.

Etwas, das Angst sein könnte.

Schließlich sagte der Mann: »Mr Jordan, alles, was ich Ihnen sage, ist vertraulich, ja?«

»Das stimmt.«

»Und Sie können niemandem was davon erzählen?«

»Das kann ich nicht.«

»Ganz egal, was es ist?«

»Es sei denn, das, was Sie mir erzählen, würde bedeuten, dass jemandem etwas Schlimmes geschieht, wenn ich nichts sage.«

Dodger nickte, war mit der Antwort zufrieden. »Niemandem wird etwas Schlimmes geschehen. Das Schlimme ist schon geschehen, jawohl.« Er dachte nach. »Nun ja, mir wird was Schlimmes geschehen, aber was ich zu sagen habe, ändert daran nichts.«

»Jemand wird Ihnen was Schlimmes zufügen?«

»Nein, nein, so was nicht.« Noch ein tiefer Atemzug. Was immer in seinem Hals feststeckte, es schnitt scharf wie ein Rasiermesser. »Ich bin krank, Mr Jordan. Die haben mir gesagt, dass mir nicht mehr viel Zeit bleibt. Bauchspeicheldrüsenkrebs.«

Jordan hatte schon vermutet, dass der Mann krank war. Nach allem, was er gerade gehört hatte, konnte man Roger Dodge nicht einmal mit viel Fantasie als guten Menschen bezeichnen, aber Jordan verspürte doch so etwas wie Mitleid. »Es tut mir leid, das zu hören, Mr Dodge.«

Dodger warf ihm ein kleines Lächeln zu, als schämte er sich. »Aye, na ja, mein Tee ist alle und meine Pastete ist kalt, wie man so sagt, das ist mal klar«, sagte er. »So 'ne Nachricht bringt einen ins Grübeln, wenn Sie wissen, was ich meine, Mr Jordan. Wenn du weißt, dass du dem Ende ins Auge siehst, schaust du dir an, was du so aus deinem Leben gemacht hast. Fragst dich, ob du es verschwendet hast.«

Jordan spürte, dass der Mann sich etwas von der Seele reden wollte, ließ ihn also weitersprechen.

»Ich war nicht gerade das, was man einen mustergültigen Bür-

ger nennt, Mr Jordan. Ich war sogar ein richtiger Schweinehund.«
Er schaute auf seine Hände hinunter, und die Finger seiner Rechten rieben noch immer über die Knöchel seiner Linken, als wollte er mit dem Schmerz auch einen Makel wegwischen. »Ich habe gelogen. Ich habe geklaut. Ich habe Leuten wehgetan. Wenn meine alte Ma nur die Hälfte von dem wüsste, was ich getan habe, würde sie sich im Grab rumdrehen. Sich vielleicht sogar wieder rausschaufeln, um mir eine runterzuhauen.«

»Sie sind für einige der Dinge, die Sie getan haben, bestraft worden, Mr Dodge«, sagte Jordan sanft.

»Nicht für alle, Mr Jordan, nicht für alle.« Dodgers Gesicht war schamrot, und Jordan spürte, dass er aufrichtig war. »Und nicht für die Sache, über die ich mit Ihnen sprechen möchte.«

»Welche ist das?«

»Die, die mich überhaupt von Glasgow hierhergebracht hat.« Dodger zögerte erneut, die Finger wischten weiter, erst die Rechte, dann die Linke, hin und her. »Ich habe einen Mann umgebracht, Mr Jordan. Einen Mann, der mir nie nichts getan hatte, den ich nicht mal kannte, außer dass ich ihn in den Nachrichten gesehen hatte.«

Jordan lehnte sich vor, versuchte, seine Stimme ruhig und geschäftsmäßig zu halten. Aber es kam nicht jeden Tag jemand in die Kanzlei und gestand einen Mord. »Mr Dodge, wenn Sie mir das erzählen, können Sie mich nicht als Ihren Anwalt engagieren, wenn Klage erhoben wird.«

»Da wird keine Klage erhoben, Mr Jordan, keine Sorge. Das war vor Jahren. Niemand weiß, dass ich was damit zu tun hatte. Na ja, niemand, der drüber reden würde.«

»Wer war das Opfer?«

Dodge legte eine Pause ein, als überlegte er, wie viel er sagen sollte. Dann holte er tief Luft: »Ein Typ namens Murdo Maxwell. Erinnern Sie sich an den?«

Jordan lehnte sich wieder zurück. Er hatte erwartet, es vielleicht mit einem Mord an einem kleinen Gauner zu tun zu bekommen, der einem größeren Fisch dumm gekommen war. Das hier war komplizierter. Er erinnerte sich an den Fall Maxwell. Der hatte Schlagzeilen gemacht. »Jemand ist dafür verurteilt worden«, sagte er.

»Aye.« In diesem einen Wort lag so viel Traurigkeit, so viel Bedauern, dass es Dodger nur noch mehr niederzuschmettern schien. »Deswegen erzähle ich Ihnen das. Wenn ich ...« Angst flackerte in seinen Augen auf und zwang ihn, eine Pause zu machen. Tot bin. Er wollte »wenn ich tot bin« sagen, konnte es aber nicht. Die Worte hatten etwas so Endgültiges, und Jordan spürte, dass Dodge sie nicht über die Lippen bringen würde. Unwohl. Krank. Sogar das gefürchtete Wort Krebs konnte er aussprechen, aber tot, sterben, Tod, das brachte er nicht über die Lippen. »Wenn ich nicht mehr bin, dann will ich, dass Sie den Leuten sagen, dass der Junge im Gefängnis es nicht getan hat, dass ich es war. Sie müssen diesem Jungen helfen, Mr Jordan. Ich muss ihm helfen. Ich unterschreibe alles, was Sie brauchen.« Er schaute wieder auf seine Hände, rieb weiter, und der Druck schien stärker zu werden, je bestürzter er über seine eigenen Worte wurde. »Das ist das Mindeste, was ich tun kann.«

Jordan wusste, dass mehr als das nötig sein würde, um eine Neuverhandlung zu erwirken, behielt das jedoch fürs Erste für sich.

Er fragte: »War es ein Diebstahl, der aus dem Ruder gelaufen ist?«

Reiben.

»Nein.«

»Hatten Sie etwas gegen Murdo Maxwell?«

Reiben. Reiben.

»Nein.«

»Was ist dann passiert? Warum haben Sie ihn umgebracht?«

Reiben. Reiben. Reiben.

»Man hat mich dazu angeheuert«, antwortete er.

»Ein Auftrag?« Dieses Wort zu benutzen, kam Jordan sehr fremd vor, als spielte er in einem Film mit. Aber das hier war Wirklichkeit. Dieser Mann saß in seinem Büro und erzählte ihm, dass er vor zehn Jahren einen Auftragsmord begangen hatte.

»Aye, so was wie ein Auftrag, das war's.«

»Wer hat Sie angeheuert, Mr Dodge?«

Dodger schaute auf, und wieder sah Jordan die Angst. »Das kann ich nicht sagen.«

»Jetzt sind Sie schon so weit gegangen.«

»Nein, Mr Jordan, ich kann Ihnen nicht sagen, wer mich angeheuert hat.«

»Warum nicht?«

»Ich bin ein Schweinehund gewesen, Mr Jordan, das habe ich Ihnen schon gesagt, das gebe ich selbst zu. Aber was ich mit diesem Maxwell-Typen und dem jungen Mann im Kittchen gemacht habe, na ja, das ist nicht recht. Alles andere als recht. Aber diese Typen? Diese Typen, die jagen mir eine Scheißangst ein.«

29

Rebecca spazierte mit den Kauflustigen und den Touristen, die sich auf den Straßen tummelten, durch den Sonnenschein. Von fern erklangen die leisen Töne eines Dudelsackspielers, der mit dem Hut in der Fußgängerzone der Church Street stand. Sie hörte Stimmen, Gelächter, Leben. Sie dachte über Dodger nach, und sie dachte über den Tod nach. Es waren keine makabren, aber auch keine emotionslosen Gedanken – sie hatte ihre Erfahrungen mit dem Tod gemacht, aber nicht genug, um davon kalt und hart zu werden.

Dodger war gezwungen gewesen, in den düsteren Abgrund seiner eigenen Sterblichkeit zu starren, und sein Leben hatte zu ihm zurückgestarrt. Es hatte ihm nicht gefallen, was er da sah. Er war ein Mann blutiger Kämpfe, ein Mann schmerzvoller Verletzungen gewesen, doch während er dieses Leben führte, hatte er nicht bemerkt, dass er etwas verschwendete, das ein Geschenk war. Erst als ihm bewusst wurde, dass ein Mensch nur endlich viele Atemzüge machen, Schritte tun, Lächeln schenken, Tränen vergießen kann, begriff er es und wünschte sich, wie so viele vor ihm, er hätte alles anders gemacht. Er war ein zäher Kerl, also war er Realist. Er konnte nichts mehr ändern, was schon geschehen war. Er konnte nur versuchen, irgendwie Wiedergutmachung zu leisten.

»Ich habe probiert, ihn dazu zu bringen, eine offizielle Aussage zu machen«, hatte Jordan Rebecca erklärt, als er bereits von seinem Stuhl aufgestanden war, ein Zeichen, dass ihre Zeit abgelaufen war. »Aber er hat sich geweigert. Selbst damals, als er schon wusste, dass er nicht mehr lange zu leben hatte, hatte er eine Todesangst vor denen, die ihn für diesen Job angeheuert hatten.«

»Und er hat nicht einmal angedeutet, wer es war?«

Jordan hatte die Tür für sie geöffnet und war einen Schritt zurückgetreten, um sie vorbeizulassen. »Er hat nur gesagt, dass sie, wenn er reden würde, hinter seiner Familie her sein würden. Anscheinend hat er eine Schwester und einen Neffen hier in Inverness, und es scheint, dass diese Leute, wer immer sie sind, das wussten. Er hat eisern darauf beharrt, dass er seine Familie nicht in Gefahr bringen würde. Wer immer sie waren, sie haben ihm mehr Angst eingejagt als der Tod selbst.«

Rebecca dachte sofort an den Geheimdienst. Maxwell hatte geglaubt, er würde überwacht. Aber warum? Und würde die wirklich einen so prominenten Mann wie ihn umbringen lassen? Das waren doch alles Verschwörungstheorien. Oder nicht?

Und selbst wenn irgendeine zwielichtige Regierungsorganisation dahintersteckte, würde die wirklich einen billigen Ganoven dazu anheuern, diese Aufgabe zu übernehmen? Die hatten doch sicher Profis für solche Jobs.

Oder nicht?

»Und reicht die eidesstattliche Erklärung aus, um James Stewart zu helfen?«, fragte sie.

»Allein wahrscheinlich nicht. Der Kronanwalt würde sie mit dem Argument ablehnen, dass keine Möglichkeit mehr gegeben ist, Mr Dodge in einem Kreuzverhör zu vernehmen und die Sache juristisch zu überprüfen. Ich habe Dodger gesagt, wir würden noch irgendetwas anderes als unterstützendes Beweismittel brauchen. Ich glaube, er wusste das – er hatte ja sein ganzes Erwachsenenleben lang Erfahrungen mit der Justiz gesammelt.«

»Und was hat er gesagt?«

»Das es da etwas gäbe, aber da müsse jemand anders die Entscheidung treffen, es offenzulegen oder nicht.«

Rebecca versuchte gerade, sich vorzustellen, wie dieses unterstützende Beweismittel aussehen mochte und wer dieser Jemand war, als sie die Tür zu ihrem Bürogebäude erreicht hatte. Beim Öffnen wäre Rebecca beinahe mit Val Roach zusammengestoßen.

»DCI Roach«, sagte sie verdattert, aber ohne jegliche Wärme im Tonfall.

»Rebecca«, erwiderte die Kommissarin, und ihre Stimme war ebenso knapp. Rebecca hoffte, dass daran das schlechte Gewissen schuld war. Die beiden hatten einiges gemeinsam durchlebt, und nicht alles war gut gewesen. Allerdings war Roach höchstwahrscheinlich der Meinung, nichts davon sei ihre Schuld gewesen und sie sei schlicht und einfach eine hochrangige Polizeibeamtin – mit den Verhaltensweisen, die manchmal damit einhergehen.

»Jemand hat auf Ihrer Etage eine Glühbirne kaputt gemacht«, merkte Roach an.

»Es war ein Unfall«, sagte sie und hielt die Antwort vage. Im Grunde ihres Herzens wusste sie, dass Bailey dahintersteckte, hatte aber keine Beweise dafür. Selbst wenn die Polizei die Sache verfolgte, würde es Bailey zweifellos einen perversen Kitzel verschaffen, dass er ihr Angst eingejagt hatte, und das wollte Rebecca noch immer nicht zulassen. »Was bringt Sie her?«

»Ich habe mir überlegt, ob Sie vielleicht Lust auf einen Kaffee hätten?«

Rebecca konnte ihre Verwunderung nicht verhehlen. Es hatte eine Zeit gegeben, in der sie und die DCI vielleicht so etwas wie eine Arbeitsbeziehung gehabt hatten, doch die hatte kaum begonnen, als sie schon wieder zu Ende war. Trotzdem, immer schön höflich bleiben.

»Sicher, kommen Sie mit ins Büro, ich mache uns einen.«

Roach verzog leicht das Gesicht. »Kommt Ihr Kaffee aus einem Glas mit Pulver?«

Rebecca dachte an ihren Kenco Smooth und nickte. »Aber er ist wirklich gut«, sagte sie und versuchte, mit ihren Vorlieben in Sachen Kaffee nicht in die Defensive zu geraten.

Roach war offensichtlich weder beeindruckt noch überzeugt. Sie deutete mit dem Kopf auf den Eingang des Cafés an der Ecke. »Kommen Sie schon, ich lade Sie ein.«

Rebecca folgte ihr. Sie war erleichtert und dankbar, dass sie eine Entschuldigung hatte, nicht diese Treppe hinaufzugehen. Doch das würde sie nicht davon abhalten, gleich ein schrecklich teures Getränk und noch dazu ein Stück Kuchen zu bestellen. Sie konnte die Polizistin nicht dafür bestrafen, was sie während der Ermittlung zu den Culloden-Morden getan hatte, aber sie könnte sie ein wenig Geld kosten.

Im Café reagierte Roach nicht, als Rebecca eine heiße Schokolade mit Sahne bestellte und, nur um den Gesichtsausdruck der Polizistin zu sehen, Marshmallows hinzufügte. Sie entschied sich gegen Kuchen – ehrlich gesagt war die heiße Schokolade schon süß genug, um die gesamte Trapp-Familie an Diabetes erkranken zu lassen – und bestellte stattdessen ein Schweinswürstchen im Sauerteigbrötchen. Wie üblich hatte sie am Morgen nicht gefrühstückt, und sie glaubte nicht, es bis Mittag durchhalten zu können. Roach musterte die Auswahl an Kaffeespezialitäten, die auf der Schiefertafel stand, mit prüfendem Blick, ehe sie einen Americano auswählte. Keine Milch. Sie waren schon vorher einmal in diesem Café gewesen, und damals hatte sie dasselbe bestellt. Rebecca vermutete, dass die Lektüre der Karte Teil ihres Rituals war, als könnte sie dort einmal etwas überraschend Neues entdecken. Irgendeine Methode, die Leute für Kaffee noch mehr zu schröpfen. Zum Beispiel durch Hinzufügen von Marshmallows.

Roach führte sie zu einem Tisch in der Ecke, von dem aus man einen Blick auf die Union Street und die Church Street hatte. Die Kommissarin sagte nichts. Sie saßen sich schweigend gegenüber, beide beobachteten die Menschen, die vor dem Café vorbeieilten, vorbeispazierten, vorbeischlenderten; das ganze Leben in einem Mikrokosmos. Rebecca hörte noch leise die Töne des einsamen Dudelsackspielers und meinte, die Melodie als *Flowers of the Forest* zu erkennen. Der Kaffee und die Schokolade kamen, und Roach rührte lässig in ihrer Tasse, während Rebecca ihre Aufmerksamkeit auf die aufgetürmte Kreation vor sich richtete. Sie fragte sich, wie sie das wohl trinken und dabei ihre Würde wahren könnte.

Die Sonne fiel glitzernd durch das Fenster und schien auf Roachs Gesicht. Sie war eine taffe Polizistin, und Rebecca war erstaunt, wie elfenhaft ihre Gesichtszüge wirkten. Roach hatte sie immer an Audrey Hepburn, die Lieblingsschauspielerin ihrer Mutter, erinnert. Als sie das letzte Mal hier gewesen waren, hatte die Detektivin erschöpft ausgesehen, doch heute schien sie sich besser Gesundheit zu erfreuen. Natürlich hatte sie damals mitten in den Ermittlungen zu zwei Morden gesteckt.

Rebecca schauderte bei dem Gedanken, wie sie selbst wohl aussah. Ein rascher Blick in den Spiegel am Morgen hatte ihr schon gereicht: Ein bleiches Gesicht und Panda-Augen hatten zu ihr zurückgestarrt.

Roach befand, dass es an ihr war, das Eis zu brechen, und sie wählte die banale Route: »Herrliches Wetter haben wir heute.«

Rebecca schaute automatisch wieder nach draußen, als wollte sie überprüfen, dass es sich nicht inzwischen geändert hatte. »Das hält nicht an.«

Roachs kurzes Nicken schien Zustimmung zu signalisieren. Rebecca beobachtete sie, wie sie in ihre Kaffeetasse starrte und gedankenverloren mit dem Holzrührstäbchen spielte.

»Sind Sie hergekommen, um mit mir über das Wetter zu reden, DCI Roach?«, fragte Rebecca.

»Warum nennen Sie mich nicht Val?«

Rebecca spürte, wie sich ihre Lippen zu etwas verzogen, das zwar keine Fratze, aber mit Sicherheit auch kein Lächeln war. »Ja, das haben wir schon mal probiert – hat nicht so gut geklappt.«

Roach hatte Informationen haben wollen, einen Namen, und Rebecca hatte sich geweigert, ihre Quelle zu verraten. Das konnte sie nicht tun. Anwälte waren nicht die einzigen Leute mit Berufsethos.

»Das war beruflich«, erwiderte Roach. Ihr Tonfall war wegwerfend, doch in ihren dunklen Augen schimmerte so etwas wie Bedauern.

Rebecca war froh, diesen Blick zu sehen, aber deswegen fühlte sie sich trotzdem nicht besser. Es war zu viel geschehen. »Sie haben damals gedroht, mich verhaften zu lassen.«

»Das hätte ich aber nicht gemacht.«

»Eine Drohung ist eine Drohung«, sagte Rebecca und nippte durch die Schicht aus Marshmallows an ihrer Schokolade. Großer Gott, war das Zeug süß. Vielleicht war es das, was ihr Körper brauchte. »Und ich dachte, wie wären Freundinnen gewesen.«

Roach starrte weiter auf ihren Kaffee. »Das könnten wir sein.«

»Freundinnen erzählen anderen keine Lügen übereinander.«

Wieder dieses kleine Aufflackern von Schmerz in den Augen der Detektivin. Sie wusste, worauf Rebecca anspielte: Roach hatte einer Verdächtigen erzählt, Rebecca hätte deren Vertrauen gebrochen, obwohl das nicht der Fall war, und das hatte schließlich mit einer Tragödie geendet. »Ich habe in zwei Mordfällen ermittelt und brauchte Informationen«, sagte Roach mit fester Stimme. »Es war die einzige Möglichkeit, daran zu kommen. Das ist mein Job, Rebecca. Versuchen Sie nicht, mir weiszumachen, dass Sie die Dinge nicht auch manchmal ein bisschen verdreht haben, um an eine Story zu kommen.«

Rebecca antwortete nicht. Sie glaubte nicht, dass sie je eine unverfrorene Lüge ausgesprochen hatte, aber sie hatte durchaus die Wahrheit ein wenig gebeugt, um jemanden zum Reden zu bringen. »Okay, Entschuldigung angenommen«, sagte sie schließlich.

»Ich habe mich nicht entschuldigt.«

»Dann einigen wir uns darauf, dass wir uns nicht einig sind.«

Roach machte den Mund auf, um dagegen zu argumentieren, dann schlich sich ein Lächeln in ihre Augen, und sie fuhr sich mit den Fingern durch ihr kurz geschnittenes dunkles Haar. »Seit unserer letzten Begegnung sind Sie erwachsener geworden. Sie sind gewiefter.«

»Ja, und ich bin jetzt auch stubenrein und so.«

Das Lächeln wanderte bis auf die Lippen. »Und Sie sind taffer.«

Ja, das passiert mit einem, wenn man einmal in einen Revolverlauf gestarrt hat, dachte Rebecca. Sie sagte es aber nicht. Sie hatte das Gefühl, in diesem Gespräch schon vorwitzig genug gewesen zu sein.

»Sie haben mir immer noch nicht gesagt, was ich heute für Sie tun kann«, sagte sie.

»Wie kommen Sie darauf, dass Sie etwas für mich tun können?«

»Weil Sie eine DCI bei Police Scotland sind und gewöhnlich wohl Journalistinnen, die für kleine Nachrichtenagenturen arbeiten, keine Privatbesuche abstatten, ganz gleich, wie anregend und geistreich die Gesellschaft dieser Journalistinnen sein mag.«

Jetzt war es ein echtes Lächeln geworden. »Sie sprühen nur so vor Geist, ja?«

»Ich bin die reinste Freude, DCI Roach.« Rebecca war noch immer nicht so weit, sie Val zu nennen. Gebranntes Kind, wie man so sagt. »Und was immer es ist, es ist ganz offensichtlich inoffiziell.«

Roach stützte die Ellbogen auf die Tischplatte und legte das Kinn in eine Hand. »Wie haben Sie denn das konstruiert?«

»Wenn es offiziell wäre, hätten Sie mich nach Inshes zitiert, wo Sie zur Not die ganze Macht von Police Scotland auffahren können, um mich einzuschüchtern.«

»Wir schüchtern niemanden ein«, erwiderte Roach. »Wir vermitteln den Leuten nur so taktvoll wie möglich, dass es in ihrem besten Interesse ist, mit uns zusammenzuarbeiten.«

Rebecca machte ein pfff-Geräusch, doch Roach verzog keine Miene. Sie schauten einander einen Augenblick lang schweigend an, ehe die Polizeibeamtin loslachte. Trotz ihres Schlafmangels und ihres tiefen Misstrauens bezüglich Roachs Motiven merkte auch Rebecca, dass ihr ein Lächeln auf den Lippen kitzelte und ein Lachen im Hals hochstieg.

»Und bekomme ich das jetzt gerade?« Rebecca deutete auf die Tassen, die vor ihnen standen. »Taktvolle Ratschläge?«

»Vielleicht.«

»Also, was wollen Sie?«

Roach trommelte sich mit den Fingern auf die Wangenknochen, und ihre Augen sprühten noch immer vor guter Laune. »Sie haben mit Stephen Jordan gesprochen.«

»Stimmt.«

»Darf ich fragen, worum es ging?«

Rebecca puhlte ein Marshmallow aus der Sahne und warf es sich in den Mund. Roach interessierte sich also für den Maxwell-Mord. »Fragen dürfen Sie.«

»Sagen Sie es mir?«

»Ich weiß es nicht – werden Sie mir wieder mit Verhaftung drohen, wenn ich nichts sage?«

Roach seufzte, doch das Lächeln war noch da. »Okay, wenn ich Ihnen eine direkte Frage stelle, geben Sie mir dann eine direkte Antwort? Selbst wenn es nur Ja oder Nein ist.«

»Ja. War das die Frage?«

»Nein.« Roach ließ die Hand vom Gesicht sinken, beugte sich

vor und sagte leise: »Haben Sie mit ihm über den Murdo-Max-well-Fall geredet?«

Rebecca hatte es zwar schon geahnt, doch sie war immer noch ein wenig verblüfft darüber, wie präzise die Frage war. Sie brauchte eine Weile, um eine Antwort zu formulieren, und überlegte, ob sie es abstreiten sollte, sah aber keinen wirklichen Nutzen darin. »Ja«, erwiderte sie.

Roach nickte. »Sind Sie bereit, mir zu erzählen, was er Ihnen gesagt hat?«

»Sind Sie bereit, mir zu erzählen, warum Sie das interessiert?«

Es trat eine Pause ein, während Roach die Vor- und Nachteile abwägte, darüber nachdachte, ob sie eine ehrliche Antwort geben oder irgendeine Version Marke Kommunikationsabteilung verlautbaren sollte. Ganz gleich, wie die Entscheidung ausfallen würde, war sich Rebecca sicher, dass sie erkennen würde, was Roach ihr hier präsentierte. Inzwischen durchschaute sie Lügen, wenn sie ihr aufgetischt wurden. Noch eine Ähnlichkeit zwischen ihrem Beruf und dem eines Anwalts.

Endlich hatte Roach sich entschieden. »Das ist jetzt inoffiziell.«

Das wusste Rebecca bereits.

»Die Story über die Banner in der gestrigen Zeitung – Ihre, nehme ich an?«

Rebecca nickte.

»Nun, aus irgendwelchen Gründen hat sie in den Etagen weit über meiner Gehaltsklasse zu einigem Gerede geführt, und man munkelt, dass Mr Jordan Informationen zu diesem Fall hat. Informationen, die bisher noch nicht veröffentlicht worden sind. Man hat mich inoffiziell gebeten, herauszufinden, worum es sich dabei handelt.«

Rebecca nahm das zur Kenntnis. »Warum sind die Leute in den oberen Etagen so daran interessiert?«

Roach spreizte die Hände in einer Geste der Offenheit. »Ich habe keine Ahnung, und das ist die reine Wahrheit. Was immer es ist, es hat immerhin dafür ausgereicht, dass mein Chef mich losgeschickt hat.«

»Inoffiziell.«

Roach neigte den Kopf. »Inoffiziell.«

Rebecca nahm sich einen Augenblick Zeit, um das Gesicht der Detektivin zu mustern. »Das macht Ihnen zu schaffen, was?«

Roach ließ die Mundwinkel sinken. »Es steht mir nicht zu, nach seinen Gründen zu fragen.«

Rebecca beugte sich vor. »Nein, das sehe ich. Doch Sie fragen sich auch, warum die da oben ein solches Interesse zeigen.«

Roach tat diese Beobachtung mit einem Schulterzucken ab. »Es ist im Augenblick sehr ruhig auf dem Revier, nicht viel los. Und so kann ich weiter draußen arbeiten.«

Das nahm ihr Rebecca keine Sekunde lang ab. »Warum fragen Sie Stephen Jordan nicht selbst?«

»Er hält nicht viel von Polizeibeamten.«

»Er hält auch nicht viel von Journalisten.«

»Aber Sie können ihm helfen, das ist der Unterschied.«

»Ich bin nicht sicher, ob er das auch so sieht.«

»Er hat Ihnen also erzählt, was er weiß, was immer das ist.«

»O ja, das hat er.«

»Erzählen Sie es mir weiter?«

Nun war Rebecca an der Reihe, sich ihre Optionen zu überlegen. Sie würde eine Story schreiben, sobald sie wieder im Büro war. Die würde also innerhalb der nächsten ein, zwei Stunden in den überregionalen Zeitungen online stehen, da hegte sie keinerlei Zweifel. Was würde es schon schaden, wenn sie es Roach vorher erzählte? Andererseits traute sie ihr noch immer nicht.

»Was springt für mich dabei heraus?«, fragte sie.

Roach lehnte sich zurück, als hätte sie diese Frage erwartet. Rebecca ärgerte sich, dass sie so vorhersehbar war. »Ich bin genauso interessiert an dieser Sache wie Sie. Ich kann vielleicht helfen.«

Vielleicht. In der Vergangenheit hatte Rebecca schon einmal Roachs Hilfe am eigenen Leib erlebt, und sie war sich nicht sicher, ob sie die Erfahrung gern wiederholen wollte. »Wie? Zugang zu offiziellen Akten?«

Roach tat diese Anmerkung mit einem Achselzucken ab. Rebecca war nicht enttäuscht. Sie hatte nichts dergleichen erwartet. »Ich habe Ihnen gesagt, dass man mich gebeten hat, mich umzusehen. Vielleicht könnten wir unsere Informationen miteinander austauschen.«

»Inoffiziell.«

Roach seufzte. »Ja, inoffiziell.«

»Wobei ich natürlich den Anfang mache.«

»Nun, ich habe noch nichts mitzuteilen.«

Typisch.

Rebeccas Telefon piepte, und sie sah, dass sie eine SMS von Jordan bekommen hatte. Er hatte sich geweigert, ihr die Adresse von Dodgers Schwester zu geben, bevor er bei ihr nachgefragt hatte. Die SMS teilte ihr nun eine Adresse im Bezirk Dalneigh mit. Rebecca legte ihr Telefon hin und schaute zu Roach auf, die sie mit einem halben Lächeln in den Augen beobachtete. Rebecca hatte sich bereits entschlossen, der Polizistin zu erzählen, was Jordan ihr gesagt hatte, wollte aber den Augenblick herauszögern, so lange sie konnte. Die Story würde schon noch früh genug herauskommen. Das mit Dodgers Schwester würde sie jedoch noch für sich behalten. Sie wollte nicht gleich bereitwillig alle Karten aus der Hand geben.

Sie fragte: »Haben Sie schon mal was von einem Roger Dodge, genannt Dodger, gehört?«

»Nein.«

»Kleinkrimineller und Schlägertyp, allem Anschein nach.«

»Okay, was ist mit ihm?«

Rebecca erzählte ihr Jordans Geschichte. Roach hörte zu, ohne sie zu unterbrechen, nippte gelegentlich an ihrem Kaffee. Am Ende des ziemlich kurzen Berichts starrte sie wieder aus dem Fenster, wo das Leben vorbeispazierte. Hier waren sie und redeten über den Tod, und draußen schien die Sonne, und das Leben ging weiter. Die Erde drehte sich. Menschen starben allein oder zu Tausenden, und die Erde drehte sich weiter. Trauer und Leid, Schmerz und Tod, alle sind Teil des Lebens, und die Erde dreht sich weiter. James Stewart saß für etwas im Gefängnis, das er vielleicht nicht getan hatte. Und doch drehte sich die Erde weiter. Sie drehte sich auch weiter, als Rebeccas Vater starb. Sie drehte sich weiter, als Rebecca ihr Baby verlor. Sie drehte sich weiter, als sie beinahe Chaz verloren hätte. Sie drehte sich weiter, als sie auf einem nassen Pfad saß und das Leben aus dem Mann wich, den sie in den Armen hielt. Sie drehte sich, drehte sich, drehte sich, hielt nie an, schwankte nie.

»Natürlich lässt sich all das nicht untermauern«, sagte Roach schließlich.

Noch nicht, dachte Rebecca, doch das behielt sie für sich. Was immer es war. »Jordan hat sich eine sehr detaillierte Beschreibung vom Inneren des Hauses geben lassen, ebenso vom Mord selbst. Wo Dodger den Schürhaken herhatte, wie es geschehen ist.«

»Das hätte er aus den Berichten erfahren können, die damals veröffentlicht wurden.«

»Nicht alles, besonders einige der Einzelheiten nicht. Er hat eine eidesstattliche Erklärung unterzeichnet.«

Ein kleines Grinsen. »Wenn wir das alles glauben, natürlich. Könnte alles ein Lügengespinst sein.«

»Stephen Jordan ist ein angesehener Anwalt.«

»Er verteidigt Mistkerle.«

»Er macht seinen Job.«

»Er zieht einen Gewinn aus dem Elend der Leute – und aus öffentlichen Mitteln.«

»Tun wir das nicht alle?«

Roach machte den Mund auf, als wollte sie weiter argumentieren, überlegte es sich aber anders. »Haben Sie diese eidesstattliche Erklärung?«

Rebecca schüttelte den Kopf und nippte an ihrer Schokolade, die nur noch lauwarm war. Inzwischen bereute sie ihren kindischen Versuch, mit der Bestellung Roach eins auszuwischen. »Er schickt mir eine Kopie per E-Mail.«

»Ist das nicht irgendwie vertraulich?«

»Eigentlich nicht. Sein Mandant ist tot, und er hatte die Anweisung, James Stewart nach Möglichkeit zu helfen. Er will es aber erst noch mit Dodges Schwester abklären.«

»Schicken Sie die Info dann weiter an mich?«

»Nein.« Ihre Antwort kam blitzschnell, weil sie diese Anfrage erwartet hatte.

»Warum nicht?«

»Es ist nicht an mir, sie weiterzugeben.«

»Ohne die Erklärung kann ich die Einzelheiten nicht überprüfen.«

Das stimmte, dachte Rebecca.

»Können Sie mir zumindest einen Précis des Inhalts geben?«

Rebecca spürte ein Lächeln auf den Lippen. »Einen Précis?«

»Ja, eine Zusammenfassung.«

»Ach, das bedeutet das?« Rebecca genoss das Hauen und Stechen ihres Gesprächs. »Ich denke mal drüber nach.«

Roach nippte an ihrem Kaffee. »Wenn meine Mutter das gesagt hat, bedeutete das für gewöhnlich Nein.«

»Bei meiner auch.«

Roach neigte den Kopf. »Sie trauen mir immer noch nicht, was?«

Rebecca war sich nie sicher gewesen, was ein sardonisches Lachen war, aber das scharfe Geräusch, das aus ihrer Kehle kam, musste dem ziemlich nah kommen. »Okay, Val, da Sie es wieder angesprochen haben, nein, ich traue Ihnen nicht. Ich mag es nicht, wenn Polizeibeamte mir grob kommen und mich bedrohen. Ob es Ihnen gefällt oder nicht, ob Sie es glauben oder nicht, ich habe Regeln, nach denen ich mich richte, und Sie wollten mich zwingen, eine zu brechen, die in meinem Job verdammt grundlegend ist. Also nein – ich traue Ihnen nicht. Sie haben mich schon mal getäuscht – die freundliche Ansprache, der Plausch beim Kaffee. Einmal bin ich drauf reingefallen, aber eines will ich Ihnen sagen: Wenn Sie mich diesmal für sich gewinnen wollen, ist dazu schon mehr nötig als eine extravagante heiße Schokolade.«

Rebecca war selbst überrascht davon, wie viel da herausgesprudelt war. Sie hatte nicht vorgehabt, ganz so unverblümt zu reden, aber sie war müde, und wenn sie ehrlich war, ging ihr die Sache mit Bailey an die Nieren. Man musste es Roach hoch anrechnen, wie sie die Schimpfkanonade hinnahm, die allerdings im engen Raum des Cafés recht leise ausgefallen war. Sie schürzte die Lippen ein wenig und deutete mit dem Kopf auf die halb ausgetrunkene Schokolade. »Die hat Ihnen nicht geschmeckt, oder?«

Ihr unterdrückter Ärger brodelte noch ein wenig, doch Rebecca war verdutzt über diese unlogische Wendung des Gesprächs. »Tatsächlich kein bisschen.«

»Warum haben Sie sie dann bestellt?«

»Es schien mir eine gute Idee zu sein.« Sie deutete auf die Krümel auf dem Teller. Zum Teufel! Wann hatte sie dieses Brötchen gegessen? Aus Versehen eingeatmet? »Aber das Schweinswürstchen war gut.«

»Ich mag lieber Frikadellen.«

»Ich auch. Aber lieber Schwein gehabt als gar kein Essen.«

Roach zuckte zusammen. »Ihnen ist schon klar, dass solche Wortwitze die niedrigste Form von Humor sind?«

»Ach, wirklich? Ich dachte immer, das wäre Sarkasmus. Das kann ich allerdings auch.«

Sie schwiegen wieder. Rebecca fragte sich, was zum Teufel hier zwischen ihnen passierte. Sie hatte die Frau beschuldigt, nicht vertrauenswürdig zu sein, und die hatte einfach dagesessen und das hingenommen. Und jetzt plapperte sie munter weiter, als wäre nichts geschehen. Rebecca bereute nicht, was sie gesagt hatte, obwohl es ungeplant und unnötig hitzig gewesen war. Sie hatte es einfach loswerden müssen.

»Also«, sagte Roach schließlich. »Jetzt, da Sie sich das alles von der Seele geredet haben: Lassen Sie mich die eidesstattliche Erklärung sehen oder was?«

Diesmal war Rebeccas Lachen aufrichtig. »Wir werden sehen.«

»Ja, das hat meine Mum auch immer gesagt.«

30

Allmählich glaubte Malky Reid, dass er in Inverness nur seine Zeit verschwendete. Er wusste nicht einmal, warum er eigentlich hier war, warum Wee Joe sich wegen all dem beinahe ins Hemd machte. Von Natur aus war Malky kein neugieriger Mann. Er konnte wissbegierig sein, wenn man es von ihm verlangte – denn schließlich zahlte Wee Joe und vor ihm sein Vater sein Gehalt –, doch im Allgemeinen ließ er die Welt ihren Lauf gehen, ohne seine Nase in ihre Angelegenheiten zu stecken. Aber jetzt war er so neugierig wie ein ganzer Wurf Kätzchen, wollte unbedingt herausfinden, warum ein vor über zehn Jahren begangener Mord plötzlich so wichtig war, dass er in den Norden fahren musste. Natürlich war so ein Besuch immer nützlich, er konnte nachsehen, ob an der äußersten Grenze des Imperiums alles in bester Ordnung war. Und es war gut, ab und zu mit Mo Burke Kontakt aufzunehmen, damit sie sich wichtig fühlte – sozusagen als Teil der großen Familie. Das Mädel war ja jetzt allein. Jedenfalls bis ihr Mann wieder aus dem Kittchen freikam.

Die Sache war die: Malky mochte sie. In der Vergangenheit hatte es Reibereien zwischen den Burkes und den McClymonts gegeben. Wee Joe fand nur zu gern neue Einkommensquellen, obwohl Malky den Verdacht hegte, dass er bereits so viel Geld besaß, dass er den Überblick verloren hatte. Malky selbst stand finanziell recht gut da. Okay, er wohnte nicht wie sein Chef in einer festungsartigen Villa im teuren Glasgower Viertel Mount Vernon. Seine Eigentumswohnung an der Alexandra Parade war bescheidener. Aber sie war immer noch besser als die Sozialwohnung in Carntyre, in der er aufgewachsen war. Er hatte Geld auf der Bank, er hatte ein schönes Auto, und seit seiner Scheidung hatte er keine Frau mehr, die ihn ärgerte – und seit sie einen Taxifahrer aus Riddrie geheiratet hatte, auch keine Unterhaltszahlungen mehr zu leisten. Kinder hatte er auch keine. Na ja, soweit er wusste, denn wie ein Mönch hatte er nicht gelebt, nicht einmal, als er verheiratet war. Es gab ein paar Mädels, die ihn ab und zu mal ranließen, die aber auch nicht an irgendwas Dauerhaftem interessiert waren. Eine war gleichzeitig die Nebenfrau eines Drogenhändlers von der Glasgower Southside, der ziemlich unangenehm werden würde, wenn er je rauskriegte, dass sie fremdging. Das bereitete Malky allerdings keine großen Sorgen, denn er konnte selbst auch ziemlich unangenehm werden.

Alles in allem war er einer jener seltenen Vögel – ein Mann, der mit seinem Los zufrieden war.

Mit Wee Joe war das dagegen völlig anders. Er schien nie glücklich zu sein, schon gar nicht zufrieden. Immer auf der Ausschau nach irgendwas, und Malky würde seinen letzten Fünfpfundschein darauf verwetten, dass der Junge selbst keinen blassen Schimmer davon hatte, was dieses Irgendwas war. Es schien, als stünde ein Schatten direkt hinter dem kleinen Typ, irgendwas, das ihn verfolgte. Oder heimsuchte vielleicht. So wäre Malky auch geworden, wenn er gesehen hätte, wie seine Mutter und seine kleine Schwester in einem brennenden Auto umkamen. So was hinterließ Narben.

Mo Burke hatte auch eine Menge mitgemacht. Bei ihrem ersten Treffen vor einem Jahr hatte er sie attraktiv gefunden, und gestern hatte er das wieder gedacht. Okay, sie hatte einen harten Zug um die Augen, aber das war verständlich, und sie rauchte wie ein verdammter Schlot. Malky war seit fünf Jahren von den Sargnägeln weg, und er fühlte sich um einiges besser damit. Er trainierte, ging mindestens dreimal pro Woche ins Fitnessstudio, und trank jetzt auch nicht mehr so viel. Er war beinahe fünfzig, und manche sagten, er sähe fünfzehn Jahre jünger aus. Sein Haar war kurz geschnitten, er färbte es regelmäßig braun und achtete darauf, stets glatt rasiert zu sein. Nichts ließ einen Mann älter aussehen als langes, graues Haar und ein Bart.

Teils war er froh, dass der Ärger zwischen den McClymonts und den Burkes in der Vergangenheit lag, zumindest im Augenblick. Er hatte bei den Friedensverhandlungen mitgeholfen, die nicht einfach gewesen waren, und er war sich darüber im Klaren, dass alles nur zeitweilig sein könnte. Aber er hoffte, dass Mos Ehemann Tony, wenn er aus dem Gefängnis kam, auch einsehen würde, dass beide Seiten von diesem Frieden profitierten. Wee Joe hatte eine gut etablierte Lieferkette für den Stoff, die ursprünglich sein Vater aufgebaut hatte und die nun wie geschmiert lief. Der Stoff kam per Auto aus dem Süden nach Glasgow und wurde von dort in den Norden geschafft. Die Zeiten und Routen wechselten, aber es gab kaum je eine Unterbrechung. Die Burkes hatten ihre eigenen Lieferungen organisiert, bis Mo begriffen hatte, wie sinnvoll es war, sich mit dem McClymont-Clan zu vernetzen, und der Frieden ausbrach. Besser zusammen, hatte Malky ihr erklärt. In die finanzielle Seite dieses Geschäfts war er nicht eingeweiht – solange er seinen Anteil bekam, war es ihm völlig schnuppe –, aber er war gerissen genug, um zu wissen, dass für Wee Joe bei der Sache mehr heraussprang als für Mo. Besser zusammen bedeutete: besser für McClymont.

Er schaute durch das offene Hotelfenster auf eine Reihe von Bäumen und überlegte, ob er Mo mal anrufen, sie vielleicht auf einen Drink einladen sollte. Er hörte den Verkehr auf der A96 brausen und erhaschte ab und zu zwischen den Baumstämmen und Blättern einen Blick auf eines der Autos, die von und nach Inverness fuhren. Er war im Hotel einer Billigkette abgestiegen, weil er die Anonymität mochte. Pensionen und Hotels im Familienbesitz waren ja ganz nett, aber die Leute da stellten einem immer Fragen, die konnten gar nicht anders. Bei den großen Ketten war das weniger der Fall. Die checkten einen ein und checkten einen aus, und zwischendrin redete man mit niemandem, nickte höchstens gelegentlich dem einsamen Rezeptionisten zu. Vom beruflichen Standpunkt aus gesehen war das eine gute Sache, wenn man seinen Beruf bedachte, aber vom persönlichen genau das Gegenteil. Malky war ein geselliger Mensch. Er ging gern mit seinen Kumpeln auf ein Bier und schaute, ob er eine Frau abschleppen konnte. Hier oben war er aber geschäftlich unterwegs, also kam es nicht infrage, sich zu besaufen, ganz gewiss nicht allein. Wer weiß, zu was für blödem Scheiß das führen konnte. Aber Malky war trotzdem kein Mönch, daher seine Gedanken an Mo Burke. Er hatte gehört, dass ihr nur an einem Kerl was lag, aber der saß inzwischen schon ein paar Jahre hinter Gittern, und Mädels hatten doch auch ihre Bedürfnisse, oder nicht? Klar, sie trauerte noch immer wegen ihrem Jungen, aber er konnte ihr vielleicht helfen, das Leid einmal ein bisschen zu vergessen.

Andererseits hatte er hier eine Aufgabe zu erledigen. Und mit Mo zu reden war Teil dieser Aufgabe. Wee Joe würde es gar nicht gefallen, wenn Malky das Geschäftliche mit einem Techtelmechtel verband. In dieser Hinsicht war er der reinste Heilige. Malky hatte ihn nie mit einer Tussi gesehen, niemals auch nur mitbekommen, dass er einer hinterherschaute, nie gehört, wie er über eine redete. Wann immer die Jungs über Tussis sprachen, die sie gevögelt hatten, gewöhnlich in allen Einzelheiten, denn die politische Korrektheit war bisher noch nicht in ihr Leben vorgedrungen, mussten sie sofort aufhören, sobald Wee Joe den Raum betrat, weil er derlei Reden nicht mochte. Scheiße, der könnte ein Mönch sein. Bruder Joe. Dieser Spitzname wäre ihm lieber, darauf würde Malky wetten.

Also, nein. Am besten würde er nicht bei Mo sein Glück versuchen. Solche Dinge gingen oft mal nach hinten los, und das konnte er überhaupt nicht brauchen.

Und genau da rief Mo Burke an.

Malky starrte auf das Telefon, das vor ihm auf dem Tisch lag, wunderte sich über den Zufall. Er war aus Glasgow und glaubte nicht an Zufälle, ganz gleich, wie oft sie vorkamen. Und doch: Da war er, dachte an eine Frau, und in diesem Augenblick rief sie an. Völlig gruselig, echt. In seinem Kopf erklang die Titelmelodie von *Akte X*.

»Mo«, sagte er, hielt seine Stimme so kühl wie möglich, obwohl seine Gedanken gerade ein wenig in Aufruhr waren.

»Ich hab Neuigkeiten für dich«, sagte sie, und er hörte das Klicken ihres goldenen Feuerzeugs, als sie sich eine Zigarette anzündete. Schon wieder. Vielleicht hatte er die richtige Entscheidung getroffen. Wenn man mit der knutschte, wäre es wahrscheinlich, als leckte man einen Aschenbecher aus.

»Ich wusste, dass ich mich auf dich verlassen kann.« Das stimmte: Wenn ihm jemand hier im Land des Haggis Infos besorgen konnte, dann war sie es.

»Aye, aber es kostet.« Er hörte, wie sie den Rauch ausstieß. »Und billig wird es nicht.«

Jetzt feilschte sie auch noch, Herrgott noch mal! »Ich will nur ein paar Infos, keinen Gebrauchtwagen kaufen, Mo.«

»So ist nun mal die Welt, mein Junge. Man kriegt nichts umsonst.« Ein kleines Ploppen war zu hören, als sie mehr Rauch einsog und dann die Filterzigarette aus dem Mund nahm. »Dann nenn es einen Gefallen. Eine – wie sagt man noch mal? – eine Gegenleistung.«

Er dachte drüber nach und fragte dann: »Was brauchst du, Mo?«

»Diese kleine Reporterin, Rebecca Connolly.«

»Was ist mit der?«

»Sie hat damit zu tun.«

»Das weiß ich, Mo. Ich hab es dir selbst gesagt.«

»Aye, ich weiß.« Noch ein Zug an der Zigarette. »Ich will, dass man ihr wehtut.«

»Moment mal, Mo.«

»Nein, Malky, jetzt warte du mal ab. Dieses Miststück ist schuld am Tod von meinem Jungen, und sie hat gesehen, wie mein anderer Junge ins Kittchen gekommen ist, und ich schulde ihr was richtig Schlimmes, jawohl. Ich kann es nicht direkt machen, das wäre zu leicht zu mir zurückzuverfolgen. Aber du? Dich kennt hier keiner. Und in ein, zwei Tagen bist du weg.«

»Mo, ich bin nicht für so was hergekommen. Und es gefällt mir gar nicht, weißt du.«

»Komm mir nicht mit diesem Scheiß, Malky. Ich kenn dich doch, mein Junge.«

Mein Junge. Sie war jünger als er.

»Du hast schon Leuten wehgetan. Vielen Leuten«, fuhr sie fort, »und für sehr viel weniger als das, was sie mich gekostet hat.«

Das konnte er nicht einmal leugnen. Er hatte Leuten wehgetan, aber bei Frauen hatte er es nie gern getan, auch wenn er es gelegentlich hatte tun müssen. Es ging ihm gegen den Strich. »Aber das war geschäftlich.«

»Das hier ist auch geschäftlich. Du willst meine Informationen? Dann versprich mir, dass du ihr Schaden zufügst, und du kriegst die Infos.«

»Und du vertraust darauf, dass ich es mache, auch nachdem du mir gesagt hast, was ich wissen will?«

»Wie gesagt, mein Sohn: Ich kenne dich. Du bist ein Ganove, und du bist ein Schläger, aber wenn du dein Wort gibst, stehst du dazu. Hab ich recht? Denn wenn ich mich irre, dann kriegst du einen Scheiß von mir. Also, sag's mir, Malky Reid. Irre ich mich?«

Er spürte, wie ihn der Mut verließ. Im Allgemeinen tat er, was er versprochen hatte. Deswegen vertraute ihm McClymont schon all die Jahre. »Nein, du irrst dich nicht.«

»Also, machst du's?«

»Aye.«

»Und ich meine richtigen Schaden, nicht nur ein, zwei Ohrfeigen. Ich will, dass sie leidet für das, was sie getan hat.«

Malky hörte echten Hass in Mos Stimme und fragte sich, was zum Teufel die junge Frau ihr angetan hatte. Sie hatte gesagt, sie sei am Tod ihres Sohnes schuld, aber wie das? Dann verbannte er den Gedanken aus seinem Kopf. Es war egal. Wee Joe hatte ihm eine Aufgabe übertragen, und die würde er erledigen. Das hier gehörte alles dazu, wenn er Wort halten wollte. Und wenn dieser Gefallen, den er Mo Burke tun sollte, dazu beitrug, dann würde er das eben machen. Das Warum und Wozu hatte für ihn wenig Belang.

»Ich will, dass du es mir versprichst, Malky«, drängte sie ihn.

»Ich verspreche es dir, Mo«, sagte er. »Also, was hast du jetzt für mich?«

Ein weiterer Zug an der Zigarette. Dann: »Du musst mit Mount Hector reden.«

31

Zuerst hat Gordie mir nicht geglaubt, als ich ihm gesagt habe, dass ich unschuldig bin. Er lächelte nur und sagte, das seien wir doch alle, aber sein Tonfall verriet mir, dass eigentlich keiner von uns unschuldig ist. Ich habe verstanden, was er meinte. In den ein, zwei Jahren, die ich hier drinnen war, hatte ich schon so viele Männer sagen hören, dass sie das, wofür man sie angeklagt hatte, nicht getan hatten. Sogar als ich in Untersuchungshaft war, haben sie es gesagt. Natürlich gab es auch viele, die sich mit ihren Taten brüsteten, denn das verlieh ihnen in der Hackordnung hier drin eine gewisse Stellung. Selbst nach allem, was mir widerfahren war, wusste ich, dass das stimmte, was Gordie gesagt hatte. Es war unvorstellbar, dass so viele Männer zu Unrecht verurteilt worden waren, und ich hatte das Gefühl, dass es bei einigen eine Form von Verweigerungshaltung war, dass sie entweder mit ihren Taten oder mit der Tatsache, dass man sie dabei erwischt hatte, nicht recht fertigwurden. Aber das heißt nicht, dass es in unserem System keine Justizirrtümer gibt. Dafür bin ich schließlich der lebende Beweis.

Während die Zeit verrann und ich länger mit Gordie redete, glaubte er mir mehr und mehr und wurde umso wütender. Er war ein Ganove, das gab er zu, war sogar stolz darauf. Er hatte Dinge getan, an die ich lieber nicht einmal denken wollte, aber er besaß ein Gerechtigkeitsgefühl, ein Ehrgefühl. Das mögen manche pervers finden, aber es war eindeutig da.

Ich wusste, dass er auf mich aufpasste, weil mein Vater ihn darum gebeten hatte, und dass es ihm, sobald er hier wieder rauskam, Vorteile *bringen würde; Gordie gab das unumwunden zu. Wenn er also wütend über die Dinge wurde, die man mir angetan hat, wusste ich, dass das Gefühl echt war. Es war, wie er sagte, eine verdammte Frechheit. Und da musste man was machen.*

32

Der Stadtteil Dalneigh lag eingeklemmt zwischen dem Fluss Ness im Osten und dem Kaledonischen Kanal im Westen. Allerdings konnte man von der Straße, in der Dodges Schwester wohnte, keinen der beiden Wasserläufe sehen. Rebecca ging über den kleinen Fußweg zu dem gepflegten Reihenhaus. Der Pfad verlief an einem vermutlich ehemals kleinen Garten entlang, der nun gepflastert als Parkplatz für zwei Autos diente. Augenblicklich stand nur eines dort, ein Honda Civic.

Eleanor Fraser war groß und beinahe schmerzlich dünn, das genaue Gegenteil von ihrem verstorbenen Bruder, wenn man Jordans Beschreibung glauben konnte. Ihr mittellanges Haar war streng aus dem Gesicht gestrichen und zu einem Pferdeschwanz zusammengefasst. Ihre Gesichtszüge waren scharf, die Augen sogar noch schärfer. Sie trug einen farbbeklecksten Overall, und auch ihre Hände und Wangen waren von weißen Spritzern übersät.

Als sie die Tür öffnete, war sie zwar nicht unfreundlich, jedoch auch nicht übermäßig erfreut, obwohl sie im Gespräch mit Stephen Jordan Rebeccas Besuch zugestimmt hatte. Sie trat seufzend einen Schritt zurück und deutete mit einer Kopfbewegung den Flur entlang. »Wir müssen uns in die Küche setzen. Ich streiche gerade das Wohnzimmer.«

Die Küche lag im hinteren Teil des Hauses und bot einen Blick auf einen etwas größeren Garten. Hier standen um einen Rasen herum in gut gepflegten Beeten Blumen und Sträucher entlang des hohen Holzzauns, der die Fläche zu beiden Seiten von den

Nachbargrundstücken trennte. Die Küche selbst war hell und sauber, und wieder schämte sich Rebecca über den Zustand ihrer eigenen kleinen Kochecke.

Eleanor deutete auf einen Tisch, und sie setzten sich einander gegenüber. Es wurde Tee angeboten und höflich abgelehnt. Rebecca legte ihren Notizblock zurecht und erkundigte sich, ob sie das Gespräch aufzeichnen dürfte, was die Frau mit einem Nicken bejahte.

»Ehe wir anfangen, Mrs Fraser«, sagte Rebecca, »möchte ich Ihnen mein Beileid aussprechen.«

»Schauen Sie«, erwiderte die Frau und kam sofort zur Sache. »Ich will Ihnen gleich sagen, dass ich nicht viel mit Roger zu tun hatte, nicht seit wir erwachsen waren. Wir waren Zwillinge, aber keine eineiigen. Die besondere Verbindung, von der man immer hört, hatten wir nicht, Sie wissen schon: Telepathie und die enge Nähe, die es da geben soll. Also, ehrlich gesagt, in diesem Haus ist nicht viel getrauert worden. Wenn Sie mich fragen, war der Krebs, der ihn umgebracht hat, nichts als all das Böse, das ihn von innen heraus aufgefressen hat.«

In ihrem Tonfall war erkennbar noch Glasgower Dialekt zu hören, der in Inverness im Laufe der Jahre jedoch weicher geworden war. Rebecca war überrascht, dass sich die Frau so unverblümt äußerte. Mona Maxwell war ähnlich geradeheraus gewesen, doch Rebecca hatte bei ihr selbst zehn Jahre nach dem Tod ihres Bruders noch ein gewisses Maß an Trauer verspürt. Eleanor Frasers Bruder war erst vor ein paar Wochen verstorben, und ihr schien es schon jetzt gleichgültig zu sein.

Rebeccas Miene musste etwas von diesen Gedanken widergespiegelt haben, denn nun schaute die Frau ein wenig beschämt drein. »Tut mir leid, wenn ich Sie schockiert habe.«

»Nein, das ist schon in Ordnung.«

»Es ist nur so: Ich halte nichts von falschem Gehabe, wissen

Sie. Wie nennen die Leute das heute? Virtue signalling – seine Tugend zur Schau stellen. Das hasse ich.«

So nannten die Leute das heute wirklich, und Rebecca teilte den Widerwillen der Frau.

»Roger und ich, wir kamen aus einer guten Familie, einer anständigen Familie«, fuhr Eleanor fort. »Dad war Busfahrer in Glasgow, Mum hat bei British Home Stores gearbeitet, im Restaurant, wissen Sie, in der Sauchiehall Street. Jetzt ist das längst geschlossen. Wir sind da samstags, wenn Dad keine Schicht hatte, hingegangen und haben Fish and Chips mit Bohnen gegessen. Auf der Speisekarte standen Erbsen, aber wenn man drum gebeten hat, haben sie einem auch Bohnen gegeben.«

Die Worte kamen in einem großen Schwall heraus, als wollte sie sich alles von der Seele reden. Vielleicht hatte sie, weil sie wusste, dass Rebecca zu Besuch kommen würde, über alles nachgedacht, während sie die Wände strich. Und jetzt war der Augenblick gekommen, alles zu sagen, ehe sie es wieder vergaß. Vielleicht hatte sie seit Jahren verzweifelt darauf gewartet, so etwas zu erzählen. Rebecca hatte keine Ahnung, war jedoch dankbar, dass sie keine Fragen stellen musste.

»Wir hatten ein gutes Zuhause, ein schönes Zuhause, dafür hat unsere Mum gesorgt. Und Dad war ein guter Mensch. Inzwischen sind sie beide tot.« Sie hielt inne, nur einen Atemzug lang, doch immerhin so lange, dass Rebecca den vertrauten traurigen Blick mitbekommen konnte. Eleanor Fraser hatte ihre Eltern geliebt und vermisste sie. Rebecca fragte sich, ob ihre eigenen Augen auch derart ihre Gefühle verrieten, wenn sie an ihren Vater dachte.

»Na ja, Roger jedenfalls war ein ungeratenes Kind. Als wir ganz klein waren, da waren wir uns schon nah. Irgendwie zumindest, denke ich. Wir haben uns gestritten, ich meine, wir haben wirklich miteinander gerauft, uns auf dem Boden rumgewälzt, aber er war immer schon massiger als ich und hat gewonnen.«

»Worüber haben Sie gestritten?«

»Worüber streiten sich Kinder schon? Eigentlich nichts Besonderes. Aufmerksamkeit vielleicht.« Sie hielt inne, dachte an ihre Kindheit zurück. »Da war ein Stoffhäschen, nur ein ganz kleines Ding.« Sie hielt die Hände fünfzehn Zentimeter auseinander. »Wir haben beide Anspruch drauf erhoben. Darum haben wir uns gestritten, daran erinnere ich mich, wir haben uns sogar dann noch drum gerauft, als wir eigentlich für Plüschtiere schon zu alt waren. Es war eine Machtfrage, denke ich mal. Besitz. Erst hat es mir gehört, dann ihm. Ich hab's ihm wieder weggenommen, dann er mir, und so ist es hin und her gegangen. Ich bin irgendwann aus diesen Raufereien rausgewachsen, Roger nicht. Er war immer ein großer, kräftiger Junge, ein bisschen zu schnell mit den Fäusten dabei, schon in der Grundschule. Gott weiß, wie viele Kinder er vermöbelt hat, und es wurden nur noch mehr, als er dann in die Oberschule kam. Da hat er andere Jungs seiner Art getroffen, und dann ist es immer schlimmer geworden, und er hat Sachen gemacht, die er besser gelassen hätte. Dad hat immer gesagt, er hätte einfach eine falsche Richtung eingeschlagen, aber Mum meinte, nein, er hätte die Anlage zum Bösen in sich getragen.«

»Ich weiß, dass er ein Kleinkrimineller war, Mrs Fraser.«

Die Frau verzog ihr Gesicht, ein Teil verächtliches Grinsen, aber größtenteils Bedauern. »Aye, aber anscheinend waren die Vergehen nicht alle so klein.«

»Sie wissen also, worum es geht?«

»Natürlich. Dieser Anwalt, Mr Jordan, hat mir nach Rogers Tod erzählt, was er ihm gesagt hat. Roger wollte es anscheinend so. Er sollte bis danach warten. Er ist letzte Woche hergekommen und hat mir Rogers Sachen in einer großen braunen Papiertüte gebracht. Alles versiegelt, zugetackert, mit Klebeband verschlossen.« Sie blinzelte. »Ich hab die Tüte nie aufgemacht. Einfach in den Schrank unter der Treppe geworfen. Da liegt sie noch.«

Das Blinzeln wurde stärker. Sie schluckte. Bedauerte sie, dass sie mit den Habseligkeiten ihres Bruders so schnöde umgegangen war?

Rebecca fragte: »Und wie haben Sie sich gefühlt, als Sie erfahren haben, dass Roger jemanden umgebracht hat?«

»Was meinen Sie denn, wie ich mich da gefühlt habe? Ich wusste, dass Roger ein übler Bursche war, aber jemanden umbringen? Für Geld?«

»Ich glaube nicht, dass es nur für Geld war, Mrs Fraser. Ich glaube, es hat da auch Drohungen gegeben.«

»Aye, Mr Jordan hat gesagt, Roger hätte diesen Mord begangen, um mich und die Meinen zu beschützen. Aber das kaufe ich ihm nicht ganz ab. Nein, wirklich nicht.« Nun hörte das Blinzeln auf, und die Gesichtszüge wurden hart und scharf. Sie hatte jetzt wieder festeren Boden unter den Füßen. »Roger hat sich einen Dreck um mich oder meinen Sohn geschert. Meinen Mann hat er auch nie gemocht – Pete arbeitet für die Stadt, in der Planungsabteilung. Roger hatte für schnurgerade aufrichtige Menschen nie was übrig. So haben er und seine Kumpel anständige Leute genannt: Schnurgerade aufrichtig.«

»Sie hatten also keinen Kontakt zu ihm?«

»Aye, wir sind in Kontakt geblieben. Meistens ging das von mir aus, denn Mum hatte mich gebeten, ein Auge auf ihn zu halten. Ich hab ihn ab und zu angerufen, zum Geburtstag, zu Weihnachten, so was in der Art.«

»Aber Roger hat sich nie von sich aus gemeldet?«

»Nein, nie.« Sie legte eine Pause ein. »Bis auf das eine Mal, als er aus heiterem Himmel zu Besuch kam. Eines Morgens einfach vor der Tür stand.«

»Wann war das?«

Sie überlegte. »Oh, vor ein paar Monaten. Ich hatte ihn ewig nicht gesehen. Wir hatten ein paarmal telefoniert, aber es hatte kein Familientreffen oder so gegeben. Dann tauchte er an diesem Morgen einfach auf ...«

Er war alt geworden.

Das waren sie beide, vermutete sie, aber ihr Bruder sah, nun ja, matt aus. Sie hatte ihn seit fünf Jahren nicht gesehen, nicht seit der Einäscherung ihrer Mutter. Sie war beinahe auf den Tag genau zwei Jahre nach ihrem Ehemann gestorben.

Ihre Mutter hatte ihren Vater auf seinem Lieblingssessel im Wohnzimmer allein gelassen, wo er sich einen Film anschaute. Das machte er oft, sah bis spätnachts noch fern, während sie schon zu Bett ging. Am folgenden Morgen war sie aufgewacht, und er hatte nicht neben ihr gelegen, was ungewöhnlich war. Dann hatte sie ihn gefunden, immer noch auf seinem Sessel. Er sah aus, als schliefe er, aber das stimmte natürlich nicht. Es war ein schwerer Herzanfall gewesen, sagten sie. Sie hatte sich nie ganz davon erholt, ihre Mutter. Es war, als wäre in ihr irgendetwas abgeschaltet worden. Sie war körperlich anwesend. Sie aß, sie schlief, sie redete. Aber irgendetwas in ihr war mit ihm gestorben, und als sie selbst verstarb, war es nur das Ende von etwas, das bereits in jener Todesnacht ihres Vaters begonnen hatte.

Jedenfalls tauchte Roger zur Beerdigung auf, was sie irgendwie überraschte, weil sie nicht geglaubt hatte, dass er das tun würde. Hatte einen anständigen schwarzen Mantel an, aber seine Schuhe hätten mal geputzt gehört. Das hatte ihren Vater immer völlig aus der Fassung gebracht. Rogers Schuhe waren stets abgewetzt. Dad hatte immer gesagt, man könne einen Mann danach beurteilen, wie gut poliert seine Schuhe sind, und vielleicht hatte er recht. Roger war irgendwie ständig ein bisschen abgewetzt. Aber er war ins Krematorium gekommen. Hatte keine Träne vergossen, aber andererseits konnte sich Eleanor nicht daran erinnern, dass er je geweint hatte, nicht mal als Kind.

Sie hatte ihn nicht mehr wiedergesehen, bis er an jenem Morgen bei ihr vor der Tür auftauchte. Die Schuhe rissig wie eh und je, das Leder schon beinahe weiß. Er trug vielleicht sogar denselben Mantel, der auch schon bessere Tage gesehen hatte. Da stand er auf der Stufe, schaute ein bisschen verlegen drein, fand sie. Er war nie das gewesen, was man einen attraktiven Mann nennt – na ja, sie war selbst auch nicht gerade eine Schönheit. Doch heute Morgen sah er grässlich aus. Seine Haut war wächsern, er hatte dunkle Ringe unter den Augen, die nicht in ihre schauen wollten. Man mochte über Roger sagen, was man wollte, aber er hielt einem Blick stets stand. Sie wusste, dass es einigen Leuten wahrscheinlich lieber wäre, er hätte das nicht getan. Doch an diesem Tag wich er ihren Augen ständig aus.

»Hallo, Schwesterherz.« Sie hörte große Müdigkeit aus diesen beiden Worten heraus.

»Das ist mal eine Überraschung«, sagte sie.

Er zuckte mit den Achseln. »Aye, na ja.«

Mehr sagte er nicht. Aye, na ja. Das sagte er, seit er ein kleiner Junge war, wenn man ihn bei irgendwas erwischte und ihm sonst nichts einfiel. Ein Schulterzucken. Ein Blick auf die abgeschabten Schuhe. Aye, na ja.

»Was machst du denn im Norden?«, fragte sie.

»Hab geschäftlich hier zu tun.«

Geschäftlich. Sie wusste, was das für Geschäfte sein würden. Nichts Ehrliches, wie sie Roger kannte. Und da stand er nun vor der Tür, hatte wahrscheinlich gerade etwas gestohlen oder jemandem wehgetan oder war auf dem Weg dazu, etwas zu stehlen oder jemandem wehzutun. So war er, durch und durch. Verschwendete keinen Gedanken daran, welchen Schmerz, welches Leid er anderen zufügte, nicht einmal seiner eigenen Schwester.

»Lässt du mich rein, Schwesterherz, oder soll ich hier vor der Tür rumstehen wie 'ne Milchflasche?«

Sie überlegte, ob sie ihm einfach die Tür vor der Nase zuschlagen sollte, aber nur kurz. Er war ihr Bruder, trotz all seiner Fehler, und das zählte doch etwas, oder nicht? Sie machte einen Schritt zurück und ließ ihn vorbei. Der Gedanke an die mögliche Reaktion ihres Ehemanns huschte ihr kurz durch den Kopf. Pete hatte Roger nie gemocht, ihm nie über den Weg getraut, ihn nie in der Nähe ihres Sohnes haben wollen. Nicht dass Roger je ein Interesse daran gezeigt hätte. Während er an ihr vorüberging, warf er ihr ein kleines Lächeln zu, dankbar wohl. Sie winkte ihn ins Wohnzimmer, wo er den Mantel auszog und auf das Sofa legte, aber selbst nicht Platz nahm.

Er schaute sich um. »Schönes Zimmer.«

»Muss mal wieder gestrichen werden«, erwiderte sie.

Er musterte die Wände. »Ich finde, es sieht noch gut aus.«

»Aye, na ja«, meinte sie, »du bist wohl auch eher das Innere einer Gefängniszelle als ein anständiges Zuhause gewöhnt.«

Er zuckte zusammen, wich ihrem Blick aus, entdeckte dann das gerahmte Foto ihres Jungen auf dem Kaminsims. Er nahm es in die Hand. »Darryl, stimmt's?«, sagte er und starrte ihren Sohn an. Ein weicher Ausdruck, den sie noch nie gesehen hatte, trat in seine Augen.

»Aye.«

»Wie geht's ihm?«

Sie antwortete nicht, als sie ihm das Bild aus der Hand nahm und es wieder dahin stellte, wo es hingehörte. Er hatte nie zuvor Interesse gezeigt, und der Anblick, wie er das Bild ihres Sohnes in seinen großen, knotigen Pranken hielt und es mit so etwas wie Zuneigung anschaute, ärgerte sie.

»Was willst du, Rog?«, fragte sie, und ihre Stimme klang schärfer, als sie es beabsichtigt hatte, aber so war's nun mal. Sie verspürte keinerlei geschwisterliche Verbindung zu ihm. Sie hielt lediglich Kontakt mit ihm aufrecht, sporadisch, aus Loyalität ihren toten Eltern gegenüber. Diese Loyalität hatte er nie verspürt, wenn man bedachte, wie viel Herzschmerz er ihnen im Laufe all der Jahre zugefügt hatte. Prügeleien. Polizei vor der Haustür. Gefängnis. Sein Name in der Zeitung. Keine größeren Sachen, natürlich, aber es reichte, um sie mit Scham zu erfüllen. Manchmal fragte sie sich, ob die Scham nicht zum Tod ihres Vaters und indirekt auch dem ihrer Mutter beigetragen hatte.

»Ich dachte, ich komm mal vorbei und sag Hallo«, antwortete er.

Da war es wieder, dieses kleine Lächeln, irgendwie schüchtern. Vielleicht sogar flehend, wenn es nicht auf diesem Gesicht gewesen wäre.

»Er ist nicht wie du«, sagte sie.

Er schaute erneut weg, und sie wusste, dass sie ihn verletzt hatte. Das war ihr allerdings ziemlich gleichgültig. Er hatte ihnen in der Vergangenheit zu viel angetan, als dass sie sich um seine Gefühle sorgen würde. »Warum dieses plötzliche Interesse, Rog? Was zum Teufel hast du vor?«

»Kann ein Mann nicht mal seine Schwester besuchen?«

»Du nicht, Rog. Du kommst nicht einfach so zu Besuch. Was willst du?«

Er hatte sie noch immer nicht angeschaut. »Wie wär's mit 'ner Tasse Tee, Schwesterherz?«

Sie regte sich nicht. »Das lass ich mir nicht bieten, Rog. Ich lass mir nicht bieten, dass du einfach hier auftauchst wie zu einem netten Besuch. Wie wär's, wenn du mir einfach meine Frage beantwortest? Was willst du? Wenn es Geld ist, da kannst du warten, bis du schwarz bist.«

»Ich will kein Geld.«

»Aber du bist auch nicht hier, um dich nach meinem Jungen zu erkundigen. Was ist also?«

»Ich dachte nur ...« Er schaute sich um, als suchte er etwas, könnte es aber nicht finden. Nicht hier in ihrem ordentlichen, sauberen Wohnzimmer mit der dreiteiligen Sitzgarnitur, mit dem Großbildfernseher an der Wand über dem Kamin-Imitat, mit dem Teppichboden und den Familienfotos. Ihr Sohn, ihre Eltern. Petes Eltern und Schwestern. Keines von Roger. Kein einziges. In ihren Augen hatte das Zimmer ohnehin einen neuen Anstrich nötig, doch wie er da stand, machte er es auch noch unordentlich.

Sie verschränkte die Arme. »Du dachtest was, Rog?«

Sein Körper schien in sich zusammenzuschrumpfen. Er war ein massiger Mann, doch irgendwie wirkte er jetzt kleiner. »Ich wollte nur sagen, dass es mir leidtut. Du weißt schon, alles.«

Sie wusste, wovon er redete. Er entschuldigte sich für sein Leben, dafür, dass er war, wie er war, aber so leicht würde sie ihn nicht vom Haken lassen. »Bisschen zu spät dafür, was?«

Er starrte auf den Teppich zu seinen Füßen, sah plötzlich wie ein kleiner Junge aus, trotz seiner Größe und seiner Vergangenheit und allem, was damit zu tun hatte. Trotz der Schmerzen. Trotz des Hasses. »Aye.« Ein Wort, angefüllt mit Wut und Erschöpfung. Ein Eingeständnis all des Schlechten, was er getan hatte. »Aber ich dachte, ich komm vorbei und sag es dir trotzdem.«

Sie spürte, wie etwas in ihr nachzugeben begann. Ihre verschränkten Arme waren nun nicht mehr so sehr eine Geste des Trotzes als der Versuch, das Mitleid im Zaum zu halten, das in ihrer Brust aufstieg.

»Nun, okay«, sagte sie und verfluchte ihre Stimme, die ein wenig brach. Er könnte das als Wut auffassen, aber sie wusste, dass es etwas Weicheres war, und sie war wild entschlossen, es nicht herauszulassen.

»Okay«, sagte er. Es sah aus, als wollte er noch mehr sagen, hätte es sich aber noch einmal anders überlegt. Sie fragte sich, ob er von ihr eine freundlichere Reaktion erwartet hatte, aber die würde es nie geben. Er hatte zu viel Leid verursacht: ihren Eltern und ihr auch. Er hatte zu viel Schaden angerichtet, und eine bescheuerte Entschuldigung aus heiterem Himmel würde nicht alles ungeschehen machen. Er nahm seinen Mantel, legte ihn sich über den Arm, zog ihn aber nicht an. Er sah ihr zum ersten Mal lange in die Augen und ging dann an ihr vorbei in Richtung Flur. Er blieb in der Zimmertür stehen, und sie schwiegen, als er sich den Mantel über seine breiten Schultern zog. Sie bemerkte, dass er anscheinend ein wenig abgenommen hatte. Er zog den Kragen zurecht und streckte dann die Hand nach dem Türknauf aus. Eine Sekunde lang stand er reglos da und schien den Teppich zu mustern. Ihr schoss der Gedanke durch den Kopf, dass er vielleicht abschätzte, wie viel Geld er für den bekommen könnte, doch sie wusste, dass er noch etwas sagen wollte. Auch das hatte er schon seit seinen Kindertagen so gemacht: auf den Teppich schauen, bis er endlich die Worte fand, die er loswerden musste.

»Ich wollte nur, dass du es weißt«, hob er an, unterbrach sich dann. »Ich wollte nur, dass du weißt, dass du in einer Weile einige Dinge über mich hören wirst.«

»Was für Dinge?«

»Schlimme Dinge.«

»Gibt's bei dir überhaupt was anderes, Rog?«

Er zuckte leicht zusammen. »Nein, ich denke, da hast du recht, Schwesterherz. Ich war kein guter Bruder, was?«

»Oder Sohn.«

Er blinzelte. Das war ein Volltreffer. Aber es war zu spät, einfach alles zu spät. »Ich wollte nur, dass du das weißt, und wenn du das dann hörst, dass es mir leidtut, was ich getan habe. Es tut mir wirklich leid, und ich versuche, das in Ordnung zu bringen, das musst du mir glauben. Es ist wichtig, dass du mir das glaubst.«

Er schaute sie an, als hoffte er, sie würde ihn schließlich doch noch mit einem freundlichen Wort retten, aber das konnte sie nicht.

»Aye«, sagte er. Wieder dieses einzelne Wort, derselbe Blick, in dem die Hoffnung so schnell schwand, wie sie aufgekeimt war.

Sie hatte natürlich keine Ahnung, wovon er redete, und er sagte auch nichts weiter. Er öffnete die Haustür und ging den Weg entlang, schlug den Mantelkragen hoch, um sich gegen den Nieselregen zu schützen. Am Ende des Pfades bog er ab und ging ein paar Schritte zu einem geparkten Auto. Sie sah den Hinterkopf eines anderen Mannes, der auf dem Fahrersitz saß, noch so ein massiger Mann wie ihr Bruder. Roger ging zur Beifahrerseite und stieg ein. Das Auto fuhr sofort los. Er schaute nicht zurück.

Das war das letzte Mal, dass sie ihren Bruder sah.

33

Eleanor Fraser verstummte ein paar Augenblicke, nachdem ihre Geschichte geendet hatte. Dann sagte sie: »Ich habe das nie zuvor jemandem erzählt. Auch nicht Pete und Darryl. Ich habe seinen Besuch für mich behalten.« Sie runzelte die Stirn. »Ich weiß nicht, warum.«

»Er hat Ihnen nicht erklärt, dass er eine Weile hier im Norden leben würde?«, fragte Rebecca.

»Nein. Ich war wohl nicht sonderlich freundlich.«

»Deswegen sollten Sie sich keine Vorwürfe machen.«

Eleanors Blick war ruhig, und ihre Stimme war leise, aber fest. »Das tu ich nicht.«

Rebecca glaubte ihr nicht. Eleanor Fraser machte sich Vorwürfe. Der Mann war ihr Bruder, ihr Zwilling. Trotz allem, was sie gesagt hatte, musste es doch da eine Verbindung geben. Sein Blut war ihr Blut. Da musste es eine Beziehung geben. Das Zwinkern vorhin hatte etwas zu bedeuten.

»Ich bin nicht zur Beerdigung gegangen«, fuhr die Frau fort. »Mr Jordan hat sich mit mir in Verbindung gesetzt, als Rog gestorben ist, aber ich bin nicht zur Beerdigung gegangen. So scheinheilig kann ich nicht sein, hab ich mir eingeredet.«

»Wer hat dann dafür bezahlt?«

»Rog hat das alles geregelt, ehe er gestorben ist. Mr Jordan war da, und noch eine andere Person, ein Typ, den Rog hier kannte. Vielleicht war es der Mann, den ich in dem Auto gesehen hatte.«

»Hat Mr Jordan gesagt, wer es war?«

»Nein, und ich habe nicht danach gefragt. Irgendein Krimineller, zweifellos.«

»Tut es Ihnen leid, dass Sie nicht hingegangen sind?«

»Nein.«

Diese feste Stimme. Dieser starke Blick. Aber es war eine Pose, ein Versuch, damit klarzukommen. Manchmal lügen sich Menschen selbst in die Tasche, um Gefühle unter Kontrolle zu halten, von denen sie oft selbst nicht wissen, dass sie sie haben. Doch sie sind trotzdem da, wie Schatten, wie Erinnerungen. Wie Gespenster.

Eleanor stand abrupt auf und ging ohne ein Wort auf den Flur. Rebecca fragte sich, ob sie ihr folgen sollte oder ob das Interview hiermit beendet war. Sie blieb am Tisch sitzen, hörte, wie eine Tür auf und wieder zuging, dann kehrte Eleanor zurück. Die Frau hatte eine braune Papiertüte mit weißen Plastikhenkeln und ein größeres sperriges Paket dabei, das mit Klebeband umwickelt war. Mit schwarzem Filzstift stand der Name Roger Dodge darauf.

»Das hat mir Mr Jordan nach der Beerdigung gebracht«, sagte Eleanor, setzte sich wieder und legte die Sachen auf den Tisch, deutete dann auf die Tüte. »Das ist Roger. Seine Asche ist in einer Schachtel. Einer Pappschachtel.« Sie starrte einen Augenblick lang darauf. Sie blinzelte, einmal, zweimal. Dann deutete sie mit dem Kopf auf das größere Paket. »Und das sind seine Habseligkeiten.« Sie stellte das Paket hochkant und hielt es mit beiden Händen aufrecht, als wäre es ein Kleinkind. »Nicht viel vorzuweisen für ein ganzes Leben, nicht wahr? Eine Papiertüte. Eine Pappschachtel.« Sie starrte auf die Tüte vor sich. »Ich habe die nie aufgemacht.«

»Warum nicht?«

Sie kaute auf der Unterlippe. »Ich weiß es nicht.«

»Was machen Sie mit der Asche?«

Ein rascher Blick zu der anderen Tüte. Mehr Blinzeln. »Ich sollte sie irgendwo verstreuen, meinen Sie nicht? Aber letzten Endes kannte ich ihn überhaupt nicht. Gab es einen Ort, an den er gegangen ist, wenn er einsam oder traurig war? Einen Ort, wo er sich besser fühlte? Einen Strand, einen Wald, einen Aussichtspunkt? Wo? Er war mein Bruder, aber ich kannte ihn nicht. Ich wusste nicht, was er mochte, was ihm Freude bereitet hat, was ihn glücklich machte. Hat er gelacht? Geweint? Hatte er Träume? War er je verliebt? Ich wusste nur, dass er ein kleiner Ganove war, der zugegeben hat, dass er vor zehn Jahren einen Mann umgebracht hat und dafür nie geschnappt wurde. Und jetzt passt alles, was er mal war, in zwei braune Papiertüten. Das ist alles. Zwei braune Papiertüten voller Abfall.«

Plötzlich traf sie eine Entscheidung, riss das Klebeband von dem Paket und blickte hinein.

»Oh«, sagte sie, mehr nicht. Eine Silbe, und dann schien ihr der Atem zu stocken. Sie blinzelte noch ein paarmal. Ihr straffes Gesicht erschlaffte, und sie fuhr sich mit der Zunge über die trockenen Lippen.

Sie griff in das Paket und zog langsam – und sanft – ein kleines Stoffhäschen hervor. Es war an manchen Stellen kahl, wo der Pelz weggerieben worden war, ein Ohr fehlte, als wäre es irgendwann einmal abgerissen worden. Das Häschen trug einen Schal um den Hals, dessen Farbe nur noch eine schwache Erinnerung an Rot war. Seine Arme waren nach oben gereckt, als erwartete es, von jemandem geknuddelt zu werden. Eleanor hielt das Häschen vor sich, ihre Augen blinzelten, und sie zog den kleinen Schal ein wenig zurecht.

»Ich kann nicht glauben, dass er das behalten hat«, sagte sie mit leiser Stimme. »Hin und her ist es gegangen, zu ihm, zu mir, wieder zurück. Manchmal war es das reinste Tauziehen. Ich bin überrascht, dass es überlebt hat.« Sie berührte den Kopf an der Stelle, wo das Ohr fehlte. »So ist das hier passiert.« Ein kleines Lächeln huschte über ihre Lippen, während ihre Finger sanft über die ausgefranste Wunde strichen. »Irgendwann muss ich vergessen haben, dass er es als Letzter hatte. Und er hat es all die Jahre aufbewahrt.«

Sie drückte das Kinderspielzeug an die Brust und wiegte sich leicht hin und her. Ihre Augen blinzelten wie wild, um die Tränen zurückzuhalten, die in ihnen hochstiegen, aber es war zu spät. Der Damm war gebrochen. Eleanor Fraser weinte zum ersten Mal – beim Gedanken an einen kleinen Jungen, der vom rechten Weg abgekommen war.

34

Mount Hector nannten sie ihn aus zwei Gründen. Erstens war Hector McNair massiv wie ein Berg. Malky glaubte, dass jeder, der ihm auf der schmalen Gasse zum Barney's begegnete, sich so nah an die Backsteinmauer drücken musste, dass dessen Atome mit denen der Steine verschmolzen. Zweitens hatte er ein Temperament wie ein Vulkan, und seine Wutausbrüche kamen so leicht, dass man meinen könnte, er hätte sie geprobt. Den Spitznamen hatte er bekommen, nachdem ein Bekannter in Sizilien Urlaub gemacht und eine Ähnlichkeit zwischen Hector und dem aktiven Ätna bemerkt hatte.

Als Mo Burke ihre Seite des Deals erfüllte, hatte sie Malky noch gewarnt, dass der Mann ziemlich leicht in die Luft ging.

»Es geht das Gerücht um, dass in diese Sache, worum es da auch immer geht, ein Typ namens Dodger verwickelt war«, hatte sie ihm am Telefon mitgeteilt. »Sein richtiger Name war Roger Dodge, aber die meisten nannten ihn einfach Dodger, den Drückeberger. Aus gutem Grund, denn er war so zwielichtig wie nur was.«

Sie legte eine Pause ein. Malky vermutete, dass sie einen Zug von ihrer Zigarette nahm.

»Jedenfalls ist Dodger jetzt tot, davor konnte er sich nicht drücken. Aber nach allem, was ich so gehört habe, hat er mit einem Anwalt namens Stephen Jordan geplaudert, und man munkelt, dass es was mit dem Mord an diesem Jungen zu tun hatte.«

Das war vage, aber Malky hatte nichts anderes erwartet. Die Sache mit dem Leben auf der dunklen Seite war ja gerade, dass man ein sehr feines Gespür für Gerüchte haben musste. Geheimnisse lassen sich nur schwer wahren. Jemand lässt eine Andeutung fallen, jemand anders schnappt sie auf, gibt sie weiter. Manchmal ist die Information ein Volltreffer, manchmal kaum mehr als ein Flüstern. Ein Besuch bei diesem Anwalt kam aber nicht infrage, und er wusste, dass Mo das auch so sah. Sie musste noch mehr für ihn haben, warum sollte sie ihm sonst das Versprechen abgepresst haben? Also unterbrach er sie nicht und ließ sie die Sache auf ihre Weise berichten.

»Aber Dodger war ganz dick mit Mount Hector«, fuhr Mo fort. »Ich meine, wirklich ganz dick befreundet. Die waren wie ein Zweigespann, diese Typen, wenn du weißt, was ich meine. Ich glaube, wenn Dodger es außer Mr Jordan noch jemandem erzählt hat, dann wäre das Hector.«

Und deswegen saß Malky nun draußen vor einem Haus in Inchferry. Er hatte von dieser Siedlung schon gehört, dass es eine raue Gegend war, aber Malky war in den 90er-Jahren in den Sozialwohnungen im East End von Glasgow aufgewachsen und wusste, was wirklich rau war. Die Gegend hier sah eigentlich gar nicht so schlecht aus. Klar, das Haus – eigentlich ein Doppelhaus für vier Parteien, wobei die Eingangstür zu den oberen Wohnungen an der Seite lag – wirkte ein bisschen schäbig, ein bisschen heruntergekommen, und der Vorgarten hätte dringend mal einen Rasenmäher gebraucht, doch Malky hat schon Schlimmeres gesehen. Zum Teufel, er hatte schon in Schlimmerem gewohnt. Eine Wohnung, die seine Ma gemietet hatte, in Cambuslang außerhalb der Stadt, war so durch und durch feucht gewesen, dass man an den Wänden Champignons hätte züchten können. Sie hatten damals alle vier versucht, von seinem Vater wegzukommen – Ma, Malky und seine beiden Schwestern –, aber er hatte sie gefunden und war wie ein Bär mit Feuer im Hintern hereingestürmt, hatte Ma verprügelt und sie alle wieder mit nach Carntyre zurückgezerrt. Von dem Augenblick an hatte Malky seinen Vater gehasst und keine Träne vergossen, als der alte Scheißkerl den Löffel abgegeben hatte. Gut, dass sie ihn los waren.

Er saß in seinem Auto, aus dem Lautsprecher erschallte Radio 2, und er tappte mit einem Finger den Rhythmus einer alten ABBA-Nummer aufs Lenkrad – »Does Your Mother Know«. Er dachte an seine Mutter. Sie war vor zwei Jahren gestorben. Grippe. Jahre häuslicher Gewalt und Prügeleien durch ihren Alten hatte sie überlebt, um dann einem verdammten Schnupfen zum Opfer zu fallen. So nannte sie es, einen verdammten Schnupfen. Er hatte sie stets gedrängt, sich jedes Jahr gegen Grippe impfen zu lassen, aber sie tat das mit einer Handbewegung ab, sagte, sie könne die verdammten Ärzte nicht ausstehen, die taugten alle nichts, und es wäre doch nur eine Grippe. Aye, Ma, dachte er, nur eine Grippe. Aber am Ende hat sie dich umgebracht.

Die Schweden sangen noch immer, als er einen massigen Kerl die Straße hinaufhumpeln sah. Die Lidl-Tüte, die er trug, sah in seinen Riesenpranken wie eine kleine Chipstüte aus. Mo hatte nicht übertrieben. Dieser Typ war wirklich massig. Aber Malky machte sich keine Sorgen. Er war schon mit größeren Kerlen fertiggeworden, und er war ja nur zum Reden hergekommen.

Hector schloss die Eingangstür zu einer der unteren Wohnungen auf und ging ins Haus. Die Tür hatte seit so manchem Jahr keinen Kontakt mehr mit einem Malerpinsel gehabt, und die opaken Glasscheiben waren mit Dreck verkrustet. Er seufzte. Seine eigene Wohnung in Glasgow war makellos, und er achtete darauf, dass die Tür stets sauber und ordentlich gestrichen war. Schlampigkeit war ihm ein Graus, vielleicht wegen der Drecklöcher, in denen er als Junge gewohnt hatte. Er klapperte an der Briefkastenklappe und wartete. Ein breites, milchig verschwommenes Gesicht tauchte hinter den Glasscheiben auf, und die Tür öffnete sich. Hector musterte ihn mit misstrauischen Augen.

»Aye?«, sagte er.

»Hector?« Malky wusste, dass es Hector war, denn zwei wie ihn konnte es nicht geben, aber er erkundigte sich trotzdem.

»Wer will das wissen?«

Darauf wollte Malky keine Antwort geben, nicht auf der Straße. Er senkte die Stimme. »Mo Burke hat gesagt, ich solle dich besuchen.«

»Mo Burke schickt dich?«

»Sie schickt mich nicht, sie hat mich eher an dich verwiesen, wenn du weißt, was ich meine?«

Die Augen verengten sich zu Schlitzen, und der große Mann schaute über Hectors Kopf hinweg auf die Straße. »Verwiesen? Wozu?«

»Ich muss kurz mit dir sprechen.« Malky warf ihm ein Lächeln zu. Hector nahm es nicht an. »Wenn du einen Augenblick Zeit hast.«

»Kurz sprechen?«

»Aye.«

»Worüber?«

»Es gibt keine Probleme, Großer. Ich möchte nur mit dir über einen von deinen Kumpeln reden, den sie Dodger nennen.«

»Dodger?«

Malky blieb locker und höflich. »Aye.«

Hector blinzelte. »Dodger ist tot.«

»Ich weiß. Mein Beileid.«

»Dein Beileid?«

Malkys Kiefer spannte sich leicht an. Langsam gingen ihm die Antworten dieses Kerls auf den Wecker. »Aye.«

Hectors Miene verriet Malky, dass er nicht im Geringsten in der Stimmung war, Beileidsbekundungen entgegenzunehmen. »Dann weiß ich nicht, was es da zu bereden gibt.«

Er fing an, die Tür zu schließen, aber Malky streckte die Hand aus, um sie offenzuhalten. »Schau mal, Kumpel, ich bin nicht die Polente oder so. Ich muss dich nur was fragen zu ...«

Er bekam nicht die Gelegenheit, seinen Satz zu Ende zu sprechen, ehe eine Hand, in der eine vierköpfige Familie Platz gefunden hätte, sich zu ihm hinstreckte und ihn beim Revers seiner Jacke packte. Ehe er sich versah, wurde Malky hochgerissen, in die Wohnung gezerrt und mit lässiger Verächtlichkeit in den Flur geschleudert. Er prallte an der Wand ab und landete bäuchlings auf den nackten Dielen. Auf die Ellbogen gestützt schaute er zu Hector hoch, der alles Licht blockierte, das durch die offen stehende Haustür hereinkam – wie bei einer totalen Sonnenfinsternis. Mit steifen Beinen kam er nun den Flur entlang, hob Malky wieder beim Revers hoch, als wäre er ein Sack Kartoffeln, und trug ihn ins Wohnzimmer.

Malky war gar nicht froh darüber, wie die Pommes frites des kommenden Abends behandelt zu werden, und beschloss, etwas daran zu ändern. Er holte mit dem linken Fuß weit aus und rammte ihn gegen Hectors rechtes Knie. Malky war ein Straßenkämpfer und trug stets robuste Arbeitsstiefel mit unter dem Leder verborgenen Stahlkappen. Sein Gegner stöhnte auf und wankte zur Seite. Malky wiederholte das Gleiche noch einmal an Hectors anderem Knie. Hector fluchte und ließ ihn los, weil die Beine unter ihm nachgaben. Doch Malky hörte nicht auf. Als der massige Mann auf dem abgewetzten Teppich zusammensackte, holte Malky noch einmal Schwung und stieß ihm seinen rechten Stiefel in die Leistengegend. Hector kreischte in einer Tonhöhe, die mit seiner Erscheinung nicht so recht zusammenpassen wollte, und fuhr mit beiden Händen blitzschnell zu seinem Schritt, als wolle er sich schützen, doch dafür war es zu spät. Malky hob erneut einen Fuß und rammte dem Mann die Sohle seines Stiefels gegen die breite Brust, sodass er mit verdrehten Knien nach hinten geschleudert wurde und erneut aufstöhnte. Er landete auf der Seite, hatte den rechten Arm ausgestreckt, um sich abzufangen, und Malky bohrte ihm den Stiefelabsatz mit beträchtlicher Wucht in den Handrücken. Hector kreischte schrill.

Malky machte einen Schritt zurück und schaute auf den großen Mann hinunter, der sich vor und zurück wiegte, stöhnte und fluchte. Er hatte bemerkt, dass Hector hinkte, und vermutete, dass seine Gelenke, wie das bei vielen Männern seiner Statur der Fall war, völlig im Eimer waren. Also hatte er die als erstes Ziel ausgewählt. Dann, als er ihn am Boden hatte, musste er sicherstellen, dass die Botschaft auch angekommen war. Hand und Handgelenk hatten siebenundzwanzig Knochen, und Malky war sich sehr sicher, dass er einige davon gebrochen hatte. Das allein, zusätzlich zu den schmerzenden Knien und dem pochenden Schmerz in den Hoden, würde Hector eine Weile in Schach halten. Malky hatte auf die harte Tour gelernt, dass man einen Kampf, wenn man ihn einmal angefangen hat, so schnell wie möglich beenden sollte. Das hieß: Man brachte den anderen Typ zu Boden und sorgte dafür, dass er so schwer verletzt war, dass ihm das Aufstehen schwerfiel.

Er nahm sich einen Augenblick Zeit, um sich umzuschauen. Die Jalousien waren heruntergelassen, aber es war hell genug, um zu sehen, wie spärlich die Einrichtung war. Im Raum standen nur ein Sofa, bei dem die Füllung aus dem zerrissenen Stoff quoll, ein niedriger Tisch und ein Fernseher. Hector führte nicht gerade das Leben eines Highland-Gentleman, aber das machten Typen wie er ja nie. Die waren nichts als wandelnde Muskelpakete, eine Mischung aus Wut und Körperkraft, die von Leuten wie Mo Burke ausgenutzt wurden, wenn sie sie brauchten. Und auch von Leuten wie Malky.

Der große Kerl war ein, zwei Minuten weg vom Fenster, nicht bewusstlos, aber er würde sich nicht groß bewegen. Also ging Malky in den Flur zurück, um die Haustür zu schließen. Er wusste nicht, wie gut die Schallisolierung in diesen Wohnungen war – allem Anschein nach waren die recht solide gebaut, also sollte sie ganz ordentlich sein –, aber er wollte sichergehen, dass nicht irgendjemand, der draußen vorbeispazierte, etwas mithörte, was er nicht sollte.

»Versuchens wir's noch mal, Kumpel«, sagte er, als er ins Wohnzimmer zurückkam. Trotz allem, was gerade passiert war, klang seine Stimme gelassen. Hector hatte ihn ein bisschen hin- und hergeworfen, aber Malky hatte schon Schlimmeres durchgemacht. »Reden wir mal über deinen Kumpel Dodger.«

Hector rollte sich auf den Rücken. Er starrte Malky mit einem Blick voller Hass und Boshaftigkeit an, dessen Intensität allerdings ein wenig durch den Schmerz abgeschwächt wurde. »Verpiss dich«, stieß er hervor.

Malky schnalzte missbilligend mit der Zunge. »Das soll also die Gastfreundschaft der Highlands sein.« Er stampfte noch einmal mit dem Fuß auf Hectors rechtes Knie. Hector heulte auf. »Sieh mal«, meinte Malky, beugte sich über ihn, jederzeit zu einer Reaktion bereit, falls der Typ blöd genug war, irgendwas zu versuchen. »Ich kann den ganzen Tag so weitermachen, wenn du weißt, was ich meine, Großer? Ich werd dabei nicht mal ins Schwitzen kommen. Und weißt du warum? Weil ich das immer so mach. Aber du wirst eimerweise schwitzen, vielleicht mehr als nur ein bisschen Blut lassen. Und weißt du warum? Weil ich das immer so mach.« Er trat zur Seite. »Also, Dodger.«

Hector kniff vor Schmerz die Augen fest zu. »Dodger?«

»Aye, Dodger.«

»Was soll mit dem sein?« Hectors Stimme war heiser vor Wut und Schmerz. »Ich hab's dir doch gesagt, der ist tot.«

»Ich weiß.«

»Krebs.«

»Das ist traurig.«

»Er war mein Kumpel. Er war ein guter Typ.«

»Mir wird warm ums Herz, aber ich bin eigentlich nicht hier, um Elogen auf ihn zu halten.«

Hector schob sich auf dem Boden entlang, damit er sich gegen die Wand stützen konnte. »Um was auf ihn zu halten?«

»Elogen. Lobreden auf sein Leben und seine Werke.«

»Was zum Teufel willst du denn dann hören?« Hector umfing seine gebrochene rechte Hand schützend mit der Linken.

»Hat er je einen Typ namens Murdo Maxwell erwähnt?«

»Murdo Maxwell?«

Selbst jetzt, da seine Knie komplett im Arsch und seine Pfote zerschmettert waren, kam ihm dieser Typ noch frech. Aber Malky sagte nur: »Aye.«

»Nein.«

»Denk mal 'nen Moment nach. Ich möchte, dass du dir da ganz sicher bist.«

Hector stöhnte auf, als er versuchte, sein rechtes Bein ein wenig zu beugen. »Ich habe Nein gesagt, oder nicht?«

»Hast du, aber du hast nicht drüber nachgedacht. Ich glaube, dein Wunsch, mir irgendwas heimzuzahlen, hat hier deinen gesunden Menschenverstand außer Gefecht gesetzt. Und, Hector, wenn du nur übers Aufstehen nachdenkst, sehe ich das, und ich versprech dir, dann ruiniere ich dir deine Knie dermaßen, dass du nie wieder ohne Krücken stehen kannst.«

Hectors Bein hörte auf, sich zu bewegen. »Ich sag's dir doch, ich hab noch nie von dem Typ gehört.«

»Sicher?«

»Aye, sicher. Was hat der mit Dodger zu tun?«

»Das will ich ja gerade wissen.«

Hector massierte sich das linke Knie mit der heilen Hand, hielt die verletzte quer über der Brust, als läge sie in einer unsichtbaren Schlinge. »Wer ist dieser Maxwell überhaupt?«

»Du liest wohl keine Zeitung?«

»Nein. Zu deprimierend.«

Malky hätte beinahe laut losgelacht. Aber andererseits, wenn er sich hier umschaute, war das Leben für Mount Hector ohnehin schon deprimierend genug. Er lebte in diesem Drecksloch, sein bester Freund war tot, und jetzt hatte ihn ein Typ, der halb so groß war wie er, zu Boden gezwungen.

»Du bist also sicher, dass er dir gegenüber Murdo Maxwell nie erwähnt hat?«

»Todsicher.«

Malky starrte auf den gefällten Riesen und seufzte. Mo hatte ihm versichert, wenn Dodger überhaupt etwas von dem gesagt hatte, was er wusste, dann hätte er es Hector erzählt. Aber irgendwie war die Sache durchgesickert, und soweit Malky wusste, war das hier die wahrscheinlichste Quelle. Außerdem glaubte er dem Typ nicht, dass er den Namen noch nie zuvor gehört hatte.

Er ließ den Mann an die Wand gestützt daliegen und ging durch eine offene Tür in eine kleine Küche. Die war eine Überraschung. Gespültes Geschirr stand ordentlich gestapelt neben einer Metallspüle, die glänzte wie in einem Fernsehwerbespot für Scheuermilch. Die Arbeitsflächen waren makellos, die Schränke hell und sauber, der Linoleumboden frisch geputzt. Sogar das Fenster hinter der Spüle glänzte. Der Rest der Wohnung war der reinste Slum, aber seine Küche hielt der gute Hector blitzblank. Malky war beeindruckt.

Er zog ein paar Schubladen auf, ehe er etwas fand, was er brauchen konnte: einen alten Klauenhammer mit rostendem Kopf. Es fehlte zwar eine der beiden Klauen, aber das Werkzeug schien robust zu sein. Malky schwang es locker an der Seite, als er zu Hector zurückkehrte. Der Mann starrte auf den Hammer, der in Malkys Hand lag, und versuchte, sich wegzuschieben. Malky ließ ihn zucken. Der würde nirgends hingehen.

»Wie du vielleicht an meinem Akzent gehört hast, bin ich aus Glasgow. Die haben früher mal gesagt, dass es dort um Meilen besser ist, das hast du doch bestimmt mal gehört. Glasgow's Miles Better?« Hector beobachtete den hin und her schwingenden Hammer und antwortete nicht. »Na jedenfalls, da war dieser Typ, von dem ich schon gehört hatte. Ich hatte ihn nie getroffen, aber er war eine Legende, wenn du weißt, was ich meine? Und weißt du, was der um Meilen besser konnte?« Hector antwortete noch immer nicht. »Ich sag's dir: Leuten richtig wehtun. Ich meine, der Typ war ein gottverdammter Experte in Sachen Schmerz. Einmal hat er diesen Kerl – das war einer, der mit Kindern rummacht – und einen Hammer wie den hier genommen, und weißt du, was der damit gemacht hat?« Malky wartete auf eine Antwort, obwohl er nicht mit einer rechnete. »Er hat diesem perversen Pädo jeden einzelnen Knochen in den Händen, Armen, Füßen und Beinen gebrochen. Hat ihm die Ellbogen und Knie zertrümmert. Ich meine, kannst du dir das vorstellen? Weißt du, wie viele Knochen du in deinen Gliedmaßen hast, Hector? Kannst du dir vorstellen, wie sich das anfühlt?«

Malky ging neben dem Mann in die Hocke, legte die flache Seite des Hammerkopfes auf Hectors Schienbein. Hector zuckte zusammen, als hätte ihn jemand getroffen.

»Hector, mein Sohn, die Sache ist die. Du lügst mich an, Mann«, sagte Malky im lockeren Gesprächston. »Ich will nicht mehr Zeit als unbedingt nötig in diesem Drecksloch verbringen – obwohl ich dir zu deiner Küche gratuliere, Großer. Also geb ich dir noch eine Chance, mir zu sagen, was dir dein Kumpel über Murdo Maxwell erzählt hat, ehe ich mich an deinen Gelenken als Heimwerker betätige.« Er ließ den Hammer sanft am Bein des Mannes hinaufgleiten. »Was hat Dodger dir über Murdo Maxwell erzählt?«

Hector beobachtete, wie der Hammer sein Schienbein streichelte, sein Knie – er zuckte ein wenig zusammen, denn das war noch empfindlich – und dann den Oberschenkel hinaufwanderte. Er schluckte schwer. Malky wartete.

Schließlich redete Hector. »Er hat gesagt, dass er den Typ umgebracht hat.«

»Warum?«

»Warum?«

Malky seufzte. »Warum hat er ihn umgebracht?«

»Es hat ihn jemand dafür bezahlt.«

»Wer?«

»Das wollte Dodger nicht sagen.«

Malky ließ den Hammer in der Nähe von Hectors Schritt ruhen. »Hector«, warnte er.

Hector zuckte. »Das ist die Wahrheit, Scheiße noch mal. Er hat gesagt, dass diese Typen echt übel sind.«

»Waren die von hier?«

Hector schüttelte den Kopf. »Nein, ich glaub nicht. Edinburgh, glaube ich. Vielleicht Glasgow.«

Malky nahm den Hammer weg und stand auf. Er wusste, wenn man ihm die Wahrheit sagte. »Und das hat er auch dem Anwalt erzählt?«

Hector war überrascht. »Dem Anwalt? Das weißt du auch?«

»Nein, mein Sohn. Das war nur geraten.« Er ließ den Hammer an der Seite hängen, während er auf den massigen Mann hinunterblickte, der sichtlich erleichtert war. Aber nur ein bisschen. »Hatte er noch andere Kumpel wie dich?«

»Kumpel wie mich?«

Malky spürte, wie der Ärger ihn übermannte. »Scheiße noch mal musst du immer alles wiederholen?«

»Alles wiederholen? Wie meinst du das?«

Malky beherrschte mühsam seine Verzweiflung. »Ach, egal. Hatte Dodger sonst noch jemanden, dem er sich anvertraut hat?«

»Anvertraut?« Hector verstummte, und der Schmerz und die

Furcht auf seinem Gesicht bekamen einen etwas nachdenklicheren Zug, während er darüber nachgrübelte. »Er war nicht so der joviale Typ, unser Dodger.«

Jovialer Typ, dachte Malky. Er hat jovialer Typ gesagt. Er kannte das Wort Eloge nicht, und dann kommt er mit jovialer Typ. Bei den Leuten kam man wirklich nie aus dem Staunen raus.

»Deswegen haben wir uns ja so gut verstanden, er und ich. Wir waren gute Kumpel. Haben zusammen gearbeitet und uns die Wohnung geteilt.«

Malky schaute sich um. »Wie bescheiden das Heim auch sein mag.«

Hector blitzte ihn an, hatte plötzlich seine Eier wiederentdeckt. »Aye, na ja, du kannst die Visage verziehen, soviel du willst, aber es war ein Zuhause, weißt du. Okay, wir kriegen keine verdammten Preise für Innenausstattung, aber wer zum Teufel hat dich überhaupt eingeladen?«

»Na ja, irgendwie du, Hector, als du mich von der Schwelle hier reingezerrt hast.«

Hector runzelte die Stirn, als er darüber nachdachte. »Aye, gut. Dodger und ich, wir haben uns gut verstanden, weißt du. Wir haben zusammen Jobs gemacht. Der beste Schlossknacker, den ich je gesehen habe. Der ist überall reingekommen. Und wenn die Dinge schwierig wurden, war er auch mit der Faust bei der Hand.«

Freundschaft, dachte Malky, kann man an den unwahrscheinlichsten Orten finden. Aber im Augenblick war ihm das ziemlich egal. »Hector, mein Sohn, sosehr ich deinen kleinen Ausflug in die Vergangenheit genieße, können wir wieder zur Sache kommen? Gab es da sonst noch jemanden, mit dem Dodger geredet haben könnte?«

»Geredet?«

Malky hob erneut den Hammer. »Hector, Junge, zwing mich nicht, dir wieder wehzutun.«

»Okay, okay.« Hector wich ein wenig zurück. Er holte Luft, stützte die gebrochene Hand, schluckte schwer, wägte die Treue zu seinem toten Freund gegen die Gewissheit ab, dass Malky ihm noch mehr Qualen zufügen konnte und würde. Er schaute zu Boden und sagte: »Da war noch was, das kein Scheißkerl wusste, außer mir. Dodger hat nie über sie geredet, wollte nicht, dass sie mit ihm in Verbindung gebracht wurde. Sie ist schnurgerade anständig, hat er mir gesagt.« Als er die Augen zu Malky hob, spiegelte sich darin der Ekel vor sich selbst, weil er gleich das Vertrauen seines Freundes brechen würde. »Er hatte eine Schwester.«

»Eine Schwester?«, wiederholte Malky. Er konnte es sich nicht verkneifen.

35

Rebecca hatte Roach erzählt, dass sie versucht hatte, einen Termin bei Sir Gregory Stewart zu bekommen – er war niemand, den man unangemeldet überfiel –, aber keinen Erfolg damit gehabt hatte. Roach wusste, dass sie in dieser Situation einen Vorteil hatte: Sie besaß einen Dienstausweis und war ranghoch genug, um damit durchzukommen. Das würde zumindest reichen, um ins Haus zu kommen; ob er dann mit ihr reden würde, stand auf einem anderen Blatt. Dies war keine offizielle Ermittlung, und so konnte sie nur wenig tun, falls er erwidern sollte, sie könnte sich ihren Dienstausweis und ihren Rang sonst wohin schieben.

Sie überlegte, ob sie vorher anrufen sollte, aber ihrer Erfahrung nach, die auch Rebecca teilte, war es oft besser, unangemeldet aufzutauchen. Der Überraschungseffekt ist eine schlagkräftige Waffe. Genau deswegen führt die Polizei Razzien oft in den frühen Morgenstunden durch. Und nicht, weil Polizisten gern herrliche Sonnenaufgänge anschauen.

Roach fuhr von der A9 ab und durch das Dorf Daviot, eine Ansammlung von Häusern etwa vier Meilen südlich von Inverness. Ihr Navi wies sie an, an der weißen Kirche linker Hand und an der Abzweigung zum Schulhaus vorbeizufahren und sich dann am Rand des Asphaltwerks zu orientieren. Nach weiteren drei Meilen verkündete ihr das Navi in knappen Worten, ihr Ziel befinde sich nun links von ihr. Ein offen stehendes zweiflügeliges Tor führte auf eine lange Einfahrt durch alten Baumbestand, und die schräg durch das Laub fallenden Sonnenstrahlen malten Zebramuster auf die Straße. Sie konnte beinahe das Knistern von Sir Gregorys vielen Banknoten hören, als sie um eine Kurve fuhr und endlich das dreigeschossige Gebäude aus robustem grauem Stein erblickte. Der feste Straßenbelag ging in Kies über, und ihre Reifen knirschten, als sie einschwenkte, um neben einem brandneuen Land Rover Discovery zu parken. Ihre Kühlerhaube zeigte auf einen weiten, gut gepflegten Rasen, der bis zu einem ummauerten Garten inmitten von Bäumen verlief.

Als sie aus dem Wagen stieg, hielt sie einen Augenblick inne, um das Haus genauer zu betrachten. Es war ein umgebautes Bauernhaus und posaunte Wohlstand heraus. Hier hatte jemand allein für die Blumenkästen vor den Fenstern mehr Geld ausgegeben, als sie auf der Bank hatte.

Sie ging auf die solide Haustür zu, und jeder ihrer Schritte klang auf dem Kies so, als mampfte ein Kind Cornflakes. Sie nahm den massiven eisernen Türklopfer in die Hand. Er war so schwer, dass sie wünschte, sie hätte am Morgen ihre Übungen für die Oberarme gemacht, und als er auf das Holz auftraf, schien der dumpfe Klang Unheilvolles zu verkünden. Sie angelte ihren Dienstausweis aus der Jackentasche und wartete. Nachdem das Echo des Türklopfers verhallt war, schien alles sehr still zu sein. Sie konnte nur die Vögel in den Bäumen singen hören, und das Summen der Bienen und anderen Insekten in der Zwergmispel, die neben der Tür an einer Wand hochwuchs. Wenn sie die Augen schloss, klang es so, als wäre sie bei einem Formel-1-Rennen. Nicht dass sie je bei einer solchen Sportveranstaltung gewesen wäre, aber sie kannte das Geräusch von den kurzen Augenblicken nach dem Einschalten des Fernsehers, bis sie einen anderen Kanal eingestellt hatte.

Jetzt fragte sie sich, ob vielleicht niemand zu Hause war – aber wem gehörte dann der Discovery? –, als plötzlich die Tür aufging. Eine blonde Frau in den Vierzigern warf ihr einen Blick zu, der sonst für Vertreter reserviert ist, die einem die Nelsonsäule oder den Eiffelturm verkaufen wollen. Die Frau war auf eine gesunde, hochnäsige Art sehr attraktiv. Roach würde jede Wette eingehen, dass diese Grünäugige niemanden für ein Rendezvous in Betracht ziehen würde, ehe nicht eine Bonitätsprüfung erfolgt war. Roach tippte, dass sie einen Namen wie Poppy oder Penny oder Primmy hatte. Sie entschied sich für Poppy.

»Ja?«, fragte die Frau. Sie hatte beide Hände am Türpfosten, jederzeit bereit, die Tür zu schließen, falls sie es für nötig hielt.

»DCI Val Roach«, antwortete Roach und hielt den Ausweis so hin, dass Poppy das Foto sehen konnte. Und dann fügte sie ohne erkenntlichen Grund hinzu: »Police Scotland. Ich würde gern kurz mit Sir Gregory Stewart sprechen, wenn das möglich ist.«

»Worum handelt es sich?« Der Akzent der Frau war so nobel, dass es geradezu eine Beleidigung gewesen wäre, ihn vornehm zu nennen. Aus diesen wenigen Worten konnte Roach nicht schließen, ob die Frau Engländerin oder einfach nur eine hochnäsige Schottin war.

»Routinesache«, erwiderte sie. Im Zweifel immer auf Routinesache zurückgreifen.

Die Frau schien wenig beeindruckt. »Mein Mann hat sehr viel zu tun.«

Ah, das war also die aktuelle Mrs Sir Gregory Stewart. »Ich werde nicht allzu viel seiner Zeit in Anspruch nehmen, aber ich wäre wirklich sehr dankbar, wenn ich mit ihm sprechen könnte.«

»Können Sie keinen Termin ausmachen?«

Roach warf ihr, wie sie hoffte, ihr charmantestes Lächeln zu. Für sie selbst fühlte es sich sehr unaufrichtig an, Gott weiß, wie es auf Poppy wirkte. »Nun ja, jetzt bin ich einmal hier. Wenn es Ihnen also nichts ausmachen würde, ihm Bescheid zu sagen? Es wäre so schade, noch mehr Zeit zu verschwenden, und, wie gesagt, ich brauche nicht lange.«

Eine Stimme hinter der Frau ertönte: »Ist in Ordnung, Charmaine.«

Charmaine, nicht Poppy. Na ja, man kann nicht immer richtigliegen, dachte Roach. Sie fand nicht, dass die gegenwärtige Mrs Sir Gregory wie eine Charmaine aussah. Bei diesem Namen musste sie sofort an einen Onkel denken, der bei Familientreffen stets einen Song mit diesem Namen im Titel sang. Damals, in den frühen 1960er-Jahren, war er ein großer Hit für die Bachelors gewesen, zwei irische Brüder und einen anderen Typen, das hatte zumindest ihr Onkel immer so erzählt. Er war ein Riesenfan. Roach hatte noch nie von dieser Gruppe gehört. Für sie würde Mrs Sir Gregory immer Poppy bleiben, beschloss sie.

Die Frau trat zur Seite, und da stand Sir Gregory in seiner ganzen Clooney-Pracht. Sein gebräunter Teint stammte nicht aus der Flasche oder von der Sonnenbank, sein kurzes eisengraues Haar war sorgfältig geschnitten, und die Fältchen um die braunen Augen zeugten von guter Laune, hätten aber leicht auch Verachtung spiegeln können.

»DCI Roach«, sagte sie und streckte ihm ihren Dienstausweis hin. Er nahm ihn entgegen und begutachtete ihn so sorgfältig, als versuchte er, sich ihren Namen samt Titel ganz genau einzuprägen.

»Ich habe Sie vom Fenster oben gesehen«, sagte er, als er den Ausweis zurückgab, anscheinend nun von ihrer Vertrauenswürdigkeit überzeugt. »Ich dachte schon, Sie wären eine Maklerin, die mir ein Angebot machen will, so genau, wie Sie sich umgeschaut haben.«

Also war ihr rascher Blick doch nicht so rasch gewesen, wie sie geglaubt hatte. Sie war sich nicht sicher, ob sie sich beleidigt fühlen sollte, weil er sie für eine Maklerin gehalten hatte.

»Passiert Ihnen das oft?«

»Gelegentlich.«

Roach trat einen Schritt zurück und schaute sich die Fassade erneut an. »Ist ja auch wirklich eindrucksvoll.«

»Danke. Es war einiges an Arbeit zu machen.«

Ich wette, das hat ein ordentliches Loch in deine Kasse gerissen, dachte sie. »Jedenfalls, es tut mir leid, dass ich Sie störe«, sagte sie, obwohl ihr rein gar nichts leidtat, »aber ich habe mich gefragt, ob Sie einen Augenblick Zeit für mich hätten.«

»Es geht wahrscheinlich um James«, sagte er.

»Ja.«

Er nickte und trat über die Schwelle. »Ich wollte gerade ein bisschen an die frische Luft gehen. Würde es Ihnen was ausmachen?«

»Überhaupt nicht«, antwortete sie, obwohl sie gehofft hatte, einen Blick ins Innere des Hauses werfen zu können. Sie sah sich gern an, wie das eine Prozent der Bevölkerung wohnte. Scheiße, vielleicht war sie im innersten Herzen doch Maklerin.

Er gab seinen Frau einen Kuss auf die Wange und sagte: »Ich bleibe nicht lange weg, Darling.« Charmaine akzeptierte seinen Kuss, doch ihre Augen blieben auf Roach gerichtet, nur falls diese beschließen würde, ihr Gehalt durch den Diebstahl eines der dekorativen Blumentöpfe aufzubessern.

»Bleib nicht zu lange, Darling«, sagte die Frau. »Wir müssen um drei im Club sein. Abschlag ist um drei Uhr fünfzehn.«

Golf. Roach spielte gern selbst ein, zwei Runden, wenn sie es schaffte, und sie hätte das ehrlich gesagt jetzt auch vorgezogen. Ihr machte es Freude, mit Schlägen auf den kleinen weißen Ball Spannungen abzubauen. Manchmal stellte sie sich vor, es wäre ein Halunke oder ein Anwalt. Oder ein Kollege von der Polizei.

»Keine Sorge, Darling«, sagte Sir Gregory, als er zu Roach in die Einfahrt trat. »Bis dahin ist noch jede Menge Zeit.«

Er deutete mit einer Handbewegung an, dass sie um das Haus herumgehen sollten, nickte Charmaine noch ein letztes Mal zu, die darauf mit einem leichten Anspannen der Mundwinkel reagierte. Roach folgte ihm. Sie widerstand der Versuchung, ihrerseits Poppy mit einem kleinen Winken zu grüßen. Bis später dann, Poppy.

»Danke, dass Sie sich Zeit für mich nehmen«, sagte sie, während ihre Schritte über den Kies knirschten.

»Ich hatte mir schon gedacht, dass jemand kommen würde«, meinte er. »Sobald ich die Artikel in der Presse gelesen hatte. Die Banner waren eins, aber die Nachricht vom Geständnis dieses Kriminellen, die hat die Sache wirklich perfekt gemacht.«

Also war es schon raus, dachte Roach. Rebecca trödelte nicht rum.

»Irgendeine Reporterin hat schon versucht, mich zu kontaktieren, aber mit der werde ich nicht reden.«

»Nun, dann danke ich, dass Sie mit mir sprechen.«

Sein Lächeln fühlte sich an wie ein wohlwollendes Tätscheln auf den Kopf. »Wie kann ich Ihnen also behilflich sein, Detective Chief Inspector? Darf ich Sie Valerie nennen? Detective Chief Inspector ist so ein Wortungetüm.«

»Val, bitte«, antwortete sie.

»Wie kann ich Ihnen also behilflich sein, Val?«

Sie waren am Haus vorbeigegangen und bewegten sich nun auf einen Hof zu, der an drei Seiten von niedrigen Gebäuden gesäumt war. Früher waren das bestimmt einmal Außengebäude des Bauernhofs gewesen, nun aber hatte man sie in Büroräume für Sir Gregory Stewarts verschiedene Geschäfte umgebaut. Sie hatte ihre Hausaufgaben gemacht, ehe sie sich auf die kurze Fahrt über die A9 nach Daviot machte. Sir Gregory hatte bereits vor längerer Zeit den Zeitschriftenverlag seiner Familie an ein großes Pressehaus verkauft, war aber noch immer in der Immobilienentwicklung und als Landbesitzer tätig. Sie wusste, dass er auch andere Einkommensquellen hatte. Die ausgewogene Mischung verschiedener Vermögenswerte war das Geheimnis jedes guten Portfolios. Nicht, dass sie selbst neben ihrem Gehalt noch ein anderes Einkommen hätte. Sie besaß nicht einmal Aktien, im Gegensatz zu einigen ihrer Kollegen. Sie hatte noch Sawyers Andeutung im Hinterkopf, dass einige von Sir Gregorys Geschäften nicht ganz legal waren. Der ehemalige Detective Sergeant hatte sich nur sehr vage dazu geäußert, hatte aber ausdrücklich betont, das seien alles nur Gerüchte, also könnte es sich lediglich um kleinere Steuerhinterziehungen handeln. Andererseits agierte der Mann auf multinationaler Ebene, hätte also durchaus mit einigen ziemlich windigen Gesellen Kontakt pflegen oder ihnen etwas zustecken können. Und das waren nur seine ehemaligen Kumpels aus der Privatschule.

Da fielen ihr die Leute aus den oberen Etagen ein, die McIntyre zart angedeutet hatten, er solle vielleicht diese Sache einmal unauffällig untersuchen lassen. Konnte es sein, dass Sir Gregory dahintersteckte?

»Dies ist lediglich ein Routinebesuch, Sir Gregory«, sagte sie und blieb bei dem, was sie auch Poppy schon gesagt hatte. Sie gingen zusammen zu einem Tor am anderen Ende des Hofes neben einer hohen Esche, deren Äste noch winterlich trübselig aussahen. Doch als sie sich näherten, konnte Val bereits die ersten dunklen Knospen ausmachen, die hier sprossen. Es war erst Mai und würde vielleicht noch ein, zwei Wochen dauern, bis sie aufgingen. »Natürlich sind wir in einer Situation wie dieser dazu verpflichtet, der Sache nachzugehen.«

»Meinen Sie, dass etwas dran ist an dem, was dieser Mann, dieser … äh …«

»Dodge«, ergänzte sie.

»Ja, Dodge.« Er öffnete das Tor und ließ sie vor sich durch. Was für ein Gentleman – aber so leicht narrte man sie nicht. Von ihrer Vorbereitung wusste sie, dass er ein rücksichtsloser Schweinehund sein konnte, wenn es sein musste. »Meinen Sie, dass etwas dran ist?«

»Ich weiß es nicht«, sagte sie wahrheitsgemäß. »Ich sehe mir die Sache nur so genau wie möglich an.«

Sie gingen nun auf einem Pfad, der an einem Feld entlangführte. Dank des andauernden guten Wetters war der Boden hart. Hier und da rupften Schafe am grünen Gras, und manche blickten auf, um sie mit so etwas wie Neugier zu betrachten, während die älteren Lämmer zwischen ihnen herumspazierten. Eines starrte sie aus etwa einem Meter Entfernung an, die Beine gespreizt, wie das Lämmer gern tun, als seien sie wild entschlossen, nicht von der Stelle zu weichen. Roach wusste nichts über Vieh, also konnte sie auch nicht sagen, ob sich auf dem kleinen schwarzen Gesicht tatsächlich Neugier oder doch eher Trotz abzeichnete. Als sie sich dem Tier weiter näherten, gewann seine natürliche Friedfertigkeit die Oberhand, und es trollte sich und blökte nach seiner Mutter.

Hier schien es noch wärmer zu sein, und sie zog sich die Jacke aus und legte sie sich über den Arm. Sie bemerkte, dass Sir Gregory ihre Bluse oder vielmehr das, was sich darunter befand, mit raschem Blick einer kurzen Musterung unterzog. Einen Augenblick lang flammte ein allzu vertrauter Ärger in ihr auf – sie schaute ja schließlich auch nicht jedem Mann auf den Schritt –, aber dann ließ sie es gut sein.

Seine Augen wanderten wieder auf den Pfad, der vor ihnen lag, und er fragte: »Wie kann ich also behilflich sein?«

»Wie haben Sie die Geschehnisse in Erinnerung?«

Er blies die Wangen auf und musterte den zerfurchten Weg unter seinen Füßen. »Ich erinnere mich gut daran, Val. Er ist mein Sohn, und man hat ihn angeklagt, einen Mord begangen zu haben.«

»Glauben Sie, dass er Murdo Maxwell getötet hat?«

»Es fiel mir schwer, zu glauben, dass James fähig war, so etwas zu tun.«

»Aber Sie haben sich nicht an der Kampagne Ihrer Frau beteiligt, seinen Namen reinzuwaschen.«

»Meiner Exfrau. Und nein, das habe ich nicht gemacht.«

»Darf ich nach dem Grund dafür fragen?«

Er machte noch ein paar Schritte, ehe er antwortete. »Afua wollte nicht, dass ich mich beteiligte. Wir haben uns nicht im Guten getrennt.«

»Ist Ihre Ehe daran zerbrochen, was mit Ihrem Sohn passiert ist?«

»Zum Teil, aber es hatte davor schon Probleme gegeben. Als ich Afua kennenlernte, dachte ich, sie sei das Schönste, was ich je gesehen hatte. Sagen Sie das bloß nicht Charmaine, aber das ist sie wohl immer noch, nicht dass ich sie oft zu sehen bekomme. Sind Sie verheiratet, Val?«

Sie dachte an Joe. Wie er lächelte. Dann dachte sie an ihn mit seiner neuen Frau. »Nein«, antwortete sie, nicht bereit, das näher auszuführen.

»Waren Sie je verheiratet?«

Wieder eine Erinnerung an Joe, wie er mit ihr lachte, sie hielt. Dann sie allein in dem großen Haus in Perth, in dem sie zusammen gewohnt hatten, die Stille ringsum wie ein Leichentuch. »Ja, aber ich bin geschieden.«

»Ah«, sagte er, »dann verstehen Sie das. Die Ehe ist nicht so wie die Rendezvous. Die sind nichts als Versprechen und Entdeckung, die Ehe ist Arbeit und Kompromiss, oft auch Enttäuschung. Afua hat das nicht begriffen, als wir miteinander ausgingen. Beim Liebeswerben ist sehr viel Fantasie im Spiel, finden Sie nicht?«

»Es ist lange her, dass jemand um mich geworben hat«, erwiderte sie.

Er schien überrascht zu sein. »Wirklich?«

Sie wusste nicht, was er damit meinte. War es Ironie, vielleicht sogar Sarkasmus? Sie konnte das nie genau unterscheiden. Oder flirtete er etwa gerade mit ihr? Sie drückte sich die Daumen, dass es Ironie oder Sarkasmus war, obwohl der rasche Blick vorhin, als wollte er die Ware begutachten, anderes nahelegen könnte. Der Tag war eigentlich zu schön, um einen Mann abblitzen zu lassen, selbst wenn er aussah wie George Clooney und ihr Jahresgehalt mit dem Geld bezahlen konnte, das ihm zwischen die Sofakissen gerutscht war. Und wer bekommt schon gern einen Korb?

Zum Glück führte er seine Frage nicht weiter aus. »Na jedenfalls, Sie waren verheiratet und wissen also, wie die Ehe in Wirklichkeit ist. Afua wollte die Version, wie sie in den Liebeskomödien Marke Hollywood gezeigt wird. Sie wollte ein Happy-End, das ich einfach nicht liefern konnte.«

Man musste es ihm anrechnen, dass eine Traurigkeit in seiner Stimme lag. Roach kannte diese Traurigkeit, sie hatte sie in ihren eigenen Gedanken gespürt, wenn sie überlegte, was in ihrer Ehe geschehen war. Sie hatte auch geglaubt, sie würde mit Joe zusammen in den Sonnenuntergang reiten, aber so sollte es eben nicht sein. Das Leben hat die unangenehme Angewohnheit, der Romantik in die Quere zu kommen.

»Aber Sie haben wieder geheiratet«, merkte sie an.

»Ja, und ich bin sehr glücklich. Wer hat das noch mal gesagt, dass die zweite Ehe der Triumph der Hoffnung über die Erfahrung ist?« Sie hatte keine Ahnung. »Samuel Johnson, glaube ich.« Er lächelte, als hätte er sich diesen Spruch höchstpersönlich ausgedacht. »Werden Sie noch einmal heiraten?«

»Nicht, wenn ich es vermeiden kann.«

»Das klingt ja schrecklich endgültig.«

»Das ist es auch.« Sie brachte ihn vorsichtig wieder zum Thema. »Sie waren also schon dabei, sich zu trennen, ehe Murdo Maxwell ermordet wurde?«

»Ja, und die Tatsache, dass ich nicht zu hundert Prozent hinter James' Unschuld stehen konnte, hat den Vorgang nur beschleunigt.«

»Sie glauben also, dass er schuldig ist?«

»Ich will das wirklich nicht, aber er war die einzige andere Person im Haus, und seine Fingerabdrücke waren auf der Mordwaffe. Man hat seine DNA überall auf dem Toten gefunden.«

Auf dem Toten. Nicht auf Murdo Maxwell. Wenn man den Namen benutzt, wird eine echte Person draus.

»Aber das war ja zu erwarten«, wandte sie ein, »sie waren doch ein Paar.« Sie machte diesen Kommentar ganz absichtlich, um zu sehen, wie er darauf reagierte, aber er erwiderte nichts. »Erzählen Sie mir von Ihrem Sohn.«

»Von James?« Die Frage schien ihn aus irgendeinem Grund zu verblüffen. »Er war ein ruhiger Junge, überhaupt nicht wie seine Freunde. Und er hatte viele Freunde, er war beliebt, obwohl er oft lieber für sich war. Er blieb dann auf seinem Zimmer, hat gelesen oder ferngesehen, oder er hat lange Spaziergänge am Fluss gemacht. Er hat die Ness Islands geliebt.«

»Okay. Und wie standen Sie dazu, dass er schwul war?«

Sie warf noch einen raschen Seitenblick auf sein Gesicht, während sie weitergingen. Seine Miene veränderte sich nicht, doch als er antwortete, spürte sie, dass er seine Worte sorgfältig wählte. Vielleicht beeinflusste aber auch Sawyers Geschichte ihre Sichtweise.

»Ich habe seine Wahl respektiert«, sagte er.

»Wohl kaum eine Wahl, oder? Eher ein biologischer Imperativ.«

»Vielleicht.«

Aha. Also immer noch nicht glücklich darüber, dass sein Sohn schwul ist.

»Und was war mit Mr Maxwell?«

»Was sollte mit ihm sein?« Wieder diese Vorsicht.

»Wie sind Sie mit ihm klargekommen?«

Schweigen, nur einen Augenblick lang. Er sah sich gezwungen, über einen Mann zu reden, über den er viel lieber nur abstrakt sprechen wollte. Nach allem, was Sawyer ihr berichtet hatte, gab es für Roach gute Gründe, das Gespräch auf Maxwell zu bringen. Ein Spaziergang in der Sonne war schön und gut, aber ihr war klar, dass Sir Gregory ihr nur eine kurze Gelegenheit zum Gespräch gewähren würde. Es war Zeit, zum Kern der Sache zu kommen.

»Ich kannte ihn«, sagte er und wollte es dabei belassen.

Aber das ließ sie nicht zu: »Wie gut kannten Sie ihn?«

»Nicht gut. Er war nicht ...« Erneut legte er eine Pause ein, überlegte, wie er es erklären sollte. »Er war nicht mein Typ.«

»Nicht Ihr Typ?«

»Wir waren an entgegengesetzten Enden des politischen Spektrums, was mir an sich nichts ausmacht, aber es war etwas Unaufrichtiges an ihm, ein Mangel an echter Überzeugung. Er wählte immer nur Kampagnen, die seine Karriere befördern und Streicheleinheiten für sein Ego bringen konnten, mehr nicht. Genauso war er auch als Anwalt. Als Verteidiger hat er Leute vertreten, die man meiner Meinung nach besser gleich nach der Geburt ertränkt hätte. Oder zumindest hingerichtet.«

»Sie befürworten die Todesstrafe?«

»Schockiert Sie das?«

»Obwohl man Ihren Sohn gehenkt hätte?«

Er schwieg und öffnete ein zweites Tor auf dem Weg. Sie hatte das Gefühl, dass er es als Vorwand nutzte. Er hatte keine Antwort auf ihre Frage. Sie betraten nun einen schattigen Pfad neben einem von Bäumen gesäumten Fluss. Das war wohl der Nairn, vermutete Roach. Gut für Lachsangeln, hatte ihr einmal ein Sergeant erklärt und ihr dann eine schier endlose Geschichte vom Fangen und Zurücksetzen von Fischen erzählt. Einen Fisch dril-

len, nannte er es, und darauf folgte noch jede Menge über Ruten-
stärke, Sichtbarkeit des Leaders und Strömungsrichtung. Und
dabei hatte sie sich nur erkundigt, wie sein Wochenende gewesen war.

Durch die Bäume hindurch konnte sie den hinteren Teil des
Hauses sehen, und vor sich erblickte sie ein drittes Tor und einen
weiteren Pfad, der sie wieder dorthin zurückführen würde. Es sah
ganz so aus, als würde es ein sehr kurzer Spaziergang werden. Zeit,
zur Sache zu kommen.

»Sir Gregory, erzählen Sie mir doch bitte, was im Town House
vorgefallen ist.«

Seine Schritte zögerten nicht, aber er antwortete auch nicht,
und sie dachte, ihm sei vielleicht plötzlich die Geduld ausgegangen. Bill Sawyers Worte klangen ihr noch in den Ohren: Dieser
Schweinehund kann ganz schön reizbar sein – aber das konnte
sie auch.

»Sir Gregory?«, wiederholte sie.

»Wer hat Ihnen davon erzählt?«

»Es steht in den Akten.«

Seine Nasenflügel bebten und zischten vor Wut. »Das war alles ein Missverständnis. Ich hatte getrunken.«

»Sie haben ihn bedroht.«

»Ich habe ihn nicht bedroht.«

»Ihr Verhalten war drohend.«

»Ich hab es Ihnen doch schon gesagt, ich war betrunken. Und
ich habe das sowieso hinterher alles erklärt, als man mich dazu
befragt hat. Nachdem man James verhaftet hatte.«

Sawyer hatte ihr erzählt, er hätte diesen Vorfall erst nach dem
Mord zu Protokoll gegeben. Maxwell hatte nicht gewollt, dass es
irgendwie offiziell gemacht wurde, und es waren ja auch keine Ge-
setze gebrochen worden, außer denen des Anstands. Maxwells
Tod hatte allerdings alles geändert.

»Erzählen Sie mir etwas über die Pläne für den Windpark«, fuhr sie fort.

Sie hatte sich darüber informiert, ehe sie in Richtung Süden losgefahren war. Mit dem Projekt Craigdearg wäre am Hang eines Bergs in Sutherland einer der größten Windparks des Landes errichtet worden. Der Plan hatte den Zorn von Umweltschützern, Wanderern und einigen Teilen der Tourismusindustrie auf sich gezogen. Murdo Maxwell hatte die Kampagne angeführt, die die herrliche Natur dieses Landstrichs betonte und den Schaden anprangerte, den der Bau der Windturbinen bei der örtlichen Fauna und Flora anrichten würde.

»Ich habe es so verstanden, dass das Projekt zur Zerstörung der Torfmoore führen würde und damit Kohlenstoff freigesetzt würde, der die Bäche kontaminieren, vielleicht sogar in die Wasserversorgung eindringen und zur Verseuchung mit Kolibakterien führen könnte. Und war da nicht auch noch was wegen einer Reaktion mit Chlor, die eine krebserregende Chemikalie hervorbringt?«

Roach konnte den Namen dieser Chemikalie weder buchstabieren noch aussprechen, war also dankbar, als Sir Gregory sagte: »Trihalogenmethan. Und das war alles ein Haufen schlecht recherchierter Unsinn. Aber das war ja Maxwells Spezialität. Er wusste, dass er nur das Wort ›Krebs‹ aussprechen musste, und schon würden die Leute aufhorchen. Jedenfalls hatte meine Aufregung an diesem Abend nichts mit diesem Projekt zu tun.«

Er war allmählich gereizt, das merkte sie daran, wie scharf sein Ton geworden war. Das dritte Tor riss er praktisch auf. Diesmal ging er auch zuerst durch, hier gab es kein höfliches Zurücktreten mehr, wie es sich für einen Gentleman gehört. Er überließ es ihr sogar, das Tor wieder zu verriegeln. Und beschleunigte seinen Schritt, als sie an einer Reihe von Birken entlang wieder auf das Haus zugingen.

»Mr Maxwell schien da aber anderer Meinung gewesen zu sein«, erwiderte sie.

»Da hat sich Mr Maxwell eben geirrt.« Er hatte ganz leicht das Wort Mister betont. Er konnte einfach nicht anders.

»Der Plan für das Projekt wurde dann schließlich abgelehnt, kurz bevor Maxwell ermordet wurde. Haben Sie dabei viel Geld verloren?«

Nun blieb er stehen und funkelte sie wütend an. Der freundliche Sir Gregory war verschwunden. War das jetzt der echte?, fragte sie sich.

»Was wollen Sie damit andeuten?«

»Ich deute gar nichts an. Ich habe Sie nur gefragt, ob Sie dabei viel Geld verloren haben.«

»Ich verliere dauernd irgendwo Geld. Und verdiene zu anderen Zeiten welches. Das gleicht sich aus. Aber mir gefallen Ihre impliziten Schlussfolgerungen nicht.«

Dagegen kann ich nichts machen, dachte sie, sagte es aber nicht. Sie entschuldigte sich auch nicht dafür. »Was für implizite Schlussfolgerungen ziehe ich denn, Sir Gregory?«

»Treiben Sie keine Spielchen mit mir, Detective Chief Inspector.«

Oh, oh, dachte sie, jetzt umwirbt er mich nicht mehr.

»Was für Spielchen?«

»Wortspielchen, Gedankenspielchen. Andeutungen, dass ich vielleicht in den Mord an diesem Mann verwickelt war, entweder wegen meines Sohnes oder wegen meiner Geschäfte, ohne das natürlich laut zu sagen. Ich hatte nichts mit dem Tod dieses Mannes zu tun. Der Fall war damals klar, und er ist heute noch genauso klar. Mein Sohn hat den Mann getötet. Sie haben sich gestritten, er hat einen Schürhaken genommen und ihn totgeprügelt. Es macht mir kein Vergnügen, das zu sagen, und ich wünschte, es wäre anders, aber kein unausgegorener Pressebericht über das Geständnis eines zwielichtigen kleinen Verbrechers ändert daran etwas. Und jetzt entschuldigen Sie mich bitte, meine Frau erwartet mich. Sie finden allein vom Gelände.«

Er wandte sich von ihr ab und stürmte den Pfad hinunter, vielleicht um sich von Poppy die fiebrige Stirn kühlen zu lassen.

Roach fand allein vom Gelände.

36

Malky merkte sogar am Telefon, dass Wee Joe von der Nachricht alles andere als begeistert war. Er saß draußen vor der adretten Häuserzeile in seinem Auto und überlegte, dass es beinahe so war, als wäre er wieder zu Hause in Glasgow. Warum auch nicht? Inverness war schließlich kein Ausland, obwohl er Leute kannte, die in ferne Länder gereist waren, aber in Schottland nicht weiter nördlich gekommen waren als Stirling.

Wee Joes Stimme war verhalten, doch sie bebte vor Wut. »Hast du die Story im Internet gesehen?«

Malky schaute sie gerade auf dem Tablet durch, das er im Auto hatte. Es war die Webseite einer Boulevardzeitung mit der Schlagzeile »TOTER GANOVE: MAXWELLS TOD WAR AUFTRAGS-MORD«. Es war reine Zeitverschwendung gewesen, Hector zu verprügeln. Hier stand mehr oder weniger alles: Dodger, der Anwalt Jordan, die eidesstattliche Erklärung, die er unterzeichnet hatte, und ein kurzer Abriss des Falls. Es stand kein Name unter dem Artikel, aber Malky würde sein letztes Hemd drauf verwetten, dass diese Tussi Connolly ihn geschrieben hatte.

»Also dieser Typ ...« Wee Joe ließ den Satz schweben, versuchte sich an den Namen zu erinnern.

»Hector. Sie nennen ihn Mount Hector.«

»Warum?«

»Irgendein witziges Wortspiel mit Mount Etna, anscheinend.«

Eine Pause. »Das ist nicht witzig, das ergibt nicht mal einen Sinn.«

»Es kann ja nicht jeder Billy Connolly sein.«

»Also hat dieser Dodger gesagt, wer ihn angeheuert hat?«

»Kein Sterbenswörtchen, nicht mal eine Andeutung, und er und dieser Hector waren gute Kumpel, so eng befreundet, wie Kerle das nur sein können, ohne Körperflüssigkeiten auszutauschen.«

Wieder eine Pause am anderen Ende der Leitung. Malky fragte sich erneut, warum sein Boss über diese Sache so ins Schwitzen geriet. Was zum Teufel hatte er damit zu tun? Hatte etwa er Dodger angeheuert? Und wenn ja, warum?

Wee Joe fragte: »Was ist dein nächster Schritt?«

»Dodger hatte eine Schwester. Ich sitze im Wagen vor ihrem Haus. Hector hat gesagt, wenn Dodger irgendwem mehr erzählt hat, dann ihr. Vielleicht.«

»Vielleicht?«

»Sie standen sich nicht nah, aber Hector meinte, dass Dodger in der letzten Zeit immer die Tränen kamen, wenn er von der Familie geredet hat. Er hat sie vor ein paar Monaten besucht, zum ersten Mal seit Ewigkeiten, am selben Tag, als er auch bei diesem Anwalt war.«

»Was ist mit dem Anwalt? Ist der astrein?«

»Ich glaube nicht, dass ich aus dem was rausbringe, wenn du das meinst. Nein, ich denke, unsere beste Möglichkeit ist jetzt die Schwester.«

»Und wenn die nichts weiß?«

»Dann stehen wir vor einer Mauer.«

Der lange Seufzer teilte Malky mit, dass Wee Joe das wirklich nicht hatte hören wollen. Scheiß drauf, Wunder konnte er nicht vollbringen.

»Noch eins«, sagte er.

»Was?«

»Mo Burke hat was dafür verlangt, dass sie mich in Richtung Hector gewiesen hat.«

Noch ein Schnaufen, diesmal mit einer Spur Verzweiflung. »Was will sie?«

»Diese kleine Reporterin. Die wahrscheinlich diese Artikel geschrieben hat. Es scheint, dass es da eine Vorgeschichte gibt. Sie will, dass wir ihr ein bisschen wehtun.«

»Wie viel ist ein bisschen?«

»Ich habe den Eindruck, dass in diesem Fall ein bisschen ziemlich viel ist.«

»Und sie will, dass du das tust, ja?«

»Aye, hier im Norden kennt mich keiner. Viele Ebenen zwischenschalten und so weiter.«

Wieder Schweigen.

»Also?«

»Also was?«, fragte Wee Joe.

»Mach ich's?«

Selbst aus der Entfernung von Hunderten von Meilen konnte Malky die Rädchen im Kopf seines Bosses surren hören, als der alle Möglichkeiten durchdachte, die Vorteile und Nachteile gegeneinander abwägte. »Das überlasse ich dir, aber wenn du dich dafür entscheidest, dann mach's erst kurz bevor du hierher zurückkommst. Ich will, dass du dich so bedeckt hältst wie möglich. Es ist immer riskant, wenn man jemandem wehtut, der so schnurgerade aufrichtig ist, selbst wenn es eine widerliche Reporterin ist.«

»Wie lange soll ich denn hier oben bleiben?«

»Geh die Schwester besuchen, und dann sehen wir, wo dich das hinführt.«

Malky konnte nicht anders, er musste einfach fragen: »Boss, was genau suche ich eigentlich hier?«

»Lass das nur meine Sorge sein. Schnüffel einfach rum, erstatte mir Bericht über alles und jedes, was du da findest.«

Ende der Verbindung. Malky runzelte die Stirn. Er fischte im Trüben, und das gefiel ihm nicht. Er war überzeugt, dass er nichts

Neues herausfinden würde, doch solange er marschierte, würde er nicht ins Gefecht verwickelt, überlegte er. Und es gab schlimmere Orte als Inverness, um ein paar Tage dort zu verbringen.

Die Tür zum Haus der Schwester ging auf, und eine junge Frau trat heraus: schulterlanges kastanienbraunes Haar, blaue Jacke, Jeans. Er erkannte sie sofort – er hatte Rebecca Connolly gegoogelt, nachdem er von Mo Burke gekommen war, und ihr Foto in der Verfasserzeile einer der Lokalzeitungen gefunden. Wie er das bei den meisten Frauen machte, beäugte er erst mal ihre äußere Erscheinung. Sie würde zwar nicht alle Köpfe verdrehen, aber sie sah nicht schlecht aus, wenn man was für den blassen, schmalen Typ übrighatte. Mädels, die so aussahen, schlichen sich den Jungs ins Herz. Eine Schande, wenn er sie verunstalten müsste.

Sie war ihm also einen Schritt voraus, das hätte er sich denken können. Die Frau, von der sie sich an der Tür verabschiedete, war irgendwie unscheinbar: groß und dünn wie eine Bohnenstange. Sie drückte etwas an die Brust, das wie ein Kuscheltier aussah. Was zum Teufel hatte das denn zu bedeuten? Die beiden wechselten noch ein paar Worte, und dann kam die Reporterin über den Pfad und stieg in einen blauen Vauxhall Corsa mit Nummernschildern von 2014. Der musste auch mal wieder gewaschen werden. Das ging Malky besonders gegen den Strich, denn er war stets darauf bedacht, dass sein Auto nur so funkelte. Kein Mensch durfte darin was essen, er putzte es jede Woche, manchmal sogar zweimal, saugte Staub, polierte es. Seiner Meinung nach war das Auto eines Mannes ein Spiegel seiner selbst.

Er beobachtete, wie sie an ihm vorbeifuhr. Er erwägte, ihr zu folgen, aber dazu hätte er wenden müssen, und bis dahin wäre sie schon die Straße hinunter gefahren und weg. Nein, er wollte bei seinem Plan bleiben, erst mit der Schwester zu reden. Er hatte herausgefunden, wo Connollys Büro war, konnte sie also jederzeit wiederfinden, wenn es sein musste.

Doch beinahe unmittelbar nachdem sie fortgefahren war, folgte ihr ein anderes Auto. Ein schwarzer Ford Fiesta mit Nummernschildern von 2016 – kaufte hier wirklich niemand Neuwagen? Aber das Auto war gut in Schuss, jedenfalls besser gepflegt als das von dieser Connolly. Es saßen zwei Typen drin, die Augen starr auf den Corsa gerichtet.

Jemand verfolgte die Kleine.

Er konnte sich zwar nicht sicher sein, meinte aber, einen von den beiden zu kennen. Nicht gut, aber er hatte ihn in Glasgow ein paarmal gesehen. Ein Kumpel hatte ihm den Namen des Typs genannt. Wie war der doch gleich gewesen? Paul irgendwas, dachte er. Er beobachtete das Auto im Seitenspiegel, bis es aus seinem Blickfeld verschwunden war, und fragte sich, warum die beiden sich so für die Reporterin interessierten. Ganz gegen seinen Willen wuchs seine Neugier.

37

Normalerweise mochte Rebecca keine Musik bei der Arbeit, aber jetzt schaltete sie das DAB-Radio an, das Chaz und Alan ihr zu Weihnachten geschenkt hatten. Sie brauchte in diesem kleinen Zimmer irgendein Geräusch. Opernklänge erfüllten den Raum – irgendwas von Puccini, glaubte sie, dem Lieblingskomponisten ihrer Mutter, ein lyrischer und trauriger und tief empfundener Gesang –, und schon fühlte sie sich nicht mehr so allein. Sie schaltete den Wasserkocher ein und konzentrierte sich darauf, einen Artikel über Eleanor Fraser zu schreiben. Das würde die Sache am Kochen halten, so ein schöner Artikel mit menschlichem Aspekt. Sie hatte Eleanor sogar dazu überreden können, dass sie ein Bild von ihr mit dem Stoffhäschen machen durfte. Sie knipste es gleich mit ihrem Handy, weil sie die Angelegenheit nicht so lange herausschieben wollten, bis Chaz dazukommen konnte. Rebecca war über Eleanors Zustimmung erstaunt gewesen, aber die Leute waren immer für eine Überraschung gut. Manche, von denen sie überzeugt war, sie könnte sie leicht zu einem Bild überreden, konnten sich als kamerascheu entpuppen, während andere, von denen sie vermutet hatte, sie würden vor jedem Fotografen die Flucht ergreifen, sich nur zu bereitwillig ablichten ließen. Wahrscheinlich musste man den richtigen Augenblick erwischen, überlegte sie. Eleanor hatte ihr sogar einen Schnappschuss von ihrem Bruder mitgegeben. Es war ein etwa zwanzig Jahre altes Papierbild, aber es würde reichen. Man sah darauf ein breites Gesicht mit einer Narbe auf einer Wange, dünnem, zerzaustem Haar und

Augen, die die Kamera mit kaltem Desinteresse betrachteten. Rebecca scannte das Bild ein und verschickte es als Anhang mit den Emails.

Sie blätterte ihr Notizbuch durch, fand Mona Maxwells Telefonnummer und wollte sie gerade auf dem Agentur-Handy anrufen, doch dann stockte ihre Hand über dem Hörer. Da war immer noch diese Nachricht, die ihr wie etwas Bösartiges auflauerte. Sie benutzte stattdessen ihr persönliches Handy. Sie hörte, wie das Telefon in Kirkbrig House fünfmal klingelte, ehe jemand den Anruf entgegennahm.

»Mona«, sagte sie und war froh, dass ihre Stimme ruhig klang. »Rebecca Connolly, ich war am Samstag bei Ihnen.«

»Ja, Rebecca, ich erinnere mich.« Die Stimme der Frau klang trocken. »Das ist ja erst zwei Tage her. Ich sehe, dass Sie im Fall meines Bruders sehr aktiv gewesen sind.«

Aus irgendeinem Grund hatte Rebecca Gewissensbisse, sie wusste nicht, warum das so sein sollte. »Ja. Ich hoffe, dass es Sie nicht zu sehr mitgenommen hat.«

»Wieso sollte mich das mitnehmen? Ich will, dass die Wahrheit ans Licht kommt, was immer das ist. So hätte es Murdo auch gewollt. Dieser Dodge, von dem ich in Ihrem Artikel gelesen habe, glauben Sie seine Geschichte?«

»Wer kann das schon sagen, Mona.«

»Natürlich, es ist ja auch nicht Ihre Sorge, nicht wahr? Wahrheit oder nicht, es ist eine Story.«

Rebecca konnte nicht recht ausmachen, ob Mona sie attackierte oder nicht. Der Ton dieser Frau war ja immer so brüsk. »Mir ist die Wahrheit sehr viel lieber. Aber in diesem Fall kann ich nur sagen, was die Faktenlage ist, dass er diese Behauptung gemacht und eine eidesstattliche Erklärung unterzeichnet hat.«

»Die allerdings nicht vor Gericht geprüft werden kann, weil er tot ist.«

»Das stimmt. Aber es ist ein Anfang, Mona. Sie haben selbst gesagt, Sie könnten nicht glauben, dass James Stewart schuldig ist.«

»Ja, das habe ich.«

Etwas an ihrer Stimme ließ Rebecca fürchten, dass sie diese Meinung gerade überdachte. Das geschah schon einmal, wenn Leute etwas in gedruckter Form vor sich sahen. Dann bekommen die Dinge ein anderes Leben, eine andere Perspektive. Etwas, worüber sich die Leute sicher waren, etwas, das sie unterstützt haben, konnte sich ändern.

Rebecca beschloss, voranzupreschen. »Ich wollte Ihnen eine Frage stellen, Mona, wenn ich darf.« Sie wartete auf eine Antwort, doch am anderen Ende der Leitung herrschte Schweigen. Das interpretierte sie als Zustimmung. »Erinnern Sie sich an einen jungen Mann namens Evan?«

Wieder Schweigen, nur von ein paar schwachen Klickgeräuschen in der Leitung unterbrochen. Rebecca überlegte, ob die Sicherheitsbehörden das Telefon schon wieder abhörten, wenn sie es denn je getan hatten. Falls sie vor zehn Jahren Interesse an Maxwell gehabt hatten, würden sie sich jetzt wieder für den Fall interessieren? Sie dachte an die Leute in den Gehaltsklassen über Roach, die eine inoffizielle Untersuchung angeordnet hatten. Wer immer zum Hörer gegriffen und Roachs Chef angerufen hatte, hatte der ein Büro in Holyrood oder Westminster?

»Mona?«, fragte Rebecca, als sie ein paar Sekunden lang nur Klicken gehört hatte und fürchtete, die Frau könnte auflegen.

»Ich habe ihn nie kennengelernt«, sagte sie nun.

»Aber Sie wussten von ihm?«

»Ich war damals noch in China, und zwischen den beiden war was, so ungefähr zwei Jahre vor meiner Rückkehr, also reden wir von der Zeit vor … dreizehn, vierzehn Jahren.«

Mary hatte erzählt, dass der Vorfall in der Bar Jahre her war.

»Aber Ihr Bruder hat ihn erwähnt?«

»Ja, wir haben uns regelmäßig geschrieben, während ich im Ausland war, und er hat mir immer von seinen Partnern erzählt. Es waren wirklich nicht so viele, wie die Presse nach seinem Tod angedeutet hat. Und es waren auch nicht alle jünger als er.«

»Aber Evan schon?«

»Ja, ich bin mir nicht sicher, wie groß der Altersunterschied zwischen den beiden genau war, aber Murdo war um die vierzig und ich glaube, Evan Anfang zwanzig.«

»Wie James.«

»Ja, wie James.«

»Erinnern Sie sich an seinen Nachnamen?«

Wieder Schweigen. Noch mehr Klicken und Kratzen. »Rose, wenn mich meine Erinnerung nicht täuscht. Evan Rose.«

Rebecca schrieb den Namen auf. Mit einem Fragezeichen dahinter. »Und hat Ihr Bruder Ihnen irgendwas von ihm erzählt?«

»Nur, dass er Probleme gemacht hat.«

»Was für Probleme?«

»Mehr hat er nicht gesagt. Evan hat Probleme gemacht, und er musste die Sache beenden. Da hatte er James entweder gerade kennengelernt, oder er hat ihn kurz darauf getroffen.«

Rebecca unterstrich den Namen einmal, zweimal, dreimal. »Ich nehme an, Sie wissen nicht, wo sich dieser Evan Rose jetzt aufhält?«

»Doch, zufällig weiß ich das.«

»Wo?«

Wieder klickte es ein paarmal in der Leitung. »Auf einem Friedhof in Edinburgh.«

38

Gordie kommt bald hier raus und sagt, dass er mit meinem Vater sprechen will. Er hat das Gefühl, das Unrecht, das mir zugefügt wurde, dürfte nicht ungestraft bleiben, und diejenigen, die mich hier reingebracht haben, müssten dafür zahlen. Ehrlich gesagt, ich bin mir da nicht mehr so sicher. Ich weiß nicht, was mich dazu gebracht hat, das neu zu überdenken. Ob es daran liegt, dass ich hier meine Gedanken im Tagebuch aufschreibe, oder an den Gesprächen mit Gordie im vergangenen Jahr? Was auch immer, ich glaube, dass es mir geholfen hat, als hätte es mich irgendwie geläutert.

Tatsache ist, dass mein Hass auf die Leute, die mich hier reingebracht haben, abgeklungen ist. Der Strom der Zeit, denke ich mal. Er hat all meine Wut fortgespült. Ob ich ihnen je verzeihen kann, weiß ich allerdings nicht. Was sie getan haben, war Unrecht, und ich habe es nicht verdient.

All das habe ich Gordie gesagt, aber er kann das nicht verstehen. Für ihn ist das alles sehr einfach. Wenn ihm jemand Unrecht antut, will er sich rächen, und er kann meinen Sinneswandel nicht begreifen. Ich kann es ihm nicht einmal erklären, denn ehrlich gesagt verstehe ich es selbst nicht. Tatsache ist, dass ich es müde bin, immer zu hassen, immer anderen die Schuld zu geben. Ich bin einfach nur müde. Nein, ich habe nicht verdient, was die mir angetan haben. Aber wird Rache irgendwas daran ändern?

39

Roach war in ihrem Büro in Inshes, als ihr Chef anrief. Kurz ging ihr die Frage durch den Kopf, warum Superintendent McIntyre sie auf ihrem Mobiltelefon und nicht über das Haustelefon kontaktierte, ehe ihr die Antwort von allein kam. Er war ja noch mit den anderen regionalen Leitungskräften in Glasgow und trug zweifellos mit der vielen heißen Luft, die da geredet wurde, erheblich zur Vergrößerung des Ozonlochs bei.

»Sir«, sagte sie.

»Was zum Teufel soll das, Val?«

Seine Wut erwischte sie wie eine Ohrfeige. »Wie bitte, Sir?«

»Sie sind heute zu Sir Gregory Stewart gefahren.«

Diese Neuigkeit hatte sich aber schnell verbreitet, dachte sie. Sir Gregory hatte also unverzüglich ein paar Telefonate getätigt. »Jawohl, Sir, das stimmt.«

»Warum?«

Einen Augenblick lang war sie über die Frage verdattert. »Warum, Sir?«

»Ja, Val – warum?«

»Sie haben mich darum gebeten, Sir.«

»Ich habe Sie nicht darum gebeten, Sir Gregory Stewart zu befragen.«

»Sie haben mich gebeten, mir die Ermittlungen genauer anzuschauen, Sir.«

»Diskret, Val. Ich habe diskret gesagt. Wissen Sie, was diskret heißt?«

»Jawohl, Sir.«

»Nun, dann will ich Ihnen eines sagen, Detective Chief Inspector, das war alles andere als diskret.«

»Ich glaube, es war notwendig, Sir. Ich habe erfahren, dass …«

»Es ist mir egal, was Sie erfahren haben. Ich habe Sie gebeten, herauszufinden, was dieser Scheißkerl Jordan weiß. Diskret. Haben Sie das gemacht?«

Eindeutig hatte er die Nachrichtenseiten im Internet noch nicht gesehen. »Jawohl, Sir.«

Sie gab ihm einen kurzen Überblick über die Dodger-Story. Es dauerte nicht lange, und er ließ sie ohne Unterbrechung reden, doch sie konnte sein Schnaufen am anderen Ende der Leitung hören. Sein Ärger war also noch nicht verraucht. Während sie sprach, fragte sie sich, warum er so wütend war. Wen genau hatte Sir Gregory angerufen, und wie weit die Leiter hinauf reichte sein Einfluss?

Nachdem sie fertig war, trat kurz Schweigen ein, bevor McIntyre sagte: »Und das ist alles?«

»Jawohl, Sir.«

»Irgendein kleiner Ganove behauptet, ein namenloser Jemand oder mehrere Jemande hätten ihn angeheuert, einen Mord zu begehen, doch praktischerweise ist er nun tot, und wir haben keine Möglichkeit, ihn weiter zu befragen?«

»So sieht es aus, Sir.«

»Und Sie haben keine Kopie dieser eidesstattlichen Erklärung?«

»Nein, Sir.«

»Können Sie sich eine besorgen?«

Roach dachte an Rebecca. »Ich bin dran. Aber ich denke, die werden wir schon früh genug auf dem üblichen Weg bekommen.«

Auf dem üblichen Weg. Mit anderen Worten: je nachdem, was Jordan damit vorhat.

»Mh«, sagte er. »Höchstwahrscheinlich. Es kommt mir alles doch ein wenig fadenscheinig vor. Keinerlei unterstützendes Material, nehme ich an?«

»Nur ein paar Einzelheiten in der eidesstattlichen Erklärung, die nie öffentlich gemacht wurden.«

»Nicht einmal während des Verfahrens?«

»Ohne die gesamten Prozessprotokolle durchzugehen, kann ich das wirklich nicht sagen. Und es ist unwahrscheinlich, dass ich so bald Zugang zu den Protokollen bekomme.«

»Nein«, stimmte er ihr zu. »Warum haben Sie dann Sir Gregory Stewart belästigt?«

»Es war mir nicht klar, dass er tabu war, Sir. Und ich hielt es im Verlauf meiner Ermittlungen für notwendig.«

»Ihrer inoffiziellen und diskreten Ermittlungen.«

»Vielleicht, aber ich habe auf Informationen reagiert, die man mir gegeben hatte, und hielt es für nötig, ihn zu einem Zusammenstoß zu befragten, den er mit dem Opfer wenige Wochen vor dessen Tod hatte.«

Sie hatte das Gefühl, im Kreuzverhör zu stehen, und war unterbewusst in den Rhythmus und den Tonfall einer Zeugenaussage verfallen.

»Wie haben Sie von diesem angeblichen Zusammenstoß erfahren?«

»Ich habe meinen Job gemacht, Sir, und mit jemandem geredet, der dabei war.«

»Mit wem?«

Roach zögerte kurz, überlegte, ob sie Sawyers Namen nennen sollte. Sie glaubte nicht, dass es ihm etwas ausmachen würde. »Mit dem ehemaligen Sergeant Bill Sawyer. Er hat seinem Vorgesetzten darüber Bericht erstattet, und man hat ihm damals mehr oder weniger mitgeteilt, er solle die Sache vergessen. Ich frage mich warum, Sir.«

Sie hörte ihn am anderen Ende der Leitung laut schnaufen. Er antwortete nicht.

Sie fügte hinzu: »Im Hinblick auf die neuen Behauptungen habe ich beschlossen, der Sache nachzugehen.«

»Sie vermuten also, dass Sir Gregory diesen Dodger angeheuert hat? Das ist völliger Blödsinn.«

»Jawohl, Sir.« Sie fragte sich noch immer, wen Sir Gregory angerufen und wer sich daraufhin mit ihrem Chef in Verbindung gesetzt hatte. Zweifellos jemand oberhalb ihrer und seiner Gehaltsklasse.

»Der Mann ist ein geachteter Geschäftsmann, Herrgott noch mal.«

»Er hatte gute Gründe, den Toten zu verachten.«

»Leute wie Sir Gregory lassen niemanden ermorden, nur weil er sich gegen einen ihrer Geschäftsabschlüsse geäußert hat.«

»Er war auch der Meinung, Murdo Maxwell habe seinen Sohn verführt, Sir.«

»Trotzdem ist es völlig ausgeschlossen, dass er sich mit jemandem verschworen hat, um einen Mord zu begehen. Lassen Sie die Sache fallen, Val.«

»Mit fallen lassen meinen Sie ...«

»Das Ganze. Lassen Sie alles sein. Sie haben mir beschafft, was ich haben wollte, und jetzt lassen Sie es gut sein. Wie gesagt, wenn die Angelegenheit weiterverfolgt wird, was ich bezweifle, wenn man bedenkt, wie fadenscheinig diese, äh, Enthüllungen sind, dann soll das auf dem üblichen Weg geschehen. Zweifellos mit einer Menge Presseberichte, denn die nutzen ja nur zu gern jede Gelegenheit, Police Scotland in Verlegenheit zu bringen. Aber nach allem, was ich so höre, haben unsere Jungs damals ihren Job ordentlich gemacht. Mehr wollte ich nicht wissen.«

»Aber sind Sie sicher, dass das alles ist, was die Leute aus der oberen Etage wissen wollten, Sir?«

»Was soll das denn heißen?«

Sie bedauerte ihre Worte. »Nichts, Sir.«

»Mhhh.«

Er legte ohne ein weiteres Wort auf. Roach legte das Telefon wieder auf die Schreibtischplatte und ging das Gespräch in Gedanken noch einmal durch. Sir Gregory hatte ganz gewiss keine Zeit verschwendet und gleich bei seinen Kumpels angerufen. Hatte er wirklich etwas zu verbergen, oder war das nur die Reaktion eines überprivilegierten Schnösels, der es nicht mochte, wenn er sich vor einer niedrigen Beamtin für seine Handlungen rechtfertigen musste? Derlei hatte sie in den letzten Jahren haufenweise in der Presse gesehen: Männer und Frauen, die öffentliche Ämter bekleideten, hatten offensichtlich nicht viel dafür übrig, dass sie Rechenschaft ablegen mussten.

Jetzt hatte man sie angewiesen, die Sache fallen zu lassen, obwohl sie das Gefühl hatte, dass durchaus Fragen zu stellen waren. Das gefiel ihr gar nicht. Gregory Stewart hatte wohl schon vor zehn Jahren seine Beziehungen spielen lassen, damit der Zusammenstoß in der Town Hall als nebensächlich abgetan wurde. Sie konnte nicht sagen, ob er dieselben Leute angerufen hatte wie damals oder ob er mit dem Chefermittler per Du gewesen war. Jedenfalls hatte man Sawyer angewiesen, die Angelegenheit zu vergessen. Das gefiel ihr auch nicht. Roach wusste, dass sie selbst alles andere als perfekt war, dass sie auch hin und wieder die Regeln dehnte, aber sie glaubte doch fest daran, dass die wahren Schuldigen bestraft werden sollten. Und wenn es nur die geringste Chance dafür gab, dass der Falsche für einen Mord verurteilt worden war, dann waren sie moralisch und rechtlich dazu verpflichtet, die Sache zu untersuchen, ganz gleich, wohin das führte. Sie war sich jedoch auch darüber im Klaren, dass man ihr den Befehl gegeben hatte, sich zurückzuziehen. Falls sie weiterhin in dieser Sache ermittelte, konnte sie schneller ihren Job verlieren, als sie das Wort Sozialversicherung aussprechen konnte. Das wollte sie ganz gewiss nicht.

Aber sie konnte die Sache nicht auf sich beruhen lassen.

Sie nahm ihr Telefon zur Hand, suchte Rebeccas Nummer heraus und tippte auf die Ruftaste.

40

Alan hatte gesagt, er brauche nach einem Wochenende voller Hausmannskost – die selbstverständlich nicht seine Mutter zubereitet hatte – dringend Fastfood. Seine Familie war wohlhabend genug, dass Mama ihre Hände nicht schmutzig machen musste, höchstens einmal den Wasserkocher anschaltete, wenn es denn unbedingt sein musste. Als Rebecca in der Wohnung ankam, in der er und Chaz zusammenlebten, wartete das Essen vom chinesischen Imbiss bereits auf sie.

»Mein Körper lechzt nach Glutamat«, behauptete Alan, als er ihr die Jacke abnahm und hinter der Tür an einen Garderobenständer hängte.

Sie hatte ihre Bestellung per SMS durchgegeben, ehe sie das Büro verließ. Hühnchen süßsauer. Mit Pommes. Alan hing ihr dauernd in den Ohren, sie solle ein bisschen wagemutiger werden, aber sie widerstand tapfer. Sollte er sie doch langweilig nennen – und das tat er –, aber sie wäre mit Fish and Chips genauso zufrieden gewesen.

Während sie aßen, fragte sie Alan, wie die Nachricht von seiner bevorstehenden Vermählung bei seinen Eltern angekommen war.

»Überraschend gut«, erwiderte er. »Es gab kein Wehklagen, und es wurden keine Gewänder zerrissen. Die liebe Mama war ein wenig reserviert, doch das ist sie eigentlich immer, wenn es um mein Liebesleben geht. Vater hat mir die Hand geschüttelt und gesagt, er hoffe, wir würden sehr glücklich – ist nicht der Originellste, der liebe Papa, außer wenn es darum geht, neue Methoden zum Verdienen und Verstecken größerer Geldbeträge zu finden. Da hat er die Kreativität eines da Vinci. Die Gratulationsausbrüche meiner Brüder waren wenig überzeugend, aber sie haben den Anstand gewahrt. Einer hat mir sogar auf den Rücken geklopft, aber vielleicht hat er auch nur versucht, so mein Schwulsein zu lösen, als steckte es mir wie eine Gräte im Hals. Im Großen und Ganzen glaube ich, dass meine Familie endlich begreift, dass ich kein Mann für die Damenwelt bin. Es gefällt ihnen nicht besonders, aber sie haben sich daran gewöhnt. Ich bin wie ein hässlicher Pickel, der einem im Gesicht wächst. Entweder lässt man ihn entfernen, oder man akzeptiert ihn. Und sie sind zu sehr Familienmenschen, als dass sie mich völlig ausstoßen würden.«

Er warf Chaz ein Lächeln zu. Es war sein lasterhaftes Lächeln, und Rebecca wusste, dass gleich noch eine freche Bemerkung folgen würde.

»Ich kann es kaum abwarten, bis wir mal als Paar dort hinfahren«, sagte Alan. »Dass wir Hunderte von Meilen entfernt miteinander schlafen, das ist die eine Sache, die können sie ignorieren. Aber unter ihrem Dach im idyllischen Surrey? Ich meine, was könnte da alles passieren, mein Gott, wir könnten ja vielleicht sogar kuscheln.«

Chaz' Miene verriet, dass ihn diese Aussicht nicht ganz so sehr entzückte wie Alan. Er wechselte das Thema und wandte sich Rebecca zu. »Wie kommst du mit der Story voran?«

Alan schaute sie erwartungsvoll an. »Ist das die Sache mit dem Justizirrtum?«

Die meisten Storys, an denen sie arbeitete, trafen bei ihm nicht auf sonderliches Interesse, doch wenn es um einen rätselhaften Mord ging, war er sofort Feuer und Flamme wie Miss Marple. Sie erzählte ihm alles, was sie bisher herausgefunden hatte. Chaz wusste schon das meiste. Über den Mord in Kirkbrig House, die Verurteilung von James Stewart, sogar ein bisschen über den historischen Fall. Sie berichtete ihm von Murdo Maxwell und Dodger und von Val Roach und den geheimnisvollen Gestalten aus den oberen Etagen.

»Du hast Roach also von Dodger erzählt?«, fragte Alan mit zusammengekniffenen Augen. Er war ohne sein Zutun während der Culloden-Story in Roachs Verrat verwickelt gewesen und teilte Rebeccas Misstrauen gegen die Kriminalbeamtin.

»Das wäre innerhalb der nächsten paar Stunden sowieso veröffentlicht worden«, erklärte sie. »Ich habe ihr nichts gesagt, was sie nicht schon bald lesen würde.« Sie legte eine Pause ein, um ein bisschen Huhn zu essen, bevor sie hinzufügte: »Und dann ist da noch Evan Rose.«

»Ah ja, der vorherige Liebhaber«, meinte Alan.

»Mary hat doch auch gesagt, dass an dem was komisch war. Also habe ich mir überlegt: Was ist, wenn der wütend darüber war, dass jemand ihn verdrängt hatte? Vielleicht hatte er einen Schlüssel, hätte so ins Haus hineinkommen, Murdo umbringen und James die Sache anhängen können. Kinderspiel.« Rebecca hielt inne, um noch ein bisschen auf ihrem Hühnchen zu kauen.

»Ich höre da ein ›Aber‹ in der Luft schweben«, meinte Alan.

»Aber«, lieferte sie wunschgemäß nach, »er ist ein Jahr vor dem Mord im Gefängnis gestorben, scheint es. Mary lag falsch. Sie haben sich nicht getrennt, kurz bevor Murdo was mit James angefangen hat, sondern etwa drei Jahre vorher. Im Jahr darauf wurde Evan Rose für illegalen Waffenhandel verknackt. Er hat irgendwelche Ganoven in Glasgow mit Schusswaffen versorgt.«

Sie hatte im Internet recherchiert und hinter einer Bezahlschranke einen Zeitungsbericht dazu gefunden. Zum Glück war sie da ohnehin Abonnentin.

»Er war Waffenlieferant für die Unterwelt?«, fragte Alan.

»Waffenlieferant für die Unterwelt?« Chaz lachte. »Wo zum Teufel findest du solche Ausdrücke?«

»Ich weiß eben das eine oder andere. Und jetzt mach's wie Wasser. Ich will zuhören.«

Chaz lachte wieder. »Ich soll's wie Wasser machen? Was?«

»Na ja, du sollst still sein, die Klappe halten. Das hat letzte Woche eine der Dozentinnen gesagt, und mir gefällt der Spruch.«

Rebecca hatte das auch von ihrer Mutter schon öfter zu hören bekommen. Deswegen mochte sie die beiden so. Ganz gleich, wie melancholisch ihr zumute war – sie kämpfte dagegen an, aber es passierte immer wieder –, die beiden waren immer bereit, sie wieder ein bisschen fröhlicher zu stimmen.

»Evan wurde bei einer Razzia erwischt, und unter seinen Fußbodendielen war ein ganzes Waffenarsenal verborgen«, sagte sie. »Er hat behauptet, man hätte ihm das alles untergeschoben. Murdo war tatsächlich einer seiner Verteidiger.«

»Um der guten alten Zeiten willen«, meinte Alan.

»Ja, aber die Geschworenen haben ihm das nicht abgenommen, und man hat ihn zu fünf Jahren verknackt. Er hat von der Anklagebank gebrüllt, es sei alles ein abgekartetes Spiel, und Murdo sei auch darin verwickelt. Er hat die Strafe nicht abgesessen – ist eines Morgens in seiner Zelle zusammengebrochen, schweres Gehirnaneurysma. Er hat sich nie erholt, ist dann im Krankenhaus gestorben.«

»Wie alt war er?«

»Ich bin mir nicht ganz sicher. Mona Maxwell wusste es nicht, aber sie meinte, Anfang bis Mitte zwanzig.«

»Drogenkonsument?«

»Anscheinend Kokain.«

Chaz fragte: »Sogar im Gefängnis?«

Rebecca zuckte mit den Achseln. »Wer kann das sagen? Die kriegen auch Drogen ins Gefängnis geschmuggelt.«

»Kokainmissbrauch kann dazu führen, dass sich die Wände der Arterien entzünden und aufblähen«, sagte Alan. »Wenn er gewohnheitsmäßig Kokain genommen hat, könnte das dazu beigetragen haben.« Er unterbrach sich, als er Chaz' Blick bemerkte. »Was?«

»Wo zum Teufel hast du das wieder her?«

»Ich hab's dir doch gesagt. Ich weiß so einiges. Ich bin ein rundum gebildeter Mann.«

»Es sei denn, es geht um Fußball.«

»Ich meine, wenn es um wichtige Dinge geht.«

Chaz musterte ihn. »Das hast du im Fernsehen bei Dr. House gehört, oder?«

»Sei nicht albern. Du weißt, dass ich in vielen Gebieten sehr belesen bin und dass mein Gehirn Informationen besonders gut speichert.«

Chaz sparte sich die Antwort und schaufelte sich Essen in den Mund, aber Rebecca konnte an dem Blick, den er auf seinen Partner warf, ablesen, dass er keineswegs überzeugt war.

Alan schaute zu Rebecca zurück. »Ich wette, du hast gedacht, dass du den Fall gelöst hast?«

»Gelöst nicht, aber es war ein neuer Blickwinkel.«

»Ein Blickwinkel, der jetzt aber nichts mehr bringt.«

»So sieht es aus. Aber ich habe heute noch was Neues erfahren.«

Val Roach hatte Wort gehalten. Sie hatte ihre Informationen weitergeleitet, wenn auch in einem eher vagen Telefonat, in dem sie nur vorgeschlagen hatte, Rebecca sollte einmal bei Bill Sawyer anrufen. Sie war nicht weiter darauf eingegangen, aber es war ihr Weg gewesen, sich an die Abmachung zu halten. Zumindest im Augenblick. Sie hatte auch erzählt, ihr Chef habe sie angewiesen, die Sache fallen zu lassen. Rebecca fragte sich, ob die Schattengestalten aus den höheren Gehaltsklassen sich wieder einmal eingemischt hatten.

Rebecca kannte Sawyer, und nach dem üblichen etwas sperrigen Vorgeplänkel – der ehemalige Polizeibeamte legte es immer drauf an, ihr die Sache nicht zu leicht zu machen – berichtete er ihr von dem Zusammenstoß zwischen James Stewarts Vater und Murdo Maxwell. Diese Geschichte erzählte sie nun Chaz und Alan.

»In-te-res-sant«, fand Alan.

Chaz wandte sich an Rebecca: »Du kannst unmöglich glauben, dass Sir Gregory Stewart jemanden hat umbringen lassen und das dann seinem eigenen Sohn angehängt hat?«

»Sicher, es ist ziemlich weit hergeholt. Aber so, wie es sich anhört, war die Beziehung zwischen Vater und Sohn nicht gerade warmherzig, nicht seit dem Tag, an dem James Stewart sich geoutet hat.«

»Aber mal ganz ehrlich?«, beharrte Chaz. »Seinem eigenen Sohn einen Mord anhängen? Alan, unterstütze mich da bitte mal – deine Familie hat deine Sexualität auch nicht gerade akzeptiert, aber meinst du, die würden dir deswegen solchen Schaden zufügen?«

Alan blies die Wangen auf. »Ich muss schon sagen, Becks, da bin ich einer Meinung mit unserem Blondchen hier. Ich glaube das nicht. Ich meine, jemanden anzuheuern, damit er jemanden umbringt, nur weil er mit deinem Sohn schläft? Das ist doch wie in einem schlechten Film, oder?«

»Okay«, sagte Rebecca. »Dann betrachten wir es mal aus einem anderen Blickwinkel. Sir Gregory läuft Gefahr, einiges Geld zu verlieren, weil Murdo Maxwell Leute zusammengetrommelt hat, die seine Kampagne gegen den Windpark unterstützten. Vielleicht glaubte er, diese Unterstützung würde verschwinden, sobald er diesen Typen los war?«

»Aber wieso dann seinen Sohn belasten?«

»Wir wissen nicht, was Dodger im Sinn hatte. Vielleicht war das improvisiert.«

»Wenn wir davon ausgehen, dass Dodger die Wahrheit gesagt hat, versteht sich.«

»Es sind alles nur Annahmen, Alan. Dodger hat erklärt, dass

der, der ihn angeheuert hat, irgendwie mit Schwerverbrechern zu tun hatte, und um jemanden wie ihn zu ängstigen, musste der schon wirklich furchterregend sein. Vielleicht hat Sir Gregory Beziehungen zu ein paar wirklich zwielichtigen Leuten.«

Alan hatte das Gespräch zwischen Rebecca und Chaz angehört und schüttelte nun den Kopf. »Es ist zu einfach.«

»Wie meinst du das?«

Er verzog das Gesicht. »Zu offensichtlich. Es ist nie der offensichtliche Verdächtige.«

Rebecca verdrehte die Augen. »Alan, wir sind hier nicht bei *Mord im Mittsommer*. Das hier ist Wirklichkeit.«

»Das weiß ich, Schätzchen, aber würde jemand wie dieser Sir Irgendwas ...«

»Sir Gregory«, mischte sich Chaz ein. »Passt du überhaupt nicht auf?«

»Das sind doch nur Einzelheiten, mein lieber Junge. Jedenfalls, würde jemand wie der wirklich einen Mann ermorden lassen, nachdem er ihn ein, zwei Wochen zuvor vor Zeugen bedroht hat? Von denen einer ein Polizist war?«

Rebecca musste zugeben, dass das unwahrscheinlich war, selbst wenn Alans Kombiniergabe auf seine übergroße Begeisterung für Agatha Christie zurückzuführen war. Alan strahlte. Er hatte wirklich gern recht.

Rebecca fragte: »Aber was wäre, wenn er dahintersteckt, dass man DCI Roach den Fall abgenommen hat?«

»Das weißt du aber nicht sicher. Jetzt gibst du den Mulder.«

Den Mulder geben. Das war ein Ausdruck, den Alan dafür geprägt hatte, wenn jemand zu gewagte geistige Sprünge machte. Er war ein großer Fan von *Akte X*.

»Aber nehmen wir mal an, dass er es ist, nur so als Argument«, fuhr Alan fort. »Dann würde er doch sicher wissen, dass das irgendwann mal zu ihm zurückverfolgt werden kann.«

»Arroganz?«, sagte Rebecca. »Die Arroganz der sehr Reichen und Privilegierten. Er hört, dass da was im Busch ist, er redet mit seinen Freunden bei der Polizei, und die Sache landet bei Roach auf dem Schreibtisch, inoffiziell. Und als sie dann bei ihm auftaucht, gefällt ihm das kein bisschen, und er bläst die ganze Unternehmung ab.«

»Es ist genauso wahrscheinlich, dass ihr Chef entschieden hat, sie habe Wichtigeres zu tun«, argumentierte Alan. »Aber okay, verfolgen wir mal deine Gedanken weiter, auch wenn sie immer haarsträubender werden. Woher sollte denn Sir Gregory wissen, dass da bald etwas öffentlich wird?«

»Ich weiß es nicht. Vielleicht hat ihm Afua Stewart erzählt, dass bald was passieren wird, aber nicht gesagt, was. So was könnte ich mir vorstellen. Das hat sie mit mir auch gemacht.«

Alan nickte. »Da hast du's. Ipso facto, QED, und fertig ist der Lack! Sir Gregory hat vielleicht die Polente dazugeholt, aber das bedeutet doch nicht automatisch, dass er Maxwell hat umbringen lassen. Tatsächlich denke ich, das macht es sogar noch unwahrscheinlicher.«

Rebecca musste zugeben, dass das Sinn ergab, aber sie wusste auch, dass manchmal der offensichtliche Verdächtige auch der Schuldige ist und dass Leute manchmal auch Dummheiten begehen.

Alan fragte: »Das ist also die Liste von Verdächtigen? Evan …«

»Aber der ist vor dem Mord gestorben.«

»James' Vater.«

»Was, zugegeben, weit hergeholt ist.«

»Die Geheimdienste?«

»Ebenso weit hergeholt, aber ignorieren darf ich es nicht. Die Story wäre zu gut.«

»Aber ist es wahrscheinlich? Murkst der Staat wirklich Leute ab, die sich als schwierig herausgestellt haben? Dann würden mir jede Menge Personen des öffentlichen Lebens einfallen, die der Regierung regelmäßig ans Bein pinkeln und doch weiterleben, um damit fröhlich weiterzumachen.«

»Es gibt noch eine Möglichkeit«, meinte Chaz.

»Und die wäre?«

»Dass James Stewart schuldig ist.« Chaz, stets der Advocatus Diaboli. »Dass die Beweise der Anklage stichhaltig waren.«

»Aber warum würde jemand wie Dodger so eine Geschichte erfinden? Er war dem Tod nah. Was für ein Motiv könnte er gehabt haben, das zu gestehen?«

Alle verstummten. Rebecca war sich darüber im Klaren, dass Dodgers Aussage problematisch war. Abgesehen von einigen speziellen Einzelheiten – der Tatsache, dass die Haustür nicht aufgebrochen wurde, besonderen Details über die Lage der Zimmer im Haus und über die Mordwaffe – gab es nichts, was als Beweis stichhaltig gewesen wäre. Die Behauptung, dass jemand hinter der Sache steckte, vor dem er Angst hatte, der mit Schwierigkeiten für Dodgers Schwester gedroht hatte, um dafür zu sorgen, dass Dodger den Mund hielt, all das war vage. Allerdings, wie sie den Jungs schon gesagt hatte, warum sollte er dann überhaupt damit rauskommen?

Dann sagte Chaz: »Es war diese BBC-Serie, dieses *Holby City*, wo du dieses Zeug über Aneurysmen gehört hast, stimmt's? Verdammt noch eins! *Holby City*«.

»Chaz, Liebster«, erwiderte Alan. »Wieso kannst du nicht einfach akzeptieren, dass ich ein geistiger Riese bin? Ich lese etwas, ich verdaue es, ich verbreite Wissen, wann und wo es gebraucht wird, wie der segensreiche Tau vom Himmel.«

»Geistiger Riese, das soll wohl ein Witz sein. Du hast das in *Holby City* aufgeschnappt.«

»Ich habe es nicht in *Holby City* aufgeschnappt.«

»Dann war's *Casualty – Notaufnahme*.«

Rebecca ließ die beiden weiterzanken. Es war tröstlich. Ein Stück Normalität. Doch sie konnte nicht vollkommen abschalten, und in ihren Gedanken ging sie die Story immer und immer wieder durch. Sie hatte geglaubt, mit Evan auf eine heiße Spur gestoßen zu sein, doch das war eine totale Sackgasse. Und sie hatte Sir Gregorys Drohungen gegen Murdo Maxwell, wenn auch nur in Form von Blicken und einer Andeutung. Dodgers Motiv war auch problematisch. Wieso sollte er dieses Geständnis machen? Schuldgefühle? Reue? Das Bedürfnis nach irgendeiner Form von Buße? Und wenn ja, warum hatte er dann keine Namen genannt? Er hatte ja dafür gesorgt, dass alles erst herauskommen würde, nachdem er tot war. Die Drohung gegen seine Schwester zog nur so lange, wie er noch am Leben war, also warum hatte er Jordan nicht erzählt, wer ihn angeheuert hatte?

Es sei denn, es hatte ihn jemand zu dieser »Beichte« angestiftet. Aber wer? Wer profitierte davon, wenn ein sterbender Krimineller einen Mord gestand, den er vielleicht nicht einmal begangen hatte?

Es wurde schon dunkel, aber die Luft war noch warm, als Chaz sie später zu ihrem Auto begleitete. Bis zu ihrer eigenen Wohnung in der Miller Road waren es nur ein paar Autominuten. Sie hätte zuerst nach Hause fahren und dann hierherlaufen können, doch sie hatte sich entschieden, direkt zu den beiden zu kommen. Das bedeutete zwar, dass sie kein Glas Wein zu ihrem Hühnchen süßsauer trinken konnte, aber das machte ihr nichts aus. Sie konnte sich einen Schlummertrunk gönnen, ehe sie zu Bett ging.

»Du siehst immer noch müde aus, Becks«, sagte Chaz.

»Ich bin auch müde, Chaz.«

Sie überlegte, ob sie ihm das Neueste von Martin Bailey erzählen sollte, entschied sich aber dagegen. Er machte sich ohnehin schon genug Sorgen um sie.

»Hast du mal drüber nachgedacht, was ich über einen kleinen Urlaub gesagt habe?«

Sie öffnete die Wagentür. »Kann nicht, Chaz, nicht während all das hier noch läuft. Und ich hab außer der Stewart-Story auch noch anderes zu tun.«

»Du arbeitest zu viel.« Sie musste sein Gesicht im zunehmenden Dämmerlicht nicht sehen, um zu wissen, dass er sich sorgte. Sie konnte es an seiner Stimme hören. »Elspeth findet das auch.«

Das überraschte sie. »Du hast mit Elspeth darüber geredet?«

»Sie macht sich Sorgen um dich.«

»Es geht mir gut«, sagte sie mit ein wenig mehr Betonung als beabsichtigt. Sie versuchte, ihr Temperament zu zügeln, doch sie war wütend darüber, dass die anderen hinter ihrem Rücken über sie geredet hatten. Chaz nahm ihren Tonfall wahr und sagte nichts mehr, als sie einstieg und die Tür hinter sich zuzog. Er beobachtete, wie sie sich anschnallte und den Motor anließ, ehe er mit dem Knöchel ans Fenster klopfte. Sie kurbelte die Scheibe herunter.

»Du bist sauer«, meinte er.

»Nein«, erwiderte sie und klang dabei noch viel saurer.

»Wir sorgen uns alle um dich, Becks. Du hast in den letzten paar Jahren eine Menge durchgemacht.«

Sie holte Luft, atmete aus und spürte, wie dabei auch die Wut aus ihr wich. Das waren ihre Freunde. Es lag ihnen etwas an ihr. Sie konnte nicht wütend auf sie sein. Aber vor allem hatten sie recht. Sie wussten es, und Rebecca wusste es auch. Sie wünschte, sie könnte das Baby beruhigen, das nachts weinte, und die Erinnerungen an den Mann ausschalten, der in ihren Armen starb. Aber das konnte sie nicht. Ihre Gedanken führten ein Eigenleben.

»Danke, Chaz. Ich weiß, dass ihr es gut mit mir meint, aber ich halte mich besser beschäftigt.«

»Das Leben besteht aber nicht nur aus Beschäftigung.«

Meines nicht, wollte sie ihm antworten. Sich beschäftigt halten, so kann man das wirkliche Leben in Schach halten. Das wirkliche Leben, das ist Verlust und Tod und Traurigkeit, und ich kann einfach nicht mehr davon ertragen.

Stattdessen warf sie ihm ein Lächeln zu, von dem sie hoffte, es würde ihn beruhigen, und fuhr los. Im Rückspiegel sah sie, wie er sie beobachtete, während sie sich entfernte, und wie die Scheinwerfer eines anderen Autos kurz einen Heiligenschein um seinen Körper legten.

41

Malky hatte von Dodgers Schwester nichts erfahren. Sie ließ ihn nicht einmal über die Türschwelle, was, wie er zugeben musste, eine kluge Entscheidung war. Wenn er vor seiner eigenen Haustür aufgetaucht wäre, hätte er sich selbst auch nicht ins Haus gelassen, ganz gleich, wie glatt ihm die Lügen über die Lippen gingen. Malky wusste, wer er war; er hatte da keine Illusionen, und er versuchte auch nicht, sich zu entschuldigen. Seine Kindheit war voller Gewalt und Entbehrungen gewesen, sein Vater übergriffig und seine Mutter in der Opferrolle, genau wie er und seine Schwestern. Aber er hatte sich bewusst für dieses kriminelle Leben entschieden. Niemand hatte ihn dazu gezwungen. Er hatte gesehen, dass man auf diese Weise schnell und leicht zu Geld kommen konnte, wenn man schlau war, wenn es einen nicht scherte, wie man es verdiente, und wenn man bereit war, dafür Leuten wehzutun. Er kannte andere, die genauso aufgewachsen waren wie er und die schnurgerade ehrlich geblieben waren. Okay, manche von denen wurden ein bisschen wild, wenn sie was getrunken hatten, und mindestens einer von ihnen fand, dass es okay war, wenn er seine Tussi vermöbelte. Malky mochte das nicht, und irgendwann bald würde er dem Typ deutlich machen, wie sehr er da auf dem Holzweg war.

Deswegen behagte ihm auch der Gedanke, der kleinen Connolly Schaden zuzufügen, überhaupt nicht. Er hatte Mo sein Wort gegeben, aber wenn er die Sache vermeiden könnte, würde er es tun. Gewalt setzte man ein, wenn es unbedingt nötig war, und dann auch nur sparsam. Allerdings musste er zugeben, dass es ihm Spaß gemacht hatte, Hector zu malträtieren. Aber einem Mädel wehtun? Er war sich nicht sicher, ob er das über sich bringen würde.

Und dann musste er ja auch noch diesen Paul Irgendwas in Betracht ziehen. Welches Interesse hatte der an der Sache? Warum folgte er dem Mädchen durch die Stadt? Malky tappte völlig im Dunklen, und das mochte er überhaupt nicht. Während er also vor der Wohnung der kleinen Connolly wartete, machte er ein paar Anrufe nach Glasgow.

Mo Burke hatte ihm die Adresse der Reporterin gegeben; es war ein frei stehendes Haus mit vier Wohnungen. Er stand nicht auf einem der kleinen markierten Plätze vor dem Gebäude, sondern ein bisschen weiter die Straße hinauf, doch nah genug, um die Haustür zwischen den beiden Ziersäulen im Auge behalten zu können. Die ruhige Straße verlief gewunden zwischen den relativ neuen Gebäuden. Bisher hatte er lediglich Fußgänger gesichtet: zwei Teenager, die Hand in Hand vorbeischlenderten, und eine blonde Frau mit einem bauchfreien Top und eng anliegenden Jeans, die einen West Highland Terrier spazieren führte. Sie war um die fünfzig und hatte eine tolle Figur, und er überlegte, wo sie wohl wohnte. Er überlegte auch, ob sie wohl verheiratet war. Und er überlegte, warum er so geil war. Erst Mo Burke, jetzt diese Frau, die er gerade erst zu Gesicht bekommen hatte. Was war das denn? Hatte der viele Sonnenschein da was angeregt?

Er beobachtete die Frau, wie sie ihren Hund auf dem Rasen zwischen den Wohnblocks und Reihenhäusern ausführte, eine schwarze Plastiktüte über die Hand gestülpt, bereit für die Reinigungsarbeit. Währenddessen schwatzte er mit einem Barmann aus Glasgow, einem von den Typen, die alles und nichts sehen. Da lenkte eine Bewegung sein Augenmerk wieder auf die Haustür. Er erblickte einen gedrungenen Kerl mit Unterarmen wie Popeye, der sich den Hals verrenkte, um in eines der Fenster hinein zuschauen. Irgendetwas an seiner Körpersprache – eindeutig ein Lauern – ließ Malky vermuten, dass der Typ hier einbrechen wollte. Doch er lungerte nur einen Augenblick herum, schaute sich verstohlen um, machte sich so verdächtig wie nur was, erblickte die blonde Hundebesitzerin und wandte sich ab. Malky hörte mit halbem Ohr zu, wie sein Freund in Glasgow über seine Zeit in einem Pub im Stadtzentrum vor einigen Jahren erzählte, während er beobachtete, wie der Mann in einen alten Commer-Lieferwagen einstieg und wegfuhr.

Okay, wer zum Teufel war das jetzt schon wieder?

42

Ein schwacher Hauch Rasierwasser hing noch wie eine schlimme Erinnerung in der Luft.

Bald, das hatte in dieser SMS gestanden.

Bald.

Rebecca schaute sich auf dem Parkplatz um, sah auf den Rasen, auf die hellen Rechtecke aus Licht in den Häusern und Wohnungen. Sie sah niemanden irgendwo im Schatten lauern. Das hieß nicht, dass er nicht irgendwo da draußen war, sie beobachtete, wartete. Sie starrte die wenigen Autos an, versuchte sich darauf zu besinnen, ob sie sie früher schon hier gesehen hatte, konnte sich aber nicht erinnern. Wer erinnert sich schon an Autos? Sie lauschte auf Geräusche, hörte aber nur das ferne Grollen des Straßenverkehrs.

Rufe jetzt sofort bei der Polizei an, befahl sie sich. Aber weswegen? Wegen eines vagen Gefühls? Sie schloss die Haustür auf, drückte sie weit auf. Sie trat nicht über die Schwelle, sondern linste nur in den Flur, hatte den Kopf schiefgelegt, während sie versuchte, drinnen irgendwelche Geräusche aufzuschnappen. Sie sah kein Licht, hörte keine verhaltenen Schritte.

Sie wartete, aber nichts geschah. Sie schaute erneut über die Schulter, rechnete schon beinahe damit, ihn zu sehen. Da war niemand, aber sie spürte etwas im Nacken, wie einen Atemzug, obwohl keine Bewegung in der warmen Luft war. Sie schauderte, flitzte ins Haus, schloss die Tür hinter sich ab und verriegelte sie. Sie rannte ins Wohnzimmer und linste hinter dem Vorhang zwischen den Lamellen der Jalousie nach draußen. Es hatte sich nichts geändert. Keine finsteren Gestalten tauchten aus dunklen Ecken auf. Niemand lungerte um die Häuser herum.

Hatte sie sich alles nur eingebildet?

Vielleicht hatte Chaz recht. Sie war so erschöpft, dass jeder Schatten sie erschreckte. Reiß dich zusammen, Becks, mahnte sie sich. Woher sollte Bailey überhaupt wissen, wo sie wohnte?

Sie schlief unruhig, aber das war sie gewöhnt. Bei jedem Knarzen riss sie die Augen auf, lauschte angestrengt, um herauszufinden, woher es kam, bei jedem noch so leisen dumpfen Poltern war sie überzeugt, dass jemand in der Wohnung war. Häuser machen nachts seltsame Geräusche: Sie hatte über sich und nebenan Nachbarn, und die Geräusche kamen daher, dass sie sich in ihren Wohnungen bewegten, auf die Toilette gingen, sich vielleicht eine Tasse Tee zubereiteten, wenn sie nicht schlafen konnten. Mehr nicht.

Sie hatte zwei Stunden durchgeschlafen, als sie aufwachte. Das war nicht genug, aber es müsste eben reichen. Niemand hatte eingebrochen, niemand hatte sie bedroht, außer in ihrer eigenen überaus fruchtbaren Fantasie. Wenn Chaz sie heute zu Gesicht bekam, würde sie sich wieder eine Gardinenpredigt anhören müssen. Sie duschte, machte sich so vorzeigbar wie möglich, frühstückte Kaffee und Toast, schaute sich die BBC-Sendung *Breakfast* an, blickte aus dem Fenster auf einen weiteren wunderschönen Morgen.

Als sie ihr Auto erreichte, sah sie, dass alle vier Reifen aufgeschlitzt waren.

43

Trotz der beiden Artikel, die bereits erschienen waren – der über die Banner und die Enthüllungen über Dodgers eidesstattliche Erklärung –, spürte Rebecca bei Afua Stewart noch immer Misstrauen. Sicher, die Frau hatte sich zu einem weiteren Interview bereit erklärt, aber der kühle, distanzierte Blick war noch nicht verschwunden. Diesmal hatte sie Rebecca jedoch Kaffee und Kuchen angeboten, also war das hier vielleicht ein kleiner Durchbruch.

Tom Muir war für ein, zwei Tage wieder in Inverness und hatte sich einverstanden erklärt, zu ihnen zu stoßen, um das weitere Vorgehen zu besprechen. Rebecca hoffte, dass seine Anwesenheit das Gespräch einfacher machen würde als bei ihrem letzten Besuch, denn an diesem Morgen hatte sie eigentlich keinen Nerv für so etwas. Es hatte sie völlig aus der Ruhe gebracht, dass ihre Reifen aufgeschlitzt waren. Sie hatte die Sache bei der Polizei angezeigt, und während sie darauf wartete, dass die eintraf, hatte sie an verschiedene Türen geklopft, um herauszufinden, ob jemand irgendetwas gesehen hatte. Doch obwohl sie sicher war, die Nachbarn gehört zu haben, erwies sich dieser Versuch als nutzlos.

Zwei Polizistinnen in Uniform waren gekommen, eine blonde und eine dunkelhaarige, beide etwa in ihrem Alter. Sie sahen sich den Schaden an, und die Blonde fragte, ob es jemand auf sie abgesehen haben könnte. Sie beschloss, ihnen von Martin Bailey zu erzählen, wusste allerdings, dass das nichts bringen würde. Die Polizistinnen notierten seinen Namen und meinten, sie würden sich darum kümmern. Vielleicht taten sie das, vielleicht auch nicht. Sie ließ den Wagen stehen und rief ein Taxi, das sie nach Crown bringen sollte.

Über die gesamte Strecke hatte sie immer wieder aus dem Rückfenster geschaut, um zu sehen, ob ihnen jemand folgte.

»Wir bekommen allmählich ein bisschen Zugkraft bei den Medien«, erkläre Rebecca.

»Zugkraft«, wiederholte Afua Stewart, als müsse sie das Wort genau studieren. Rebecca überlegte sich, ob sie den Ausdruck irgendwie als beleidigend empfand, und warf Tom einen raschen Blick zu. Er nickte ihr kurz zu, dass sie fortfahren solle.

»Ja, aber die Frage ist, was machen wir jetzt? Wir müssen die Sache weiterverfolgen, dürfen den Schwung nicht verlieren.«

»Den Schwung nicht verlieren«, intonierte Afua, und nun war sich Rebecca sicher, dass sie weder das Herz noch die Gedanken dieser Frau für sich gewonnen hatte. Kein Wunder – sie redete ja auch wie eine verdammte Politikberaterin.

Sie beugte sich vor, stellte ihre Kaffeetasse auf den Tisch, zwischen sich und der Frau, die auf demselben Sessel wie neulich saß. »Schauen Sie, Mrs Stewart, wenn wir die Öffentlichkeit auf unsere Seite bringen wollen, müssen wir am Ball bleiben. Sie haben sich bisher geweigert, mit den Medien zu reden. Ich glaube, es wäre an der Zeit, das zu überdenken. Heute Morgen hat mich jemand von der Nachrichtenredaktion von BBC Scotland angerufen ...«

»Ja, die haben mich gestern kontaktiert. Ich habe sie abblitzen lassen.«

Das erklärte, warum Lola McLeod sich mit Rebecca in Verbindung gesetzt hatte. Sie hatte sich darüber gewundert, dann aber begriffen, dass sie als Quelle dieser Storys für Lola eine direkte Leitung zu der Person war, die sie eigentlich sprechen wollte, nämlich zu Afua Stewart.

»Ich glaube, es war ein Fehler, sie abblitzen zu lassen, Mrs Stewart. Ich denke, wir sollten Sie für die Medien ganz in den Mittelpunkt stellen.«

»Nein.«

»Mrs Stewart …«

»Ich traue den Medien nicht. Die haben von Anfang an meinen Sohn unfair behandelt.«

»Ich weiß, aber wir brauchen Sie, Mrs Stewart«, erwiderte Rebecca beharrlich und war sich bewusst, dass sie redete, als sei sie selbst nicht Teil dieser Branche. »Und, ob Sie es mögen oder nicht, Sie – das, was Sie durchgemacht haben – sind eine Story.«

»Das ist gar nichts im Vergleich zu dem, was mein James durchgemacht hat.«

»Ja, aber mit ihm können die Medien nicht sprechen, noch nicht. Vielleicht können wir das Verfahren neu aufrollen, wenn genügend weitere Beweismittel zusammengekommen sind. Und wenn er mit etwas Glück vorläufig freigelassen wird, kann er seine Geschichte selbst erzählen.«

Sie erwähnte nicht, dass sie keine Ahnung hatte, wo diese zusätzlichen Beweismittel herkommen sollten. Die eidesstattliche Erklärung allein reichte nicht.

»Becks hat recht«, stimmte ihr Tom zu. »Es geht jetzt um den Gerichtshof der öffentlichen Meinung, nicht wahr? Sie haben auf alle möglichen anderen Arten versucht, die Behörden umzustimmen, jetzt ist es an der Zeit, die Massen hinter sich zu versammeln. Sie wollen das seit zehn Jahren, Afua – jetzt ist Ihre Chance gekommen.«

Toms Meinung fiel ins Gewicht. Rebecca sah das Tauwetter in den Augen der Frau und bemerkte, wie sich ihre steife Haltung lockerte. Afua holte tief Luft und sagte: »Na gut. Ich mache es. Aber ich hab das alles schon mal gemacht. Die Presse verliert sehr schnell das Interesse.« Sie schaute direkt zu Rebecca, die merkte, wie ihr angesichts dieser sehr deutlichen Anschuldigung die Röte in die Wangen stieg. »Können Sie garantieren, dass die Medien uns wohlgesonnen sein werden?«

»Nein, das kann ich nicht«, antwortete Rebecca wahrheitsgemäß. »Mit den Medien zu reden, ist immer ein Glücksspiel, Mrs Stewart. Aber ich kenne Lola McLeod, und die wird Sie fair behandeln. Sie wird Sie nicht reinlegen.«

Afua sagte nichts, aber Rebecca merkte, dass sie noch nicht überzeugt war. »Okay«, meinte Rebecca dann und ging noch einen Schritt weiter: »Ich bin mir ziemlich sicher, dass ich auch einen Artikel über Sie in *Life Stories* lancieren kann.«

»Ist das eine von diesen schrecklichen, billigen kleinen Heftchen, die sie in den Supermärkten an den Kassen verkaufen?«

»Unterschätzen Sie die nicht. Ja, die sind ziemlich schlicht – alles Seifenopern aus der Ich-Perspektive –, aber sie bringen die Botschaft rüber. Wir haben die Aufnahmen von Chaz, und ich kann den Artikel für Sie schreiben, aber Sie haben das letzte Wort.«

»Und Sie werden natürlich dafür bezahlt.«

Wie üblich hatten ihre Worte einen kritischen Zuckerguss, als bereicherte sich Rebecca bei dieser Sache. Sie machte das alles natürlich nicht aus Selbstlosigkeit, aber das bedeutete nicht, dass es ihr gleichgültig war. Sie versuchte Worte zu finden, um sich zu rechtfertigen, doch da schritt Tom schon ein.

»Afua, bleiben Sie vernünftig«, sagte er. »Becks muss sich ihren Lebensunterhalt verdienen. Klar, es ist Ihr Leben, und Sie wissen, dass ich Sie gern unterstütze, aber die Agentur ist ein Geschäftsunternehmen. Sie muss das Geld reinbringen, sonst kann sie uns nicht helfen.«

»Aber ist das alles, was sie motiviert?« Afua starrte Rebecca geradewegs an.

»Nein«, erwiderte Rebecca und hielt ihrem Blick stand. Zeit, die Dinge beim Namen zu nennen. »Aber es ist eine Erwägung. Es muss so sein, sonst kann ich nicht arbeiten. Ehrlich gesagt deckt das, was ich bisher damit verdient habe, nicht mal die Zeit ab, die ich darauf verwendet habe. Doch wir beide, Elspeth und ich, haben das Gefühl, dass es nötig ist. Ich werde mein Bestes tun, um die Kampagne in der Öffentlichkeit zu halten, aber damit ich das tun kann, müssen Sie mir vertrauen, Mrs Stewart. Ich weiß, ich habe Sie früher schon einmal enttäuscht, aber wie ich Ihnen schon gesagt habe, hatte ich damals nichts, womit ich arbeiten konnte. Jetzt habe ich was. Und wir müssen daraus Kapital schlagen. Wir müssen verschiedene Wege finden, Ihre Geschichte – James' Geschichte – in die Welt hinaus zu bringen. Ja, die Öffentlichkeit ist launisch. Die Medien sind noch schlimmer. Aber ich brauche Ihre Hilfe, um überhaupt etwas zu bewirken.«

Sie merkte, dass etwas mehr Wut in ihre Stimme geraten war, als sie beabsichtigt hatte. Die Sache mit den Autoreifen war nicht der beste Start in den Tag gewesen. Und ehrlich gesagt, die Einstellung dieser Frau nervte sie allmählich. Ihre Worte schienen allerdings gesessen zu haben, denn Afua nickte ihr knapp zu.

Rebecca interpretierte das als Entschuldigung und Erlaubnis, weiterzureden. »Okay«, sagte sie, erleichtert und ziemlich froh, dass sie reinen Tisch gemacht hatte. »Ich schreibe den Artikel für Sie, die Zeitschrift hat sehr strenge Stilvorgaben. Ich habe schon vorher mit ihnen zusammengearbeitet, weiß also Bescheid. Ich schicke Ihnen dann alles per Mail, und Sie können mir sagen, welche Änderungen Sie möchten.« Rebecca schaute in ihr Notizbuch, hakte die Wörter TV und LIFE STORIES ab. Sie hatte jetzt nur noch ein Anliegen, und das könnte sich als das Schwierigste von allen herausstellen. Sie holte tief Luft, hielt sie einen Augenblick an. »Und jetzt würde ich gern über Ihren Ex-Mann sprechen.«

»Was ist mit ihm?«

»Wussten Sie, dass er kurz vor dem Mord Murdo Maxwell bedroht hat, während eines Streits bei einer Veranstaltung im Town House?«

Afua tat das mit einem Achselzucken ab. »Ja, er war betrunken, und er hat auch zugegeben, dass er ausgerastet ist. Er hat sich später bei Mr Maxwell entschuldigt.«

»Das ist aber etwas, dem wir nachgehen müssen, das ist Ihnen doch klar?«

»Wenn Sie es für nötig halten, mir ist es einerlei. Ich habe nicht mehr viel Kontakt zu Greg. Unsere Scheidung war nicht gerade freundschaftlich.«

»Mrs Stewart, ich muss Sie das fragen: Halten Sie es für möglich, dass Ihr Ex-Mann jemanden angeheuert haben könnte, um Murdo Maxwell umzubringen?«

Afua dachte ein paar Sekunden nach, ehe sie antwortete. »Der Greg in dieser Phase unserer Ehe war nicht der Greg, in den ich mich verliebt hatte, Miss Connolly.«

»Rebecca, bitte.«

Sie nahm das mit einem leichten Senken des Kopfes entgegen. »Er war da völlig ... besessen davon geworden, Geld zu verdienen. Er war bereits reich, als ich ihn kennenlernte, aber manchmal entwickelt sich die Profitgier zu einer Art Krankheit, und man kann an gar nichts anderes mehr denken.«

»Wie war er, als Sie ihn kennengelernt haben?«

Ihre Augen schienen in die Vergangenheit zurückzuwandern. »Er war ein reizender Mann – verstehen Sie mich nicht falsch, er kann auch heute noch reizend sein. Er ist kein Monster. Er war nie ausfällig oder gewalttätig, falls Sie das denken.«

»Das denke ich nicht.«

Das schien sie zufriedenzustellen. »Seine Familie war gar nicht erfreut, als wir anfingen, miteinander auszugehen. Sie waren ... sagen wir mal altmodisch. Jemanden wie mich auf der Titelseite einer Zeitschrift zu sehen, das war eins, aber dass ihr Sohn und

Erbe in aller Öffentlichkeit mit mir auftrat, mich heiratete, das war etwas völlig anderes.«

Das erklärte die Bemerkung, die Afua gemacht hatte, dass Sir Gregorys neue Frau seine Familie glücklich gemacht hatte. »Rassisten?«

»Es gibt Rassismus und Rassismus, Rebecca. Es wurde nicht offen ausgesprochen. Mir wurden keine Namen hinterhergerufen, nichts Beleidigendes wurde gesagt. Es wurde alles über Blicke und Tonfall übermittelt, und ich wurde nicht im Zweifel darüber gelassen, dass sie über seine Wahl einer Ehefrau nicht glücklich waren. Wie gesagt, sie sprachen es nie offen aus, aber ich wusste, dass es ihnen lieber gewesen wäre, ihr Sohn hätte jemanden mit etwas weniger Melamin geheiratet.«

»Und wie hat Ihr Mann darauf reagiert?«

»Dem war es egal. Ethnische Herkunft bedeutete ihm nichts. Er war allerdings auch nicht perfekt. Das wusste ich von Anfang an. Er hatte ebenfalls seine Vorurteile. Wie wir alle.«

Ja, und ob, dachte Rebecca. Manche Leute mögen beispielsweise keine Reporter.

»In seinem Fall waren es die Homosexuellen. Ich war mir dessen natürlich bewusst, denn in der Modewelt waren viele Leute schwul, vor und hinter der Kamera. Greg hat damals sein Vorurteil im Griff gehabt, und das musste er, denn es war geschäftlich wichtig für seine Zeitschriften, und er hat nie etwas laut gesagt. Aber ich habe es ihm angesehen. Derselbe Blick, derselbe Tonfall, wie ich ihn in seiner Familie erfahren hatte, das habe ich alles wahrgenommen. Es war ... Unbehagen, denke ich. Das hatte ich auch in seiner Familie gespürt, und nun an ihm. Ein Gefühl der Beklemmung. Ich kannte den Begriff homophob damals noch nicht, aber ich glaube, das ist genau, was Greg war.«

Rebecca hatte Alans Familie nie kennengelernt, aber genauso hatte er auch deren Reaktion auf ihn beschrieben. Sie konnte diese Einstellung nicht verstehen, konnte aber sehr wohl glauben, dass es sie gab. Allerdings wusste sie auch, dass sie nie völlig begreifen würde, wie es sein musste, so behandelt zu werden. Was Afua und James und Alan und Chaz erfuhren, das war engstirnig, scheinheilig und gemein. Rebecca war hetero, weiß und aus gutbürgerlichem Haus – ihr Vater hochrangiger Polizeibeamter, ihre Mutter Lehrerin. Sie hatte nie, wirklich nie Erfahrungen mit dieser Art von Vorurteilen machen müssen, weder offen noch beiläufig, wie Afua und Alan sie in ihrem Leben immer wieder erleben mussten. Und das würde sie auch nie.

Sie fragte: »Als sich also James geoutet hat ...«

»Greg wurde einfach nicht damit fertig. Er hat sich praktisch über Nacht verändert. Am einen Tag war James der Sohn, den er liebte, mit dem er spielte, mit dem er spazieren ging, dem er bei den Hausaufgaben half. Am nächsten Tag war er zu diesem ... Ding geworden. Diesem unaussprechlichen Geschöpf, das in seinem Sohn gelauert hatte.«

Sie unterbrach sich, und ein beinahe verlegenes Lächeln stahl sich auf ihr Gesicht. Zum ersten Mal entdeckte Rebecca so etwas wie Humor bei dieser Frau.

»So, wie ich es erzähle, klingt es, als hätte er geglaubt, James wäre besessen«, sagte Afua. »So schlimm war es nicht. Er hat es subtiler ausgedrückt, so wie seine Familie mir gegenüber. Doch dieses Gefühl, als wäre James nun irgendwie gemindert, das war da. Ich habe es gesehen. James hat es gesehen. Und es hat ihm das Herz gebrochen.«

»Aber wenn man bedenkt, dass Ihr Ex-Mann wegen dieser Beziehung Murdo Maxwell attackiert hat, zeigt das doch, dass ihm noch an James gelegen war, meinen Sie nicht?«

»Oh, er hat nie aufgehört, ihn zu lieben. Er war sein Sohn, James war ein Teil von ihm. Aber zu diesem Zeitpunkt hatte Greg schon angefangen, sich zu verändern. Ihn interessierten die Zeitschriften nicht mehr so sehr, vielmehr galt sein Interesse Immobilien und Investitionen. Und er verkehrte mit Leuten, mit denen ich lieber nichts zu tun haben wollte. Ich hatte sie erlebt, als ich noch als Model arbeitete, diese Männer am Rand des Geschehens mit ihren teuren Anzügen und ihrem Schmuck und ihrem Geld und ihren Augen auf den Mädchen – und den Jungs –, als wären sie auf dem Viehmarkt.«

»Wer waren diese Leute?«

»Greg nannte sie Geschäftspartner, aber ich kannte sie. Gangster. Russen. Chinesen. Japaner. Amerikaner. Südamerikaner. Alle Nationalitäten, alle Hautfarben, alle gleich.«

»Aber warum hatte Ihr Mann mit ihnen zu tun?«

»Sie hatten Geld, und das wollte er. Verstehen Sie mich nicht falsch, ich hätte all dies hier sonst nicht.« Sie deutete mit der Hand auf das Zimmer. »Ich habe gut verdient, als ich gearbeitet habe. Ich war so etwas wie eine Ware, und ich hatte ein Haltbarkeitsdatum, das wusste ich. Wenn sie mich haben wollten, mussten sie dafür zahlen. Für mich ist Geld allerdings nur ein Mittel zum Zweck. Greg hat es schließlich als Selbstzweck gesehen.«

»Die Wurzel allen Übels.«

»Nein, die Bibel sagt, dass die Liebe zum Geld die Wurzel allen Übels ist. Das ist die eigentliche Krankheit, damit hat sich Greg angesteckt. Und er leidet noch immer daran.«

44

Wieder im Büro angekommen, versuchte Rebecca noch einmal, Sir Gregory Stewart zu erreichen. *Wenn du glaubst, dass du den Leuten wirklich auf den Wecker gehst,* hatte ihr Vater immer gesagt, *dann hast du Erfolg.* Nun, das würde sie jetzt austesten.

Die Frau mit der vornehmen Stimme antwortete mit dem gewöhnlichen »Ja bitte?«

»Ich würde gern mit Sir Gregory Stewart sprechen.«

Eine Pause am anderen Ende. »Sie sind diese Reporterin?«

Einen kurzen Moment überlegte Rebecca, ob sie das leugnen sollte, entschied aber, dass es nichts nützen würde. »Ja, und ich muss wirklich mit ihm reden.«

»Sie sind sehr hartnäckig, nicht wahr?«

»Das hoffe ich doch.«

Ein Seufzer. »Ich habe ihm Ihre Nachricht und Ihre Telefonnummer weitergegeben. Wenn Sir Gregory Sie nicht zurückgerufen hat, denke ich, Sie dürfen das so interpretieren, dass er nicht mit Ihnen reden möchte.«

»Nicht einmal über seinen Sohn?«

»Angesichts seines Mangels an Kommunikation würde ich vermuten, dass dem so ist.«

Okay, dachte Rebecca. Dann ist es Zeit für eine Breitseite. »Würde es Ihnen etwas ausmachen, eine weitere Nachricht von mir zu übermitteln?«

Noch ein Seufzer. »Nun gut.«

»Sagen Sie ihm, dass ich mich wirklich sehr gern mit ihm über das Gespräch unterhalten würde, das er im Town House mit Murdo Maxwell geführt hat.«

Rebecca hatte den Eindruck, dass die Frau das notiert hatte. »Gut.«

Schritte auf der Treppe zum Büro ließen Rebecca aufblicken, und während sie der Frau noch dankte und das Gespräch beendete, sah sie durch das matte Glas der Bürotür einen massigen Schatten. Die Tür ging auf, und ein Mann von der Größe eines kleinen Elefanten füllte den Türrahmen. Er trug Jeans und eine lederne Bomberjacke. Hinter ihm konnte sie die Gestalt einer ähnlich massigen Person ausmachen. Der Gedanke, dass Martin Bailey ein paar Freunde geschickt hatte, schoss ihr durch den Kopf, und sie merkte, wie Panik in ihr hochstieg. Dann schaltete sich ihr gesunder Menschenverstand ein. Es war helllichter Tag, und sie hörte, wie jemand die Treppe zum nächsten Stockwerk hochging. Der Schneider nebenan sang bei der Arbeit das Lied im Radio mit. Rebecca beschloss, dass es höchst unwahrscheinlich war, dass diese Männer, wer immer sie waren, in Anwesenheit von Zeugen irgendwas probieren würden. Sie entspannte sich ein bisschen.

Der Bomberjacken-Typ schaute sich rasch im Zimmer um, ehe seine Augen auf ihr landeten. »Sie sind Rebecca Connolly?« Seine Stimme klang wie die von Liam Gallagher. Vielleicht hatte er ihn aufgefressen?

»Ja«, antwortete sie und musste sich zwingen, ihre Stimme ruhig zu halten, obwohl sie nicht glaubte, dass unmittelbare Gefahr bestand. »Wie kann ich Ihnen behilflich sein?«

Sie hoffte, dass der andere Kerl nicht versuchen würde, auch noch reinzukommen. So groß war das Büro nicht, und dann müssten sie auf Tuchfühlung gehen. Sie war sich nicht sicher, ob ihre Fertigkeiten in Sachen Selbstverteidigung dafür ausreichen würden, es mit beiden aufzunehmen.

»Mr Dalgliesh will Sie sehen.«

Okay, das überraschte und beunruhigte sie. Sie wusste nicht einmal, dass der SG-Anführer in Inverness war. Aber nur um sicherzugehen, fragte sie: »Finbar Dalgliesh?«

»Genau.«

Sie setzte sich auf ihrem Stuhl zurück, um anzudeuten, dass sie nirgendwohin gehen würde, wirbelte währenddessen den Bleistift in ihrer Hand herum, damit sie nicht zitterte. Der Gedanke an Bailey schlich sich erneut in ihren Kopf. Bailey war in der SG. Dalgliesh war der Anführer von SG. Sie hatte versucht, ihn zu erreichen, aber nicht erwartet, dass zwei seiner Schergen hier auftauchen würden. Trotz ihres Unbehagens versuchte sie, die Ruhe zu bewahren. »Und ich lass einfach mein Strickzeug stehen und liegen und komme mit Ihnen, war das die Idee?«

Er musterte sie und dann den Schreibtisch. Wahrscheinlich suchte er ihr Strickzeug. »Er will Sie sehen«, wiederholte er, als reichte das als Erklärung für dieses und alle anderen Mysterien des Universums aus.

Auf gar keinen Fall würde sie mit diesen beiden Kerlen irgendwohin gehen. Sie wollte mit Dalgliesh reden, aber zu ihren eigenen Bedingungen. »Wo ist er?«

»In seinem Hotel.«

Sie wusste, welches Hotel er bevorzugte, es war nicht weit weg. »Dort komme ich allein und ohne Hilfe hin. Sagen Sie ihm, dass ich in einer halben Stunde dort bin.«

»Er will Sie sehen.«

»Und das wird er, in einer halben Stunde.«

»Er will Sie jetzt sehen.«

Sie starrte quer durch den Raum zu dem Mann hin und hoffte, dass sich stahlharte Entschlossenheit in ihrer Miene spiegelte. Er war eindeutig sehr verwirrt davon, dass es sich tatsächlich jemand anmaßte, nicht zu springen, wenn sein Boss mit den Fingern schnipste.

»Er wird nicht erfreut sein«, sagte er.

»Mist«, erwiderte sie. »Das überzeugt mich jetzt. Das hätten Sie eher sagen sollen, denn Finbar Dalglieshs Gemütszustand ist mir wirklich wichtig. Ich geh nur eben meinen Mantel holen, ja?«

Wenn er schon ihren sarkastischen Tonfall nicht mitbekommen hatte, so hätte er zumindest begreifen müssen, dass sie nirgendwohin gehen würde, so wie sie da fest auf ihrem Stuhl sitzen blieb und weiter ihren Bleistift herumwirbeln ließ. Er begriff es aber nicht: »Also, kommen Sie jetzt mit?«

Er war entweder nicht besonders schlau oder er war äußerst hartnäckig. Sie hätte ihn bewundert, wenn es Letzteres war. Doch sie beschlich der Verdacht, dass es Ersteres war. »In einer halben Stunde«, wiederholte sie und nahm ihr Telefon zur Hand, um ihren Standpunkt unmissverständlich klarzumachen. Er schaute zu, wie sie den Anschein machte, eine Nummer einzutippen. »DCI Roach, bitte.«

Es war deutlich zu sehen: Allmählich dämmerte ihm, dass sie nicht nur nicht mitkommen, sondern gleich auch noch mit der Polizei reden würde. Bisher hatte sein breites Gesicht Gelassenheit mit einer Spur Verwirrung ausgedrückt, doch nun verdunkelten sich seine Augen, und als sich seine massige Stirn in Falten legte, fragte sie sich, ob er damit möglicherweise in Neuseeland einen Sturm auslösen könnte.

»Hi, Val, wie geht's?«, sagte sie mit warmer und freundlicher Stimme, obwohl sie in eine tote Leitung sprach. »Momentchen, ich habe gerade Besuch von Finbar Dalglieshs Gruppe ... ja, von *dem* Finbar Dalgliesh ... anscheinend in Inverness. Ich werde in Kürze mit ihm reden.« Sie ließ das Telefon sinken, legte die freie Hand über das Display und schaute wieder zu dem Bomberjacken-Typ, der noch immer vor ihrem Schreibtisch aufgepflanzt war wie ein Baum. Dann wiederholte sie mit deutlicher Betonung: »In einer halben Stunde.« Sie hielt das Telefon wieder ans Ohr. »Tut mir leid, ich habe Ihren Anruf vorhin verpasst, Val. Und ja, es wäre toll, wenn wir uns auf einen Kaffee treffen könnten.«

Sie schwafelte noch eine Weile weiter, während er sie wütend anfunkelte. Schließlich machte er kehrt, nickte dem anderen Mann zu, der wie ein Berg draußen auf dem Hausflur stand, und sie gingen beide. Rebecca lauschte auf ihre schweren Schritte, die auf der Treppe widerhallten, als marschierte eine ganze Kompanie. Dann ließ sie das Telefon auf den Schreibtisch sinken und stand auf, um aus dem Fenster auf den Bürgersteig unten zu linsen. Sie konnte gerade eben noch den Bomberjackenmann die Union Street entlanggehen sehen. Sie schnappte sich ihr Telefon, Notizbuch und die Handtasche und flitzte aus dem Büro.

Sie folgte den beiden bis zum Station Square und ins Hotel. Es war ein schönes, altmodisches Haus, in dem ihre Mutter abstieg, wenn sie zu Besuch kam, weil in Rebeccas kleiner Wohnung kein Platz war. Es war wirklich schade, dass Typen wie Dalgliesh diesen Ort durch ihre Anwesenheit besudelten. Die Männer gingen schnurstracks am Empfangstresen vorbei und über den schottisch karierten Teppich zu der Ecke, wo der Mann höchstpersönlich unter der wunderschönen polierten Holztreppe auf einem Lehnstuhl saß und eine Tageszeitung las, die nicht für ihre Unterstützung von Minderheitenmeinungen berüchtigt war. Typisch, dachte Rebecca. Der Bomberjacken-Typ erklärte gerade, warum sie unverrichteter Dinge zurückgekommen waren, als sie hinter die beiden trat. Dalgliesh sah sie zuerst und lächelte. Es war nicht sein Lächeln Marke »Ich bin einer von den Jungs, wie wär's mit einem Bier und einer Fluppe«. Er schien sich tatsächlich darüber zu amüsieren, dass einer von seinen Leuten gerade erklärte, dass sie nicht hatte mitkommen wollen, und sie doch hier war. Das gefiel Rebecca, denn sie wollte niemals leicht zu durchschauen sein.

»Ms Connolly«, sagte Dalgliesh. Der Bomberjackenmann drehte sich zu ihr um, und seine anfängliche Überraschung wich rasch der Verärgerung. »Sie haben meine Einladung also schließlich doch angenommen«, fuhr Dalgliesh fort.

»Wie konnte ich da widerstehen?« Sie setzte sich ihm gegenüber hin.

Er nickte den beiden Männern zu, und sie entfernten sich in einen diskreten Abstand, obwohl sie immer noch die Hitze von Bomberjackenmanns wütendem Blick auf sich spüren konnte.

»Ich sehe, dass Sie Ihre Aufpasser noch immer aus der Übergrößenabteilung rekrutieren«, sagte sie.

»Das sind gute, treue Mitglieder meiner Gruppe.« Er blickte über die Schulter zu den beiden hin. »Ich glaube, Sie haben Ralph ziemlich verärgert«, sagte er.

Ralph, na klar, Randalen-Ralph, so sah er wirklich aus. Sie dachte an seinen Manchester-Akzent. Hatte SG die Fühler jetzt schon über die Grenze ausgestreckt?

»Meine Mutter hat mir gesagt, dass ich nie irgendwo mit fremden Männern hingehen soll«, sagte sie.

»Ich habe auf Ihrem Anrufbeantworter eine Nachricht hinterlassen, um Ihnen mitzuteilen, dass ich in der Stadt bin und Sie gern sehen würde«, sagte er.

»Die habe ich nicht bekommen«, erwiderte sie.

»Auf dem Festnetz der Agentur. Ich habe auch gesagt, dass ich meine Jungs schicken würde.«

Sie verwünschte sich. Sie hatte heute Morgen die Nachrichten auf dem Büroanschluss nicht abgehört. Aber sie würde sich, verflucht noch mal nicht bei ihm entschuldigen. »Nun, jetzt bin ich ja hier. Ich versuche schon eine Weile, Sie zu kontaktieren.«

»Ich weiß, deswegen bin ich da.«

Das gab ihr zu denken. »Sie sind nach Inverness gekommen, nur um mich zu sehen?«

»Ms Connolly, Sie recherchieren über den Tod eines Mannes, der mein liebster Freund war, ganz zu schweigen von Geschäftspartner. Das Mindeste, was ich tun kann, ist, dass ich mich mit Ihnen persönlich treffe. Ich hatte ohnehin eine Sitzung hier oben, also habe ich gedacht, ich schlage zwei Fliegen mit einer Klappe.«

Sie überlegte, wie so eine SG-Sitzung war. Ob sie wohl Laken und spitze Hüte und Feuerkreuze dabeihatten?

»Also, Ms Connolly«, fuhr Finbar fort, und seine betonte Verwendung von »Ms« begann sie zu nerven.

»Nennen Sie mich einfach Rebecca«, sagte sie.

»Wirklich? Das ist nett von Ihnen«, sagte er.

»Kein bisschen. Ich mag einfach Ms oder Miss nicht.«

»Wenn ich Sie so anschaue, sind Sie eher eine Ms.«

Sie lächelte süßlich. »Das dürfte dann wohl die einzige Anschauung sein, die ich mit Ihnen teile.«

Sein Lachen war so aufrichtig wie vorhin sein Lächeln. »Sie sind schlagfertig und gescheit, Rebecca. Das gefällt mir.«

»Das wärmt mir das Herz.«

Er hob die Hand in Richtung Ralph, der sofort näher kam. »Bestell uns Kaffee, bitte, Ralph.« Er schaute zu Rebecca. »Oder wäre Ihnen Tee lieber?«

»Für mich nicht, danke«, erwiderte sie. Es war schlimm genug, hier mit ihm gesehen zu werden, da wollte sie nicht noch Tee mit ihm trinken, als wäre es ein freundschaftlicher Anlass.

»Sind Sie sicher? Der Kaffee ist hier wunderbar.«

»Ganz sicher«, antwortete sie und fügte dann hinzu: »Danke.«

Bleib immer höflich, bis die Zeit kommt, nicht mehr höflich zu sein.

»Dann nur für eine Person, Ralph, vielen Dank.« Er winkte Ralph weg. »Sie wollen also mit mir über Murdo reden.«

»Ja.«

Er sah, dass sie ihr Notizbuch und ihren Digitalrecorder auspackte, und hob abwehrend die Hand. »Bitte nur Notizen, wenn es unbedingt sein muss. Keine Tonaufnahmen.«

Das hatte sie erwartet, hatte aber trotzdem ihr Glück versuchen wollen. Wer nicht wagt, der nicht gewinnt. Sie packte den Recorder in die Tasche zurück. »Ich muss sagen, dass mich Ihre Freundschaft mit Mr Maxwell überrascht hat.«

»Warum?«

»Nun ja«, antwortete sie. »Die SG ist nicht dafür bekannt, dass sie auf Inklusion setzt, oder? Mr Maxwell war offen schwul.«

Er zuckte zusammen, als sie mit dem Kürzel auf seine Gruppe Bezug nahm. »Ich hasse diese Abkürzung SG.«

Pech, dachte sie. Ich hasse die ganze Gruppe, da sind wir also quitt. Wenn er von ihr erwartete, dass sie den vollen Namen verwendete, konnte er sich auf eine lange Wartezeit einstellen. Sie würde die gälische Sprache nicht mit diesem Namen besudeln.

Er begriff, dass sie nicht die Absicht hatte, sich zu verbessern, und schnalzte leise mit der Zunge, ehe er beinahe matt fortfuhr: »Verwechseln Sie die verworrene Version unserer politischen Überzeugungen nicht mit dem, was ich wirklich und wahrhaftig glaube, Rebecca.«

»Sie wollen also sagen, dass ich nie gehört habe, wie Sie sich gegen schwule Menschen ausgesprochen haben?«

»Wann war das?«

»Bei der Protestdemonstration in Inchferry, in der Nacht des Tumults.«

Das erinnerte sie wieder an Martin Bailey. Sie unterdrückte ein Schaudern, als sie sich vornahm, Dalgliesh nach dem Mann zu fragen.

»Ich habe mich dagegen ausgesprochen, dass die Medien und die Unterhaltungsindustrie der Öffentlichkeit sexuelle und ethnische Vielfalt aufzwingen«, sagte er. »Ich habe nicht die Homosexualität verurteilt, nur die Tatsache, dass sie als normal dargestellt wird.«

»Das ist aber zwischen den Zeilen mitgeschwungen.«

»Ah, zwischen den Zeilen. Das kann sehr subjektiv sein, nicht? Manchmal ist eine Zigarre einfach nur eine Zigarre.«

»Also hat Mr Maxwells Sexualität Sie nicht gestört?«

»Überhaupt nicht. Wir haben tatsächlich oft darüber geredet. Murdo war immer zu einer Diskussion bereit. Er kannte meine Ansichten und ich seine. Das hat zu ziemlich lebhaften Trinkgelagen geführt.«

»Aber Sie hatten ja noch andere Differenzen, nicht wahr? Auch Ihre politischen Ansichten unterschieden sich ja ziemlich dramatisch, kann ich mir vorstellen.«

»Und wieder hat das unserer Freundschaft keinen Abbruch getan. Wir kannten uns seit der Universität, und wir haben eine gemeinsame Kanzlei aufgemacht. Ich glaube, gerade unsere Unterschiede haben unsere Partnerschaft so erfolgreich gemacht.« Seine Stimme wurde dunkel. »Sein Tod hat mich tief getroffen. Ich vermisse ihn, Rebecca. Ich vermisse seinen Humor und sein Lachen und seinen Rat. Ich vermisse, wie er so leidenschaftlich, so stürmisch gegen alles argumentiert hat, was ich glaubte, und doch sind wir enge Freunde geblieben. Er war nicht vollkommen, das sind wir alle nicht. Er konnte kleinlich und gehässig und engstirnig sein, wie wir alle auch. Er war kein Engel. Er hat in seinem Leben Dinge gemacht, die er später bereut hat. Er hat Standpunkte eingenommen, die er nicht hätte vertreten sollen. Er hat sich mit Leuten abgegeben, denen er lieber aus dem Weg gegangen wäre. Und ja, manche Leute denken, dass ich einer von diesen Leuten war. Aber er war mein Freund, Rebecca, und das wird er immer bleiben.«

Das Dunkle aus seiner Stimme war nun auch in seinen Augen zu sehen, während er von ihr wegschaute und ihn das vorsichtige, wohlüberlegte Politikerverhalten plötzlich im Stich ließ. Sie spürte Aufrichtigkeit. Sie fand den Mann vor ihr hassenswert, sie fand seine Ansichten und öffentlichen Verlautbarungen verachtenswert, und doch betrauerte er auch heute noch einen engen Freund, der ihm vor vielen Jahren geraubt wurde. Während sie seine Worte niederschrieb, fiel ihr etwas daran auf.

»Wie viel von dem, was Sie gerade gesagt haben, trifft auch auf Sie zu, Mr Dalgliesh? Mit wie vielen Leuten haben Sie sich abgegeben, denen Sie besser aus dem Weg gegangen wären? Wie viele Standpunkte haben Sie eingenommen, an die Sie nicht geglaubt haben, nur um politischen Profit daraus zu schlagen? SG zum Beispiel? Und was ist mit New Dawn und deren Bombenanschlägen und Vandalismus und Bedrohungen? Wie viel davon bereuen Sie?«

Seine Augen verhärteten sich erneut. »New Dawn hat nichts mit meiner Gruppe zu tun«, sagte er.

Das hatte er schon einmal behauptet. Sie hatte es damals nicht geglaubt, und sie glaubte es auch heute nicht.

Doch dann verschwand der stählerne Ausdruck aus seinen Augen, und er gab wieder den objektiven Politiker. »Sie mögen mich nicht, Rebecca«, sagte er. »Das verstehe ich, und ich akzeptiere es. Ich bin es gewöhnt, dass mich die Mainstream-Medien verhöhnen, aber ehrlich gesagt, schlaflose Nächte bereitet mir das nicht. Doch hier und jetzt will ich nicht mit Ihnen über meine politischen Ansichten oder meine Organisation streiten. Ich möchte über meinen alten Freund reden.«

Das wollte sie auch, aber ihre natürliche Neugier gewann die Oberhand. »Warum?«

Er setzte sich auf dem Sessel zurück, lehnte den Kopf an und stützte die Ellbogen auf die Armlehnen, um schließlich die Fingerspitzen vor dem Gesicht aneinanderzuschmiegen. Er überlegte sorgfältig, was er als Nächstes sagen würde. »Wenn etwas an diesen Unterstellungen dran ist, wenn jemand angeheuert wurde, um ihn umzubringen, dann will ich es wissen. Ich glaube nicht, dass die Behörden sich ernsthaft darum bemühen werden, den Fall wieder aufzunehmen. Es hat ein Urteil gegeben, und die Justiz wird Widerstand gegen jeden Versuch leisten, das anzufechten.«

»Es sind aber keinerlei Behauptungen laut geworden, dass die Polizeibeamten oder die Anklage sich etwas haben zuschulden kommen lassen«, erwiderte sie. »Die vorgelegten Beweismittel waren stichhaltig. Niemand konnte wissen, dass sie vielleicht fingiert waren.«

»Das kann schon sein, aber Sie ziehen die Mentalität des Establishments nicht in Erwägung. Jeder, der nicht für sie ist, muss gegen sie sein.«

»Eine Mentalität, die das Establishment durchaus mit Ihnen und Ihren Freunden gemein hat, würde ich sagen.«

Er ließ die Hände vom Gesicht sinken und schloss kurz die Augen, als zählte er still bis zehn. Vielleicht machte er das wirklich. Sie hatte ihm eine verbale Ohrfeige verabreicht, ohne triftigen Grund, einfach nur, weil sie es sich nicht verkneifen konnte.

Er schlug die Augen wieder auf. An der gezwungenen Gleichmütigkeit seines Tonfalls merkte sie, dass er sich große Mühe gab, sich nicht provozieren zu lassen. »Die Integrität des Systems muss um jeden Preis geschützt werden. Die Polizei und die Justiz geben gar nicht gern zu, dass sie Fehler gemacht haben, Rebecca. Manchmal muss man sie so sehr in Verlegenheit bringen, dass sie sich gezwungen sehen, ihre Unzulänglichkeiten anzugehen. Und ich glaube, dass Sie und Ihre Kollegen in den Medien dazu beitragen können.«

»Das wären dann die liberalen Mainstream-Medien, ja?«

Sie konnte es sich wirklich nicht verkneifen.

Ein winziges Lächeln. »Ja, sogar die liberalen Eliten können mal nützlich sein.« Er legte eine Pause ein und musterte sie. »Sie trauen mir nicht, oder?«

»Nein«, antwortete sie. Sie wollte, dass er mit ihr redete, aber sie hatte nicht die Absicht, ihm irgendwie um den Bart zu gehen.

Trotz des kurzen Aufblitzens menschlicher Regungen vorhin verachtete sie ihn und alles, wofür er stand.

Er sagte: »Das beruht auf Gegenseitigkeit, das wissen Sie?«

Sie nickte.

»Doch es gibt Zeiten im Leben, wenn man sich mit dem Teufel einlassen muss«, fuhr er fort. »Und dies ist so eine Zeit.«

»Ja, aber wer von uns beiden ist der Teufel?«, fragte sie.

Wieder dieses Lächeln. »Es steckt in jedem von uns ein Stück Teufel.«

»In manchen mehr als in anderen.«

»Das stimmt, aber des einen Teufel ist des anderen Engel.«

Er hielt inne, während ein junger Kellner ihm ein Tablett mit seinem Kaffee und einem Keks brachte. Dalglieshs Augen wanderten über den Mann, nahmen seine dunkle Hautfarbe zur Kenntnis und huschten wieder zu Rebecca. Er wusste, dass sie die aufblitzende Verächtlichkeit gesehen hatte, schämte sich aber nicht dafür. Er dankte dem Kellner nicht, als der sich wieder entfernte, sodass Rebecca das für ihn übernahm. Der junge Mann nickte ihr zu und hielt kurz Blickkontakt, als wollte er sagen: »Was macht eine nette junge Frau wie Sie mit einem Typen wie dem hier?« Natürlich hatte er Dalgliesh erkannt. Sein Gesicht tauchte ja ständig im Fernsehen auf, wenn denen zu einem Thema noch ein griffiger Spruch fehlte, und er kam dem nur zu gern nach: Brexit (den er unterstützte), Hochzeiten im Königshaus (wo er zumindest gegen eine etwas hatte), schottische Unabhängigkeit (die er unterstützte, aber nur, wenn Schottland zuvor ein paar ethnische und moralische Säuberungskampagnen durchführte), Recht und Gesetz (was er befürwortete, solange es gegen Gruppen eingesetzt wurde, die er nicht mochte).

Ralphs Lippen verzogen sich spöttisch, als der Kellner an ihm vorüberging, während sein Kumpel grinste. Ihre offensichtliche Verächtlichkeit konnte dem jungen Mann nicht entgangen sein;

sie hatten auch nicht versucht, die zu verbergen. Er sagte nichts, aber Rebecca meinte, gesehen zu haben, dass sich seine Schultern strafften, als hätte er am liebsten das Metalltablett, das er in Händen hielt, in das spöttisch lächelnde und höhnisch grinsende Gesicht gerammt. Als er fortging, murmelte Ralph seinem Freund etwas zu, das Rebecca nicht hören konnte, über das sie sich aber garantiert sehr geärgert hätte. Der Kellner hatte es jedoch mitbekommen, und er blieb kurz stehen, drehte sich um und schaute die beiden geradewegs an. In seinen Augen war keine Furcht. Sein Gesicht war angespannt und trotzig. Ralph hatte lässig am Empfangstresen gelehnt und richtete sich nun auf. Seine Bewegung war wie ein hingeworfener Fehdehandschuh, und wenn der junge Kellner klug war, würde er ihn da liegen lassen. Kein Wort war gefallen, nichts war geschehen. Falls der junge Mann die Herausforderung annahm, würde er den Kürzeren ziehen. Vielleicht nicht körperlich, falls es so weit kommen sollte, denn Rebecca konnte sehen, dass in seinem weißen Jackett ein kräftiger Körper steckte, aber er lief Gefahr, seinen Job zu verlieren. Er hielt dem Blick der beiden lange genug stand, um ihnen mitzuteilen, dass er sich von ihnen nicht einschüchtern ließ, und wandte sich dann erneut ab. Ralph grinste höhnisch, und sein Freund lachte.

War es das, wovon Afua Stewart gesprochen hatte? Diese Blicke, diese Verächtlichkeit. Die Anmerkung – die sie nicht gehört hatte, die aber zweifellos abfällig gewesen war – erinnerte sie daran, dass diese Leute wirklich der Abschaum waren, wie vernünftig sich Dalgliesh ihr gegenüber auch gebärdete. Doch dann schoss ihr ein andere Gedanke durch den Kopf, der sie stutzen ließ. Wenn sie so dachte, wenn sie alles, was diese Leute machten oder sagten, voller Verachtung betrachtete, war sie dann genauso schlimm wie die? Waren das nicht auch Vorurteile, selbstgerechte noch dazu?

Dalgliesh nippte an seinem Kaffee, stellte die Tasse sorgfältig wieder auf die Untertasse. »Wie ich schon vorhin sagte, aber las-

sen Sie es mich noch einmal betonen, habe ich keine Hinterge-
danken. Ich bin hier, um über einen alten Freund zu sprechen,
weil ich glaube, dass er sich das von mir wünschen würde. Sie
und ich, wir sind in vielem verschiedener Meinung, aber hier an
diesem Tisch hat für die Dauer dieses Gesprächs die Politik nichts
zu suchen. Einverstanden?«

Sie nickte in der Gewissheit, dass sie gerade einen Pakt mit dem
Teufel geschlossen hatte.

»Gut«, sagte er und lehnte sich auf seinem bequemen Stuhl
zurück. »Also, stellen Sie Ihre Fragen, und ich beantworte sie, so
gut ich kann.«

Sie starrte einen Augenblick auf ihr Notizbuch. »Hat Murdo
Ihnen gegenüber je James Stewart erwähnt?«

»Ja, viele Male. Wir haben regelmäßig miteinander geredet, einander getroffen, wenn wir konnten.«

»Wie haben die beiden sich kennengelernt?«

»Ich glaube, der junge Mann war an ein paar Umweltkampag-
nen beteiligt. Wie Sie wissen, war Murdo auf diesem Gebiet tätig.«

»Und hat er je irgendwelche Reibereien zwischen ihnen erwähnt?«

»Ganz im Gegenteil. Ich hatte das Gefühl, dass sie sich wirklich sehr liebten. Ich habe mich sehr darüber gefreut.« Er nahm
den raschen Blick wahr, den sie ihm zuwarf. »Das finden Sie wohl
schwer zu glauben?«

»Ehrlich gesagt schon. Sie sind ja auch nicht sonderlich erfreut
über Mischehen, wenn ich mich an Ihre Reden erinnere.«

»Ich dachte, wir hätten uns geeinigt, diese Fragen auszuklam-
mern?«

»Ja, aber Sie müssen doch zugeben, dass Ihre Freude über die
Beziehung dieser beiden besonders beunruhigend ist, wenn man
Ihre öffentlichen Aussagen und den Standpunkt der SG zu allem
in Betracht zieht, was nicht weiß, christlich und männlich ist.«

»Das ist eine unglaubliche, viel zu stark vereinfachte Zusammenfassung unseres Standpunkts. Aber nur für die Akten und einfach nur zur Klärung des Sachverhalts: Ich denke freiheitlich und glaube, dass es den Menschen freistehen sollte, zu tun, was sie wollen. Aber eben nicht, ihre Ideale der gesamten Gesellschaft aufzuzwingen.«

Jede einzelne Hirnzelle teilte ihr mit, dass sie weiter mit ihm darüber streiten sollte, doch sie hatte ihn schon mehr geärgert, als gut war. Sie musste von ihm bekommen, was sie haben wollte, und dann schauen, dass sie hier wegkam. Vielleicht sollte sie danach ganz heiß duschen, um sich die Seuche vom Leib zu waschen.

»James Stewart ist das Kind einer gemischt-ethnischen Ehe.«

»Darüber bin ich mir im Klaren, und ich mochte den Jungen. Er hat Murdo glücklich gemacht, und er war eine sehr angenehme Erscheinung, wenn er auch dazu geneigt hat, sich etwas zu theatralisch zu geben, wie das bei vielen seiner Art so ist.«

Seiner Art. Sie merkte, wie ihre Finger den Stift enger umfassten, als sie sich Notizen machte.

»Das war für mich genug. Murdo hatte, Gott weiß, vor ihm manche wirklich schlechte Wahl getroffen.«

»Inwiefern schlecht?«

»Die Liebe ist eine schwierige Sache, nicht wahr? Wir fühlen uns zu Leuten wegen eines Blicks, eines Lächelns oder nur aus Lüsternheit hingezogen, und dann stellt sich heraus, dass sie nicht so sind, wie wir es uns erhofft hatten. Das Leben und die Liebe halten beide Unmengen von Enttäuschungen bereit, finden Sie nicht?«

Ob er da aus persönlicher Erfahrung sprach, überlegte sie und versuchte, sich daran zu erinnern, ob er verheiratet war, ob er Kinder hatte, doch ihr fiel nichts dazu ein. Ihr wurde klar, dass sie nichts über diesen Mann wusste, dass sie nur sein öffentliches Erscheinungsbild kannte. Und was das Leben und die Liebe anging, auf dieses Terrain wollte sie sich nicht wagen, denn dort lauerten die Drachen.

»Und Mr Maxwell hat solche Enttäuschungen erlebt?«, fragte sie.

»Haben wir das nicht alle?«

O ja. Aber genau darüber wollte sie nicht nachdenken.

»Murdo hatte die ärgerliche Angewohnheit, sich immer in den Falschen zu verlieben. Manche würden sagen, dass er häufig den Partner wechselte, und in gewisser Weise stimmte das auch. Aber ich habe es auch aus anderer Perspektive gesehen. Er brauchte Liebe und hat immer zu schnell geliebt. Er war im Anwaltsberuf wie in der Politik scharfsinnig, erkannte einen guten oder schlechten Zeugen auf den ersten Blick, konnte sofort sagen, wem man in Holyrood vertrauen konnte und wem nicht. Aber wenn es um seine Gefühle ging, war seine Urteilsfähigkeit oft außerordentlich schlecht. Er schien eine Neigung zu verlorenen und verletzten Seelen zu haben, zu jungen Männern, die gelitten hatten, und es war ihm gleichgültig, aus welchem Milieu sie stammten. Ich habe ihn mindestens zweimal deswegen gewarnt, als seine schlechten Entscheidungen ihm Schwierigkeiten eingebracht hatten.«

»War einer dieser jungen Männer Evan Rose?«

Seine Augenbrauen schossen in die Höhe. »Sie haben gründlich gearbeitet. Sie wissen von ihm?«

»Ja. Er ist gestorben, habe ich mir sagen lassen.«

»Ja, ein sehr verstörter junger Mann, muss ich sagen. Aber das überrascht mich eigentlich nicht, bei dem Vater.«

»Wer war sein Vater?«

»Ah, so tief haben Sie also nicht gegraben. Sein Vater war Arthur Rose. Haben Sie schon mal von dem gehört?«

Irgendetwas regte sich in ihrem Gedächtnis, es war viele Jahre her, doch sie konnte es nicht genau fassen. »Der Name ist mir irgendwie vertraut.«

»Der Name ist vielen Leuten vertraut, und die meisten haben das bitter bereut. Er war eine wichtige Gestalt in der Unterwelt von Edinburgh, ist es vielleicht noch, selbst wenn er sich inzwischen über all das erhoben hat. Er ist an allen möglichen legalen Unternehmungen beteiligt – Finanzen, Immobilien, Investitionen –, aber Sie wissen ja, was man über den Kater und das Mausen sagt.«

Artie Rose, jetzt erinnerte sie sich. Sie hatte seinen Namen gelegentlich in der Presse gelesen und entsann sich schwach, dass ihr Vater ihn einmal ihrer Mutter gegenüber erwähnt hatte. Irgendwas mit Gewalttätigkeit in der Unterwelt.

»Murdo hat aber mit Evan Schluss gemacht«, sagte sie.

»Ja, es war ... unschön.«

»Evan hat das nicht gut aufgenommen?«

»Das ist noch untertrieben. Es hat Szenen gegeben. Evan hatte auch eine Vorliebe für überaus dramatische Auftritte und ist in Murdos Kanzlei, in seiner Wohnung, sogar im Haus in Appin aufgetaucht. Und hat wüste Drohungen gebrüllt.«

»Was für Drohungen?«

»Oh, was man so erwartet hätte – sein Vater würde ihn rächen, so in der Art.«

»Aber Murdo hat ihn dann bei der Anklage wegen Waffenbesitz verteidigt.«

»Ja, ich habe ihm davon abgeraten, aber er hatte das Gefühl, es dem jungen Mann schuldig zu sein. So war Murdo, loyal bis zum Letzten.«

»Evan hat behauptet, dass man ihm die Waffen untergeschoben hatte.«

Dalgliesh grunzte ein Lachen hervor. »Ja, der Schlachtruf aller Kriminellen weltweit.«

»Sie glauben das nicht?«

»Ich habe keine Ahnung. Ich hatte nichts damit zu tun. Murdo hat das ganz allein bearbeitet.«

»Soviel ich weiß, hat er vor Gericht auch behauptet, Murdo sei in diese Unterschiebung verwickelt gewesen. Halten Sie das für wahrscheinlich?«

Er beugte sich vor, nahm seine Kaffeetasse, nippte, lehnte sich zurück, die Tasse noch in der Hand. »Ich kann nicht glauben, dass der Murdo, den ich kenne, so etwas getan haben könnte, aber wenn doch, hätte ich ihm keinen Vorwurf deswegen gemacht. Dieser Rose war extrem lästig, den aus dem Weg zu schaffen, wenn auch nur für einige Zeit, wäre eine große Versuchung gewesen. Ich war am letzten Tag im Gerichtssaal, und ich habe den recht hysterischen Ausbruch gesehen, als die Geschworenen ihre Entscheidung verkündet haben. Ich muss sagen, er war typisch für diesen jungen Mann, hochdramatisch.«

»Aber er ist im Gefängnis gestorben.«

»Ja«, sagte Dalgliesh und nahm noch einen Schluck Kaffee. »Sehr traurig.«

Rebecca glaubte keine Sekunde, dass er das für traurig hielt. Die Art und Weise, wie er »dieser Rose« sagte, machte ihr zu schaffen. Es lag Geringschätzung darin, und die hatte nichts mit dem Ärger zu tun, den der junge Mann seinem alten Freund gemacht hatte.

»Wenn man ihm also die Waffen untergeschoben hat, wer könnte das getan haben?«, fragte sie.

»Oh, dazu hat er sich gleich von Anfang an klar geäußert. Murdo hat mir erzählt, dass dieser Rose ihm gesagt hat, wer hinter der Sache steckte, gleich bei der ersten Besprechung, als er noch in Untersuchungshaft war. Damals habe ich ihm noch einmal geraten, sich von der Verteidigung zurückzuziehen, aber er hat eisern darauf bestanden, dabeizubleiben.«

»Wer war seiner Aussage nach dafür verantwortlich?«

Er nahm noch einen Schluck Kaffee, ehe er die Tasse wieder auf den Tisch stellte. »Es ist Ihnen doch klar, dass ich in dieser

Sache so offen rede, weil ich möchte, dass meinem Freund Gerechtigkeit wiederfährt?«

»Und James Stewart, wenn er unschuldig sein sollte.«

»Natürlich.« Sein Tonfall war abfällig, als wäre James Stewart von sekundärer Bedeutung. »Tiefe Hintergrundrecherche – so nennt ihr Journalisten das wohl?«

»Manchmal.«

»Was ich jetzt sage, können Sie auf gar keinen Fall in einer Story nutzen, zumindest nicht mir zuschreiben. Aber es hilft Ihnen vielleicht weiter.«

»Okay. Warum haben Sie also Murdo geraten, sich zurückzuziehen, nachdem Sie gehört hatten, wer angeblich hinter der Sache mit den Waffen steckte?«

»Weil dieser Rose behauptete, er hätte mit diesem Mann eine sexuelle Beziehung gehabt.«

»Und warum genau war das ein Problem?«

Eine Pause. »Weil ich zufällig wusste, dass auch Murdo mit ihm eine sexuelle Beziehung gehabt hatte.«

Großer Gott, dachte sie, wie viele Liebhaber hatte dieser Mann gehabt? »Und wer war das?«

Wieder eine Pause. »Haben Sie schon mal den Namen Joseph McClymont gehört?«

45

Roach hörte den Superintendenten, ehe sie ihn sah. Seine Stimme dröhnte durch das Kripo-Büro und fragte nach ihr. Sie hörte die gemurmelte Antwort eines Detective Constable. McIntyre klopfte nicht an, er musste das nicht; das waren eben die Privilegien des Ranghöheren. Sie hatte gerade mit Papierkram gekämpft, war also froh über die Unterbrechung, bis sie die Anspannung in seiner Haltung bemerkte, wie er da im Türrahmen stand, das Gesicht straff und hart.

»Ich hatte gerade einen Anruf von ganz oben«, sagte er.

Sie wartete ab, dass er das näher ausführen würde. Er bekam sicher ziemlich viele Anrufe von ganz oben, aber sie musste keine Superdetektivin sein, um zu wissen, welcher spezielle Anruf ihn so offensichtlich verärgert hatte. Oder warum sich dieser Ärger in diesem Augenblick allein gegen sie richtete. Sie schaute vielsagend auf die noch offene Tür und auf die Gesichter einiger Detective Constables, die sie beobachteten, nachdem sie den Tonfall und die Körpersprache des großen Chefs registriert hatten. Er grunzte und schloss die Tür hinter sich.

»Es scheint, dass die da oben einen sehr erzürnten Sir Gregory Stewart an der Strippe hatten«, sagte er und wandte sich ihr zu, ohne näher an ihren Schreibtisch heranzutreten.

»Wirklich, Sir? Er scheint ja eine Gewohnheit draus zu machen, sich über ranghohe Beamte zu erzürnen.«

Er schoss ihr einen wütenden Blick zu. »Ich dachte, ich hätte Sie angewiesen, die Sache fallen zu lassen, DCI Roach.«

»Das haben Sie, Sir, und das habe ich gemacht.«

Er knurrte. »Ich frage Sie das jetzt ganz direkt, DCI Roach. Haben Sie Informationen an diese Reporterin weitergegeben?«

»An welche Reporterin, Sir?«

»Spielen Sie hier nicht die Unschuld vom Lande, Roach, das passt gar nicht zu Ihnen.«

Sie hatte keine Ahnung, was er damit meinte.

»Diese kleine Connolly«, sagte er. »Haben Sie Ihr von Sir Gregory erzählt?«

»Nein«, log sie. »Ich nehme an, sie hat Kontakt zu ihm aufgenommen?«

»Er hat nicht mit ihr geredet, und das wird er anscheinend auch nicht tun. Was ich wissen will: Wie hat sie von diesem Abend im Town House erfahren?«

»Sie ist eine gute Reporterin, Sir. Sie hat wohl recherchiert.«

»Sie haben es ihr also nicht gesagt?«

»Nein, Sir«, log sie erneut. »Ich weiß nicht, wo sie das aufgeschnappt haben könnte. Vielleicht hat sie mit anderen Leuten geredet – es waren ja außer Sir Gregory und Murdo Maxwell noch andere dort. Wie gesagt, sie macht ihren Job gut, und sie redet mit jeder Menge Menschen. Es war ja nicht gerade ein Geheimnis, aber der Leiter der Ermittlungen und sogar der Staatsanwalt haben es damals für unwichtig gehalten, angesichts all der anderen Beweise gegen James Stewart. Die Verteidigung hat versucht, etwas daraus zu machen, aber es hat zu nichts geführt.«

Er starrte sie mit kalten, harten Augen an. Sie konnte nicht erkennen, ob er ihr glaubte oder nicht. Er schnalzte mit der Zunge, spitzte die Lippen, schnaufte schwer durch die Nase und setzte sich dann ihr gegenüber auf einen Stuhl.

»Val«, sagte er, und nun klang seine Stimme eher erschöpft als wütend. »Wie gut kennen Sie sich mit der Geschichte der Polizei aus?«

»Grundlagen, Sir. Was ich wissen muss.«

»Sagt Ihnen der Name Oscar Slater etwas?«

»Justizirrtum, Sir. Glasgow, so etwas über hundert Jahre her?«

»Sehr gut. Er wurde 1908 wegen des Mordes an einer Frau namens Marion Gilchrist verurteilt. Kennen Sie den Namen Detective Lieutenant John Trench?«

Sie hatte den Namen schon mal gehört, fragte sich aber, wohin das führen würde. »Kommt mir bekannt vor, Sir.«

Er verschränkte die Arme. »John Trench war Polizist in Glasgow, Val, und anscheinend ein guter. Er hat nie geglaubt, dass Slater der Mörder war, und hat vertrauliche Informationen an einen Anwalt weitergeleitet. Es tat nichts zu Sache, dass er recht hatte, dass ein Unschuldiger Jahre im Gefängnis verbracht hat. Trench wurde aus der Polizei entlassen. Er hatte offizielle Informationen an Dritte weitergegeben. Die Polizei hatte damals was dagegen, und sie hat das auch heute noch.« Er machte eine Pause, legte den Kopf schief und starrte sie an. »Sie verstehen, was ich sagen will, DCI Roach?«

Er hatte ihr das, was er sagen wollte, mit einigem Nachdruck klargemacht, sie hatte also keinerlei Schwierigkeiten, zu verstehen, was er damit meinte. Und dass er sie nicht mehr als Val, sondern mit ihrem Dienstgrad anredete, hatte der Aussage noch zusätzliche Wirkung verliehen. »Drohen Sie mir, Sir?«

Er schnaufte wieder schwer und stand auf. »Ich habe Ihnen nur eine kleine Geschichtslektion erteilt, das ist alles. In den letzten hundert Jahren haben sich die Dinge nicht geändert, nicht wirklich. Wir sind nun landesweit und regional organisiert und nicht mehr städtisch, aber im tiefsten Herzen sind wir die gleichen geblieben. Polizeibeamte geben keine vertraulichen Informationen an Dritte weiter, ganz egal, wer sie sind, ganz egal, wie effektiv diese Leute arbeiten, und ganz egal, wie gut ihre Absichten sind. Punktum.«

Nun, da er gesagt hatte, was er sagen wollte, hatte er sich ein wenig beruhigt. Aber Roach wollte die Sache nicht auf sich beruhen lassen. Nun stieg nämlich in ihr die Wut auf, doch es gelang ihr, die Stimme ruhig zu halten. »Das klingt mir ganz nach einer Drohung, Sir.«

Er hatte den Anstand, ein wenig verlegen zu schauen. »Nehmen Sie es, wie Sie wollen. Ich sage nur, behalten Sie das im Hinterkopf. Wenn ich herausfinde, dass Sie mit dieser kleinen Connolly geredet haben, werde ich gar nicht erfreut sein, verstanden?«

Sie begriff, dass er der Divisionskommandeur war und hier nicht von seinem Standpunkt abweichen konnte, doch das besänftigte ihre Wut kein bisschen. Sie wartete ein paar Takte ab und sagte: »Jawohl, Sir.«

Wenn dieses Gespräch Untertitel gehabt hätte, stünde da: »Sie können mich mal, Sir.«

Er musterte sie, und sie überlegte, ob er den Unterton wahrgenommen hatte, doch schließlich nickte er und verließ das Zimmer. Er ließ die Tür offen, und sie beobachtete seinen breiten, kerzengeraden Rücken, als er mit großen Schritten aus dem Kripo-Büro ging.

46

Rebecca wusste nicht, wie nützlich Dalglieshs Informationen zum aktuellen Stand des Falls sein würden. Sie war sich auch nicht sicher, wie viel sie davon in einer Story verwenden konnte. Doch sie hatte das Gefühl, dass sie noch irgendwas übersehen hatte. Sie übertrug gerade ihre Notizen, als das Mobiltelefon der Agentur klingelte.

»Ms Connolly … Rebecca?« Eine vertraute Männerstimme. »Stephen Jordan.«

»Hi«, sagte sie. Sie war ein wenig überrascht, von ihm zu hören.

»Haben Sie gerade Zeit für ein Gespräch?«

»Natürlich«, antwortete sie und überlegte, worum es wohl ging. Seine Stimme klang ein wenig zurückhaltend. Aber vielleicht sprach er mit Reportern immer so.

»Nicht am Telefon«, sagte er. »Können Sie in die Kanzlei kommen?«

»Jetzt gleich?«

»Wenn's geht. Mrs Fraser ist hier.«

Ihr erster Gedanke war, dass Dodgers Schwester sich über sie beschwert und sich mit Jordan beraten hatte. Doch dann würde er sie nicht anrufen, sondern ihr einen Brief schicken. Der zweite Gedanke war, warum sie das überhaupt vermutet hatte – sie hatte nichts verkehrt gemacht.

»Was ist los?«, fragte sie.

»Sie hat unter den Habseligkeiten ihres Bruders etwas gefunden, das sie Ihnen zeigen möchte.«

47

Malky hatte sein Auto vor dem Budgethotel am Fluss geparkt und wartete darauf, dass der Mann herauskam. Das Wasser des Flusses war blau, die federigen Wolken waren weiß, die Burg, die Malky oben auf dem Berg sehen konnte, war rot. Insgesamt war das Ganze so patriotisch, wie wenn man vor der blau-weiß-roten Fahne salutierte.

Er hatte den Mann vom Auto aus angerufen und ihm gesagt, dass er draußen wartete. Er hatte den ganzen Morgen gebraucht, um seine Telefonnummer zu bekommen, und es hatte durchaus die Möglichkeit bestanden, dass er schon unterwegs war, aber nein, er lag noch in der Falle. Klar, der hatte eine lange Nacht hinter sich, aber Malky schließlich auch. Doch der Typ war nicht mehr der Jüngste und sah aus, als gönnte er sich gern vor dem Schlafen noch ein paar Kurze. Malky hatte den Alkohol und die Kippen aufgegeben, und er hatte einige Jahre weniger auf dem Buckel, also war er schon wach und frisch wie der junge Morgen.

Am Abend zuvor hatte er sich an Pauls Nachnamen erinnert, während er draußen vor dem Haus der kleinen Connolly im Auto saß und seine Anrufe tätigte. Er hatte recht gehabt: Er sah dasselbe Auto, das er vor dem Haus von Dodgers Schwester ausgemacht hatte, in ihre Straße einbiegen, als sie gerade aus ihrem Wagen stieg. Malky war auf seinem Sitz ganz nach unten gerutscht, hatte aber noch über das Lenkrad spähen können. Das Auto blieb ganz in seiner Nähe stehen, und obwohl es schon dunkel war, konnte er zwei Gestalten ausmachen, die beide die junge Frau beobachteten. Die Reporterin zögerte an der Haustür, blickte sich um und ging schließlich hinein.

Es war spät, und sie würde wahrscheinlich nirgends mehr hingehen, also beschloss Malky, Paul zu folgen. Er wusste, dass er nicht gleich nach ihm aufbrechen und ihn verfolgen konnte – das hätten die beiden im Auto bemerkt –, also fuhr er jetzt schon los und parkte um die Ecke, außer Sichtweite. Es gab nur eine Zufahrt zu dieser Siedlung, und er wartete ab, bis sie an ihm vorbeifuhren, ehe er ihnen folgte. Da nicht viel Verkehr war, hielt er sich in einiger Entfernung. Er hätte sie auf dem Weg in die Stadtmitte ein-, zweimal beinahe aus den Augen verloren, doch Malky machte das nicht zum ersten Mal. Der Wagen überquerte den Fluss und bog rechts ab, um vor dem Budgethotel stehen zu bleiben. Aye, typisch, dachte Malky. Der Kerl ist Profi, genau wie ich. Paul stieg aus, sagte etwas zu dem Fahrer und ging ins Haus.

Nach seinen Anrufen konnte Malky sich allmählich ein Bild zusammenstückeln, aber er wollte sich doch gern noch mit dem Mann unterhalten. Ein paar weitere Telefonate verschafften ihm seine Handynummer, und er meldete sich früh am Morgen bei ihm und sagte, sie hätten etwas Geschäftliches zu besprechen. Der Typ war überrascht; er erinnerte sich von früher an Malky und wurde zugeknöpft. Doch Malky machte ihm klar, es wäre in beiderseitigem Interesse, sich zu treffen.

»Wo?«, fragte der Mann.

Das hatte Malky sich bereits überlegt. »In Merkinch, das ist gleich am Wasser beim Hafen. Da ist ein kleiner Picknickplatz beim Naturschutzgebiet. Triff mich da um 12. Aber komm allein, ja? Wir wollen nicht, dass da sonst noch jemand mit großen Ohren zuhört.«

Dann beendete er das Gespräch.

Als er jetzt draußen vor dem Hotel wartete, sah er dasselbe Auto wie gestern vorfahren, und Paul trat aus der Tür und ging die Rampe hinunter. Von wegen allein. Aber das war okay, deswegen war Malky ja hier. Der Typ war nicht vorsichtig, achtete nicht auf seine Umgebung, war sich nicht im Klaren darüber, dass Malky ihn beobachtete, dass Malky wusste, wo er nachts sein Haupt bettete. Er stieg in den Wagen ein, der wegfuhr.

Malky folgte ihnen, obwohl er genau wusste, wohin sie unterwegs waren.

48

Elaine, Jordans Empfangsdame, Sekretärin, Büroleiterin und Rottweiler, warf ihr nicht gerade ein Willkommenslächeln zu, ließ sie aber gleich durch mit den Worten: »Mr Jordan erwartet Sie schon.«

Es klang wie ein Tadel, als wäre Rebecca zu spät gekommen, obwohl sie nur zehn Minuten gebraucht hatte, um das Büro abzuschließen und zu Fuß von der Union Street zur Castle Wynd zu gelangen.

»Sie kennen ja den Weg«, sagte Elaine, als wäre die Kanzlei ein Labyrinth. Jordans Tür stand offen, und er nickte ihr hinter seinem Schreibtisch hervor zu. Zu Rebeccas Überraschung saß neben Eleanor Fraser noch Afua Stewart, die ihr einen gewohnt kühlen Blick zuwarf. Ein dritter Stuhl wartete in dem kleinen Raum auf sie. Trotz Afuas Miene sollte die Sache wohl freundschaftlich ablaufen.

Rebecca machte es sich so bequem wie möglich und schaute sie alle erwartungsvoll an. Jordan sagte: »Mrs Fraser, wie wäre es, wenn Sie Ms Connolly berichten, was Sie gefunden haben?«

Eleanor Fraser räusperte sich und hielt einen Umschlag hoch. »Ich habe in Rogs Mantel diesen Brief gefunden.«

Er habe in einer Innentasche gesteckt, erklärte sie, und zuerst habe sie nicht gewusst, was sie damit anfangen sollte. Deswegen habe sie sich mit Mr Jordan in Verbindung gesetzt. Sie reichte Rebecca zwei Blatt Papier mit scharfen Knicken an den Stellen, wo man sie gefaltet hatte.

»Schöne Handschrift«, merkte sie überrascht an.

»Das war Mum zu verdanken«, erklärte Eleanor Fraser. »Sie hat immer drauf geachtet, dass unsere Handschrift tip-top war. Sie hat gesagt: Die Welt beurteilt euch nach eurer Schrift. Bei Dad waren es die Schuhe, bei ihr die Handschrift.«

Rebecca nickte und warf Afua einen raschen Blick zu. Wie üblich verriet ihre Miene wenig. Dann begann Rebecca zu lesen.

Liebes Schwesterchen,

ich hoffe, du findest diesen Brief und machst was Gutes damit. Inzwischen weißt du wahrscheinlich, was ich damals getan habe. Ich glaube nicht, dass es dich überrascht, so wie ich immer war. Ich habe nie was getaugt, was? Du hast als Kind vielleicht das kleine Häschen nicht immer gekriegt, aber du hast all die anständigen Gene geerbt, glaube ich. Ich hab nur noch den Rest abbekommen. Den traurigen Rest. Die schlechten Brocken.

Als ich dich besucht habe, habe ich versucht, dir zu sagen, dass es mir leidtut, wie viel Schmerz ich dir und Mum und Dad verursacht habe. Ich denke, das habe ich nicht richtig rausgebracht, aber ich nehme es dir auch nicht übel, dass du mir das Wort abgeschnitten hast. Ich hab's verdient.

Wegen diesem Maxwell und dem, was ich gemacht habe. Damals habe ich nie drüber nachgedacht, obwohl ich noch nie zuvor jemand getötet hatte. Aber, ehrlich gesagt, es hat mich schwer mitgenommen. Das hätte ich nie gedacht. Es hat mich verändert. Klar, nicht so sehr, dass ich mein Leben völlig verändert hätte, da war ich zu sehr festgefahren. Aber ich wollte niemandem mehr wehtun.

Ich bin jetzt krank, das wirst du auch wissen. Und das, was ich getan habe, hat mir auf der Seele gelegen. Ich muss das irgendwie wiedergutmachen, an dem Jungen, der im Gefängnis sitzt, an seiner Familie. Ich habe es meinem Anwalt erklärt, dass ich den Mund gehalten habe, um dich und deinen Jungen zu schützen, denn die Typen, die mich angeheuert haben, das waren ganz schlimme Scheißkerle. Ich hab die Klappe gehalten. Ich hab es nicht einmal Mr Jordan gesagt.

Aber ich habe immer weiter drüber nachgedacht, weißt du. Und es ist nicht richtig, dass sie ungeschoren davonkommen. Vielleicht denkst du, dass ich ungeschoren davongekommen bin, aber das bin ich nicht, nicht wirklich. Ich hab drunter gelitten, Schwesterchen, wirklich. Hab immer das Gesicht von dem Mann vor mir gesehen, das Geräusch gehört, wie der Schürhaken ihm den Schädel eingeschlagen hat. Ein Höllengeräusch. Ich hab mich nie wegen irgendwas so schuldig gefühlt, wie ich mich dafür schuldig gefühlt habe. Und jetzt zahle ich den allerletzten Preis dafür, könntest du sagen, denn ich glaube, dass meine Krankheit meine Strafe für das ist, was ich getan habe.

Wenn du diesen Brief nicht findest, ist es okay, dann geht alles wie immer weiter, aber wenn du ihn findest und was damit machst, dann sorgt Gott vielleicht so dafür, dass die Dinge in Ordnung kommen. Ich überlasse es dir – es muss deine Entscheidung sein.

Als ich die eidesstattliche Erklärung unterschrieben habe, hat mir Mr Jordan erklärt, dass sie ohne weitere Beweise nicht viel nützen würde. Ich habe darüber nachgedacht, über die weiteren Beweise, darüber, was ich tun könnte, um die Leute zu überzeugen. Und als ich meine Sachen durchsortiert habe – behalten oder wegschmeißen, wie Mum es immer gesagt hat, weißt du noch? –, da habe ich das Häschen gefunden. Na ja, ich habe jede Menge Mist aussortiert, und da habe ich das gefunden, was ich in diesen Brief gelegt hab.

Die Schrift hörte am Ende der Seite auf. Rebecca schaute zu Eleanor auf. »Ist da noch mehr? Und was hatte er gefunden?«

Eleanor blickte zu Jordan, der ein weiteres Blatt hochhob. »Ehe wir Ihnen das hier geben, muss ich betonen, dass ich nicht sicher bin, ob es in diesem Stadium des Falls die beste Vorgehensweise ist, es Ihnen zu zeigen. Aber Mrs Fraser scheint Ihnen zu trauen, und Mrs Stewart hat sich einverstanden erklärt.«

Rebecca nickte beiden dankbar zu, und Eleanor antwortete mit einem etwas matten Lächeln. Sie hatte ganz offensichtlich den Boden unter den Füßen verloren. Ein Brief aus dem Jenseits war die eine Sache, aber keine Hausfrau und Mutter aus der Vorstadt erwartete, je in eine solche Situation wie die hier gebracht zu werden. Was Afua Stewart anging, so ließ irgendetwas sie leicht die Mundwinkel verziehen. Sie war eine stolze, wenn nicht gar widerspenstige Frau, und es war ihr bestimmt nicht leichtgefallen, ihre Meinung zu ändern.

»Erstens: Das hier war im Umschlag«, sagte Jordan und schob ihr unter der Hand etwas über den Schreibtisch zu. Sie konnte nichts erkennen, hörte jedoch, wie etwas Metallisches über das Holz schrammte. Als er die Hand hob, sah sie zwei Schlüssel, einen für ein Yale- und einen für ein Bartschloss.

Rebecca spürte, wie ihr ein elektrisierender Schauer durch den Körper schoss, als sie die gefrästen Metallstücke anschaute. Das waren die Schlüssel zum Kirkbrig House, das wusste sie einfach.

»Ich glaube, Sie haben bereits Kontakt zu Mr Maxwells Schwester aufgenommen«, sagte Jordan. »Wir dachten, Sie könnten mir helfen, zu überprüfen, ob diese Schlüssel echt sind.«

Wie hatte Mona neulich gesagt? »Ich habe die Schlösser austauschen lassen. Später natürlich. Es schien mir in Anbetracht der Umstände klüger zu sein. Man weiß ja nie. Aber die alten habe ich hier noch irgendwo.«

Rebecca verspürte, wie die Erregung in ihr wuchs, als sie die Hand nach dem Yale-Schlüssel ausstreckte und ihn genau musterte. Es war nichts Ungewöhnliches daran. Er war ein vom Alter ein wenig angelaufener, ganz gewöhnlicher Schlüssel, dem man normalerweise keinen zweiten Blick schenken würde. Aber wenn er in das Schloss passte, das Mona irgendwo weggepackt hatte – Gott, sie hoffte wirklich, dass sie die Schlösser noch hatte, wie sie gesagt hatte –, dann war dies ein neuer Beweis, sicherlich doch sogar in den restriktiven Augen der schottischen Gerichte. Diese Schlüssel und die Details in Dodgers Erklärung sollten ihnen helfen, Rechtsmittel gegen James Stewarts Verurteilung einzulegen.

Sie schaute zu Jordan und erinnerte sich wieder an das letzte Blatt Papier. »Was steht im Rest?«

»Der Name des Mannes, der ihn angeheuert hat.«

Sie streckte die Hand aus, damit sie es selbst lesen konnte. Jordan reichte ihr das Blatt, und sie überflog die wenigen verbliebenen Zeilen.

Ich kannte den Mann, der an mich herangetreten ist, noch aus Edinburgh. Er war ein harter Bursche. Die Leute halten mich ja auch für hart, aber der Typ war es wirklich. Der hatte schon im Knast gesessen, wegen bewaffnetem Raubüberfall, Körperverletzung, und was sonst noch. Der hätte das ohne Probleme selbst erledigen können, aber ich wusste, dass sie eine Distanz zwischen der Sache und sich aufbauen wollten. Und ich wusste, dass ich dabei vielleicht ganz schön reinrasseln könnte. Aber dagegen habe ich Vorkehrungen getroffen.

Ich habe mich in dem großen Wohnzimmer in Maxwells Haus umgeschaut und irgendwas gesucht, was ich mitgehen lassen könnte, als ich hörte, wie er die Treppe runterkam. Das war meine Chance. Die hatten mir von dem Schürhaken erzählt, einem schweren Messingding, aber ich hab den ganz leicht hochgehoben und bin dem Mann in die Küche gefolgt. Da hab

ich ihn dann erledigt, Schwesterchen. Ich habe nicht zweimal
überlegt. Gott steh mir bei. Die haben gutes Geld gezahlt, und
der Typ, den ich umbringen sollte, bedeutete mir nichts.
Anschließend bin ich nach oben gegangen, um zu sehen, ob ich
da noch was klauen konnte, damit es aussah wie ein Einbruch
oder so. Da merkte ich, dass ich blutbefleckt war, bin also ins
Bad gegangen und hab mir das Gesicht im Waschbecken gewa-
schen. Ich hatte Gummihandschuhe an, denn ich wollte ja
nicht aus Versehen blutige Fingerabdrücke hinterlassen. Ich
hab mir das Gesicht nicht abgetrocknet, denn auf keinen Fall
wollte ich auf einem Handtuch meine DNA hinterlassen. Mei-
ne Kleider waren auch besudelt, aber ich hatte im Auto meinen
Koffer. Ich hab mich später auf einem Waldweg umgezogen
und dann gleich dort meine Klamotten verbrannt.
Nachdem ich mir das Gesicht gewaschen hatte, hab ich mir
ein paar neue Handschuhe übergezogen und ein bisschen rum-
geschnüffelt. Und da habe ich den Jungen auf dem Bett gefun-
den, völlig weggetreten. Also ist mir die Idee gekommen, mir
eine kleine Versicherungspolice zu beschaffen: Ich habe seine
Finger um den Griff des Schürhakens gelegt und den neben
ihm auf den Boden fallen lassen. In dem Zimmer war noch
eine Kamingarnitur, genau wie die unten, also habe ich den
Schürhaken von da mitgenommen und ins Wohnzimmer ge-
legt. Ich hab mich auch entschieden, nichts von dort mitzuneh-
men, denn sonst hätte die Polizei ja gewusst, dass noch je-
mand im Haus war. Ich war echt erstaunt, dass ich so klar
denken konnte.

Rebecca legte eine Pause ein, um zu Afua zu schauen. Sie fragte
sich, ob die Frau diesen Brief auch gelesen hatte. Natürlich hatte sie das. Rebecca konnte das daran sehen, wie aufrecht sie saß.
Das war nicht nur die Haltung eines Models, das war etwas an-

deres. Spannung. Die Notwendigkeit, die Kontrolle zu behalten. Sie starrte mit unbeweglichen Augen auf einen Punkt knapp über Jordans Kopf. Dann drehte sie langsam den Kopf, und Rebecca sah, dass aus dem Eis in ihren Augen Wasser geworden war.

Rebecca streckte die Hand aus und drückte der Frau kurz den Unterarm. Afua Stewart legte ihre andere Hand darüber und ließ sie da liegen, schaute dann wieder zu dem Fleck auf der weißen Wand.

Rebecca wandte sich wieder dem Brief zu.

Sobald die rausgefunden hatten, dass ich alles dem Jungen in die Schuhe geschoben habe, mussten sie eine andere Methode finden, um mich zum Schweigen zu bringen. Deswegen haben sie dich und deinen Jungen erwähnt. Wenn ich ein Sterbenswörtchen sagen würde, dann wussten sie, wo sie euch finden könnten.

Also habe ich den Mann, der mich angeheuert hat, nie beim Namen genannt. Auch Mr Jordan gegenüber nicht. Hab's nicht einmal meinem Kumpel Hector gesagt, den du vielleicht bei der Beerdigung getroffen hast. Oder vielleicht auch nicht, denn unter Umständen bist du nicht hingegangen. Versteh ich.

Paul Gordon hieß der Mann. Und seine Kumpel nannten ihn Gordie.

49

Gordie besteht immer noch drauf, dass was gemacht werden muss. Er kennt einen Haufen schuldige Leute, und er weiß, dass ich keiner davon bin. Er ist jetzt wütender über alles, was mir passiert ist, als ich selbst es bin. Dass einem was untergejubelt wird, das gehört zum kriminellen Leben, hat er mir heute erzählt, die Polizei macht's, selbst unsere eigenen Leute machen's. Die berühmte Ganovenehre gibt's nicht. Die großen Macker in der Unterwelt sind so weit gekommen, weil sie Leute verpfiffen und Gewalt angewendet haben, und wenn das nicht möglich oder ratsam war, dann hängten sie einem was an und ließen ihn wegsperren. Aus den Augen, aus dem Sinn. Und manchmal kamen die nie wieder raus, denn Gefängnisse sind gewalttätige Orte für gewalttätige Menschen. Als ich ihn fragte, warum ihm meine Sache so viel ausgemacht hat, antwortete er einfach, nur weil es dauernd passierte, müsste er es noch lange nicht mögen.

Da musste ich an meinen Vater denken. Ob der auch einfach mal jemandem was angehängt hatte, nur um den aus dem Weg zu bekommen? Ist er nur so weit gekommen, weil er sich an genau der Ungerechtigkeit beteiligt hat, die ich erleben musste?

Es ist ja vielleicht Teil des Lebens in der Unterwelt, aber Gordie hat nie was damit zu tun haben wollen. Es ist unehrlich, hat er gesagt, und das hat mich zum Lachen gebracht, bei seinem Sündenregister. Aber ich weiß, was er meint. Gordie ist sehr direkt: Wenn sich dir jemand in den Weg stellt, gehst du den frontal an. Da erfindet man nicht was, das man ihm anhängen kann, und verpfeift ihn dann bei der Polente. Er ist ein Ganove, aber ein ehrlicher, wenn man das glauben kann. Er *mochte Typen, die zu ihrer Unehrlichkeit standen, und verachtete die, die sich einen wohlanständigen Anschein gaben, aber darunter genauso käuflich und korrupt waren wie jeder dreckige kleine Dieb. Sie waren einfach nur besser angezogen, sagte er, hängten dem Ganzen nur ein hübscheres Mäntelchen um. Unehrliche Polizisten, die behaupteten, sie schützten das Gesetz, obwohl sie Schmiergelder nahmen; unehrliche Politiker, die behaupteten, für Anstand und Familienwerte zu stehen, aber doch mit den Schweinen aus demselben Trog fraßen.*

Er sagt, wenn er rauskommt, will er deswegen was machen. Ich habe versucht, es ihm auszureden, aber er ist ein sehr entschlossener Mensch. Das mag ich an ihm, aber es erschreckt mich auch. Die Leute, hinter denen er her wäre, sind auch sehr entschlossen, und ich möchte nicht, dass ihm was zustößt. In der Zeit, seit ich ihn kenne, ist er wie ein Bruder für mich geworden, ein beschützender großer Bruder. Mit meiner Sexualität hat er kein Problem. Er hat mir gesagt, dass er auch in seiner Welt Leute kennt, die ihr wahres Selbst verleugnen und die das völlig abdrehen lässt. Ich weiß das alles, denn so bin ich ja hier gelandet.

50

Nachdem sie Jordans Kanzlei verlassen hatte, bog Rebecca rechts ab und ging die Castle Wynd hinauf. Was sie erfahren hatte, war aufregend, und die Puzzlesteine in ihrem Kopf fügten sich allmählich zusammen. Es fehlten immer noch ein paar, aber sie glaubte, ein Bild zu erkennen, langsam und noch verschwommen, klar, aber alles sortierte sich gerade erst. Sie brauchte ein wenig Luft zum Atmen, zum Nachdenken, beschloss also, sich auf eine der Bänke vor dem Schloss zu setzen, von wo aus man flussaufwärts in Richtung des Great Glen schaute.

Während sie den Hügel hinaufschnaufte, merkte sie, wie schlapp sie sich fühlte, und beschloss, dass nun wirklich irgendein Fitnessprogramm angesagt war. Dann rief sie bei Mona Maxwell an. Sie machte sich keine Illusionen – ihr Kontakt zur Schwester des Toten war der eigentliche Grund, warum man sie zu diesem kleinen Klausurtreffen in Jordans Kanzlei gebeten hatte. Sie fragte Mona, ob sie in dem ehemaligen Mägdezimmer bei der Küche noch die alten Schlösser habe.

»Warum fragen Sie?«

»Es hat neue Entwicklungen gegeben, Mona. Darf ich morgen zu Ihnen kommen? Ich würde einen Anwalt namens Stephen Jordan mitbringen, wenn das in Ordnung ist?«

Das hatte Jordan vorgeschlagen. Er hätte ihr ganz einfach die Schlüssel überlassen können, aber er wollte sie nicht aus der Hand geben.

»Natürlich. Aber was für Entwicklungen sind das?«

»Wir haben Schlüssel, die vielleicht in der fraglichen Nacht benutzt wurden, und wir müssen überprüfen, ob sie passen.«

»Schlüssel zu meinem Haus? Aber wo kommen die her?«

Ein Klicken auf der Leitung ließ Rebecca vorsichtiger reden. Es könnte sich einfach nur um eine schlechte Verbindung handeln, aber sie wollte keinerlei Risiko eingehen.

»Wir erklären Ihnen das morgen, wenn es recht ist. Wir könnten gleich vormittags bei Ihnen vorbeikommen.«

Mona akzeptierte das. »Na gut«, sagte sie, aber Rebecca merkte, dass sie neugierig geworden war.

Rebecca fügte hinzu: »Ein schnelle Frage aber noch.«

»Ja?«

»Erinnern Sie sich, dass wir über Evan gesprochen haben?«

»Ja?«

»Hätte er Schlüssel zum Haus haben können?«

Am anderen Ende herrschte Schweigen, außer dem Klicken und etwas, das wie Wind auf der Leitung klang, war nichts zu hören, obwohl Mona im Haus war. »Ich denke schon, ja.«

Wieder fiel ein Puzzleteil an die richtige Stelle. »Okay, das ist interessant. Wir sehen uns morgen.«

51

Malky wartete, bis er sah, wie Paul Gordon die Straße entlang zum Treffpunkt ging. Er bewegte sich langsam, jetzt ließ er Vorsicht walten. Gordie war ein paar Jahre älter als Malky und hielt sich genau wie er fit, denn er wusste, dass der Tag kommen würde, an dem er langsamer wurde, und in seinem Geschäft konnte das tödlich sein.

Malky vermutete, dass der Fahrer irgendein lokaler Muskelprotz war, und es sah so aus, als hielte sich Gordie an die Vereinbarung, sich allein mit ihm zu treffen, denn der andere blieb im Wagen sitzen. Aber Malky wollte keinerlei Risiko eingehen. Er schlenderte zu dem Auto, versicherte sich, dass Gordie nicht zurückschaute, und klopfte ans Fenster. Als es aufgekurbelt wurde, sah er einen jungen Kerl vor sich, vielleicht Mitte zwanzig, der versuchte, hart auszusehen, es aber nicht ganz schaffte. Entweder bist du's oder du bist's nicht, versuchen hilft nichts. Musik plärrte aus den Lautsprechern. Irgend so ein moderner Mist, nichts als Rhythmus, keine Substanz. Malky würde seinen letzten Fünfer drauf verwetten, dass der Junge das nicht hören durfte, wenn Gordie im Wagen war.

»Tut mir leid, Kumpel«, sagte Malky und überprüfte zum letzten Mal, dass ihn niemand beobachtete. »Hast du mal Feuer?«

»Nichtraucher«, antwortete der Junge.

»Ich auch«, sagte Malky und rammte seine Faust durch das offene Fenster und dem jungen Mann direkt aufs Auge. Der sackte zur Seite. Malky griff mit einer Hand ins Auto, packte ihn beim

Nacken und klatschte seine Schläfe gegen das Lenkrad. Der Junge stöhnte und kämpfte gegen den festen Griff, also hämmerte Malky noch einmal seinen Kopf dagegen. Er hörte etwas knirschen, doch der Junge wand sich noch immer, und Malky klatschte ihn ein drittes und letztes Mal gegen das Lenkrad. Er spürte, wie der Körper des jungen Mannes erschlaffte und zur Seite wegsackte. Blut strömte ihm aus einer Platzwunde und aus der Nase, während auf seiner Stirn ein roter Striemen aufleuchtete. Malky schaute sich noch einmal um, öffnete dann die Tür und drückte auf den Knopf, um das Fenster wieder heraufzulassen. Er achtete darauf, dass der Junge quer über den Vordersitzen lag, den Kopf zur Seite – damit er nicht am Ende noch an irgendwas erstickte –, und schaltete den Krach im Radio aus. Als er die Wagentür schloss, versicherte er sich, dass man den bewusstlosen Fahrer erst bemerken würde, wenn man aufmerksam ins Wageninnere schaute. Dann ging er zum Kofferraum, öffnete ihn und legte den Gegenstand, den er unter seiner Jacke verborgen hatte, unter eine alte Decke. Das würde ausreichen, sagte er zu sich, ehe er hinter Gordie herging, die Latexhandschuhe abstreifte und in die Tasche steckte.

52

Rebecca hatte das Plateau des Castle Hill erreicht und näherte sich der Statue von Flora MacDonald, die den rechten Arm erhoben hatte, als wollte sie ihre Augen gegen die grelle Sonne abschirmen. Der Rasen rings um die Burg war erstaunlich menschenleer. Ein paar Leute waren natürlich da und fotografierten die Statue mit der Burg dahinter, während andere am Geländer oberhalb des steilen Hangs lehnten, der zum Fluss hinunterführte, und die Aussicht genossen. Dies war einer ihrer Lieblingsplätze in der Stadt, obwohl sie ihn noch lieber mochte, wenn sich am Himmel dunkle Wolken auftürmten und man in der Brise, die von Loch Ness her wehte, die schwache Androhung von Regen spüren konnte. Die meisten Leute waren auf Sonne und blauen Himmel aus, und obwohl Rebecca das auch schätzte, fühlte sie sich doch der Dunkelheit eher verbunden. Vielleicht sollte sie ihr kastanienbraunes Haar schwarz färben, sich ein paar Piercings stechen lassen und auf Goth machen.

Rebecca belegte eine der Bänke mit Beschlag, zog ihre Jacke aus und legte sie und ihre Tasche neben sich, um jeden abzuwehren, der den Wunsch hegte, in ihr persönliches Umfeld einzudringen. Sie hatte den Anruf bei Mona beendet und tippte nun Elspeths Nummer ein. Sie erzählte ihr von Dodgers Brief und ihrem Gespräch mit Dalgliesh.

»Du weißt, wer McClymont ist, Becks«, sagte Elspeth. »Er ist der Gangster aus Glasgow, der eine Fehde mit der Familie Burke hatte, bis sie einen Waffenstillstand ausgehandelt haben.«

Die Familie Burke.

»Ja«, sagte Rebecca und schloss die Augen, als die Erinnerung aufblitzte. »Aber ich bekomme das alles in meinem Kopf nicht auf die Reihe. Murdo Maxwell hat diesen Evan Rose verteidigt, als er wegen der Waffensache vor Gericht stand. Rose hat steif und fest behauptet, McClymont hätte ihm das angehängt. Maxwell hatte eine Beziehung mit beiden gehabt, sowohl mit Rose als auch mit McClymont. Rose behauptete später, Maxwell hätte die Verteidigung absichtlich vermasselt, damit er weggesperrt wurde.«

»Motiv für einen Racheakt, meinst du?«

»Ja, aber Rose ist im Gefängnis gestorben, ehe Murdo Maxwell umgebracht wurde. Und Dodger hat gesagt, dass ihn dieser Paul Gordon angeheuert hat. Aber es hat mitgeschwungen, dass da noch jemand im Hintergrund war.«

Elspeth dachte darüber nach. Rebecca meinte, das Klicken eines Feuerzeugs zu hören. »Elspeth, rauchst du wieder?«

»Ach, lass mich in Ruhe. Ich hab eben ein Laster.«

Rebecca lachte. »Eines?«

»Okay, es ist eines meiner Laster, aber Julie macht mir schon genug Ärger deswegen, da fang du nicht auch noch an.« Rebecca hörte, wie Rauch ausgestoßen wurde. »Ich ruf mal bei einem alten Kumpel an. Wenn es zwischen Edinburgh und Glasgow einen Ganoven oder Gauner gibt, den er nicht kennt, dann ist das keiner. Gib mir zehn Minuten.«

Elspeth beendete abrupt das Gespräch.

Gordie saß an einem hölzernen Picknicktisch auf einem Rasenstück, das hinter einem hufeisenförmigen Parkplatz lag. Von hier aus konnte man über das Wasser hinausschauen. Der Himmel war weit, und die Wolken waren so zart, dass es beinahe nur eine Andeutung war. Rechts ragte eine Steinpier ins Wasser, wahrscheinlich früher einmal eine Anlegestelle für eine Fähre. Dahinter sah man die Brücke, die diese Fähre überflüssig gemacht hatte. Es standen ein paar Autos in den Parkbuchten, und am Strand unterhalb des Rasenstreifens sah Malky einen Mann, der mit zwei Kindern zwischen den Felsbrocken herumstöberte. An einem Tisch weiter links saß eine Vierergruppe, zwei junge Paare, die sich ein Picknick aus Plastikdosen teilten.

Er setzte sich Gordie gegenüber auf die andere Bank an dem grünen Tisch. Nettigkeiten wurde nicht ausgetauscht.

»Wieso hier?«, fragte Gordie mit ziemlich starkem Ostküstenakzent.

»Schön offen, schön öffentlich.«

»Brauchst du Zeugen?«

»Nur um sicher zu sein, dass keiner faule Tricks probiert.«

»Wieso sollte ich?«

»Alles schon vorgekommen, Gordie, das weißt du genau. Und wenn wir schon mal dabei sind, dein Junge dahinten im Auto stößt nicht zu uns.«

Gordie nickte nur, war nicht überrascht. Er wusste, was gespielt wurde. »Also, was willst du? Malky, stimmt doch?«

»Aye.«

»Ich erinnere mich an dich, von früher.«

»Dann erinnern wir uns beide, was?«

Noch ein Nicken. In ihrem Geschäft lohnte es sich, Leute im Gedächtnis zu behalten. »Also, worum geht's?«

Malky kam gleich zur Sache. »Ich glaube, wir sind in derselben Sache in Inverness.«

»Urlaub?«

Malky hätte beinahe laut losgelacht. »Was für ein Urlaub ist das denn, wenn man eine Reporterin verfolgt?«

Gordie runzelte die Stirn. »Keine Ahnung, wovon du redest.«

Diesmal brach das Lachen aus Malky heraus. »Gordie, Kumpel, hier sind nur wir beide, du und ich, ja? Ich glaube, man hat uns beide losgeschickt, um dasselbe zu tun – rauszufinden, was zum Teufel in dieser Sache mit Murdo Maxwell los ist.«

Ein kurzes Aufblitzen in Gordies Augen verriet Malky, dass er recht hatte. »Hat Wee Joe dich geschickt?«

»Aye. Und Artie dich?«

Ein Nicken.

»Okay«, sagte Malky. »Also, die Sache ist die: Ich habe die Sache irgendwie zusammengestückelt, aber ich bin noch immer ein bisschen verwirrt. Das gebe ich gern zu.«

»Und was soll ich deiner Meinung nach da machen?«

»Mir sagen, worum es hier geht.«

Gordie starrte übers Wasser hinaus auf den baumbestandenen Berghang und die Häuser, die sich nur als weiße Punkte abzeichneten. »Das nennen sie hier Black Isle.«

»Ich weiß.«

»Sieht aber nicht besonders schwarz aus.«

Malky wusste, dass der Mann nur Zeit schinden wollte, um nachzudenken, um die Situation abzuwägen. »Es war früher mal alles von schwarzem Moor bedeckt.«

Gordies Augen wandten sich wieder zu ihm. »Woher weißt du das denn?«

»Hab's in meinem Hotelzimmer in einer Broschüre gelesen. Also, wie ist's, Gordie? Was kannst du mir über diese ganze Sache sagen?«

»Warum sollte ich?«

»Nennen wir es eine Gefälligkeit unter Berufskollegen.« Darüber musste sein Gegenüber lächeln, doch Malky merkte, dass er noch nicht ganz überzeugt war: »Okay, wie wär's, wenn ich dir sage, was ich weiß und was ich zu wissen glaube. Und dann machen wir von da weiter.«

Gordie zuckte mit den Achseln. »Na dann. Erzähl mir eine Geschichte.«

Malky legte die Unterarme auf den Tisch und verschränkte die Hände, während er sich näher zu ihm beugte. »Es war einmal ein schöner Prinz, und der hieß Evan ...«

53

Rebecca schaute über den Fluss hinweg auf das Kaleidoskop aus Grün-, Grau- und Blautönen, Gebäuden und Himmel. Ein paar duftige weiße Wolken hingen über dem Berg von Tomnahurich, der wie ein gestrandeter, von Seetang bedeckter Wal hinter den wehrhaften Türmen der Kathedrale lag. Sie legte den Kopf in den Nacken, und die Strahlen der Sonne fielen auf ihre Wangen, während eine warme Brise ihre Haut streichelte, als versuchte sie, ihr die Schläfen zu kühlen.

Sie war müde. Zu wenig Schlaf, zu viel Stress. Chaz hatte recht, sie brauchte Urlaub. Einen richtigen Urlaub, nicht nur ein, zwei Tage. Sie mochte Wolken, aber sie brauchte Sonne. Sobald das alles hier vorbei war, würde sie ihre Freundin Danielle in Spanien anrufen. Ganz bestimmt.

Sie dachte an die Besprechung in Jordans Kanzlei. Eleanor hatte ihr erzählt, ein alter Freund ihres Bruders habe sie besucht, kurz nachdem Rebecca selbst sich verabschiedet hatte. Er hatte gesagt, er wolle ihr sein Beileid aussprechen, hatte aber auch Fragen zu Dodger gestellt: Hatte er ihr vor seinem Tod irgendwas erzählt? Hatte er ihr irgendwas hinterlassen? Er schien sehr freundlich zu sein, aber Eleanor hatte ihn nicht ins Haus gelassen, und sie hatte ihm erzählt, dass sie überhaupt keinen Kontakt mit ihrem Bruder gehabt hatte.

Wer war also dieser Typ? Hatte er was mit Paul Gordon zu tun oder mit Joseph McClymont? Und wie viel hatte er rausbekommen?

An dem Picknicktisch unten am Wasser umriss Malky, was er wusste, während die Kinder auf den Felsen einander zuriefen und die Paare am Nachbartisch lachten und schwatzten.

»Aber Evan war ein sehr verstörter Prinz, und das bestürzte seinen Dad, König Arthur«, sagte er. »Denn Prinz Evan hatte kein Interesse an den schönen Prinzessinnen im Land, er zog ihnen die Prinzen vor, wenn du weißt, was ich meine. Und einer von denen war der Sohn von König Robert, der über ein Land im Westen herrschte und ein Rivale von König Arthur war.«

Malky hatte viel Zeit damit verbracht, im Auto zu sitzen, zu beobachten, zu warten, und er hatte bei allen angerufen, von denen er vermutete, dass sie ein Puzzleteilchen beizutragen hatten. Mit den Jahren hatte er sich ein ziemlich umfangreiches Netzwerk von Informanten aufgebaut. Er war vielleicht kein neugieriger Mann, aber er wusste, dass Gewalt zwar eine Waffe, aber Wissen Macht war. Wenn nötig, setzte er sein Heer von Ganoven, Reportern, Anwälten, sogar Polizisten ein, um seine Macht aufrechtzuerhalten. Er besaß nicht den Ehrgeiz, der große Chef zu sein – er war nicht wie Big Rab, nicht einmal wie Wee Joe –, aber er war gern auf dem neuesten Stand. Als er Paul Gordon hier in Inverness erkannt hatte, war ihm klar geworden, dass sein Stand überholt war. Einer seiner Leute, ein Barmann, dem Malky einmal geholfen hatte, als er an einem Abend mit randalierenden Fußballfans zu tun hatte, erinnerte sich daran, Wee Joe mit dem Jungen von Artie Rose gesehen zu haben, und dass sie sehr freundschaftlich miteinander umgegangen waren. Sie hatten nichts getan, was die Pferde scheu gemacht hätte, aber es war schon ein gewisses Knistern zwischen ihnen zu spüren gewesen, sagte der Barmann. Ein Knistern. Wenn man das zu Malkys ohnehin bestehenden Vermutungen über Wee Joe addierte, kam dabei so was wie *Brokeback Mountain* raus.

»Nun fühlte sich dieser andere Prinz – nennen wir ihn mal Prinz Joseph – nicht so wohl mit seiner Freizeitgestaltung wie Prinz

Evan. Er wollte das lieber geheim halten, während es Prinz Evan völlig egal war, wer davon wusste. Wie mache ich mich bisher?«

Gordie verzog das Gesicht. »Ist deine Geschichte.«

Rebecca überlegte, wie sie die Geschichte weiter angehen sollte, als Elspeth zurückrief. Sie hatte doch länger als zehn Minuten gebraucht.

»Also«, sagte sie, »ich musste ziemlich vorsichtig vorgehen. Pete, mein Kumpel aus vergangenen Zeiten, ist ein altmodischer Zeitungsmann und ein schlauer Fuchs. Wenn der irgendwie Wind von einer Story bekäme, würde er sie uns abjagen.«

»Was hast du dann gesagt?«

»Ich habe es so vage wie möglich gehalten, nur gesagt, ich wollte eine Sache etwas genauer anschauen, wenn ich mit diesem Buch fertig bin.«

»Hat er dir das abgenommen?«

»Ich bezweifle es. Also, dieser Paul Gordon ...« Rebecca hatte das Gefühl, dass Elspeth in ihren Notizen nachschauen musste, die sie wahrscheinlich irgendwo auf ihre Zigarettenschachtel gekritzelt hatte. Es war eine Angewohnheit, die sie von einem erfahrenen Glasgower Gerichtsreporter übernommen hatte, als sie gerade bei der Zeitung angefangen hatte. Schon oft hatte Rebecca sie dabei beobachtet, wie sie die Packungen hin und her drehte und irgendeinen roten Faden in ihren Notizen suchte, die nur aus einzelnen Wörtern und Kürzeln bestanden, mit denen sie ihr Gedächtnis stützte.

»Er hat noch niemanden umgebracht, zumindest nicht, soweit Pete weiß, aber sonst hat er schon so ziemlich alles verbrochen. Diebstahl, Erpressung, bewaffneter Raubüberfall, schwere Körperverletzung.«

»Irgendeine Verbindung zu Murdo Maxwell?«

»Nicht direkt, aber Pete hat einen schnellen Blick in die Onlinearchive der Bibliothek geworfen. Dieser Paul Gordon ist wegen schwerer Körperverletzung zu einer Gefängnisstrafe verurteilt worden, kurz nachdem man Evan verknackt hatte. Also waren die beiden gleichzeitig hinter Gittern.«

»Ich bin sicher, das gilt für viele Übeltäter.«

»Ja, aber das sollten wir im Hinterkopf behalten. Könnte eine Verbindung sein, besonders wenn man bedenkt, was ich dir jetzt sage.« Elspeth legte eine Pause ein, und man hörte wieder ein Klicken, als die nächste Zigarette angezündet wurde. »Sag nichts«, warnte Elspeth.

»Warum sollte ich? Ich habe schon alles gesagt, was nötig ist.« Sie hatte sich jede Bemerkung verkneifen wollen. Wenn Julie das rauskriegte, würde Elspeth ohnehin jede Menge zu hören bekommen, vielleicht nicht elegant, aber sicher leidenschaftlich formuliert. In diesem Augenblick interessierte sich Rebecca mehr für die Informationen. »Paul Gordon?«, half sie Elspeth auf die Sprünge.

»Aye.« Rauch wurde ausgestoßen. »Jedenfalls, als er wieder draußen war, hat er für Evans Dad gearbeitet.«

»Artie Rose«, sagte Rebecca.

In Elspeths Stimme war Überraschung zu hören. »Du hast von ihm gehört?«

»Dalgliesh hat ihn erwähnt. Mein Dad auch, vor vielen Jahren. Er ist jetzt anscheinend Geschäftsmann.«

»Aye, Geschäftsmann in Anführungszeichen. Big Pete sagt, dass er immer noch bis zum Hals in allen möglichen Gaunereien steckt, sie aber immer auf Armeslänge von sich entfernt hält. Und den Arm der anderen auch schon mal bricht. Es kann nicht einfach gewesen sein, Arties Sohn zu sein, besonders wenn man Evans sexuelle Vorlieben bedenkt. Aber Artie hat seinen Sohn geliebt – klar, gezeigt hat er es nicht so direkt – und hat versucht, ihn jederzeit zu schützen, obwohl ihm das der junge Evan nicht immer leicht gemacht hat.«

Malky erzählte seine Geschichte mit großem Genuss. Sein Wissen hatten unzählige Lücken, aber die füllte er einfach mit Vermutungen auf.

»Du musst wissen, dass Prinz Evan sehr launisch war. Er hat sich durch die Welt geschlafen, und dabei hat er eines Tages auch Graf Murdo kennengelernt. Mit dem vergnügte er sich eine Weile, traf sich aber immer noch mit Prinz Joseph. Doch Prinz Joseph fand heraus, was da hinter seinem Rücken lief, und das missfiel ihm. Vor allem, weil er sich auch schon einmal mit Graf Murdo vergnügt hatte. Die Welt ist ein Dorf, findest du nicht?«

Gordie antwortete nicht.

Malky fuhr fort: »Jedenfalls war Prinz Joseph ein Typ nur für einen Mann, also brach er mit Prinz Evan. Ziemlich bald machte auch Graf Murdo Schluss mit Prinz Evan, weil der Junge nicht direkt das war, was man ausgeglichen nennen würde.«

Er bemerkte, dass etwas in Gordies Augen aufflackerte. Es hätte Wut sein können, vielleicht auch Schmerz, das konnte er nicht ausmachen.

»Jedenfalls, Prinz Evan hing nun in der Luft, hatte keinen, mit dem er sich vergnügen konnte, und er drehte ein bisschen durch. Er versuchte also, wieder mit Prinz Joseph anzubandeln, aber der wollte nichts mehr mit ihm zu tun haben. Prinz Joseph kam aus einem Land, wo man derlei missbilligte und vielleicht als Schwäche sehen könnte. Aber viel wichtiger noch war, dass Prinz Joseph sich wegen seiner sexuellen Vorlieben schämte. Er wollte nicht, dass sie weithin bekannt wurden, weil er selbst damit noch nicht im Reinen war. Und außerdem fürchtete er, dass Prinz Evan ihn bloßstellen würde. Und selbst dann, wenn er ihn nur lächerlich machte. Prinz Joseph musste etwas unternehmen. Nun, normalerweise hätte er den Jungen einfach umbringen lassen, aber das machte er nicht. Vielleicht hatte er noch Gefühle für Prinz Evan und konnte sich nicht dazu durchringen, obwohl Prinz Evan un-

treu gewesen war. Stattdessen sorgte er dafür, dass er weggesperrt wurde.«

Das war wild geraten. Aber es baute auf dem auf, was Malky
herausgefunden hatte und was er über Wee Joes Vorgehensweise wusste. Malky legte eine Pause ein, damit Gordie etwas sagen
konnte, aber der machte keinerlei Anstalten zum Reden. Malky
hatte die meisten seiner Gedanken zu Wee Joe umrissen, aber die
Komplexe, die sein Boss wegen seiner Sexualität hatte, nur ge-
streift. Malky hatte Mumm, aber dumm war er nicht. Trotzdem
war es kein einfaches Gespräch gewesen.

Elspeth hatte eine Pause eingelegt. Rebecca hatte sich das alles
durch den Kopf gehen lassen, während sie auf den Fluss hinun-
terschaute, und ergriff nun die Gelegenheit, selbst ein paar Punkte miteinander zu verbinden.

»Also, wir hätten da Evan Rose, Sohn eines bekannten Edinburgher Gangsters, der sich mit Murdo Maxwell einlässt, einem
Anwalt und politischen Aktivisten, der es hätte besser wissen müssen«, sagte sie. »Der macht mit ihm Schluss, erklärt sich aber bereit, ihn bei einer Anklage wegen Waffenbesitz zu verteidigen, von
der Evan behauptet, dieser Joseph McClymont hätte sie ihm angehängt. Der ist seinerseits ein Tunichtgut, aber aus Glasgow. Laut
Dalgliesh hatte Maxwell auch mit ihm eine Affäre.«

»McClymont ist schwul? Das ist mir neu. Der wollte bestimmt
nicht, dass das rauskommt. Die Unterwelt von Glasgow war nicht
gerade berüchtigt für ihre vorurteilsfreie Weltsicht. Ich bin mir
nicht sicher, ob sich da seither groß was geändert hat. Und Murdo
Maxwell war ja offensichtlich nicht der Typ, der seine Liebhaber
klug auswählt, oder?«

»Nein, Dalgliesh meinte damals, dass das ihm früher oder später das Genick brechen würde. Er ging sehr offen mit seiner Sexualität um, mit geradezu trotziger Herausforderung.«

»Warum auch nicht?«, fragte Elspeth.

Rebecca wusste, dass dies eine rhetorische Frage war, fuhr also in ihrem Gedankengang fort. »Nun, von diesem Evan wusste man, dass er eine gewisse Vorliebe für Drama hatte. Er hat im Gericht gekreischt, man hätte ihm die Sache angehängt, und behauptet, Maxwell sei auch darin verwickelt gewesen.«

Malky war nun wirklich voll in Schwung. »Und so sperrte man Prinz Evan in den Turm, und das hatte er Prinz Joseph zu verdanken. Graf Murdo versuchte, ihn zu verteidigen, aber es gelang ihm nicht. Prinz Evan lag in seiner Zelle und war wirklich sauer.«

»Alles nur geraten, Kumpel«, sagte Gordie.

»Aber fundiert geraten«, erwiderte Malky. »Hab ich bis jetzt was Falsches gesagt?«

Gordie grinste höhnisch. »Ich hab's dir schon gesagt: Es ist deine Geschichte.«

Malky beugte sich näher zu ihm. »Aber eigentlich nicht, oder, Gordie? Okay, ich liege vielleicht bei dem einen oder anderen Detail falsch, glaube aber, im Großen und Ganzen ist es so gewesen.«

»Reine Vermutung, mein Junge. Reine Vermutung. Du hast keine Beweise.«

»Beweise, das ist was für die Bullen, Gordie, Kumpel«, erwiderte Malky. »Für Bullen und Anwälte. Na jedenfalls traf der junge Prinz im Turm einen anderen Gefangenen des Staats. Nennen wir ihn mal Sir Paul.«

Elspeth fragte: »Du hältst es also für möglich, dass Evan im Gefängnis Paul Gordon kennengelernt hat? Da können wir zwar nicht sicher sein, aber Pete hat mir erzählt, dass er, nachdem er rausgekommen ist, zu einem der treuen Vasallen von Evans Dad wurde.«

»Das passt. Und als Nächstes wendet sich Gordon an Dodger und beauftragt ihn, Maxwell umzubringen.« Rebecca konnte die

Erregung nicht aus der Stimme halten. »Evan hatte höchstwahrscheinlich noch die Schlüssel für Kirkbrig House. Die findet Artie nach dem Tod seines Sohns bei dessen Habseligkeiten, gibt sie Gordon, der sie an Dodger weiterreicht.«

»Hat sich also dieser Artie für seinen Sohn gerächt, weil für ihn Maxwell an allem schuld war?«

»Das könnte sein.«

»Aber warum sollte man es so aussehen lassen, als hätte James Stewart den Mord begangen?«

»Das war Dodgers Idee. Er war schlau genug, um zu wissen, dass man ihn da in eine Falle gelockt haben könnte. Er hat also dafür gesorgt, dass man jemand anderem die Schuld gab. Gordon und Rose haben dann Drohungen gegen Dodgers Schwester ausgesprochen, um ihn bei der Stange zu halten.«

Sie unterbrach ihren Redefluss. Weitere Informationen, weitere Gedanken könnten die Kanten dieser Theorie noch glätten, die sie mehr oder weniger aus dem Stegreif hervorgesprudelt hatte. Aber es schien alles zu passen.

»Prinz Evan starb in dieser einsamen Zelle hoch oben im Turm«, fuhr Malky fort. »Niemand wusste, dass er krank war. Er wusste es selbst nicht, aber sein Leben und alles, was ihm zugestoßen war, forderten ihren Tribut von seinem armen, schwachen kleinen Gehirn und brachten ihn um. Und König Arthur trauerte. Er war bereits zornig, weil Prinz Joseph seinem Sohn etwas in die Schuhe geschoben hatte, und er war wütend zum Angriff übergegangen, doch das Heer im Westen war stark und tapfer.«

Da lachte Gordie. »Das ist wirklich ein Scheißmärchen.«

»Eine Frage habe ich allerdings«, sagte Rebecca.

Elspeth lachte. »Nur eine?«

»Warum ist Rose nicht gegen McClymont vorgegangen?«

»Ist er. Mein Kumpel in der Nachrichtenredaktion hat mir erzählt, dass es vor ein paar Jahren einen richtigen Krieg zwischen den beiden gegeben hat, so in der Art West gegen Ost. Es lief schließlich drauf raus, dass McClymont einen Teil seiner Geschäfte an Rose überschrieben hat. Anscheinend ist Big Rab, Joseph McClymonts Vater, höchstpersönlich aus dem Ruhestand zurückgekehrt, um die Verhandlungen zu führen.«

Darauf hatte sich wohl Rebeccas Vater vor all den Jahren bezogen. »Meine Fresse! McClymont senior hat Artie Rose gekauft. So muss es gewesen sein. Könnte es sein, dass keiner der beiden Väter sonderlich erfreut über die Sexualität des eigenen Sprösslings war? Und dieser Big Rab wird auch nicht entzückt darüber gewesen sein, dass er alles wieder geradebiegen und dabei auch noch Territorium aufgeben musste.«

»Aber er hat's gemacht.«

»Weil Joseph sein Sohn ist. Blut ist dicker als Wasser und so weiter.«

Ein Paffen an der Zigarette am anderen Ende. »Väter und Söhne«, sagte Elspeth.

»Scham und Bedauern«, fuhr Rebecca fort. »Darum geht's hier.«

Elspeth fügte hinzu: »Und um Rache.«

»Das Geschäft war eine Sache, aber Ehre und Blut haben verlangt, dass jemand mit dem Leben dafür bezahlte. Und der Pakt bedeutete, dass da nur noch eine einzige Person übrig war«, sagte Malky. »So geschah es, dass König Arthur die Hinrichtung von Graf Murdo befahl, der vor Gericht versagt und seinen Sohn nicht richtig verteidigt hatte. Es blieb Sir Paul überlassen, einen Söldner zu finden, der keine Verbindung zu König Arthurs Mannen hatte. Die Tat wurde begangen, der Söldner ließ es so aussehen, als wäre jemand, der mit beiden Königreichen nichts zu tun hatte, der Schuldige, und so lebten sie alle unglücklich und ohne Freuden.«

Dabei beließ es Malky. Hinter ihm auf den Felsen hörte er die Kinder aufgeregt plappern, weil sie etwas entdeckt hatten. Am Nebentisch machten die beiden Paare ein Gruppen-Selfie, beugten sich über den Tisch, das Handy an einer langen Stange, hinter ihnen das Wasser. Es lag Glück in der Luft. Hoffnungsfrohe Jugend, junge Liebe. Sie hatten ihr ganzes Leben noch vor sich, eine sonnige und freudige Zukunft.

Malky dachte an Evan und Wee Joe. Da war nicht viel Freude.

Gordie schwieg lange, und Malky ließ ihm Zeit, alles zu verarbeiten. Als der Mann schließlich redete, war seine Stimme leise. Er starrte auf die Tischplatte. »Artie hat sich wegen seines Jungen nicht geschämt, ganz im Gegenteil. Er hat ihn geliebt. Aber er hat es nicht gezeigt, und Evan hat gedacht, dass er von ihm enttäuscht wäre, weil er schwul war. Das war aber nicht so. Was Artie enttäuscht hat, war der Drogenkonsum des Burschen und der Kontrollverlust, der damit einherging.« Er schaute auf und sah sich um, ehe er weiterredete, als müsste er sich versichern, dass niemand lauschte. »Verkauf das Zeug, nimm's nicht selbst, weißt du? Regel Nummer eins. Evan hat es nie verkauft, aber er hat's genommen. Keine harten Drogen, kein Heroin oder so. Aber erst Gras und dann Kokain. Das machte ihn ... unberechenbar.«

»Wild«, sagte Malky.

Gordie zuckte mit den Achseln. »Vielleicht. Bei Big Rab war das allerdings anders. Er akzeptierte Wee Joe nicht, wie er war. Scheiße, da hattest du recht: Wee Joe konnte sich nicht mal selbst akzeptieren. Kann es immer noch nicht, was man so hört.«

Jetzt war Malky mit Schweigen an der Reihe.

»Du hast recht«, fuhr Gordie fort. »Nach Evans Tod ist Artie völlig ausgerastet. Er wollte Blut, und er hat es bekommen. Big Rab hat sich schützend vor seinen Jungen gestellt und etwas von seinem Territorium und seinen Geschäften abgetreten. Artie hat das angenommen, denn Geschäft ist Geschäft, weißt du. Aber dieser Scheißkerl Murdo Maxwell hatte seinen Job nicht richtig gemacht. Er hätte diese Anklage niederschmettern können, aber das hat er nicht getan. Also musste er dafür bezahlen, und dafür hat jemand gesorgt.«

»Du, stimmt's? Sir Paul.«

Gordie starrte ihn nur über den Tisch hinweg an. Malky hatte nicht damit gerechnet, dass er sich selbst belasten würde. Aber er wusste, dass er recht hatte. Gordie hatte Artie und dem Jungen treu gedient. Irgendwie war das rührend.

Aber es würde ihm nichts nützen.

54

Eine Brise wehte durch die Äste der Bäume auf dem Anwesen von Kirkbrig House, traf auf das hölzerne Klangspiel und ließ es klappern, als Mona Maxwell die beiden Schlösser brachte. Das Yale-Schloss und das Bartschloss. Sie waren angelaufen und rostig. Rebecca starrte sie an, wollte sie mit der bloßen Kraft ihrer Gedanken dazu bringen, zu den Schlüsseln zu passen, die Stephen Jordan in der Hand hielt. Sie mussten passen.

Sie mussten einfach.

Rebecca hatte ihr Auto aus der Werkstatt abgeholt – Martin Bailey schuldete ihr hundertfünfzig Pfund. Da es sich herausgestellt hatte, dass Stephen Jordan keinen Führerschein hatte, war sie gefahren. Welcher Mann in den Dreißigern, vielleicht Vierzigern konnte heutzutage nicht Auto fahren, fragte sie sich. Die Antwort saß auf dem ganzen Weg nach Appin neben ihr.

Sie hatte befürchtet, es würde eine unbehagliche Fahrt werden, aber es stellte sich auch heraus, dass der Anwalt sehr redselig war. Sehr lustig. Sogar charmant. Aber sie sprachen ja auch nicht über Dinge von größerer Bedeutung. Er erkundigte sich nach ihrer Familie, und sie erzählte ihm von ihrem Vater und ihrer Mutter. Er berichtete ihr von seinen Eltern, Mum und Dad lebten beide noch, waren Anwälte gewesen, aber inzwischen beide im Ruhestand. Er hatte ihre Kanzlei übernommen. Er war geschieden. Es hatte nicht funktioniert, mehr sagte er dazu nicht.

Das gibt's heutzutage ziemlich häufig, dachte sie.

Er fragte sie nicht nach Simon, und sie überlegte, ob er alles bereits wusste, obwohl er erklärt hatte, dass er Simon nicht besonders gut kenne. Vielleicht erwartete er, dass sie ihrerseits berichten würde, nachdem er ihr von seiner gescheiterten Ehe erzählt hatte. Aber das verkniff sie sich.

Stattdessen fragte sie: »Warum machen Sie das hier?«

»Was meinen Sie?«

»Warum helfen Sie Mrs Stewart?«

»Ich befolge die Anweisungen meiner Mandantin.«

»Aber Sie werden nicht bezahlt.«

Ein winziges Lächeln tauchte auf. »Und wir sollten uns nur von Geld motivieren lassen?«

Sie dachte über ihren Schwur in Keil Chapel nach, diesmal die Story bis zum Ende zu verfolgen, selbst wenn es keine zahlende Kundschaft gab. »Okay, Sie haben recht.«

Er schwieg einen Augenblick. »Manchmal muss man etwas tun, weil es das Richtige ist. Ich mache meine Arbeit, weil ich glaube, dass jeder das Recht auf eine Verteidigung und ein faires Verfahren hat. Das ist nicht immer so. Die Waagschalen der Justiz sind oft zugunsten der Anklage geneigt. Und ich tue, was ich kann, um das Gleichgewicht wiederherzustellen.«

»Also sind alle Ihre Mandanten unschuldig?«

»Ganz gewiss nicht. Aber ich denke nicht in den Kategorien Schuld und Unschuld. Ich denke nur an das, was sich beweisen lässt und was nicht.«

»Also ist es Ihnen gleichgültig, was diese Leute gemacht haben?«

»Natürlich nicht. Und ich hatte deshalb schon schlaflose Nächte. Aber ich komme immer wieder auf meine Überzeugung zurück, dass jeder die bestmögliche Verteidigung verdient, selbst wenn sie aus der Tasche des Steuerzahlers bezahlt wird. Wenn der Staat Anklage erhebt und die Ankläger bezahlt, sollte er auch die Verteidigung finanziell unterstützen.«

»Warum?«

»Wegen des Grundprinzips, dass jeder als unschuldig gilt, bis ihm die Schuld nachgewiesen wird. Wenn jemand, der kein Geld hat, eines Verbrechens bezichtigt wird und sich keinen Anwalt leisten kann, wird er weggesperrt, ohne dass das Beweismaterial gründlich gesichtet wird. Das ist keine Gerechtigkeit, das ist Tyrannei. In diesem Fall mache ich es, weil ich glaube, dass es das Richtige ist.«

»Sie haben Dodger also geglaubt?«

Er dachte darüber nach. »Ich höre in meinem Beruf viele Lügen, nicht nur von meinen Mandanten. Ich glaube, dass das, was ich von Mr Dodge gehört habe, der Wahrheit entspricht.«

»Warum?«

»Weil er dem Tod nah war. Weil er es loswerden musste. Weil er mit dem letzten Atemzug noch etwas Gutes tun wollte.«

Nun schwieg Rebecca. Sie fuhr noch eine Meile, ehe sie fragte: »Wenn die Schlüssel passen, was ist der nächste Schritt?«

»Das ist, fürchte ich, erst der Anfang. Ich kann einen Antrag für eine weitere Überprüfung auf der Grundlage der neuen Beweismittel stellen; das wären also der Schlüssel und Mr Dodges Aussage. Ich habe mir auch kurz Einzelheiten des ersten Verfahrens angesehen, und wir könnten vielleicht eine Anderson-Revision beantragen, obwohl das immer riskant ist.«

»Was heißt das?«

»Dass James nicht angemessen juristisch vertreten wurde. Sein Team hat nicht genug aus der Tatsache gemacht, dass nur wenig Blut an seinem Körper war, auch nicht aus dem Streit, den sein Vater mit Maxwell hatte. Da könnten wir also ein bisschen Verhandlungsspielraum haben.« Er wackelte ein wenig mit der Nase. »Aber das ist mindestens unsicher. Wir haben auch die Option, uns an die Schottische Kommission zur Revision von Strafverfahren zu wenden und herauszufinden, ob die den Fall untersuchen und ein Wiederaufnahmeverfahren empfehlen.«

»Sicher ist das doch die beste Möglichkeit – wenn eine offizielle Stelle sich die Sache ansieht. Hat größeres Gewicht, oder nicht?«

Sein kurzes Lachen klang ironisch. »Ja, das sollte man meinen, aber die Staatsanwaltschaft und die Polizei können denen genauso viele Schwierigkeiten machen wie gewöhnlichen Sterblichen. Es gibt aber absolut keine Vermutung, dass in diesem Fall irgendjemand sich etwas zuschulden kommen ließ – sie haben anscheinend alles korrekt abgewickelt –, also könnten sie die Sache in einem freundlicheren Licht sehen.«

Rebecca dachte daran, dass Sawyers Geschichte praktischerweise gleich in den Akten verschwunden war. Das hatte im Endeffekt nichts zu bedeuten, aber es war trotzdem falsch.

»Egal wie«, fuhr Jordan fort, »es gibt keine Garantie dafür, dass das Gericht diese neuen Beweismittel akzeptiert, selbst wenn die Schlüssel passen.«

»Warum nicht?«

»Man hätte Mr Dodges Aussage als Geständnis mit Sonderwissen betrachten können, wenn er es zur damaligen Zeit abgelegt hätte – bestimmte Elemente darin konnte nur der wirkliche Mörder wissen. Aber seither ist viel Zeit vergangen. Während des Verfahrens und später in den Medien sind Einzelheiten zum Tatverlauf veröffentlicht worden. Und die Staatsanwaltschaft wird sicher damit argumentieren, dass Dodge auf diese Weise davon erfahren haben könnte.«

»Aber die Schlüssel? Wie hätte er an die Schlüssel kommen können?«

»Die werden helfen, sein Geständnis zu untermauern, da bin ich mir sicher, aber die Staatsanwaltschaft könnte behaupten, wir hätten sie von Mona Maxwell bekommen.«

»Was? Die könnten behaupten, Mona hätte uns die Schlüssel gegeben? Warum sollte sie das machen?«

Er lächelte. »Ich sage nicht, dass sie es machen werden. Ich spiele hier nur den Advocatus Diaboli. Wir haben es mit einem Gericht zu tun. Anwälte sagen alles, was ihrem Fall hilft oder Zweifel aufwirft.«

»Aber die Schlüssel werden helfen?«

»Falls sie passen.«

Mona ordnete die Schlösser in der Küche auf der Arbeitsfläche an, und der Anwalt legte die beiden Schlüssel daneben. Alle drei starrten die Gegenstände eine Sekunde lang an, ehe Jordan zunächst das Bartschloss nahm und den Schlüssel hineinsteckte.

Der Augenblick der Wahrheit, dachte Rebecca.

Jordan versuchte, den Schlüssel zu drehen.

Er schien zu klemmen.

Mist.

Er zog ihn heraus, pustete aus irgendeinem Grund darauf und versuchte es noch einmal.

Der Schlüssel ließ sich ein wenig drehen, hakte aber wieder.

Doppelter Mist.

Mona schnalzte mit der Zunge und verschwand im Vorratsraum, kehrte dann mit einer Dose Schmieröl zurück. Jordan gab ein wenig davon ins Schloss, fuhr mit der Tülle rund um das Schlüsselloch und träufelte auch etwas auf den Schlüssel selbst. Er warf Rebecca einen Blick zu, der zu sagen schien, dass es jetzt um alles ging, und schob den Schlüssel erneut ins Schloss.

Pause.

Er versuchte den Schlüssel zu bewegen.

Der Schlüssel drehte sich im Schloss.

Draußen lieh das Windspiel der Brise eine Stimme.

55

Es war ein schwerer Tag gewesen. Die Fahrt nach Appin und zurück war lang, und Rebecca war schon vorher müde gewesen. Sie setzte Stephen Jordan ab – sie vermutete, dass er nun begriff, dass die Medien hilfreich sein konnten – und kehrte anschließend in ihr Büro zurück, um die letzte Story zu tippen. Sie schickte sie nicht ab, weil ihr noch Zitate von Afua Stewart und dem Anwalt fehlten. Wenn man bedachte, dass sie den gesamten Tag mit Jordan verbracht hatte, war das ein ernstes Versäumnis, aber es zeigte nur, wie erschöpft sie war. Sie redete mit Elspeth, die auch der Meinung war, der Artikel könne noch einen Tag warten. Die Story würde ihnen schon nicht weglaufen.

Es wurde schon dunkel, und sie wollte nur noch nach Hause, mit irgendeinem schnellen, ungesunden Essen zu Bett gehen und endlich die *Mrs.-Maisel*-Folgen nachholen.

Sobald sie die Luft in ihrem Wohnzimmer roch, wusste sie, dass er dort war.

Als Nächstes spürte sie seine Hände. Ein Arm packte sie um die Taille und klemmte ihre beiden Arme fest, die andere Hand drückte er ihr vor den Mund, während sein Rasierwasser ihr die Luft abdrehte.

»Hallo, du Schlampe«, hauchte er in die Luft. »Du hast den Bullen von mir erzählt.«

Sie versuchte, etwas zu erwidern, doch seine Hand ließ nur erstickte Protestlaute zu. Er wollte sie nicht hören.

»Aber Finbar hast du auch davon erzählt. Erst bringst du mich vor meinen Nachbarn in Verlegenheit, dann erzählst du der Polente von mir, und nun auch noch meinen Freunden.«

Dalgliesh hatte offensichtlich Bailey aufgespürt. Ihr schoss der Gedanke durch den Kopf, dass der SG-Anführer den Mann dazu ermutigt haben könnte, so in Aktion zu treten. Oder vielleicht hatte Ralph ein Wort fallen lassen. Doch darüber konnte sie jetzt nicht nachdenken. Sie musste ihre Gedanken fokussieren. Sie konzentrierte sich auf die Worte ihrer Selbstverteidigungslehrerin. Ihre Ratschläge rasten ihr durch den Kopf.

Keine Panik. Atmen. Denken. Den Gegner einschätzen.

Bailey war kein großer Mann, aber er war stark. Sie war jung, sie war einigermaßen fit. Und jetzt war sie stinkwütend. Dieser Schweinehund hatte sie geärgert, er hatte sie terrorisiert, und jetzt war er auch noch in ihr Zuhause eingebrochen. Er war ein gottverdammtes Arschloch, und sie war es satt, von ihm eingeschüchtert zu werden. Sie spürte, wie die Wut in ihr hochkochte.

Nutze sie. Nutze diese Wut. Kanalisiere sie. In deine Hände und Füße.

Sie entspannte sich in seiner Umklammerung, und gleichzeitig schob sie ihre Hüfte leicht zur Seite. Diese Bewegung ließ ihn kurz seinen Griff lockern und gab ihr den Raum, um ihren Stand zu festigen, die Faust zu ballen und ihm so kräftig, wie sie nur konnte, in den Schritt zu schlagen. Sie spürte, wie sein Keuchen in ihrem Ohr explodierte und sich seine Arme noch weiter lockerten, sodass sie einen Ellbogen hochreißen und ihm mit ganzer Kraft in die Nase rammen konnte. Das würde wehtun, das musste wehtun, und das tat es auch. Er stöhnte, machte einen Schritt rückwärts, erholte sich jedoch schnell, brüllte wütend auf und stürzte sich mit beiden Händen auf sie. Zum Glück hatte er keine Waffe.

Sie schon.

Sie hatte noch den Haustürschlüssel in der Hand und ließ ihn nun zwischen die Finger gleiten, sodass der Yale-Schlüssel wie ein Stachel hervorragte. Wahrscheinlich dachte Bailey, dass sie versuchen würde, aus der Wohnung zu fliehen.

Wenn du kannst, mach das, was niemand erwartet.

Sie duckte sich unter seinem Arm weg, ließ die Hand mit dem Schlüssel vorschnellen, stieß die schartige Kante des Yale-Schlüssels unter sein Auge und riss sie über die Wange nach unten. Er brüllte erneut auf, schlug instinktiv die Hände vors Gesicht. Sie tänzelte wieder von ihm weg, sah, dass er blutete. Es war kaum mehr als ein Kratzer, aber die Wunde würde brennen. Doch sie konnte jetzt noch nicht aufhören. Sie nahm sich kurz Zeit, um ihre Position einzuschätzen. Er versperrte ihr den Weg zur vorderen und zur hinteren Tür. Das Überraschungselement war vorbei, jetzt wusste er, dass sie nicht kampflos aufgeben würde, also musste sie weitermachen.

Sie spürte, wie ihre Nerven sich erneut bemerkbar machten, ihre Hände zittern ließen.

Lass dich nicht von der Angst beherrschen. Beherrsche du die Angst. Nutze sie. Nutze das Adrenalin.

Bailey krümmte sich. Blut rann ihm über die Wange wie frische Farbe, er hatte die Augen zusammengekniffen, ein wildes Tier, das auf eine Angriffsmöglichkeit lauerte. Er erwartete, dass sie in Richtung Tür rennen oder ihn angreifen würde.

Mach das, was niemand erwartet.

Sie ließ sich Zeit. Hoffte, dass er das Beben ihrer Finger nicht sehen konnte. Sie lenkte ihn ab, sorgte dafür, dass sein Blick auf ihr Gesicht gerichtet blieb.

Sie lächelte. Damit teilte sie ihm mit: »Komm schon, du Scheißkerl, jetzt zeig mal, was du kannst.« Aber es war auch ein Lächeln, mit dem sie hoffentlich die Angst überdeckte, die ihr den Magen aufwühlte, und die Stimme übertönte, die ihr zuflüsterte: Kämpf nicht. Flieh. Mach, dass du hier rauskommst. An ihm vorbei. Raus hier. Raus. Raus!

Sie ignorierte diese Stimme. Sie würde nicht vor ihm wegrennen. Wenn ihr Plan funktionieren sollte, müsste er näher an sie herankommen. Sie musste ihn noch weiter reizen.

»Mehr hast du nicht zu bieten, Bailey?«, fragte sie, stieß die Worte wie atemlose Stiche hervor. Sie schluckte, zwang sich, ruhig zu sprechen. »Nur heiße Luft oder was?«

Er war stinksauer, das konnte sie sehen, aber er machte noch immer keine Anstalten, sich zu bewegen. Wut, das wollte sie. Sie wollte ihn auf die Palme bringen. Denn wenn die Wut überhandnahm, würde er die Kontrolle verlieren. Und dann würde er Fehler machen. Und wenn er Fehler machte, würde sie daraus Kapital schlagen.

»Großer Gott, was für ein Mann bist du denn?«, spottete sie. »Lässt dich von einem kleinen Mädel verdreschen, was?«

Er biss die Zähne zusammen, sein Kiefer spannte sich an, sein Atem wurde schneller. So ist's recht, Kumpel, immer schön kommen lassen. Lass die Wut hochkochen. Eine letzte Option hatte sie noch. Sie war sich nicht sicher, ob sie die Bewegung durchziehen konnte, hatte sie erst einmal im Unterricht ausprobiert, und auch da nicht in einer Kampfsituation. Aber sie konnte sich jetzt nicht von Zweifeln lähmen lassen. Wenn er angriff, würde sie eine einzige Chance haben, und sie musste dafür bereit sein.

»Komm schon«, sagte sie und wechselte den Schlüssel von der rechten in die linke Hand, eine weitere winzige Ablenkung. »Ich dachte, du wolltest mir eine Lektion erteilen? Ich dachte, du wolltest mich bestrafen?«

Seine Wut hatte inzwischen den Siedepunkt erreicht; sie spürte, wie sich die Luft zwischen ihr und Bailey aufheizte. Jeden Augenblick würde es losgehen, das wusste sie. Herrgott, bitte mach, dass es funktioniert. Wenn sie das Timing nicht hinbekam, wenn sie nicht richtig traf, war sie erledigt. Jeden Augenblick.

Und dann stürzte er sich auf sie, und es war schnell und es

war unvermittelt und er hätte sie völlig überrascht, wenn sie nicht bereit gewesen wäre. Doch sie duckte sich unter seinem rechten Arm weg, der auf sie zuschwang, streckte die Knie, rammte ihm die rechte Hand – Handgelenk abgewinkelt, Finger gebeugt, Handfläche nach oben – krachend gegen die Nase. Er taumelte rückwärts, wieder spritzte Blut, doch sie folgte ihm. Sie machte sich zum nächsten Angriff bereit, zog den Ellbogen zurück, richtete sich auf, stieß den Handballen mit der ganzen Kraft ihres Armes und ihrer Schulter in sein Gesicht, traf Fleisch und Knorpel. All die Frustration und die Wut, die sich in den vielen Monaten in ihr aufgebaut hatte, all die Trauer und der Herzschmerz gaben ihr Kraft, und als der Schlag saß, als sie merkte, dass etwas in seiner Nase zu brechen schien und die Beine unter ihm nachgaben und er wimmernd zu Boden ging, spürte sie, wie vieles davon entladen wurde.

Rebecca stand über ihm, während er sie verfluchte, aber es war kein Gewicht mehr hinter seinen Worten. Das war mit dem Blut, das aus seiner Nase strömte, und der Flüssigkeit, die ihm aus den Augen trat, völlig aus ihm gewichen. Trotzdem rammte sie ihm noch einmal die Sohle ihres Schuhs in die Leiste. Es war nicht mehr nötig, aber es fühlte sich gut an.

»Eins will ich dir sagen, Hen«, sagte eine Stimme mit einem starken Glasgower Akzent. »Bei dir würde ich nicht gern freitags am Abend mit einer halb leeren Lohntüte zu Hause aufschlagen.«

Sie fuhr herum, bereit, sich zu verteidigen, weil sie meinte, er wäre womöglich einer von Baileys Kumpeln, doch der Mann machte einen Schritt zurück und hob die Hände. Okay, wer war jetzt dieser Typ? Er war klein, dunkelhaarig, vielleicht um die Vierzig, aber offensichtlich fitter als Bailey, der sich im Augenblick stöhnend am Boden wälzte.

»Nur immer mit der Ruhe, Buffy«, sagte er. »Ich komme in friedlicher Absicht.«

»Wer sind Sie? Und was wollen Sie?«

Das Adrenalin flutete noch durch ihre Adern, sie fühlte sie unbesiegbar. Dann wurde ihr klar, dass dieser Mann kein Martin Bailey war. Mit dem würde sie nicht so leicht fertigwerden.

»Ist egal, wer ich bin«, sagte er. »Aber ich wollte Sie besuchen.«

Wer zum Teufel war der Kerl? Sie blieb wachsam. »Wieso?«

»Heute ist ein Typ aus Edinburgh verhaftet worden, Heroinbesitz – halbes Kilo. Er war mit einem Jungen hier vom Ort im Auto unterwegs, und die Polizei hat einen Tipp bekommen, dass sich Drogen im Kofferraum befinden. Sie haben ihn vor seinem Hotel erwischt, als er nach Hause losfahren wollte, nach Edinburgh. Ich dachte, dass Sie das vielleicht wissen wollen.«

»Wieso?«

»Ist 'ne Story, oder nicht?« Er wandte sich zum Gehen. »Und Sie sind doch Reporterin, oder nicht?«

»Ja, aber warum ich?«

Er blieb an der Haustür stehen. »Vielleicht interessiert Sie der Name des Typs. Paul Gordon. Klingelt da was bei Ihnen?«

Und dann starrte sie plötzlich auf einen leeren Türrahmen.

Wer zum Teufel war der Kerl?

Malky stellte seine Reisetasche ab, setzte sich aber nicht Mo Burke gegenüber hin. Er würde sich nicht lange im Pub aufhalten. Er wollte so bald wie möglich auf dem Weg zurück nach Glasgow sein. Er hatte die Nase voll von den Highlands.

»Ich wollte nur Adiós sagen«, erklärte er.

Sie blinzelte ihn durch den Rauch der Zigarette an, die ihr im Mundwinkel hing. Herrgott, rauchte diese Frau irgendwann mal nicht?

Sie fragte: »Hast du bekommen, was du hier wolltest?«

»Mehr oder weniger.«

»Und was ist mit unserer Abmachung?«

Er legte eine Hand auf die Lehne des Stuhls, der neben ihm stand. »Hab drüber nachgedacht. Aber ich habe mich entschlossen, es zu lassen. Tut mir leid.«

Ihre Lippen strafften sich. »Du brichst dein Wort.«

»Sieht ganz so aus.«

Sie nahm die Zigarette aus dem Mund und drückte sie mit viel Kraft im Aschenbecher aus. »Ich dachte, Malky Reid hält immer Wort.«

Er lächelte. »Ich bin gern ein bisschen unberechenbar. Jedenfalls hatte ein anderer Typ schon einen Versuch unternommen. Ist durch die Hintertür in die Wohnung eingedrungen, hat sie überfallen, als sie nach Hause kam.« Malky sah, wie Triumph in den Augen der Frau aufleuchtete. Er hatte schon halb vermutet, dass sie auch den Amateur geschickt hatte, und dieser Blick bestätigte ihm das. Er unterdrückte seinen Ärger darüber, dass sie ihn als Reserve eingeplant hatte. »Ist für ihn allerdings nicht besonders gut ausgegangen. Er ist jetzt noch hässlicher als vorher und von der Polizei abgeführt worden.«

»Und das Miststück?«

»Kein Kratzer. Ich sag dir, die hat ein paar Tricks drauf, aber echt.« Er nahm seine Tasche. »Die Sache ist die: Ich glaube, nach dieser Sache wäre es schlicht blöd, jetzt noch was zu versuchen, meinst du nicht?«

Mo Burke sagte nichts weiter, aber die Glut in ihren Augen verriet Malky, dass Rebecca Connolly noch immer eine Feindin hatte.

56

Ich werde diesen verdammten Kopfschmerz einfach nicht los. Er donnert mir nun schon ein paar Tage durchs Hirn wie ein Sturm. Gordie meint, ich sollte mal zum Gefängnisarzt gehen, aber die Jungs sagen alle, der ist so gut wie nutzlos, also hab ich mir das gespart. Vielleicht gehe ich doch hin, wenn das noch lange so weitergeht.

Gordie kommt nächste Woche hier raus, ich habe noch ein Jahr. Vielleicht tut mir deswegen der Kopf weh. Er wird mir fehlen. Er sagt, dass ich hier in diesem Flügel keine Probleme bekomme, er hat die Sache geklärt, aber ich weiß, dass die Zeit wieder langsam vergehen wird, wenn er nicht hier ist, mich begleitet, mir Ratschläge gibt, mich beschützt. Mein eigener Vater hat weiß Gott nichts davon gemacht, obwohl er mir Gordie geschickt hat.

Er redet immer noch darüber, dass er die Sache mit Joe und Murdo klarmachen will, sobald er draußen ist. Ich habe ihm dringend geraten, das zu vergessen. Ich bin immer noch verbittert darüber, wie Joe mit mir umgesprungen ist, und wenn ich rauskomme, habe ich vor, ihn damit zu konfrontieren. Er hatte Angst, ich könnte sein Geheimnis verraten, das begreife ich, aber ich würde so was nie machen. Er war wütend auf mich, weil ich ihn mit Murdo betrogen habe, und das kapiere ich auch. Weil ja Murdo und Joe auch mal zusammen waren, wenn auch nur kurz, hat das wohl nur noch Salz in die Wunde gerieben. Ich war blöd. Aber ich würde niemandem davon erzählen, wer Joe wirklich ist. Sich zu outen, das muss jeder für sich entscheiden, kein anderer, und ich denke mal, ich verstehe schon, unter welchem Druck er in der Unterwelt steht. Ganz egal, wie wütend ich auf ihn war oder bin, *ich würde ihn nie verraten. Allerdings muss er auch begreifen, dass die Zeiten sich geändert haben, dass die Welt sich geändert hat. Seinem Vater ist zu verdanken, dass Joe immer noch glaubt, dass man schwach ist, wenn man schwul ist. Die Wahrheit ist, dass man wirklich stark sein muss, um der zu sein, der man ist.*

Vielleicht war die Zeit hier drin gut für mich. Zeit zum Nachdenken. Zeit zum Überlegen. Wenn ich rauskomme, versuche ich, alles besser zu machen. Mir ist böse mitgespielt worden, aber nun anderen böse mitzuspielen, das ist nicht die Antwort. Ich werde versuchen, Brücken zu meinem Vater zu bauen. Ich werde mich mit Joe in Verbindung setzen, um die Sache zwischen uns zu klären. Ich habe ihm wehgetan, und er hat sich revanchiert. Ich habe ihn verängstigt, und er hat mich zu Tode erschreckt. Sogar Murdo. Ich glaube immer noch, dass er mich besser hätte verteidigen können, und ich kann das nicht vergessen, aber ich werde mich bemühen, ihm zu vergeben. Ich habe ihn viele Male mit meinen Wutausbrüchen in Verlegenheit gebracht, und ich habe mir sagen lassen, dass er jetzt jemand anderen gefunden hat. Ich wünsche ihm Glück.

Ich habe immer wieder über diesen Schmetterling nachgedacht, den ich gesehen habe. Der musste in seinem kurzen Leben einiges durchmachen. Er musste als Raupe auf dem Erdboden überleben, dann die Zeit der Dunkelheit in der Verpuppung, ehe er als ein anderes Wesen wieder zum Vorschein kam. Ich frage mich, ob ich eine ähnliche Metamorphose durchlebt habe. Vielleicht erlaubt es mir meine Zeit im Gefängnis, mein früheres Leben hinter mir zu lassen. Vielleicht kann ich fliegen lernen.

Ich muss mit dem Schreiben aufhören. Dieser Kopfschmerz lässt nicht nach. Morgen frage ich, ob ich zum Arzt kann. Ich weiß, die Jungs sagen, der ist nur hier, weil er es als Allgemeinarzt draußen nicht gepackt hat, aber mit Kopfschmerzen kommt der doch sicher klar.

Artie Rose klappte das billige kleine Notizbuch zu und starrte zum Fenster hinaus, während der Wagen über die Landstraße raste. In verschwommenem Grün sausten Hecken vorbei. Ab und zu hatten sie eine Lücke, sodass sein Blick auf ein Feld fiel, ehe eine neue Hecke auftauchte und es wieder verdeckte.

Er schloss die Augen und dachte an seinen Sohn. Er dachte daran, wie er ihn im Stich gelassen hatte. Evan war ein Teil von ihm, aber er hatte ihm mehr oder weniger den Rücken gekehrt, weil er nicht den Maßstäben entsprach, die er an einen Mann anlegte. Und als er dann herausgefunden hatte, dass er ausgerechnet mit Rab McClymonts Sohn herummachte, war das für ihn unerträglich gewesen. Er konnte Big Rab nicht leiden, aber zumindest war er mit ihm auf einer Wellenlänge. Doch er hasste es, mit Wee Joe zu tun zu haben. Irgendwas an dem kleinen Scheißkerl war ihm einfach unheimlich.

Artie wusste, dass diese Anklage wegen Waffenbesitz absoluter Blödsinn war. Evan war vieles – ein bisschen wild, ja, sogar unmoralisch –, aber ein Ganove war er nicht. Und schon gar kein Waffenlieferant für die Unterwelt, auf gar keinen Fall. Artie wusste, dass man dem Jungen das angehängt hatte, und er hätte härter zurückschlagen sollen, doch letztendlich hatte er dann doch nur seine Geschäftsinteressen vorangebracht. Klar, es hatte Blutvergießen auf beiden Seiten gegeben, aber es war niemand gestorben. Big Rab schämte sich für seinen Sohn. Er wollte alles mit einer dicken Schicht Geld übertapezieren. Und Artie war nur zu gern dazu bereit, das anzunehmen, denn ihm war der Profit wichtiger als die Familie. Zumindest hatte er das gedacht. Seinem Tagebuch zufolge hatte Evan eine Art Frieden gefunden, Artie jedoch nie. Er blieb wütend über das, was geschehen war, und Maxwell, der nach Arties Auffassung Evans Verteidigung wirklich in den Sand gesetzt hatte, hatte mit seinem Blut dafür gezahlt.

Gordie hatte versucht, herauszufinden, wie viel schon an die Öffentlichkeit gedrungen war, aber das stellte sich bald als überflüssig heraus, denn am Ende tauchte alles schneller im Internet auf, als er es herauskriegen konnte. Er hatte ihn sofort nach seinem Treffen mit dem Typen aus Glasgow angerufen. Der hatte sich vieles zusammengereimt, was wirklich beeindruckend war. Schlauer Kerl, dieser Malky. Artie erinnerte sich an ihn. Ein zäher Typ. Schlau und zäh, das fand man selten.

Dass man Gordie gestern verhaftet hatte, bewies nur, dass die Sache noch nicht vorbei war. Auf gar keinen Fall hatte Gordie Heroin bei sich gehabt. Es sei denn, der Junge, den sie als Fahrer angeheuert hatten, war ein Dealer, doch das bezweifelte Artie. Dieses halbe Kilo trug Wee Joes Fingerabdrücke, bildlich gesprochen. Er würde sich darum kümmern müssen, ein für alle mal. Diesmal konnte Big Rab nichts unternehmen, um die Dinge glattzubügeln. Es war höchste Zeit, dass sich jemand um diesen kleinen Scheißkerl kümmerte.

Artie wusste, dass man ihm ein paar schwierige Fragen stellen würde, falls die Polizei den Presseberichten nachgehen sollte. Man hatte zwar seinen Namen nicht genannt, aber über Dodgers Geständnis berichtet. Artie machte sich keine allzu großen Sorgen. Auf keinen Fall konnten die den Mord an Maxwell mit ihm in Verbindung bringen, jedenfalls nicht so, dass es vor Gericht standhalten würde, und auf Gordie war Verlass. Der würde nicht singen, ganz egal, was die ihm anboten.

»Bullen voraus«, sagte sein Fahrer Ray, und Artie schaute an seinem Kopf vorbei auf einen uniformierten Polizisten, der sie an den Straßenrand winkte. Ein zweiter stand auf dem Gras des Seitenstreifens und hatte die Hände auf dem Rücken, als gehörte er zum Chor in einer Aufführung von *Die Piraten von Penzance*. Artie mochte Gilbert und Sullivan. Ihm ging der Refrain des Polizistenliedes aus dieser Oper durch den Kopf. Genau wie den tollpatschigen Gesetzeshüter in dieser Geschichte stellte sich Artie die Polizei im richtigen Leben vor. Mehr als einmal hatte die in Verfahren gegen ihn alles vermasselt, hatte nie ernsthaft etwas gegen ihn ausrichten können. Weil er schlau und zäh war. Und er hatte Geld, was auch nicht schadete. Es gab immer jemanden, dessen Raffgier größer als seine Integrität war.

»Wir schauen besser mal, was die wollen, Ray«, sagte er und legte das Notizbuch seines Sohnes neben sich auf die Rückbank.

Ray hielt an, und der winkende Polizist lehnte sich zum Fahrerfenster herein, als die Scheibe heruntergefahren war. »Tut mir leid, meine Herren, auf der Straße hat es einen Unfall gegeben. Vollsperrung. Am besten drehen Sie um, es sei denn, Sie wollen warten.«

Scheiße, dachte Artie. Er hatte in einer Viertelstunde einen Termin. »Was meinen Sie, wie lange es dauern wird?«, fragte er, und der Polizist drehte sich zu ihm um.

»Ewig, Kumpel.«

Artie sah, wie Rays Kopf explodierte, ehe er überhaupt das Geräusch des Gewehrs und das Klirren der Glasscheibe auf der anderen Seite des Wagens wahrnahm. Der zweite Mann hielt eine Automatikwaffe in der Hand und drehte sich zu ihm. Das hatte er also hinter dem Rücken gehabt, dachte Artie noch, ehe er den ersten Polizisten sagen hörte: »Mit schönen Grüßen von Wee Joe.«

Artie Roses Blut spritzte auf das braune Deckblatt des Tagebuchs, das sein Sohn geführt hatte.

57

Sechs Monate später

Regen peitschte über den Parliament Square von Edinburgh, doch den Fotografen und Reportern, die dicht gedrängt auf dem Parkplatz standen, schien das nichts auszumachen. Sie hatten hier einen Job zu erledigen, und davon würde Regen sie nicht abhalten. Rebecca stand geschützt in der Kolonnade, die vor der Fassade der dunklen Steingebäude verlief, in der der Court of Sessions tagte. Sie musste sich nicht in die große Menge begeben, brauchte keine Fragen zu rufen oder Leute zu bitten, sich ihr zuzuwenden. Sie hatte ihren Job erledigt. Sie hatte ihre Storys geschrieben. Jetzt war sie nur Zeugin.

An der Westküste, 130 Meilen entfernt, wehte der Wind vom Atlantik herein, fegte über und um Mull und Lismore, glitt über die Oberfläche des Meeresarms und schnappte Feuchtigkeit auf, während er landwärts reiste ...

Die eigentliche Anhörung in der Vorwoche war in der ruhigen, zivilisierten Art der britischen Gerichte verlaufen. Kein theatralisches Getue, kein Drama, kein Pochen auf Tischplatten. Die Berufung stand und fiel mit Dodgers eidesstattlicher Erklärung und den Schlüsseln. Jordan und der Kronanwalt hatten sich letztlich dazu entschieden, das Thema der unangemessenen juristischen Vertretung nicht zu hoch aufzuhängen. Das wäre nur sehr schwer zu verkaufen gewesen.

Der Staatsanwalt hatte einen beherzten Gegenangriff vorgebracht. Während Rebecca auf den harten Bänken saß, die sich im kleinen Gerichtssaal nach hinten und oben erstreckten, kam ihr

Finbar Dalglieshs Überzeugung wieder in den Sinn, dass das System auf keinen Fall durch Andeutungen, es könne fehlbar sein, unterminiert werden dürfe. Die drei Lordships in ihren roten Roben thronten hoch über den Anwälten und Angestellten, hinter sich das schottische Wappen mit dem Löwen, dem Einhorn und der lateinischen Warnung, dass niemand diese Nation ungestraft provozieren dürfe. Die Richter verrieten mit keiner Miene, was sie dachten. Sie hörten nur zu, machten Notizen und stellten Fragen.

Der Wind traf auf die Fassade des Village Inn von Kilnacaple, durchforschte das Innere der alten Kirche, wirbelte am goldenen Strand losen Sand auf, ließ das matte Licht düster wirken und schaukelte an den Booten, die an der kleinen Pier angelegt hatten, als versuchte er, sie freizusetzen ...

Und währenddessen saß James Stewart auf der Anklagebank, von zwei Gefängniswärtern flankiert. Er wirkte älter, als er war. Rebecca vermutete, dass ein Gefängnis kein Ferienlager war, besonders für jemanden, der überhaupt kein Krimineller ist. Obwohl man vier Monate zuvor erlaubt hatte, dass er zeitweilig freigelassen wurde, solange die Berufung noch ausstand, war sein Teint fahl. Die Zeit zu Hause bei seiner Mutter hatte seine Haut nicht frischer gemacht. Frei war er zwar gewesen, doch Rebecca hatte viele Male mit ihm geredet, und die Furcht, wieder ins Gefängnis zu müssen, begleitete ihn ständig. Das Justizsystem hatte ihn bereits einmal enttäuscht, das konnte wieder passieren. Er gab sich keinerlei Illusionen hin.

Der Wind wehte den Hang hinauf, folgte der Straße, bog durch Ginster und Gras und Bäume ab, untersuchte die Gärten der Häuschen, erkundete Mülltonnen und Gartenmöbel, als suchte er etwas ...

An diesem Morgen trug er wieder seinen besten Anzug. Die Gefängniswärter zu beiden Seiten starrten stur geradeaus, als wären sie Wachsfiguren. Der Amtsstab hing in seiner Halterung, und die Richter gingen mit ernsten Mienen hintereinander zu ihren Plätzen. Jetzt waren die Richter an der Reihe, ins Zentrum des Geschehens zu treten und der Zuhörerschaft ihre Monologe zu präsentieren. Der Staatsanwalt und der Kronanwalt, der James vertrat, hörten ihnen schweigsam zu, als sie sprachen. Für sie war dieses Drama beendet. Die Richter verrieten in ihren Reden nichts. Sie gingen durch, was vor Gericht gesagt worden war. Sie umrissen die Argumente für und gegen den Antrag.

Doch dann hörte Rebecca die Worte: »Ich befinde, dass in diesem Fall ein Justizirrtum stattgefunden hat.«

Ein Murmeln erhob sich im Saal. Sie sah, wie Afua die Hand vor den Mund schlug. Sie sah, wie Monas Mund sich zu ihrem seltsamen kleinen Lächeln verzog.

Zwei der drei Berufungsrichter hatten Dodgers Geständnis als hinreichend überzeugend eingeschätzt – einer hatte es sogar als Erklärung auf dem Totenbett bezeichnet – und befanden, dass ausreichende Zweifel bestanden, die eine Aufhebung der Verurteilung rechtfertigten. Nur einer der drei äußerte Bedenken. Rebecca fragte sich, ob er das machte, um das System zu schützen, das seiner Meinung nach als unfehlbar dastehen musste, oder ob er wirklich glaubte, dass die Aufhebung des Urteils nicht gerechtfertigt war.

Es war gleichgültig. Nach zehn Jahren war James Stewart frei.

Der Wind kletterte den Berghang hinauf, wirbelte um die Hauptstraße, rüttelte die Autos hin und her, zwang die Fahrer, das Lenkrad fester zu umklammern und gegenzusteuern ...

Und während Rebecca hier stand und sich die Pressemeute vor dem Gebäude ansah, während der Regen sich über die Menschen, die Autos, die Statuen, die furchteinflößenden Steinmauern von St Giles Cathedral breitete, spürte sie, wie sich etwas in ihr löste. Sie war nicht sicher gewesen, wie die Sache ausgehen würde, genauso wenig wie Stephen Jordan. Doch nun, mitten im feuchten schottischen Wetter, hoffte sie, dass der Regen ihr nicht die ganze Bräune wegwaschen würde, die zwei Wochen in der Sonne ihr verschafft hatten, und sie entspannte sich. Es war vorbei.

Der Wind schüttelte die hohe Hecke, die Kirkbrig House umgab, und bog die kahlen Zweige, die über sie hinweghingen. Er stob durch den Garten, wirbelte welke Blätter auf, ließ sie in die Luft auffliegen wie erschrockene Vögel, suchte und suchte immer weiter und stieß gegen das feste Mauerwerk des Hauses selbst.

Während James ruhig zu den Reportern sprach, ihre Fragen höflich, aber knapp beantwortete, stand Afua Stewart neben ihm, die Hand auf seinem Arm. Sie blickte über die Schulter und entdeckte Rebecca. Afua lächelte nicht – sie hatte ihre Meinung über die Presse nicht geändert, wusste aber, dass dieser Zirkus nötig war. Sie starrte Rebecca ein paar Sekunden lang an, neigte dann langsam den Kopf. Es schien kein großartiger Dank zu sein, doch Rebecca wusste, dass es alles bedeutete.

Der Wind schwenkte zur Seite, überprüfte die Fenster auf Schwachstellen, zerrte am Schiefer des Dachs. Er schlüpfte zwischen den kahlen Ästen der Bäume und den blutleeren Grashalmen hindurch, bis er endlich gefunden hatte, was er suchte.

Das Windspiel.

Er packte es, ließ die Stäbe hin und her schwingen. Vor und zurück. Hierhin und dahin.

Sie klapperten und klirrten, als läuteten sie Alarm, und der Wind attackierte die Holzplättchen, umzingelte sie, stieß erneut zu, zerrte und rüttelte und packte und zog an dem dünnen Draht, der sie an den Ast des Baumes band, bis er schließlich riss und das Windspiel herunterfiel.

Noch einmal bewegten sich die Teile, als der Sturm mit einer letzten Bö seinen Sieg verkündete, ein letztes Klappern, ehe sie für immer verstummten.

Und der Wind wehte fort, sein Lied endlich ein Triumphgesang.

DANKSAGUNGEN

Hier sei darauf hingewiesen, dass das Dorf Kilnacaple, das Kirkbrig House und der Stadtteil von Inverness, den ich Inchferry genannt habe, allesamt meiner Fantasie entsprungen sind, genauso wie die mit ihnen in Verbindung gebrachten Legenden. Alle anderen Orte gibt es wirklich, und auch die Geschichte von James of the Glens ist wahr.

Wie immer bin ich unzähligen Leuten zu Dank verpflichtet, die das Buch während seiner Entstehung gelesen haben oder mir Informationen und/oder Ratschläge gegeben haben. Der Schriftsteller Denzil Meyrick hat eine Lösung für ein Problem vorgeschlagen, das während des Redaktionsprozesses aufgetaucht war, und hat mir Feedback zum gesamten Buch gegeben, genau wie Caro Ramsay, Michael J. Malone, Gordon Brown und Neil Broadfoot. Ich bin Jane Hamilton ungeheuer dankbar für ihren Beitrag, ebenso Stephen Wilkie, Laura Thomson, Margaret Chrystall und David Kerr für einige ungeheuer wichtige Informationen und Iain MacPherson für seine Hilfe bei den gälischen Ausdrücken. Besonderer Dank geht an Tanaka Natalie Musakambeva für ihre guten Ratschläge.

Wieder einmal bedanke ich mich bei all den Buchbloggern, Buchhändlern, Buchlesern (in welcher Form auch immer) und Organisatoren von Buchfestivals, die meine Arbeit nun schon seit Jahren unterstützen. Ich habe es bereits gesagt und sage es gern immer wieder: Ohne euch könnte ich es nicht schaffen.

Dank geht auch an Polygon – Hugh Andrew, Alison Rae und alle Mitarbeiter – für ihre harte Arbeit, und an meine Lektorin Debs Warner.

Und ein Riesenapplaus an meine Agentin Jo Bell, die mich mit den Füßen auf dem Boden der Tatsachen hält.

Von Douglas Skelton sind bei DuMont außerdem erschienen:
Die Toten von Thunder Bay
Das Grab in den Highlands

Dieses Buch wurde klimaneutral produziert.

Deutsche Erstausgabe
September 2022
DuMont Buchverlag, Köln
Alle Rechte vorbehalten
Copyright © 2021 by Douglas Skelton
Die englische Originalausgabe erschien 2021 unter dem Titel
›A Rattle of Bones‹ bei Polygon, ein Imprint von Birlinn Ltd., Edinburgh.
Dieses Werk wurde vermittelt durch die Literarische Agentur Kossack, Hamburg.
© 2022 für die deutsche Ausgabe: DuMont Buchverlag, Köln
Übersetzung: Ulrike Seeberger
Umschlaggestaltung: Lübbeke Naumann Thoben, Köln
Umschlagabbildung: Himmel © plainpicture/Design Pics/John Short;
Landschaft © istock/grafxart8888
Satz: Fagott, Ffm
Gesetzt aus der Freight Text und der Plaquette
Druck und Verarbeitung: CPI books GmbH, Leck
Gedruckt auf säurefreiem und chlorfrei gebleichtem Papier
Printed in Germany
ISBN 978-3-8321-6641-0

www.dumont-buchverlag.de

DOUGLAS
SKELTON

DIE TOTEN VON THUNDER BAY

EIN FALL FÜR
REBECCA CONNOLLY

DUMONT

DOUGLAS SKELTON

DIE TOTEN VON THUNDER BAY

Ein Fall für
Rebecca Connolly

Kriminalroman

Aus dem Englischen
von Ulrike Seeberger

LESEPROBE

Sie spürte den Sand unter ihren Füßen und die warme Brise auf ihrem Gesicht, rings um sich hörte sie den Wind wild heulen. Sie schlug die Augen auf und sah das Wasser, so blau, ruhiger, als sie es je zuvor gesehen hatte. Wo es auf die Felsen traf, war es eher ein Kuss als ein Klatschen. Selbst die Seevögel schienen weniger gierig. Sie stießen nicht auf Beutezug herab, sondern schwebten vor dem klaren Himmel wie das Mobile eines Kindes, als wäre es die reinste Sünde, die glatte Oberfläche des Wasser zu durchstoßen.

Sie schloss die Augen wieder, sog die Luft ein. Die Luft war süß, ohne salzigen Biss, hatte keinen Hauch des muffigen Gestanks von fauligem Tang.

Hier war sie glücklich. Hier war sie immer glücklich. Als Kinder sind sie oft in die Bucht gekommen, alle fünf, haben frühmorgens das Haus verlassen, um quer über die Insel zu wandern. Sie brauchten Stunden dafür, doch sie schafften es. Und ganz gleich, wie erschöpft sie waren, rannten sie den Pfad von der Klippe hinunter, wollten unbedingt alle als Erste den weichen Sand erreichen, während sich der Wind in ihrem Haar fing und ihr Gelächter forttrug, sodass es in das Echo der Felswand mit einstimmte. Fast immer hat sie dieses Rennen gewonnen, denn sie war stets die schnellste Läuferin, und die Jungs waren zu sehr damit beschäftigt, sich gegenseitig auszustechen, um zu bemerken, dass sie ihnen schon weit voraus war.

Dann verschlangen sie das Mittagessen, das die Eltern – oder in Henrys Fall irgendeine Haushälterin – ihnen eingepackt hatten, und sie planschten am Wasser und spielten auf den Felsen, die die Bucht säumten. Sie suchten nach Meeresgetier und abgeworfenen Muschelschalen und veranstalteten Mutproben, wie nah sie an die Höhlen heranzuschwimmen wagten, doch bis ganz dorthin versuchte es niemand. Sie waren zwar jung, aber sie wussten, dass es zu gefährlich war, selbst für Unsterbliche wie sie.

Aber sie waren nicht unsterblich. Das wusste sie jetzt. Das wussten sie jetzt alle.

Stimmen.

Sie hörte Stimmen.

In der Ferne. Unzusammenhängend. Sie wirbelten um sie herum in dem harschen Wind, den sie nicht spüren konnte.

Die Leute erzählten, dass es Wesen gibt, die in den Winden wohnen. Elementare Geschöpfe, die rings um das Land und die Strände und die Buchten atmen und seufzen. Aber das glaubte sie nicht. Das war nur eine der Geschichten von der alten Insel, genauso wie die von den Hexen auf dem Berg oder von den Wasserwesen oder von den versteinerten Schwestern, die am Strand Wache hielten.

Und doch …

Da waren Stimmen im Wind, die sie umgaben, nach ihr riefen.

Mhairi.

Ihr Name. Sie hörte ihren Namen, gedämpft und aus der Ferne, aber sie hörte ihn. Sie schaute sich in der Bucht um, aber sie war allein, nur ihre Fußabdrücke waren im Sand. Sie erinnerte sich nicht, dass sie den Pfad hinuntergegangen war. Sie erinnerte sich nicht, dass sie hierhin gefahren war. Sie erinnerte sich nicht …

Mhairi.

Jetzt lauter, deutlicher. Die Stimme einer Frau. Sie blickte suchend an der Klippe hinauf, sah aber keine Gestalt, die sich vor dem blauen, so blauen und friedlichen Himmel abzeichnete. Sie blickte aufs Meer hinaus – vielleicht ein Boot? –, aber nichts tanzte auf der seidigen Oberfläche.

Es wirkte so einladend, das Wasser, und zum ersten Mal hatte sie das Gefühl, dass es ihr gelingen würde, über die zerklüfteten Felsen hinauszuschwimmen, hinaus aufs Meer, weit hinaus aufs Meer, wo alles still und sie vom Schmerz befreit sein würde. Und da *war* Schmerz, das merkte sie jetzt. Dumpf zwar, sicher, aber er war da. Sie hatte ihn nicht wahrgenommen, bis sie die Stimme gehört hatte, aber jetzt war er da. Ein Ziehen, das sich von ihrem Schädel bis zum Gesicht und durch den ganzen Körper ausbreitete. Und nun war da noch etwas anderes, etwas Warmes, das ihr aus dem Haar sickerte und über die Stirn rann. Sie hob die Hand, wischte es weg, sah das Rot an ihren Fingern. Sie blutete. Sie hatte sich am Kopf verletzt, und sie blutete. Wie war das passiert?

Sie versuchte, die Stimme zu ignorieren, und kniete sich hin, um eine Handvoll Wasser zu schöpfen, das auf den Strand lief. Es fühlte sich so kühl an, so tröstlich. Sie besprengte sich damit das Gesicht, wusch sich das Blut von den Fingern. Die Wellen umspülten sie, aber das machte ihr nichts aus. Sie trugen ein wenig von ihrem Schmerz mit fort. Hier verspürte sie Frieden.

Aber die Stimme rief sie noch immer. Kräftiger jetzt.

Und da waren andere Stimmen. Männer, die redeten, aber nicht mit ihr. Nur die Frau sprach mit ihr. Sagte ihren Namen, immer und immer und immer und immer wieder ...

Mhairi.

Mhairi.

Mhairi, kannst du mich hören?

Die Wellen türmten sich um sie herum auf, das Wasser stieg rasch, aber sie machte sich keine Sorgen. Das Wasser war ihr Freund, es beruhigte sie, sie würde eins mit ihm werden, und es würde allen Schmerz wegnehmen. Es würde sie heilen. Sie ließ sich von seiner Kühle nach unten ziehen. Es war tiefer, als sie gedacht hatte. Schon bald umgab es sie ganz, und sie schwebte in dem Halbdunkel, das sie willkommen hieß, schaute auf das Sonnenlicht, wie es auf der Oberfläche spielte, ehe es sich brach und zu ihr hinabstieß. Sie wollte nicht, dass das Licht sie berührte – sie war hier glücklich, sie war in Sicherheit, sie war frei –, doch noch immer konnte sie die Stimme hören, die sie lockte, und sie wusste, wenn nur einer der hellen Strahlen sie berührte, würde er sie zurückzerren. Sie wollte sich abstoßen, weg von hier, durch das sich kräuselnde Wasser davontreiben, aber sie konnte sich nicht bewegen. Sie konnte nur da hängen, und doch fühlte sich ihr Körper nicht frei an. Ein Arm war abgewinkelt, sah seltsam verkehrt aus, der andere lag quer über ihrem Bauch. Sie sah ihre Finger zittern, immer noch mit Blut beschmiert – hatte sie das nicht abgewaschen? –, während ein Bein unter ihrem Körper eingeklemmt war. Sie spürte, wie es fest verkeilt war. Sie war unter Wasser, es gefiel ihr hier, warum schwebte sie dann nicht fort? Wieso konnte sie sich nicht bewegen?

Das Licht langte zu ihr hinunter und berührte sie wie mit Händen. Nicht grob, nicht wie vorhin, sondern sanft. Liebevoll. Tröstend.

Und wieder hörte sie die Stimme, die ihren Namen rief, während ihr verrenkter Körper langsam zurück an die Oberfläche gezogen wurde, zurück ans Licht, das nun härter war, kein Sonnenlicht, nicht warm und angenehm und voller Sommerlachen. Sie wollte bleiben, sie wollte ihren Frieden, aber sie konnte nicht dagegen ankämpfen. Sie musste zurück. Sie wusste, dass sie zurückmusste, wenn auch nur für kurze Zeit.

Der Wind heulte und jaulte, als sie die Oberfläche durchbrach. Da, wo sie nun lag, war es nicht mehr warm und tröstlich und weich, es war hart und unerbittlich. Alles verschwamm ihr vor den Augen. Erst wusste sie nicht, wo sie war, sie wusste nur, dass sie nicht im Meer war. Alles war unscharf, das Licht so grell, dass es ihr in den Augen schmerzte und sie nichts klar erkennen konnte. Und da war der Schmerz, echter Schmerz, quälender Schmerz, der ihr durch den ganzen Körper strömte. Sie wollte schreien, die Qual mit diesem Laut ausstoßen, aber sie konnte es nicht. Sie konnte sich nicht einmal rühren.

Bleib bei uns, Mhairi.

Die Frau war noch in weiter Ferne, aber sie hörte sie deutlich, und ihre Stimme reichte durch das blendende Weiß zu ihr hinunter. Doch dann klang ihre Stimme wieder gedämpft, verschwamm mit den anderen, nur bestimmte Wörter stiegen an die Oberfläche, Wörter, die sie nicht verstand.

Impressionsfraktur.

Jochbein.

Stirnhöhle.

Sie versuchte zu sprechen, aber es kamen keine Worte. Sie wusste, dass die Leute über sie redeten. Sie wusste, dass sie in Schwierigkeiten steckte, und sie sehnte sich in die Bucht zurück, wo sie in Sicherheit war, wo der Schmerz weggespült werden konnte. Aber sie konnte nicht gehen, noch nicht. Etwas kam ihr in den Sinn, ein Name, und sie musste es wissen. Sie zwang sich dazu, sich auf diesen Namen zu konzentrieren, diesen Namen auszusprechen. Und das war wie ein neuer, schmerzlicher Stich, kurz und scharf, und es half ihr.

»Sonya.«

Ein Gesicht tauchte aus dem Licht auf. Es war ein freundliches Gesicht. Ein liebevolles Gesicht.

»Ihr geht es gut«, sagte das Gesicht. »Deinem Baby geht es gut.«

Erleichterung überkam sie und schien einen Teil der Qualen wegzuwaschen.

»Ich habe dir was gegeben, das die Schmerzen lindert«, sagte die Stimme. »Du musst bei mir bleiben, Mhairi.«

»Frag sie, wer das getan hat.« Eine andere Stimme. Ein Mann. Barsch. Sie kannte die Stimme, konnte sie aber nicht zuordnen. Konnte ihn nicht sehen. Nur eine Gestalt hinter der Frau, die ihr half, verschwommen, undeutlich trotz des erbarmungslos blendenden Lichts. Zu grell. Zu unbarmherzig. Sie sah Verärgerung über das Gesicht der Frau huschen.

»Das ist gerade nicht meine größte Sorge, Jim.«

»Es ist wichtig.«

Die Frau wandte den Kopf. Mhairi sah, dass ihr braunes Haar kurz geschnitten war. »Jim, das ist gerade nicht meine größte Sorge.«

Jetzt sah Mhairi ihn, nicht deutlich, aber sie erkannte seine schwere, dunkle Uniform. Sergeant Rankin. Jeder auf der Insel kannte ihn. Sie konnte sein Gesicht nicht sehen, aber sie wusste, dass es gerötet sein würde und dass sich sein Whiskyatem unter einem Hauch Mundwasser verbergen würde. Er rauchte zu viel, und er trank zu viel, das sagte ihre Mum immer. Der würde die Sechzig nicht erleben, sagte sie.

Mhairi auch nicht. Das wusste sie jetzt.

Was immer man ihr gegeben hatte, es brachte sie noch ein Stück weiter in diese Welt zurück. Der Wind, den sie in der Bucht hatte hören, aber nicht spüren können, warf sich gegen das Haus. Sie konnte ein blaues Licht sehen, das flackernd von den Fenstern reflektiert wurde, konnte hören, wie die Scheite im Kamin zischten und knisterten, obwohl sie die Wärme nicht spürte. Bei dem Gedanken zuckte etwas in ihr zusammen. Die Holzscheite ...

Sie erinnerte sich.

Der Polizist beugte sich über sie. »Sag mir, wer das getan hat, Mädchen. Wer hat dir das angetan?«

Sie versuchte, den Kopf zu drehen, doch der Schmerz brüllte sie an. Schon eine Bewegung der Augen tat höllisch weh. Was immer man ihr gegeben hatte, es reichte nicht. Aber sie musste nachschauen, ob er da war, sie musste es ihnen sagen.

Und dann sah sie Roddie.

Er stand gleich hinter Sergeant Rankin, ein weiterer Polizist neben ihm. Sie hatte Roddie schon einmal so gesehen, zwischen zwei Polizeibeamte eingeklemmt, als man ihn wegen Ladendiebstahl verhaftet hatte, damals, als sie noch Kinder waren. Er war es nicht gewesen, natürlich nicht, sondern Henry. Es war immer Henry, der sie in Schwierigkeiten brachte und ungeschoren davonkam.

Nein, sie irrte sich. Ganz so wie jetzt war es damals nicht gewesen. Damals hatte kein Blut seine Kleidung und Hände bedeckt. Ihr Blut, das wusste sie. Ihr Blut.

Sie schaute ihn geradewegs an, sah die Angst in seinen Augen, als sie zu sprechen versuchte, als sie versuchte, es ihnen zu sagen, aber die Anstrengung war zu groß. Sie spürte, wie sie fortglitt, konnte das Klatschen der Wellen und die Schreie der Seevögel hören, die sie zur Rückkehr drängten. Und sie sehnte sich danach, zurückzukehren. In dieser Welt war zu viel Schmerz, zu viel Kummer, zu viel Enttäuschung. Sie wollte, dass das Wasser wieder um ihren Körper spülte, wollte, dass es sie liebkoste und alles fortwusch. Sie konnte es ihnen später sagen ... ihnen später sagen ... Jetzt wollte sie sich einfach nur im Sonnenlicht aalen, weit weg von dem stöhnenden Wind und dem betäubenden Schmerz und der lähmenden Angst.

Doch noch immer hörte sie die Stimme des Polizisten, der sie fragte, wer ihr das angetan hatte, und die Stimme der Frau, die ihn anherrschte, er solle sich verziehen. Mhairi wusste, dass sie ihm etwas über diesen Abend sagen musste – er hatte das Recht, es zu wissen, es war wichtig, dass er es wusste –, aber es fühlte sich so wohlig an, wieder in der Bucht zu sein. Dort gehörte sie hin, dort trug der sanfte Wind das Versprechen von Zufriedenheit mit sich. Dort lebten und lachten die Erinnerungen wie alte Freunde.

Sie brachte zwei Wörter hervor, ehe sie wieder den Sand zwischen den Zehen spürte und vom Wasser willkommen geheißen wurde, das sanft gegen das Land spülte, zurück und vor.

Zurück und vor.
Zurück und vor.
Zurück ...
... vor.

1

Die Frau verzog das Gesicht, rang offensichtlich mit ihren Gefühlen. Ihr Kinn bebte, auf ihren Wangen erschien ein nervöses Zucken, ihr standen Tränen in den Augen. Trotzdem hielt sie das Ritual der Teezeremonie aufrecht. Das vielbenutzte Sieb wurde sorgfältig auf den Rand der Porzellantasse mit dem blauen Blumenmuster gesetzt. Die dazu passende Kanne war unter einem gestrickten Teewärmer verborgen, sodass nur ihr geschwungener Henkel und die Tülle herausschauten. Der Tee, von perfektem Braun, floss in stetigem Strom in die Tasse, obwohl die elektrischen Impulse, die durch die Gesichtsmuskeln der Frau zuckten, auch ihren Arm entlang geleitet wurden und die Kanne zittern ließen.

Rebecca Connolly, die eher tanninbraune Henkelbecher und Teebeutel gewöhnt war, erschien dieser Vorgang altmodisch, beinahe kurios, doch sie begriff, warum all das Maeve Gallagher so wichtig zu sein schien.

»Zucker?« Die Frage wurde ohne jeglichen Blickkontakt gestellt. Maeve konzentrierte sich auf das Tablett vor ihr, als müsse man die Gerätschaften darauf jederzeit genau im Auge behalten.

»Nein, danke«, antwortete Rebecca leise.

»Milch?«

»Nur ein bisschen.«

Die gekünstelte Banalität des Gesprächs war nötig, genau wie die Betonung der Zeremonie. Die Frau brauchte Zeit. Sie musste sich an die kleinen Dinge klammern, die alltäglichen Verrichtungen – Tee zu kochen und in eine Tasse einzuschenken –, nur so konnte sie das Gleichgewicht wahren, die Trauer in Schach halten.

Der Singsang von Kinderlachen wehte von der Straße herein. Es war ein warmer Herbsttag, und die Kinder genossen ihn. Rebecca sah, dass Maeve den Kopf hob und aus dem Fenster ihres ordentlichen, mit Möbeln vollgestellten Wohnzimmers blickte und eine Gruppe von Teenagern beobachtete, die unmittelbar am Haus vorbeispazierten. Hier gab es keinen Vorgarten als Barriere, das Fenster zeigte direkt auf die Straße und den Fluss dahinter. Doch die Frau drückte mit dieser kleinen Bewegung keine Verärgerung aus, eher lag etwas Wehmütiges darin, als wäre dieses Lachen nicht das Lachen, das sie hören wollte.

»Erzählen Sie mir von Edie«, sagte Rebecca. Ihre Stimme war noch immer sanft, aber sie musste Maeve zum Reden bringen. Deswegen war sie hier.

Maeve sagte nichts, als sie ihr die zarte Teetasse reichte. Sie blieb auch stumm, als sie ihr den Kuchenteller mit den angehäuften Schokoladenkeksen hinhielt, die Rebecca mit einem Kopfschütteln ablehnte. Maeve stellte den Teller vorsichtig auf das Tablett zurück, das auf dem breiten Fußschemel balancierte. Zu vorsichtig, so, als wolle sie das Unvermeidliche noch hinauszögern. Rebecca ließ ihr Zeit, nippte an ihrem Tee, wartete ab. Schließlich hatte Maeve sich einverstanden erklärt, mit ihr zu reden. Sie hatte etwas zu sagen, und jetzt, da Rebecca ihr einen sanften Anstoß gegeben hatte, wusste sie, dass sie der Frau Zeit geben musste.

Rebecca schaute sich kurz im Zimmer um. Vier große Sessel und ein langes Sofa waren um einen rechteckigen Couchtisch angeordnet. Unter der Tischplatte war ein Fach mit einer Reihe von Zeitschriften und ein paar Puzzles. In der Ecke neben den breiten Fenstern stand ein großer Flachbildfernseher auf einer schwarzen Vitrine, durch deren Rauchglasscheiben sie einen Satellitenempfänger, einen DVD-Player und ein paar gestapelte DVD-Hüllen erkennen konnte. Der Gasofen im gekachelten Kamin war aus, aber dank eines Heizkörpers unterhalb des Fensters war es warm. Zweifellos benutzte man den Ofen nur im Winter, der in Inverness streng sein kann. Auf dem Kaminsims stand die Nachbildung einer antiken Pendeluhr, doch die Zeiger bewegten sich nicht, als hätte die Zeit um zwölf Minuten nach drei aufgehört. Dieses Zimmer machte keinen bewohnten Eindruck, aber andererseits wohnte ja auch niemand wirklich hier, hier saß man nur gelegentlich, kurz vor dem Aufbruch oder nach der Rückkehr.

Schließlich fiel Rebeccas Blick zwangsläufig auf die schwere Anrichte, die einen großen Teil der Wand neben der Tür einnahm. Das Möbelstück wirkte alt, wie aus zweiter Hand. Es war poliert, aber sie konnte im dunklen Holz der Türen Kratzer und Rillen erkennen, vielleicht im Laufe der Jahre von sorglos gehandhabten Gepäckstücken verursacht. Doch nicht die Anrichte selbst hatte Rebeccas Aufmerksamkeit auf sich gezogen, sondern das Foto, das darauf stand. Es war in einen silbernen Rahmen gefasst, die Aufnahme eines Mädchens im Teenageralter, dem das lange dunkle Haar in Wellen auf die Schulter fiel. Ein hübsches Mädchen, das eine kleine schwarzweiße Katze im Arm hielt. Sie lächelte. Ihre Augen tanzten vor Entzücken. Edie Gallagher.

Rebecca überlegte, wo die kleine Katze wohl jetzt war. Sie wäre älter, aber nicht viel. Rebecca vermutete, dass der Schnappschuss etwa ein Jahr alt war. Die Katze hielt sich wahrscheinlich im hinteren Teil des Hauses auf, wo die Familie lebte. Hier, in dem als Pension genutzten Teil des Gebäudes, war sie bestimmt nicht geduldet, obwohl das Belle View Guest House viele Monate lang keine Gäste mehr beherbergt hatte.

Rebecca richtete ihre Aufmerksamkeit wieder auf Maeve. Die saß kerzengerade auf ihrem Sessel, hielt die Tasse mit beiden Händen umklammert auf dem Schoß, hatte die Augen auf das

Fenster fixiert, den Kopf ein wenig zur Seite geneigt, als lauschte sie den verklingenden Stimmen und dem Lachen der jungen Leute nach, die Augen noch immer feucht, weil sie sich danach sehnte, das einzige Lachen zu hören, das sie nie wieder vernehmen würde. Auf der anderen Straßenseite konnte Rebecca den River Ness sehen, in dem sich der blaue Himmel spiegelte. Am anderen Ufer stießen Kirchtürme in den Himmel, doch Rebecca wusste, dass Maeve sie gar nicht wahrnahm. Ein kleiner Seufzer, ein winziges Schaudern, und dann – endlich – brach eine einzelne Träne hervor.

»Sie war mein Mädchen«, sagte Maeve, und diese schlichte Aussage und die einsame Träne brachen Rebecca beinahe das Herz. Sie blinzelte, ermahnte sich, dass sie sich auf die anstehende Arbeit konzentrieren musste. Sie hörte die Stimme ihres Vaters, wie er, noch mit einem Anklang vom Singsang der Inseln, über die Polizeiarbeit sprach, und betonte, dasselbe gelte genauso für den Journalismus. *Ein guter Polizist braucht keine Gefühle, aber ein großartiger weiß, wie er sie nutzen kann. Ohne Emotionen können wir nicht mitfühlen. Und wenn wir nicht mitfühlen können, können wir nicht verstehen. Und wenn wir nicht verstehen können, warum zum Teufel machen wir dann diese Arbeit?*

Maeve regte sich nicht, als sie weiterredete. »Sie ist immer wie ein Wirbelsturm durch die Tür hier hereingefegt, immer voller Energie, immer voller ...«

Sie unterbrach sich, ihr Gesicht bebte wieder. Rebecca wusste, was die Frau um ein Haar gesagt hätte.

Immer voller Leben.

Maeve schluckte das Wort herunter und sprach weiter. »Ich hab ihr immer gesagt, sie soll die Tür hinter sich zumachen, aber das hat sie nie getan. Hat die Tür immer sperrangelweit offen stehen lassen, bei Regen und bei Sonnenschein, und dann ist sie die Treppe hochgeflitzt, konnte es nicht abwarten, die Schuluniform loszuwerden und sich Jeans und T-Shirt oder sonst was anzuziehen. Jedes Mal, wenn ich jetzt höre, wie die Tür aufgeht, glaube ich, sie könnte es sein.« Ihre Augen glänzten, als sie auf die sonnenbeschienene Straße starrte. »Aber sie ist es nicht, natürlich nicht. Sie ist es nie. Wird es nie sein.«

Rebecca stellte ihre Tasse auf das Tablett. Ihr Notizblock war zwischen ihr und der Lehne des breiten Sessels eingeklemmt. Sie hätte zu gern Maeves Worte darauf notiert, wollte aber nichts tun, was die Frau von ihren Gedanken ablenken könnte.

Ihr Chefredakteur hatte sie hergeschickt, um Maeve zu etwas zu bringen, was bisher niemand geschafft hatte. Bring sie zum Reden. Beschaff uns Zitate, etwas, was keine der anderen Zeitungen hat.

Er hatte Rebecca geschickt, weil sie das gut konnte. Leute zum Reden bringen, Leute dazu bringen, dass sie ihr vertrauten. Dieses Talent hatte sie von ihrem Vater geerbt. Zumindest behauptete ihre Mutter das.

Er konnte Leute immer dazu bringen, offen zu reden. Es war eine Gabe.

Diese Gabe hatte Rebecca in den drei Jahren, die sie schon bei der Zeitung arbeitete, gute Dienste geleistet. Die Leute wurden schnell mit ihr warm. Die Leute redeten mit ihr, erzählten ihr Dinge. Leute wie Maeve, die seit dem Tod ihrer Tochter Edie mit keinem einzigen Journalisten gesprochen hatte.

»Ob er wohl an sie denkt?«, fragte Maeve plötzlich. »Dieser Mann ...«

Greg Pullman. Der Londoner Börsenhändler, der, benebelt von Alkohol und Kokain, mit seinem Mietauto mit voller Wucht auf Edie geprallt war. Der sie mit tödlichen Verletzungen auf der Straße liegen ließ und in seiner Hochleistungs-Schwanzverlängerung auf und davon röhrte. Dessen Strafmaß heute verkündet werden sollte.

»Ob er wohl über das Leben nachdenkt, das er ausgelöscht hat?«, sagte Maeve mit leiser Stimme, kaum mehr als einem Flüstern. »Ob es ihm überhaupt was ausmacht?« Schließlich schaute sie Rebecca an. »Was meinen Sie, was kriegt er?«

»Eine Freiheitsstrafe, denke ich. Der wird eingesperrt.«

Ein knappes Nicken, zufrieden. »Gut. Ich würde es nicht ertragen, wenn er ungeschoren davonkommt, nur weil er Geld hat.«

Der Mann hatte sich eine Woche in seinem Ferienhaus auf der Black Isle aufgehalten und in Inverness mit ein paar Kumpeln zu einem feuchtfröhlichen Wochenende getroffen. Er hatte entschieden, dass er noch fahrtüchtig war. Er konnte sich nicht einmal daran erinnern, dass er die Teenagerin überfahren hatte. Das behauptete er zumindest.

»Das wird den Richter nicht beeinflussen«, erwiderte Rebecca. »Der wandert hinter Gitter, Maeve. Da bin ich mir sicher.«

Noch ein Nicken, dann glitten Maeves Augen wieder zum Fenster und zum Sonnenlicht und zum Fluss, der auf der anderen Straßenseite vorüberfloss, als hielte sie Ausschau nach den roten Ziegelsteinen des Schlossgebäudes, in dem das Gericht tagte.

»Ralph ist gerade dort. Er meinte, er wollte es selbst sehen. Er will das Gesicht dieses Kerls sehen, wenn er hört, dass er ins Gefängnis muss.« Ihr Blick driftete zu Rebecca zurück. »Sie sind sicher, dass er eingesperrt wird?«

Rebecca nickte.

Maeves Augen verhärteten sich. »Wie viel kriegt er? Ein paar Jahre? Man nimmt ihm den Führerschein ab? Und nach ein paar Jahren ist er wieder draußen und macht mit seinem Leben weiter. Er ist wieder draußen und kann arbeiten und feiern, eine Familie gründen. Wieder trinken, wieder Drogen nehmen, vielleicht sogar wieder Auto fahren, ja?«

Rebecca antwortete nicht. Sie konnte es nicht. Sie wusste, dass alles, was Maeve gesagt hatte, möglich war, aber sie wollte ihr das auf keinen Fall bestätigen. Sie spürte, worauf das alles hinauslief, und wollte den Redefluss nicht unterbrechen.

»Aber meine Edie kann das nicht, oder? Sie kann nicht mit ihrem Leben weitermachen. Er hat es ihr weggenommen. Sie wird nie arbeiten. Sie wird nie eine Familie haben. Sie wird nie alt werden. All das hat er ihr genommen. All das hat er mir und Ralph genommen. Er hat uns einfach alles genommen.« Maeve stellte ihre unberührte Teetasse auf das Tablett, stand auf und ging zum Fenster. Es war eine abrupte Bewegung, als hätte sie sich einfach bewegen müssen, angetrieben von der Wut, die sich in ihr aufbaute. Soweit Rebecca wusste, hatte sie noch nie mit jemandem über ihren Schmerz gesprochen. Sie hatte ihn zurückgehalten, in sich aufgestaut. Rebecca erinnerte sich an einen Schnappschuss, der sie vor dem Gerichtsgebäude zeigte, an dem Tag, als man Pullman schuldig gesprochen hatte. Die Muskeln waren angespannt, der Mund eine straffe Linie, der Kopf so hoch erhoben, dass Rebecca die Sehnen in ihrem Nacken wie Kabel hervorstehen sah. Sie musste geweint haben, aber insgeheim. Nun, da eine einzelne Träne den Damm durchbrochen hatte, drohte er zu bersten. Maeve lehnte sich mit leicht gebeugtem Kopf auf das Fensterbrett, und Rebecca sah, dass ihre Schultern bebten.

»Maeve ...« Rebecca wollte aufstehen, doch die Frau hob die Hand, schüttelte den Kopf. Sie wollte Rebeccas Mitgefühl nicht. Sie musste all das Aufgestaute jetzt loswerden. Rebecca lehnte sich wieder zurück, hatte das Gefühl, sie sollte irgendwie Trost spenden, war jedoch gleichzeitig dankbar, dass sie es nicht musste.

Ihr Telefon, das neben dem Notizblock steckte, vibrierte gegen ihren Oberschenkel, aber sie ignorierte es. Wer immer es war, würde warten müssen. Der Redefluss. Es ging nur um den Redefluss.

»Ich hoffe, er stirbt im Gefängnis«, sagte Maeve, und ihre Stimme war fest und nicht von den Tränen verwässert, die ihr nun ungehindert über die Wangen flossen. »Ich hoffe, ein anderer Gefangener bringt ihn um. Ich hoffe, er spürt nur einen Bruchteil des Schmerzes, den Edie gespürt hat, als sie da im Rinnstein lag. Ich hoffe, jemand macht ihn fertig, so wie er mich und ihren Vater fertiggemacht hat.«

Rebecca setzte sich zurück. Da hatte sie ihr Zitat. Die Schlagzeile für diese Woche. Sie hatte, was keine andere Zeitung hatte.

Als Reporterin war sie hocherfreut.

Als Mensch war sie tieftraurig.